La casa del río

HANNAH RICHELL

La casa del río

Editado por HarperCollins Ibérica, S.A.
Núñez de Balboa, 56
28001 Madrid

La casa del río
Título original: The River Home
© Hannah Richell, 2020
© 2022, para esta edición HarperCollins Ibérica, S.A.
Originalmente publicada en Gran Bretaña en 2020 por Orion Books
© De la traducción del inglés, Celia Montolío Nicholson

Diseño de cubierta: CalderónStudio
Imágenes de cubierta: Dreamstime.com

ISBN: 978-84-18976-13-1
Depósito legal: M-34568-2021

PRÓLOGO

Durante el sueño, los recuerdos afloran espontáneamente. Los árboles se alzan como sombras negras, indicando el camino a través del huerto de frutales. El ácido dulzor de las manzanas sube desde las altas hierbas, y el río, abajo, fluye silencioso.

En la oscuridad, tras los temblorosos párpados, recuerda el burbujeo fermentado de la sidra en la lengua, las bombillas danzando como luciérnagas sobre el embarcadero, las risas resonando sobre el agua. De nuevo, siente en el rostro el roce de los papeles, los dedos que se hincan en su piel, el denso barro negro pegado a sus manos cubiertas de sangre y arañazos, el lacerante dolor como de cristales rotos.

Sumida en la duermevela, los aromas, los sonidos y los colores de su pasado salen a la superficie, y todo lo que ha enterrado —los secretos, la oscuridad— vuelve a ella.

«¿Qué has hecho? ¿Se puede saber qué demonios has hecho?».

Es algo que aprendió hace años por las malas, y sabe que jamás habrá de olvidarlo: con el tiempo, hasta el fruto más dulce acaba cayendo a la tierra y pudriéndose. Por muy profundo que entierres el dolor, sus huesos subirán para perseguirte, como el aroma empalagoso de esas manzanas, como los ecos de una noche de verano, como el río que fluye implacable por su cauce.

LUNES

Espero que este siga siendo tu número. Te necesitamos en Windfalls. Se casa Lucy. Este sábado!! Sin comentarios. Llámame. Bss. E. ×

Enviado 18/09/18, 17:58 ✓✓

Eve dice que te ha escrito. Por favor, ven. Te necesito. Bss. Luce ×

Enviado 18/09/18, 20:49 ✓✓

MARTES

1

Margot se rebulle en el asiento al oír el estridente silbato del tren a su paso por un túnel. La mejilla que tiene apoyada contra la ventanilla se le ha quedado fría y húmeda, y un olor familiar, dulce y penetrante, flota en el ambiente. Al abrir los ojos, su mirada se cruza con la de una niña que va sentada al otro lado de la mesa abatible. Lleva unos auriculares morados con orejas de gato y se está comiendo una manzana. Entre las dos hay una cajita rosa de comida preparada por la que asoman envoltorios vacíos.

La mirada de Margot va desde la cajita a la manzana, y después regresa a los ojos de la niña. Le echa siete u ocho años; tiene los ojos azules, y el pelo, del color del maíz, está recogido en dos pulcras trenzas. Hay algo en su aspecto que le recuerda a Lucy, a pesar de que la niña luce una raya perfecta y trenzas rectas y tirantes. Las de su hermana, en cambio, casi siempre delataban la lucha que entablaban con su pelo Eve o el padre de ambas durante el desayuno. Lucy siempre había ido hecha un desastre, aunque ya no era una niña, claro, sino una mujer hecha y derecha, y a punto de casarse.

Los mensajes habían llegado la noche anterior; primero el de Eve, que apareció en la pantalla de su móvil nada más entrar en el piso vacío. Le había echado un vistazo en la cocina mientras ponía agua a hervir, y había tenido que leerlo dos veces antes de asimilarlo. ¿Lucy se casaba, y en menos de una semana? Su hermana mediana siempre había sido impetuosa, dada a arranques espontáneos o a espetar lo primero que se le venía a la cabeza sin atender a las consecuencias, pero esta última ventolera tenía todas las papeletas para ser un desastre. En cuanto a Eve, su reacción también había sido típica: la exasperación y la censura de su hermana mayor saltaban a la vista a pesar de la parquedad del mensaje. Y quizás —piensa Margot, volviéndose hacia la ventana y estudiando su reflejo en el cristal, mirándose los ojos enrojecidos y notando el mal sabor del vodka que le sube del fondo de la garganta— también sea típico de ella.

Enfrente, la niña da un mordisco a la manzana, en cuyas cavidades se ven ya las pepitas marrones. Margot observa, esperando que se deshaga de ella de un momento a otro o quizá que se la pase a la mujer —sin lugar a dudas, su madre— que está a su lado enfrascada en un libro, pero la niña sigue mordiendo la menguante manzana sin pestañear hasta que el centro, las semillas y, por último, el fino tallo marrón terminan desapareciendo en su boca. Lo mismo que hacía Lucy. La recuerda con todo detalle: vaqueros cortados y extremidades largas y bronceadas, tumbada sobre una manta bajo los frutales, entre la fruta caída, sonriendo de oreja a oreja y con los largos cabellos rubios alborotados sobre el rostro.

Margot suspira. Piensa en el carrito de los aperitivos que ha pasado hace media hora y en el tintineo de las minúsculas botellitas de cristal, tan sugerentes. Ojalá no se hubiera mantenido firme, piensa. Ojalá hubiera comprado al menos una, solo para combatir la resaca.

«Te necesito».

La niña se chupa los dedos y mira medio sonriendo a Margot, que responde con un pequeño gesto antes de volverse y apoyar la cabeza contra la ventanilla. Dos palabras. Dos palabras han bastado para minar su resolución. Y es que Margot sabe bien lo que es necesitar, de modo que ¿cómo iba a hacer oídos sordos a la súplica de Lucy? Aun sabiendo que es un error, aquí está, volviendo a Windfalls. ¿En qué diablos estaría pensando?

2

En el huerto de abajo, Eve, una mano abierta sobre el pecho y la otra haciendo visera, espera mientras el hombre de la empresa de alquiler de carpas se pasea entre los árboles chasqueando la lengua. No le gusta cómo frunce el ceño, ni su manera de encorvarse una y otra vez mientras mueve la cabeza como si no le convencieran ni la pendiente ni la calidad de la tierra.

—Es bastante pantanosa —dice, acercándose—. Y la inclinación no es la ideal, pero creo que podremos hacerlo. Entre esos árboles hay sitio suficiente para instalar una carpa de nueve por doce metros, que en principio es más que de sobra para sus invitados. ¿Unos cincuenta, me dijo?

—Ahora ya pasan de los sesenta.

El hombre aprieta los dientes y aspira, y consulta el sujetapapeles.

—Podríamos hacerlo el jueves por la mañana. Así tendrían tiempo para decorarla.

—Genial. ¿Seguro que aquí abajo es buen sitio?

El suelo sobre el que pisan sus botas es inquietantemente blando. Cuesta creer que las estacas de la carpa puedan agarrarse bien. Imaginándose una enorme tienda blanca que se levanta y echa a volar sobre el valle, intenta no hacer caso al nudo que se le está formando en el pecho. Es como si un puño frío le hurgase en la caja torácica y le apretase el corazón.

—No se preocupe —dice él, tras leer su expresión—. Se lo apañaremos bien. Menudo lugar bonito tienen ustedes —añade con tono de sincera admiración.

Eve lo recorre con la mirada. Los manzanos están a rebosar de fruta madura. Los pájaros parlotean entre las frondosas ramas verdes mientras el sol, que acaba de pasar por su cénit, baña la ladera de una dorada luz otoñal. Al pie de la pendiente del huerto, una franja de río, visible entre los árboles que se bambolean con la brisa, lanza destellos como un espejo. Por detrás de Eve, las chimeneas de piedra de color miel de Windfalls se yerguen hacia un cielo azul. Entre la suave luz de septiembre, la vieja granja del siglo diecisiete, con sus ventanales de guillotina, su tejado de pizarra gris y su enmarañada glicinia trepando por la fachada, no ha estado nunca tan bonita.

Pero Eve no consigue centrarse en la belleza del hogar de su infancia; está demasiado absorta en carpas que se desenganchan, en el *catering* y en qué hacer si llueve antes del sábado y el huerto se convierte en un inmenso barrizal. De todos modos, no dejan de ser simples cuestiones de logística, meras tareas que hay que ir tachando de la lista. Cuando las compara con la idea más preocupante de que su familia va a volver a reunirse por primera vez en ocho años, no es de extrañar que le entre el pánico.

Paja, piensa, diciéndose que ojalá hubiese traído lápiz y papel. Con unas cuantas balas de paja de una de las granjas de la zona, bastaría. Y de paso servirían de decoración rústica, incluso de asientos. Y también serían útiles si el tiempo se les ponía en contra y el suelo se embarraba en exceso. Ah, y también está lo del suministro eléctrico…, algún tipo de generador, o cables que se conecten con la casa. Necesitarán una pista de baile, y luces. Unos farolillos estarían bien, pero no cree que les permitan encender velas dentro de la carpa. Tendrá que consultar todo esto con el hombre de la empresa.

Mira en derredor y ve que se ha alejado entre los árboles con la cinta métrica, y que por el sendero que sale de la casa aparece su madre con el moño canoso medio deshecho, un kimono de seda de vivos colores y el sol de la tarde atrapado en el algodón blanco del largo camisón que todavía lleva puesto.

De adolescente, el concepto alternativo de su madre respecto a la ropa le producía una vergüenza infinita. Se preguntaba si el hecho de pasar tanto tiempo metida en sus mundos imaginarios sería lo que explicaba que no tuviera la más remota idea de los códigos de la moda o las convenciones del vestir. ¿O sería que quería avergonzar a sus hijas, o escandalizarlas para que fueran menos convencionales? Pero, después de años y años de humillación, Eve ha llegado a la conclusión de que a Kit, sencillamente, no le importan demasiado las apariencias. Inmersa en sus libros, seguro que prestaba tan poca atención a lo que se ponía como a que la nevera estuviera vacía o la casa hecha una pocilga. Cada día, a la hora de elegir la ropa, no buscaba más allá de lo que encontrase más a mano, tirado en la butaca de su dormitorio. Así es su madre, sin más. El hombre de la empresa de carpas da un respingo al verla, pero Eve apenas pestañea.

—He visto el camión en la entrada —dice Kit, acercándose a ella.

—Está todo controlado.

—¿Lucy está aquí contigo?

—No —dice Eve—. No sé dónde se ha metido.

—Lo van a instalar aquí en el huerto, ¿no? —pregunta Kit, sin quitar ojo al hombre, que está tomando medidas.

—Sí, es el mejor sitio.

Kit vuelve el rostro hacia el cielo y cierra los ojos.

—¡Qué bien se está aquí!

—Estaba pensando que podríamos colgar banderines y guirnaldas de luces para indicar el camino desde la casa. Quedaría precioso al atardecer. Pero, claro, supondría más trabajo y más tiempo… —añade Eve. A estas alturas, no sabe cómo se las van a apañar para terminar antes del sábado ni siquiera lo más básico de esta pesadilla organizativa.

—Lo que tú creas, tesoro. Seguro que quedará de maravilla.

El puño se cierra con más fuerza en su pecho. Está muy bien que Lucy les encasquete a todos esta boda de última hora, diciendo que quiere que los festejos «sean discretos… una ceremonia íntima en el Registro Civil seguida de "una fiestecita" en Windfalls… todos juntos de nuevo… nada, poca cosa», pero mientras una parte de Eve admira el deseo de su hermana de evitar toda la maquinaria de las bodas y toda la parafernalia y la presión que conlleva, es incontestable que este tipo de eventos no se organizan así por las buenas. Por muy espontánea que quiera ser Lucy, por muy despreocupada que pueda parecer su madre, si las parejas planean sus nupcias con meses de antelación es por algo. Por mucho que se les avise en el último momento, los invitados tienen sus expectativas: comida, vino, música, baile. Así son las cosas.

Andrew y ella lo habían hecho como es debido. Habían reservado con un respetable plazo de doce meses para organizar el gran día. Habían elegido el lugar para la ceremonia tras un meticuloso proceso de selección. Meses antes, habían enviado invitaciones con monograma pidiendo confirmación. El *catering*, las pruebas para el vestido, la contratación de la disco móvil, la tarta, las flores y el fotógrafo se habían organizado con la precisión característica de Eve, y a pesar del tacón roto de una de las damas de honor, todo había funcionado como un reloj.

En cambio, parece que Lucy espera que la música, las decoraciones, la comida y la bebida simplemente «ocurran». Unas haditas de bodas entran majestuosamente y se ocupan de todo. Eve suspira. Puede que se hubiera podido improvisar si la lista de invitados fuera pequeña, pero Lucy, en su típico estilo Lucy, había anunciado sus disparatados planes de boda hacía unos días, y después, sin pensárselo dos veces, había enviado una invitación por correo electrónico a todos sus amigos.

—Tú tranquila —había dicho—, que con tan poco tiempo solo podrán venir unos cuantos. Solo los importantes.

Pero lo que un par de días antes había empezado como una «fiestecita sencilla» había ido creciendo de forma espectacular. En el último recuento, sesenta y cinco confirmaciones. Cinco menús vegetarianos. Dos veganos. Uno sin gluten. Uno para intolerantes a la lactosa. Y a toda esa gente, ¿qué le pasaba? ¿No tenía vida propia, vacaciones, calendarios de nevera en los que garabateaban sus planes y hacían malabares para encajar los compromisos? Qué típico de Lucy, qué ridículamente ingenuo y caótico.

Además, ni que Eve no tuviera ya bastante con lo suyo: lleva la casa y trabaja media jornada como gerente de una pequeña agencia de contratación, mientras que Andrew hace jornada completa en su consultoría informática. Y luego están las niñas, con sus clases de ballet y de piano, los deberes y las invitaciones a fiestas de cumpleaños. Si a todo esto se le suma organizar una boda en una semana, no es de extrañar que vaya a estallarle la cabeza.

—Eve, cielo… ¿Qué me dices de unos fuegos artificiales? ¿O una hoguera? —La voz de Kit le hace perder el hilo de sus pensamientos—. Podría ser divertido, ¿no crees?

Eve observa a su madre con una mirada impasible. ¿Hogueras, fuegos artificiales? ¿Añadir una carga de pirotecnia al explosivo paisaje emocional por el que ya van a tener que transitar el sábado? Sí, claro, una idea genial.

—Quizá podrían encargarse Andrew o tu padre, ¿no? —añade Kit, sin darse cuenta del estado de ánimo de Eve.

Eve no responde. Se imagina la cara de Andrew cuando le diga que ha sido elegido para improvisar un espectáculo de fuegos artificiales el sábado por la noche.

—¿Alguien sabe algo de Margot?

—Lucy y yo le hemos enviado mensajes, pero no sabemos nada.

Su madre aprieta los labios.

—Bueno, es una pena, pero quizá sea mejor así.

—Va a ser una desilusión para Lucy. Aunque, si al final viene, todos vamos a tener que encontrar el modo de limar las asperezas.

—Le dirige una mirada penetrante—. A fin de cuentas, es el gran día de Lucy.

Kit frunce el ceño y vuelve el rostro hacia el valle.

Al pensar en su voluble hermanita y en lo que podría llegar a hacer sometida a una situación tan estresante como una boda familiar, el pánico se apodera nuevamente de Eve. Bastante mal habían salido las cosas dos años antes, cuando Margot volvió para celebrar el sesenta cumpleaños de su padre, aunque en aquella ocasión su madre, como era lógico, no había sido invitada.

Kit sube las manos con aire de resignación.

—Ya lo sé, ya lo sé. Jamás le impediría a Margot que viniese a participar en el gran día de Lucy, pero, mientras no me ofrezca algún tipo de disculpa o de explicación, no puedo perdonarla. —Se vuelve hacia Eve—: ¿Tú podrías, si estuvieras en mi lugar?

Eve frunce el ceño. Se pregunta si será la única que ha reparado en lo parecidas que son Kit y Margot, tan fogosas, tan impredecibles. Lo que hizo Margot fue inexplicable y, sí, puede que imperdonable.

—Seguramente no. No —reconoce.

Kit, al parecer satisfecha con la respuesta, dice:

—No creo que venga.

Quizá lo mejor sería que Margot no hiciese acto de presencia. Quizá lo último que les convenga a todos sea que Margot aparezca y eche todavía más leña al fuego. Eve se vuelve a llevar la mano al pecho y siente el corazón retumbando. «Respira hondo», se dice. «Todo va a salir bien».

3

Margot se baja del tren en la estación de Bath Spa y coge un taxi. Después de dejar atrás las grandiosas calles en curva de la ciudad y las elegantes casas de piedra con sus chimeneas idénticas perfiladas sobre el cielo, el coche entra en un valle en el que el final del verano se desliza ya hacia el otoño. Todo es verde, oro y bronce, y aquí y allá las hojas moradas de las hayas cobrizas van virando hacia un llameante ámbar. Cruzan el río Avon e inician el lento ascenso a través del boscoso valle, siguiendo las señales que indican el pueblo de Mortford. Margot se gira en el asiento para vislumbrar una vez más las verdes aguas que serpentean por el valle y atrapan la luz como el cristal. Siente un escalofrío.

—Ya he traído a unos cuantos viajeros hasta aquí —dice el taxista, por dar conversación—. La mayoría eran admiradores de esa escritora famosa a la que esperaban encontrar. ¿Cómo se llamaba? La que escribía libros de esos…

—Kit Weaver —responde ella, mirando los edificios de piedra color miel que van desfilando a su paso. Margot hace caso omiso del hincapié que hace el hombre en la palabra *esos*.

—Sí, esa digo. K. T. Weaver. A mi mujer le encanta. Dice que prefiere pasar la tarde en casa leyendo uno de sus libros a salir al bingo y meterse una buena cena entre pecho y espalda. ¿La conoce usted en persona? ¿Ha leído sus cosas?

—He leído un par de cosas, sí —contesta ella, sin apartar los ojos de la carretera.

—Según dicen, ahora es una especie de ermitaña, ¿no?

—Eso dicen.

—Un poco raro, eso de dejar de escribir así por las buenas. Supongo que ganó tanta pasta que para qué iba a molestarse en terminar la serie, ¿no? Los hay que nacen con estrella, ¿eh?

El hombre debe de percibir el humor de Margot porque no dice nada más. Se limita a enfilar el estrecho sendero hasta que aparece el tejado de pizarra de Windfalls y, después de cruzar un portalón de madera, aparcan detrás de un camión blanco con las palabras *Carpas para eventos* escritas con grandes letras rojas en uno de los lados. Las puertas traseras del vehículo están abiertas y se ve el interior, prácticamente vacío; solo hay unas mantas y una caja de herramientas. No hay nadie a la vista.

—Alguien está montando una fiesta.

—Sí. Una boda.

—¡Ay…! ¿A quién no le pirra una buena boda?

«¿A quién?, en efecto», se dice Margot.

En los últimos años, cada vez que pensaba en su casa le venía una imagen extrañamente desprovista de color. Se veía entrando en un paisaje de un color gris amortiguado en el que un cielo vacío se fundía con una tierra enmudecida, y a medida que avanzaba iba estando cada vez más envuelta por todo lo que la rodeaba, como por una manta sofocante. Pero aquí el cielo es de un azul marino intenso, la brisa cálida y estimulante, y el valle se extiende ante ella en un tapiz de colores otoñales, con hojas a medio camino entre un lustroso verde y el ámbar. El sol empieza a ponerse sobre las puntas del castaño de indias en el que la raída cuerda del columpio de su infancia se mece perezosamente con la brisa. Detrás del árbol, la granja construida con piedra de Bath suelta destellos dorados, y los cristales de las ventanas relucen como espejos. Aunque lleva puestas las gafas de sol, el mundo es demasiado brillante, demasiado intenso.

Margot paga al taxista, coge la bolsa de viaje y enfila el camino de grava que rodea la casa, bordeado por setos vivos y arriates que están pidiendo a gritos que los cuiden un poco. Al entrar por la puerta de atrás a la gran cocina enlosada, se detiene unos instantes y, en el silencio de la casa, va absorbiendo detalles tan absurdamente familiares que le asombra haberlos olvidado hasta este momento. Al lado del hervidor de agua hay una tetera con una funda de ganchillo de vivos colores. Sobre la mesa de madera de roble recién fregada hay un bol de terracota lleno de fruta; una mosca trepa por la piel medio marrón de una pera. Ve una tabla de picar muy desgastada cubierta de migas y media hogaza que está empezando a ponerse correosa bajo el sol de la tarde; amontonados junto a la pila están los platos sucios del almuerzo. Hay unos cojines desvaídos en el asiento de la ventana y, sobre este, un muñequito de maíz que Lucy compró hace muchos años en la fiesta de la cosecha del pueblo. Junto al teléfono hay un montón enorme de cartas sin abrir —por lo que parece, cartas sin responder de los admiradores de su madre—, y una caja de libros —reediciones de una editorial extranjera— que ha sido rasgada de mala manera antes de convertirse en tope para mantener abierta la puerta del pasillo. Lo asimila todo y cierra los ojos mientras la incipiente jaqueca va en aumento.

El reloj que hay sobre la chimenea del salón acompasa su tictac con el martilleo que siente en la cabeza. Sobre el sofá de terciopelo, un vetusto gato negro yace hecho un ovillo en un cuadradito de sol. Margot le rasca por detrás de las orejas. «Hola, Pinter». El gato abre un ojo legañoso y la recompensa con un ronroneo antes de sumirse de nuevo en el sueño. Margot coge un viejo cojín deshilachado con una rosa primorosamente bordada en punto de cruz y observa cómo las motas de polvo revolean en un rayo de sol; el sol también cae sobre un jarrón de cristal y revela la fina capa de mugre que lo recubre. Mire donde mire, hay montones de papeles en precario equilibrio, rincones polvorientos y telarañas colgando en lo alto, plantas que necesitan ser regadas y libros apilados peligrosamente. Imposible no admirar a su madre por esa actitud suya de: «Hay cosas más importantes en la vida que limpiar». Kit jamás ha sido de las que se pliegan a las convenciones sociales y, por lo que se ve, ni siquiera la inminente llegada de una horda de invitados hará que cambie.

Abandonada sobre la mesita, hay una bandeja con tazas al lado de una lista escrita deprisa y corriendo al dorso de un sobre. Margot lo coge y lee las palabras, escritas con la pulcra letra de Eve:

cantidad de menús: confirmar con R
servilletas
vajilla cristal alquiler
fotógrafo
alargadores luz
botes mermelada
flores: hablar con S
pilas
bombillas colorines
confeti
¿Margot?

Echa un vistazo a la lista antes de birlar la última galleta de un platito que hay en la bandeja. No se le pasa por alto que su nombre aparece al final, muy por debajo de frivolidades como las bombillas de colorines y el confeti, y entre esos cautelosos signos de interrogación.

La casa parece un escenario a la espera de los actores, el telón listo para abrirse de golpe. En lugar de romper el silencio llamando en voz alta, se dirige a la escalera.

En el piso de arriba, el sol cae sobre el descansillo a través de los lucernarios y dibuja cuadrados de luz sesgados sobre los tablones del suelo. Margot los sortea como una chiquilla jugando a la rayuela. Pasa por delante del dormitorio de su madre y alcanza a ver el papel afelpado de color escarlata que cubre las paredes, los cortinones de terciopelo y la enorme cama deshecha. Sobre la mesilla de noche hay otra pila inestable de libros, y en el suelo, formando un charco de seda, un camisón tirado. No hay ningún testimonio de que alguna vez haya compartido el cuarto con su padre. Al llegar a la escalera de caracol que sube al torreón del segundo piso, en el que Kit ha instalado ahora su despacho, pasa de largo y continúa rumbo al antiguo dormitorio de Eve y, después, al de Lucy, casi segura de que le llega el vago aroma a ambientador de varillas y a CK One que sigue flotando en el ambiente.

La casa está tan plagada de recuerdos de infancia —cuadros, olores, objetos familiares— que, para cuando Margot llega al final del pasillo, se siente un poco rara, aturdida, como si no terminase de hacer pie. Es como si flotara a unos pocos centímetros por encima del suelo, como si no solo hubiese viajado desde la otra punta del país, sino también retrocedido por el tejido del tiempo y, atravesando una intersección fina como la gasa, hubiese vuelto a un pasado que se ha esforzado en olvidar.

Titubea. La noche de sueño entrecortado seguida del largo viaje al sur hace que la imagen de su antigua cama se le antoje de lo más atractiva, pero se resiste, reacia —quizá incluso un poco temerosa— a reducir la distancia entre el pasado y el presente. ¿Qué teme que pueda haber tras esa puerta? ¿Su antigua vida? ¿Una encarnación previa de sí misma? ¿La chica que dejó el colegio, metió lo justo en una bolsa y se fue de casa con dieciséis años?

Después de la luminosidad del descansillo, los ojos de Margot tardan unos instantes en ajustarse a la tenue luz del dormitorio. Las cortinas están medio cerradas, tan solo un triangulito de luz se cuela por el hueco, pero enseguida se le acostumbra la vista y se asusta al descubrir que su cama ya está ocupada. Distingue una figura echada sobre las almohadas con los brazos abiertos y los ojos cerrados. Rubia, no morena; no es el espectro de su antiguo yo, sino su hermana Lucy, tumbada en una postura extrañamente formal, casi como de cadáver, encima de la colcha. Bajo una chaqueta vaquera que le suena mucho, el vestido floreado de su hermana se funde con la maraña de flores que trepa por el papel pintado.

La imagen le recuerda un cuadro de una mujer flotando en la superficie de un río sobre el que escribió una vez en el colegio: *Ofelia*, de Millais. Ha sacado el nombre del pintor de los recovecos más profundos de su memoria y le sorprende ver que lo recuerda.

En la penumbra, Lucy tiene la piel pálida, de un blanco luminoso, y sus extremidades tienen un aspecto anguloso, como de pájaro. La larga melena rubia cae, como siempre, enmarañada. Abre los ojos y se queda mirando a Margot sin inmutarse. Por un instante, a Margot le viene a la cabeza la niña del tren, los ojos muy abiertos y curiosos, a continuación desaparece y en su lugar ve a la Lucy adulta tumbada en la cama. De repente, el rostro de su hermana se ilumina:

—¡Eres tú!

Margot afirma con la cabeza.

—Soy yo.

Ambas permanecen calladas durante un buen rato. Al ver la cara de pasmo de su hermana, Margot, de pie en el umbral, esboza una sonrisita.

Lucy parece volver en sí.

—Bueno... ¿Qué? ¿Piensas quedarte ahí mirándome como un pasmarote, o vas a darle un abrazo a tu hermana favorita?

La sonrisa de Margot se ensancha. Da la vuelta a la cama y se sienta al borde.

—Hola, forastera.

—Hola, tú. —Lucy sonríe, se incorpora y, cruzando las piernas sobre el mullido colchón, la abraza con fuerza—. ¿Soy la última en saludarte?

—Eres la primera.

Lucy echa un vistazo culpable al jardín.

—Menuda perra que le va a dar a Eve. Desde que le dije que Tom y yo nos casábamos, se le ha quedado esa cara de amargada que se le pone, ya sabes.

—¿Y eso cuándo fue, exactamente?

—El domingo.

—¡Preparar una boda en una semana! —se ríe Margot—. Pobre Eve. Desde luego, tú sí que sabes cómo sacarla de quicio.

Lucy hace un gesto de resignación.

—Yo no le pedí que se hiciera cargo de todo. No hago más que decirle que se supone que queremos una fiesta discreta, improvisar algo divertido, pero ya la conoces. A ella lo que le va son las bodas tipo Martha Stewart; vamos, que según Eve no es una boda si no hay montañas de flores y de comida, un DJ pasado de moda y una tarta de tres pisos.

—¿Así que Eve es tu coordinadora de bodas oficial?

—Mi coordinadora de bodas «autoproclamada», más bien.

—Y tú aquí… ¡haciendo el vago tan tranquila… en *mi* dormitorio… —entorna los ojos— con *mi* chaqueta vaquera, mientras los demás echan el bofe para preparar tu gran día!

Lucy se encoge de hombros.

—Me estoy escondiendo. Y me pareció que la chaqueta estaba muy solita, ahí colgada, la pobre, detrás de la puerta. Seguro que ni te acuerdas de la última vez que te la pusiste. ¡Mira! —Mete la mano en el bolsillo de la chaqueta y, mirándola con cara de guasa, saca una cajetilla de Marlboro Light y unas cerillas.

—Dame eso —dice Margot, cogiendo ambas cosas. Se acerca al asiento que hay encajado en el hueco de la ventana y la abre.

—Estarán rancios —avisa Lucy, pero a Margot le da igual. Enciende un cigarrillo, da una calada larga y lenta antes de echar el humo por la ventana y se lo ofrece a Lucy, que se sienta a su lado—. No, gracias.

—Perdona, se me olvidaba que últimamente eres una saludable yogui.

—¡Bueno! —exclama Lucy, dándole un manotazo a su hermana en el muslo—. ¡Es alucinante! ¡Estás aquí!

Margot asiente con la cabeza.

—¿Qué, no se te ocurrió que podías responder a nuestros mensajes? ¿Avisar que venías? ¿Señales de humo?

Margot se encoge de hombros.

—Pensé que lo mejor sería venir y ya está. Decías que me necesitabas.

Lucy sonríe y le estruja levemente el brazo.

—No sabes cuánto me alegro. Mi plan diabólico ha surtido efecto.

—¿Tu plan diabólico?

—Sí, un plan genial, ¿no? Improviso una boda y así te sientes obligada a volver a casa para participar en un reencuentro que debería haberse producido hace tiempo.

—Genial —responde Margot con tono seco—. Aunque lo mismo te has pasado un pelín… Y ¿a qué tantas prisas?

—Ya me conoces. No soy de planear mucho las cosas. Además, no me convenía darte demasiado margen de tiempo. Sé que se te da de maravilla poner excusas para no venir a casa.

Margot, reparando en la habilidad con que su hermana ha esquivado la pregunta, suelta otra bocanada de humo por la ventana y se recoloca en el asiento.

—Bueno, a ver, cuéntame: ¿cómo te convenció Tom para que sentaras cabeza con la dicha conyugal?

Lucy vacila.

—Fui yo. Le pedí que se casara conmigo.

—Toma ya. Qué valiente.

Lucy se encoge de hombros.

—Le quiero, Margot.

—Reconozco que no soy ninguna experta en relaciones de pareja, pero supongo que no hay mejor motivo que ese.

Margot mira hacia los árboles del huerto. Abajo, en el valle, reluce el río. Se lleva el cigarrillo a los labios y da otra larga calada, esperando que el temblor de sus manos no sea tan evidente para Lucy como lo es para ella.

—He visto el camión de las carpas en la entrada. Va a ser el fiestón del siglo…

—Me da que a mamá y a Eve se les ha ido un poquito la mano…

—Siempre he pensado que te pegaba más fugarte para evitar todo el follón… No sé, una boda tipo capillita Elvis en Las Vegas, por ejemplo.

—Yo también me veía así. —Lucy titubea y Margot intuye que quiere decirle algo más—. Pero siento que Windfalls es el lugar adecuado. El único lugar. La boda es una buena oportunidad para juntarnos todos. ¿Cuándo fue la última vez que te vimos? ¿Cuando papá cumplió los sesenta?

—Sí… No me lo recuerdes.

—Seguro que a estas alturas ya se habrán olvidado.

Margot no. Aún recuerda su caída sobre la mesita baja del hotel en que lo habían celebrado, el estruendo que hizo el cristal al hacerse añicos. En su pierna está la cicatriz como prueba de aquel lamentable tropezón de borracha; se había puesto en ridículo bebiendo más de la cuenta, brindando por su padre con un discurso completamente fuera de lugar antes de chocarse con la mesita… Una antigüedad muy cara que le había tocado abonar a él.

—En fin —continúa Lucy, el gesto serio y franco—, el caso es que quiero que estemos todos juntos. Para mí es importante. Y creo que ya va siendo hora de que mamá y tú resolváis vuestras desavenencias, ¿no te parece?

Margot da la callada por respuesta. «Vuestras desavenencias». ¿Así lo llamaban ahora?

—¿Has invitado a Sibella?

—Por supuesto.

La idea de que Lucy haya forzado esta reunión con la esperanza de que se desarrolle como un episodio de *Familias felices* es poco menos que irrisoria.

—Eres más valiente que yo. —Margot da otra calada profunda—. Te he estado siguiendo en Instagram —dice, cambiando de tema—. Posturas de yoga y memes motivacionales. Un cóctel edificante donde los haya. Lo siguiente será que te pongas a dar charlas TED.

Lucy se ríe.

—Últimamente casi no tengo tiempo para dar clases. Estoy demasiado liada dirigiendo el centro. Además, Instagram, ya sabes… un paripé. No te fíes de todo lo que ves en las redes sociales. Supongo que todo eso forma parte del juego. Si estás en el sector de la salud y el bienestar, tienes que promocionar la imagen adecuada, vivir el ideal.

—Así que va bien el negocio.

—Va viento en popa. He contratado más personal docente para responder a la demanda.

—¿Tienes empleados?

—Sí. Y un estudio nuevo en Bath, un antiguo almacén pegado al río. Aunque he tenido que desentenderme un poco de algunas cosas para concentrarme en el *marketing* y en el aspecto financiero.

—Aspecto financiero… —Margot mira a Lucy con envidia.

—No todo son zumos verdes, quinoa y ropa deportiva, ¿sabes? —dice Lucy, encogiéndose de hombros.

—Claro, ya me lo imagino. —Margot entorna los ojos—. Pareces cansada. Trabajas demasiado. ¿O son los nervios preboda?

—Las dos cosas —dice Lucy, mirando al jardín—. Pero ¿y tú, qué? ¿Sigues en Edimburgo?

Margot asiente.

—Lo más lejos posible de este lugar, ¿no?

—Algo así.

—Lo último que supe fue que estabas trabajando en algo relacionado con los libros...

Margot suelta una carcajada.

—¿Eso te dijeron?

—Sí. Por lo que dijo Eve, sonaba importante. Pensamos que lo mismo estabas siguiendo los pasos de mamá. ¿Qué pasa? ¿Qué es lo que tiene tanta gracia?

—Bendita Eve. Me paso cinco días a la semana sentada delante de una mesa escaneando libros que entran y salen de la biblioteca municipal. Soy una reponedora fantástica.

—Bueno, alguien tiene que encargarse de que los libros vuelvan a la estantería que les corresponde.

—Cierto.

Margot sonríe, pero no puede evitar sentirse inepta al compararse con Lucy y sus éxitos. Aunque tampoco es que a ella le haya ido tan mal, teniendo en cuenta que dejó los estudios antes del Bachillerato y se marchó de casa sin planes concretos y con lo poco que tenía ahorrado en el banco. Había vivido una temporada en Londres, donde se había juntado con otros jóvenes para compartir piso y estos le habían enseñado a sacar partido del sistema de prestaciones sociales. Hasta que al final, cansada del incesante ajetreo y de los gastos de la capital, había cogido sus escasas pertenencias y se había dirigido hacia el norte. Al cabo de unos meses de autoestop, había terminado en Edimburgo.

Algo había en la ciudad escocesa que la había enamorado. Se había quedado fascinada con la arquitectura histórica, las callejuelas serpenteantes de la ciudad vieja y las vistas del castillo presidiendo la ciudad desde lo alto. Se había pasado un par de años trabajando de camarera en cafés, hasta que una tarde, mientras se refugiaba de la lluvia en la Biblioteca Central, se había fijado en un anuncio del tablón que ofrecía un puesto de ayudante. Había conseguido convencerles para que le dieran el trabajo y allí seguía desde entonces.

Después de la agitación y la incertidumbre de los años anteriores, la biblioteca había resultado ser una especie de refugio, con su silencio y sus fáciles vías de escape a otros mundos y lugares. Además, a la hora de los cuentos gozaba de una gran popularidad entre los niños, con sus actuaciones y las voces cómicas que ponía para hacerles reír. Aunque no se le pasa por alto que apenas pasa un día sin que alguien saque o encargue alguno de los libros de su madre. Cada vez que registra un ejemplar de K. T. Weaver con el escáner, siente una extraña mezcla de orgullo y dolor. Una forma muy personal de torturarse.

—Entonces, ¿estás contenta allí? ¿Sales con alguien? —le pregunta Lucy, a la que a todas luces le empieza a picar la curiosidad.

Margot se encoge de hombros.

—No. Bueno… No.

—No suenas muy segura. —Lucy se queda expectante y añade—: Podrías haberte traído a «alguien».

—No. Mejor así. Digamos que tu invitación no pudo venir en mejor momento.

Lucy espera, pero Margot no quiere dar detalles. Apaga el cigarrillo en el borde exterior del descascarillado marco de la ventana antes de tirarlo al parterre lleno de maleza que hay debajo.

—Va a salir bien, ¿verdad que sí? —pregunta de repente Lucy, toqueteando la tela de su vestido—. No estoy completamente loca por empeñarme en hacer esto aquí, en Windfalls, ¿no?

—No. —Lo dice con más convicción de la que siente—. Completamente loca, no.

—Es que lo que más quiero en este mundo es que todos nos llevemos bien. Quiero que nos sintamos como una familia normal.

A Margot se le escapa una risotada sardónica.

—¿Una familia normal, dices? —Al ver el gesto alicaído de su hermana, se ablanda—: Luce, estoy aquí y te apoyaré de cualquier forma que necesites.

Lucy titubea.

—Bien, porque se me ha ocurrido que podríamos limar algunas asperezas…

Lucy la mira con una expresión tan intensa que a Margot le pesa como si llevase una tonelada de ladrillos a la espalda.

—Si estás pensando en mamá y en mí, lo mismo convendría que renunciaras a ese sueño.

—¿Y si os sentarais las dos a hablar e intentases explicárselo? Todos cometemos errores.

—Sigues siendo la incurable optimista de siempre. —Margot suspira—. No puedo prometer un reencuentro conmovedor, pero sí te prometo que me mantendré alejada de todas las cuchillas afiladas y de todos los objetos inflamables o frágiles. ¿Quién sabe?

¡Incluso puede que mamá nos sorprenda en tu gran día y se vista como es debido! —Lucy no puede evitar una sonrisa al oírla—. Seré la hermana perfecta, te lo prometo.

—Gracias.

—Aunque, por supuesto, todo depende de una cosa.

—¿De qué?

—Más vale que me enseñes el vestido de dama de honor que esperas que me ponga. Porque te aviso que como tenga la más mínima pizca de rosa… o volantes… o, Dios no lo quiera, chorreras… ¡no me hago responsable de mis actos!

Lucy se ríe.

—Nada de damas de honor. Ya te lo dije, no va a ser ese tipo de boda.

—Joder, pues menos mal. Ya empezaba a pensar que no te conozco nada.

4

Eve va repasando mentalmente el número de invitados y los menús para el sábado cuando, al entrar en la cocina por la puerta trasera, se para en seco. Lucy y Margot están sentadas a la larga mesa de roble, cabeza con cabeza: los largos rizos rubios junto a la rectísima melena morena.

Margot ha vuelto.

Eve, durante el breve instante en que aún no han reparado en su presencia, las observa. Al ver juntas a sus hermanas por vez primera desde hace siglos, sentadas a la mesa en la que tantas horas han pasado —comiendo, trenzándose el pelo, haciendo los deberes, peleándose por juguetes, ropa y tareas domésticas—, es casi como si los fantasmas de las niñas que fueron se cernieran sobre ellas. Lucy, una caja de sorpresas llena de energía y optimismo, a pocos días de casarse con Tom. Y Margot, la menor, en otros tiempos tan exuberante, tan dotada para el teatro, y ahora tan difícil de entender, ahí sentada, con la oscura melena rozándole la clavícula y una vieja chaqueta de cuero sobre los estrechos hombros. Son la luz y la oscuridad, el día y la noche.

Una honda emoción embarga a Eve al verlas a las dos juntas, el mismo sentimiento que le produce acercarse de puntillas al dormitorio de sus hijas y verlas dormidas al final del día, los puñitos cerrados bajo las barbillas, las pálidas caritas abandonadas al sueño. Es un amor profundo, y también una nostalgia por todo lo que

31

han compartido y por todos los días que forman ya parte del pasado.

Lucy dice algo que a Eve se le escapa y la risa de Margot resuena por la habitación, un sonido a la vez familiar y ajeno, como una campana lejana que lleva mucho tiempo sin repicar. La invade un anhelo de ser incluida, de formar parte de su círculo.

—¿Qué es lo que tiene tanta gracia? —pregunta, anunciando así su llegada, aunque las palabras, al salir de sus labios, suenan más severas de lo que pretendía, incluso ligeramente acusadoras.

—¡Eve! —Margot alza la vista—. Justo ahora estábamos hablando de ti.

Eve estudia con detenimiento a Margot, buscando en su rostro alguna señal de que está bromeando, pero no consigue leer sus ojos castaños. Está mayor, más angulosa, y también detecta en ella una dureza, un aire de frío distanciamiento que no recuerda haber visto antes. Parada en el umbral, con su camiseta a rayas, sus vaqueros sin forma definida y sus botas de lluvia, Eve vuelve a sentirse como cuando eran pequeñas: aburrida, sensata, responsable, desaliñada. Vieja antes de tiempo. ¡Cuántas veces se ha sentido como «la otra» en relación con ellas, excluida en cierto modo! Supone que se debe a que es la mayor: tres años más que Lucy, siete más que Margot, siempre la hermana más responsable frente a la actitud juvenil y más desenfadada de las otras dos.

—Lucy me estaba diciendo que has estado maravillosa, ayudándola con todo.

Eve sonríe.

—¿Cuándo has vuelto?

—Hace media hora. ¿Están contigo las niñas? —pregunta Margot, echando un vistazo a la puerta de atrás.

—No. Hoy hay cole.

—Cole. Madre mía, en mi recuerdo siguen siendo un par de bebés.

—Chloe ya está en cuarto. May acaba de empezar primero.

—De nuevo, el tonillo acusador. Eve se refrena y prosigue—: Ya las verás en la cena familiar, incluso puede que antes.

—¿La cena familiar? —Margot entrecierra los ojos.

—Sí, este viernes —dice Lucy—. Me hacía ilusión una reunión antes de la boda.

—¿Estaremos todos?

Si Lucy se fija en cómo frunce Margot el ceño, no lo hace ver.

—Sí, todos —dice alegremente—. Bueno, ¿qué tal va la cosa ahí fuera? —pregunta volviéndose hacia Eve con un dejo de disculpa en la voz.

—Bien. He dejado a mamá ultimando detalles con el tipo de la carpa.

—Uf, pobrecillo —dice Lucy.

—Bueno, cuando digo que están ultimando detalles me refiero a que mamá iba de acá para allá ensimismada y a medio vestir, arrancando ramas de majuelo del seto mientras el hombre se esforzaba malamente por no mirarla con cara de pasmo.

—¿El caftán transparente? —pregunta Margot.

—Y un camisón.

—Podría ser peor. ¿Os acordáis de aquella temporada que le dio por tumbarse al sol desnuda?

Lucy se ríe.

—¡Por eso yo nunca invitaba a casa a las amigas del colegio!

—Chica lista, ha sido una buena decisión esto de celebrar la boda en otoño, cuando hace fresco.

Todavía se están riendo cuando la puerta de atrás se abre de golpe y aparece Kit majestuosamente con una enorme y lustrosa rama verde cuajada de bayas rojas en la mano. Se para en seco al ver a las tres chicas en la cocina, y las mira una a una hasta que sus ojos se posan en Margot.

—Has venido.

—Hola, mamá.

La rama del majuelo es arrojada sin contemplaciones a la pila y las bayas rojas se esparcen como canicas por el suelo de la cocina. Kit se sacude las manos.

—¿Por qué no nos avisaste de que venías? Podría haber ido alguien a recogerte a la estación.

Coge a Margot por los hombros para echarle un buen vistazo y las pulseras de plata tintinean ruidosamente.

Eve no puede evitar fijarse en la incomodidad de Margot, que recula y esquiva la mirada de su madre.

—No quería molestar.

—¡Molestar! No habrías molestado.

Kit suelta una risotada estridente. Se dan un abrazo rígido y mecánico, dos líneas que apenas se tocan. Eve mira a Lucy, pero Lucy está mirando hacia otro lado, concentrada en un hilo suelto que cuelga del camino de mesa y que termina arrancando.

—¿Alguien quiere té? —pregunta Eve con tono animado a la vez que Margot se zafa del abrazo de su madre—. Voy a preparar una tetera.

—Sí —se apresura a decir Lucy—. Venga, un té.

—Bueno, mira qué bien —dice Kit recorriéndolas con la mirada, la voz llena de falsa alegría—. Las tres aquí, así, bajo el mismo techo.

—Sí —repite Lucy.

—¿Te vas a quedar para la boda? —pregunta su madre, dirigiéndose de nuevo a Margot.

—Si no hay inconveniente…

—Pues claro que no. *Tu* habitación sigue ahí, exactamente igual que la dejaste.

Cae un silencio sobre las cuatro mujeres. Eve carraspea, se devana los sesos por decir algo que relaje la súbita tensión:

—Nos vendrá bien un par de manos extra para ayudar —dice, pensando que no es mal momento para repasar los detalles más relevantes—. Todavía quedan miles de cosas que hacer antes de la fiesta del sábado. Podríamos repartirnos algunas de las tareas, si os parece bien. —Las mira a todas—. ¿Qué? ¿Qué pasa?

—¿No desconectas nunca? —pregunta Lucy.

—Esta mañana he contado las confirmaciones de asistencia. Vienen sesenta y cinco.

—En realidad —dice Lucy con cara avergonzada—, me da que más bien del orden de los setenta. Por lo visto hubo gente que se enteró de la fiesta por Facebook. No podía decir que no.

Eve frunce el ceño.

—Vale. Así que dentro de cuatro días tendrás a setenta y pico invitados cayendo sobre Windfalls para el festejo. Necesitarán comer y beber, y esperarán pasárselo mínimamente bien, digo yo.

—No creo que esperen demasiado de…

—¡Lucy! Créeme, tus invitados contarán con que se les dé de comer. Querrán beber. Incluso necesitarán beber… Todos lo vamos a necesitar —añade entre dientes—. Tendrán que ir al cuarto de baño… Vaya por Dios, se me ha olvidado poner papel de váter en la lista de la compra… Escribe eso por ahí, por favor, mamá —añade, agitando el papel para que lo coja Kit, que está al lado de la pila—. Querrán bailar y divertirse. Una boda es eso. Y eso es lo que te estamos preparando.

Eve coloca las tazas sobre la mesa y comprueba que la tetera está ya caliente, echa un puñado de hojas de té de una latita cercana y vierte el agua sobre ellas.

Lucy se encoge de hombros.

—Francamente, Eve, te agradezco tu ayuda, en serio. Pero no creo que haga falta tener prevista cada eventualidad. Tu idea de pedirle al *pub* que se encargase de la comida y de la bebida fue genial. Y lo demás… Bueno… Cierta dosis de… de espontaneidad tampoco está mal, ¿no? Estaba pensando en que el día se desarrollase de un modo más improvisado. Todas las personas a las que quiero aquí juntas, divirtiéndose.

Eve aprieta los dientes mientras lleva la tetera a la mesa. Se le ocurre otra táctica.

—He visto unos vestidos de lo más monos, se venden *online*. Si los pidiésemos hoy todavía llegarían a tiempo. A Chloe y a May les encantarían. Y podrían llevar unas cestitas, unos lacitos, tirar pétalos de rosa… Ya me entendéis.

—¿Pétalos de rosa?

Eve se vuelve hacia Margot, solicitando ayuda.

—He estado intentando convencer a Luce de que unas damas de honor con flores darían un toque muy bonito a la ceremonia.

Lucy suspira.

—Ya te lo he dicho, la ceremonia se va a limitar a Tom y a mí, con nuestros padres como testigos. Sin más jaleo. Las niñas pueden ponerse lo que quieran para la fiesta de después. Flores en el pelo, zapatos brillantes, ramilletes… lo que les dé la gana.

—Pero si no se les asigna ningún cometido, no serán auténticas damas de honor, ¿no? Además, ¡saldrían tan lindas en la fotos…! De hecho —dice Eve frunciendo el ceño—, ya que estamos con el tema, deberíamos hacer una lista con los grupos familiares que quieres que se fotografíen.

Se acerca al cajón de los cubiertos y busca las cucharitas.

Lucy suelta un gruñido.

—¿Fotos formales? No quiero pasarme horas posando. Quiero que todo el mundo disfrute del día. Además, todos tenemos móvil.

Eve hace un gesto de desesperación.

—Una boda representa el comienzo de tu vida con Tom. ¿No crees que a tus suegros les haría ilusión tener un par de retratos profesionales de su hijo casándose con su preciosa novia? Algo para la posteridad, algo para enseñarles a tus nietos cuando seas una viejecita de pelo blanco.

Lucy deja caer los hombros. Cierra los ojos y espira lentamente con cara de sufrimiento.

—Paso de un fotógrafo de bodas, menuda cursilada.

—Pues creo que te arrepentirás toda tu vida.

—Eve, por favor…

—¿Y qué dices de las niñas? —continúa Eve, que ya ha cogido carrerilla.

Lucy se lleva las manos a la cabeza.

—Vale. Me da igual lo que se pongan.

—Les diré que son damas de honor, ¿de acuerdo?

Lucy busca apoyos con la mirada.

Eve suspira.

—¿Quieres que vuelva a casa y aplaste los sueños de dos niñitas ilusionadas?

—Lo siento, Eve. No he dicho nada de…

—En efecto —conviene Eve—. No has dicho nada. No has tomado ninguna decisión respecto de nada. Aunque te cueste creerlo, estoy intentando ayudarte, Luce.

Lucy se sonroja.

—No te pedí que planearas nada. Te estás apropiando de todo.

Eve se queda mirando a Lucy con la boca abierta. ¿Apropiando? Por el rabillo del ojo ve que Margot coge la tetera y empieza a servir. Su madre está ocupada con algo al lado de la nevera, de repente fascinada por el precinto de una botella de leche. No parece que nadie vaya a ponerse de su parte.

—Tom y yo queremos hacer las cosas de una manera un poco distinta —continúa Lucy, más suavemente.

Eve se encoge de hombros.

—Pues nada, supongo que he sido una boba. —Deja en la mesa las cucharillas que estaba apretando y coge el bolso—. Encárgate tú, ya que no necesitas mi ayuda.

—Pero ¿qué hay de esa taza de té? —pregunta Kit, agitando la botella de leche.

—Lo siento, mamá, no tengo tiempo.

Sabe que es una actitud infantil, pero no puede evitarlo. Sale de la cocina con andares altivos y se cuela una corriente de aire por la puerta de atrás, que se cierra de golpe.

Dentro del coche, baja la ventanilla y apoya los brazos y la frente en el volante, exhalando un largo suspiro. ¿Por qué se enfada tanto Lucy con ella? ¿No ve que solo intenta ayudar?

Visto de cerca, el cuero del volante tiene un aspecto ajado y descolorido. Cierra los ojos. Es única la capacidad que tiene su familia de ponerla de los nervios. ¿Y por qué no será ella capaz de cruzarse de brazos por una vez y dejar que cometan los errores que tengan que cometer? Tal vez así aprenderían, ¿no? En cambio, ahí está, con su constante necesidad de ayudar, de intentar sacarlos de sus atolladeros y allanar el camino cuando todo va mal. Es como esas madres sobreprotectoras de las que hablaban el otro día por la radio, que no dejan a sus hijos ni a sol ni a sombra, consintiéndolos, esforzándose por hacérselo todo. Y claro, los hijos nunca aprenden. Nunca se han visto obligados.

Levantando la cabeza, comprueba el reloj de pulsera y ve que todavía falta casi una hora para ir a por las niñas. En el espejo retrovisor, la granja se cierne amenazadora. «Ojalá pudiera entrar de nuevo», se dice. Se imagina a su madre y a sus hermanas sentadas a la mesa de la cocina, bebiendo té. Piensa en Margot y en Kit, y en el complicado terreno por el que van a tener que adentrarse. Piensa en la lista de tareas que espera tirada sobre la mesita del salón y en todo lo que queda por comprar antes del sábado, y suspira. A su lado, en el asiento, vibra el móvil. Desbloquea la pantalla y un rubor se extiende por sus mejillas mientras lee el mensaje. Se queda contemplándolo un buen rato, escudriñando las palabras con el dedo a poca distancia, hasta que entra en razón y lo elimina. Suspirando de nuevo, arranca el coche. Lo que menos necesita en estos momentos es una distracción de este tipo. ¡Con la de cosas que hay que resolver todavía!

5

El ambiente de la cocina sigue cargado cuando el portazo cede paso al silencio. Kit se dirige a las dos hijas que continúan allí: Margot, con su pelo moreno y corto y sus ojos inescrutables, encorvada sobre la mesa, y Lucy, pálida y con aire agotado, derrengada en la silla con las manos en las sienes.

—Bueno, la he cagado por todo lo alto, ¿no? —dice Lucy—. No sé qué mosca le ha picado. Qué tensa está.

—Eve es así. Ya se calmará —dice Kit, colocando la leche sobre la mesa. Saca una silla y se sienta al lado de Lucy.

—¿Creéis que no tengo razón? ¿Estoy siendo injusta?

Margot se encoge de hombros.

—Es tu día. Deberías hacerlo a tu manera.

—Sí que quiero que me ayude —suspira—. Pero ¡es que tiene unas ideas tan rígidas de lo que son las bodas…!

—Va a salir todo bien —la tranquiliza Kit, dándole unas palmaditas en la mano—. Deja que se calme un poco y mañana la tendrás aquí otra vez como si no hubiera pasado nada. No sé vosotras —dice, levantándose y sacando una botella de vino blanco de la nevera—, pero a mí me vendría bien algo un poquito más fuerte.

Agita la botella a modo de invitación.

—Yo no —dice Lucy—. Me toca conducir. —Echa un vistazo a su reloj—. De hecho, debería irme ya.

Una ligera inquietud se apodera de Kit al darse cuenta de que Lucy pretende dejarla a solas con Margot.

—Quédate a cenar —se apresura a decir—. Pareces cansada. Cocino yo. Y, mientras, vosotras dos os podéis poner al día.

—Debería volver con Tom. Todavía tenemos que hablar de muchas cosas. Y seguro que vosotras también —añade, mirando a Margot con expresión elocuente.

Kit suspira. Conque por eso no quiere quedarse. En el rostro de Margot hay una mirada de aprensión similar a la suya.

Lucy recoge sus cosas y abraza a las dos con muchos aspavientos.

—Disfrutad de la cena. Mañana llamo.

—No creas que no me he fijado en que sigues llevando mi chaqueta —dice Margot.

Lucy le lanza un beso desde la puerta y se marcha.

A Kit se le cruza la mirada con la de Margot y esboza una sonrisa.

—¿Te apetece un vinito?

Ve que Margot vacila antes de asentir.

—Vale. Uno pequeño.

Kit sirve dos copas.

—¿Por qué no vas a refrescarte un poco, deshaces las maletas…? Ya me encargo yo de la cena.

—Estoy bien. —Margot estira las piernas y las cruza por los tobillos—. He traído pocas cosas.

Incapaz de soportar el silencio que se hace a continuación, Kit enciende la radio y baja el volumen antes de ponerse a buscar cacharros aparatosamente. Después, llena una olla de agua y coge una maceta de albahaca del alféizar de la ventana.

—¿Quieres que la pique yo? —pregunta Margot, señalando la hierba.

—Vale, ¿por qué no? —dice Kit.

Margot se quita la chaqueta de cuero y empieza a arrancar las hojas de la albahaca, que esparce su intenso aroma por la habitación. Kit saca un paquete de pasta de la alacena. Al volverse hacia el fogón, pega un respingo. El brazo izquierdo de su hija, desde la muñeca hasta la manga de la camiseta, está decorado con espirales de tinta negra, parras enroscadas que serpentean por su piel. Kit se queda mirando el tatuaje. En contraste con la blancura de la piel de Margot, la trepadora tinta negra es impactante. Carraspea. Margot levanta la cabeza, pero al cruzarse sus miradas Kit cambia de idea. «Déjalo estar», se dice para sus adentros.

Se vuelve hacia la olla, la llena de agua y la coloca sobre el fogón. Coge la sal y el aceite de oliva sin quitar ojo a su hija, que sigue picando las hojas. El tatuaje es extrañamente hermoso. Se pregunta si le habrá dolido y qué significará. Margot es como un país lejano que conoció en otros tiempos, familiar y sin embargo remoto, cambiado. Ya no es la niña suave de hace años, sino una mujer delgada y angulosa… bella, sí, pero por alguna razón dura e inalcanzable. ¡Qué cambiada está! Kit mira a su hija y siente el dolor de la pérdida. No conoce a esta mujer.

—No tienes por qué preocuparte —dice Margot al cabo de un largo silencio—. No he venido a crear problemas.

Kit suelta una risotada que a ella misma le suena a falsa.

—Ya lo sé.

—Estoy aquí por Lucy.

—Sí. Eso ya me lo imaginaba.

—¿Qué tiempo dan para el sábado? —pregunta Margot tras una breve pausa, mientras desplaza con soltura el filo del cuchillo sobre la tabla de cortar.

—Variable —dice Kit, echando pasta en la olla de agua hirviendo.

—Se supone que da buena suerte que llueva un poco el día de tu boda, ¿no?

Kit se queda mirando la olla.

—Eso dicen.

Están hablando del tiempo. Si no fuera tan tan triste se echaría a reír otra vez.

—Seguro que el agarrón entre Luce y Eve se queda en nada —dice Margot, después de otra larga pausa—. Es lógico que las emociones estén a flor de piel en vísperas de una boda.

—Sí. Además —añade Kit—, no estoy preocupada. A esas dos el rencor nunca les dura mucho.

Se extiende entre ambas un incómodo silencio. Kit se da de tortas por dentro por haber escogido tan mal las palabras, que se quedan flotando en el aire y apresan la persistente tensión, impidiendo que desaparezca.

—Aunque es típico de Lucy, ¿no? —dice Margot, que claramente intenta relajar el ambiente—. Romántica, impulsiva… Haciéndolo todo a velocidad de vértigo.

Kit vuelve a mirar a su hija de soslayo. Sí, se acuerda. ¡Cuántas cosas recuerda! Recuerda cómo Lucy, con cuatro años, e Eve, con siete, mimaban a Margot cuando era una bebé recién nacida. Las recuerda tumbadas junto al moisés de Margot entre las altas hierbas del jardín, agitando sonajeros y buscando mantitas, enamoradas de la recién llegada. Recuerda a Margot tambaleándose detrás de sus hermanas, siguiéndolas por la casa y el jardín; una sombrita. ¡Y cómo se acurrucaba en el regazo de su padre a la hora de acostarse, el pulgar embutido en la boca, mientras Ted le leía su libro favorito! Recuerda las noches en las que, sentada en la cama de Margot, le rascaba la espalda mientras su hija ronroneaba cual gatito y escuchaba las historias fantásticas que se iba inventando para dormirla. Recuerda a Margot ordenándoles a todos que acudieran al salón, forzándoles a sentarse en línea recta en el sofá antes de abrir las cortinas del mirador con una floritura teatral y ponerse a interpretar canciones y obras inventadas. Como también recuerda el verano en que Margot se marchó de casa, recién cumplidos los dieciséis años. Se había presentado en la cocina con una mochila a reventar y cara de resignación. «No puedo seguir viviendo aquí». Cinco palabras pronunciadas con voz monótona y apagada, y Kit le había dado la razón diciendo: «Creo que va a ser lo mejor», antes de girarse, y no porque no le importase, sino porque no quería que Margot viera hasta qué punto le importaba. Han transcurrido ocho años desde entonces y apenas han hablado desde aquel día.

Al recordar, Kit siente un súbito deseo de acercarse a Margot, de estrecharla contra su pecho y envolverla en un abrazo. Pero a su hija se le nota que está como a la defensiva, y no cree que le haga ninguna gracia que la toque. Se vuelve hacia el fogón, remueve la olla, que hierve a fuego lento. Al menos parece que Margot se esfuerza por fingir que pueden tratarse con normalidad, así que ella hará lo mismo.

—Típico de Lucy. Cuando preguntó si podía celebrar aquí la fiesta, me sorprendió, pero, por supuesto, dije que sí con mucho gusto.

Margot asiente sin decir nada; la hoja del cuchillo sigue silbando al rozar la tabla de cortar y la albahaca cae en finas virutas verdes.

—Además, me alegro de tener algo en lo que centrarme. Algo aparte de mi trabajo.

A sus espaldas, el sonido del cuchillo sobre la tabla cesa de repente. Kit se gira y ve que Margot la está mirando fijamente, la hoja de acero encendida como una llama bajo la luz de la lámpara que cuelga sobre la mesa.

—¿Has vuelto a escribir? —pregunta Margot entrecerrando los ojos, un ligero dejo de tensión en la voz.

Kit piensa en los papeles estrujados que cubren el suelo de su despacho del piso de arriba, en el documento sin título y prácticamente en blanco que está en su ordenador.

—No. Estaba pensando en escribir una precuela para la serie *Elementos extraños,* pero mis editores prefieren que acabe primero la historia de Tora Ravenstone.

Por el rabillo del ojo ve que Margot levanta la copa de vino y bebe un sorbo largo. Suelta una risita nerviosa y continúa:

—A juzgar por los derechos de autor que recibo, a los lectores no se les ha pasado el interés por Tora. Debería estar agradecida.

Aunque hay días en los que me siento como si estuviese encadenada a un monstruo.

Kit coge su vino y bebe un sorbo, intenta sofocar el hormigueo que empieza a sentir en la tripa. Ambas saben que están pisando terreno movedizo. Kit vuelve a dejar la copa sobre la encimera y las palabras le salen de la boca a borbotones:

—Si te soy sincera, me ha resultado imposible sumergirme en mi trabajo desde… En fin, aquello fue devastador.

Se queda esperando. El corazón le late aceleradamente, nota cómo le circula la sangre por las venas. Esto es lo más cerca que han estado en años de confrontarse con lo que sucedió, y no está segura de cómo va a reaccionar Margot. Quiere… Sí, lo que quiere es una disculpa.

—Lo que se perdió —añade, frustrada por el prolongado silencio de Margot e incapaz de ahorrarse otra indirecta en su desesperación por provocar una reacción de algún tipo— era insustituible.

La mirada de Margot se endurece, tensiona la mandíbula. En sus ojos castaños —tan parecidos a los de su padre— brilla la rabia, y Kit, al percibirla, se siente impulsada a pisar sobre el terreno peligroso que tan frágilmente se extiende entre ambas. Vale, perfecto. Ya es hora de provocar algún tipo de reacción en su hija.

—¿No tienes nada que decirme?

—Mamá —dice Margot, murmurando la palabra como una advertencia—. Esta noche, no. Por favor, tengamos al menos una noche en la que no removamos el pasado, ¿de acuerdo?

—¿Que no lo removamos, dices? —Como para troncharse de risa… ¡Si lleva ocho años sin removerlo!—. Lo único que he querido de ti en todo este tiempo es una disculpa —dice, satisfecha con su tono tranquilo, conciliador. No puede decirse que no se esté portando de manera razonable.

—¿Una disculpa? Ni siquiera llevo aquí una noche y ya quieres desenterrar…

—Sí. Quiero desenterrarlo —interrumpe Kit, de nuevo furiosa.

Las ganas de hurgar en las heridas del pasado van en aumento, una picazón terrible que solo podrá ser aplacada con palabras cortantes. ¡Lleva tanto tiempo fermentando! Necesita aliviar su dolor, su frustración. Necesita que Margot asuma la responsabilidad, o que al menos intente explicar lo inexplicable.

—Lo que hiciste fue tan… tan destructivo, Margot… Necesito que lo veas… Necesito que comprendas qué fue lo que se perdió. ¿Tanto te costaría decir lo siento, después de todo este tiempo?

Margot respira hondo. Mira el cuchillo que tiene en la mano antes de dejarlo con cuidado en la tabla, junto a la albahaca.

—¿Quieres que hablemos de lo que se perdió?

Kit asiente con la cabeza, pero Margot suelta una risa amarga.

—¿Qué tal si hablamos de lo que me estaba pasando a mí, mamá? ¿Qué tal si reflexionas sobre lo que perdí *yo?*

Kit la mira, desconcertada. Abre la boca para contestar, pero Margot no ha terminado todavía:

—Aunque, claro, a ti esa historia no te ha interesado nunca. ¡Estabas siempre tan enfrascada en tu propia vida, en tu trabajo, en tu maldito éxito!

Escupe la última palabra como una maldición.

Kit se encabrita:

—¿¡Mi éxito!? ¿Crees que era eso lo que buscaba? El éxito jamás tuvo importancia para mí. Lo único que me importaba era escribir. La narración, nada más. Eso sí, no nos olvidemos de que fue el *éxito* —añade, pronunciando la palabra como si le doliera— lo que nos permitió pagar las facturas, que fuerais al colegio y que tuviésemos un techo sobre nuestras cabezas.

Las mejillas de Margot se tiñen de dos manchas rojas.

—Pero nunca te fijaste en cómo nos afectaba. Estabas tan ausente… No veías lo que necesitaba ninguna de nosotras, lo que *yo* necesitaba.

Margot coge la copa de vino, la apura y la vuelve a dejar de golpe sobre la mesa.

Kit pega un respingo.

—¿Ausente? ¿Yo? Ay, cariño —dice, moviendo la cabeza—. Puede que no haya sido la mejor madre del mundo, pero fue vuestro padre el que se marchó. —Su voz ha subido de tono—. Fue tu padre el que se marchó con aquella mujer. —Sabe que sus palabras están dando en el clavo. Sabe que le está haciendo daño, pero necesita que Margot vea que ella no es la mala de toda esta historia. La única, no—. Yo estaba aquí. Maldita sea, siempre estuve aquí.

Kit calla de golpe, respirando trabajosamente, consciente de lo alto que habla, de lo fuerte que agarra la cuchara de palo que tiene en la mano.

—¿Por qué crees que se marchó? —pregunta en voz baja Margot—. No le hacías ni caso, igual que a todas nosotras. Pues claro que se lanzó a los brazos de la primera mujer que le demostró un mínimo de interés. Tú preferías vivir en tu mundo imaginario con la boba de tu heroína más que con ninguno de nosotros.

—¿Por eso lo hiciste? —pregunta con suavidad Kit—. ¿A modo de castigo? ¿Me echabas a mí la culpa de que tu padre nos abandonase?

La cara de Margot se tiñe de un rojo más intenso.

—Jamás lo entenderás, porque a lo que único que prestabas atención era a tu trabajo. Era como si viviéramos en casas distintas. ¿No te acuerdas de los pícnics que se te olvidaron, de las fiestas escolares a las que no fuiste? ¿De la obra de teatro del cole?

Kit se queda mirando a Margot sin dar crédito a sus palabras.

—¿Conque todo esto es porque me perdí una fiesta del colegio? ¿Porque no fui a verte actuar en una obra? —Suelta una risotada. Ve que Margot agacha la cabeza—. ¿Me castigaste porque se me pasaron un par de fechas del calendario? Venga ya, Margot. Madura de una vez. Siento que tu padre y yo nos separásemos. Créeme, nadie lo lamenta más que yo. Pero no eres la única adolescente de este mundo que ha sufrido la separación de sus padres.

—Eso ya lo sé —dice Margot, despatarrándose en la silla y mirando al suelo—. No es eso... Es que tú nunca... Cuando intentaba hablar contigo, tú… —Mueve la mano con ademán displicente; parece abatida.

Kit la observa sorprendida mientras Margot se muerde el labio inferior. Una lágrima resbala por la mejilla de su hija, que acto seguido esconde la cara entre las manos como si no soportara que su madre la viera emocionarse. Kit mira el tatuaje que se enrosca por el brazo de su hija y ve algo en lo que no había reparado antes: un pequeño corazón negro acurrucado entre las parras del pliegue del codo. Un corazón negro. Qué acertado.

«Cuando intentaba hablar contigo…». Kit frunce el ceño. Le cuesta recordar una época en la que Margot hubiese querido hablar con ella. Pero sí que puede recordar aquel año, aquella terrible ocasión en la que Ted hizo las maletas y se fue de Windfalls para siempre. Cierto, no había sabido manejarlo de la mejor manera; se había volcado en la escritura, había concentrado todas sus energías en el último libro de Tora Ravenstone que sus editores le presionaban para que escribiera. Pero que Margot quisiera hablar con ella… De eso, no se acuerda.

Aquel año había sido como si su niña normal y cariñosa —de acuerdo, tal vez un poco más teatrera que Eve o que Lucy, un poco más inmanejable y rebelde— se hubiera transformado de la noche a la mañana en la típica adolescente huraña. Recuerda la cortina de cabello oscuro que le caía sobre la cara, sus pasos furtivos —como de sombra silenciosa— por la casa, con los cascos bien ajustados sobre las orejas. Recuerda cuando llamaba a su cuarto a la hora de acostarse y oía el «Buenas noches» mascullado por Margot desde el otro lado de la puerta, cerrada con llave. Era una niña que no había querido que la molestasen, que la tocasen, que la viesen. Ella era la que había puesto las barreras, no Kit.

El cambio de Margot había tenido lugar más o menos por la época en la que se marchó Ted. La torpeza de los años adolescentes de cambios hormonales había chocado con el trastorno de la marcha de Ted. Nunca es buen momento para que un padre abandone a su familia, pero para Margot quizá había sido particularmente malo. Aunque, siempre que Kit intentaba sacar el tema de su separación, era Margot la que se cerraba en banda. No era justo que sugiriese lo contrario. Además, las separaciones de los padres son de lo más habituales. Pues claro que fue duro —duro para todos— y, tal vez sí, especialmente duro para Margot, que tenía quince años y era la única de las tres hijas que seguía viviendo en casa, pero eso no era excusa. No había ninguna excusa para lo que había hecho su hija.

A sus espaldas oye que el agua hierve y se desborda sobre el fogón. Kit se gira para bajar la llama del gas y pasa el trapo.

—Bueno, siento haber sido una madre tan terrible —dice al cabo de unos instantes, volviéndose hacia Margot—. Siento haberte decepcionado tanto. Siento haberme perdido un par de actividades escolares y haberte destrozado la vida.

Margot se pone en pie tan deprisa que la silla chirría sobre las baldosas.

—Puedes contar esta historia como te dé la gana, mamá, pero lo cierto es que llevabas unas anteojeras demasiado grandes para ver lo que estaba sucediendo delante de tus narices.

Kit no puede contener una sonrisa triste.

—Anteojeras no, cielo. Yo hablaría más bien de perspectivas plurales: mismos acontecimientos, diferentes puntos de vista.

Margot la mira con frialdad.

—Ahórrame estos tropos literarios tan sofisticados. No cambia nada.

—No. Tienes razón —asiente Kit—. No cambia nada. No restituye lo que destruiste.

Margot se queda mirándola durante el largo silencio que se hace a continuación. Parece como si se le hubiese cortado la respiración, y un amplio espectro de emociones le asoma al rostro: incredulidad, ira, tristeza.

—Lo siento —dice al fin—. ¿Vale? Siento todo lo ocurrido.

Mientras mira a Margot, Kit siente que algo se derrumba en su interior, un castillo de arena destruido por una ola. Contiene las ganas de estirar el brazo para tocarla; no sabe cómo puede reaccionar.

—Habla conmigo —dice, más suavemente—. Dime, Margot, ¿por qué lo hiciste? Ayúdame a entender por qué querías hacerme daño.

—Yo… yo… —A Margot le cuesta encontrar las palabras y cierra los ojos—. Yo no… No puedo…

Kit siente un dolor físico al ver los esfuerzos de su hija menor. Está deseando que continúe, pero Margot respira hondo y, cuando abre los ojos, Kit ve que su cara se ha transformado en una rígida máscara.

—No es precisamente una disculpa —intenta presionarla— si no eres capaz de explicar por qué lo hiciste.

Margot se encoge de hombros y agacha la cabeza, una actitud derrotada y terca que devuelve de golpe a Kit el recuerdo de su hija a los dieciséis años. «¿Qué pasa?», quiere gritar. «¿Qué pasó para que te volvieras así?». Pero se limita a suspirar.

—Vale. Como tú quieras. Los próximos días tenemos que convivir en la misma casa. Lo único que te pido es que no le fastidies todo esto a tu hermana.

—Ya he dicho que he venido por Lucy. Volveré a marcharme y volverás a perderme de vista antes de que te des cuenta. —Mira el montón de hierba picada que hay sobre la tabla de cortar—. Creo que hoy paso de cenar —añade en voz baja—. He perdido el apetito.

Kit no intenta evitar que se vaya. Espera a oír las pisadas de Margot en el rellano de arriba antes de coger la botella de Chardonnay y servirse de nuevo. Al oír el portazo en el dormitorio, echa un trago largo, y después remueve la pasta, engancha un tallarín y lo muerde para comprobar si está hecho. Escurre la olla y echa mantequilla, el picado de Margot, unos cuantos piñones tostados y un puñadito de parmesano antes de servirse un bol y llevárselo a la mesa.

Se sienta con la mirada clavada en la pasta. El silencio se

instala a su alrededor y el corazón poco a poco se le serena. Esto era exactamente lo que le había preocupado: que Margot volviera y trajera consigo sus estados de ánimo sombríos. Había albergado la esperanza de que el tiempo hubiese suavizado a su airada e insondable hija, pero Margot ha vuelto en pleno modo Margot. A Kit le frustra que le afecte tanto. Le sigue doliendo recordar la desolación infligida por su hija. Resulta exasperante no hallarse más cerca de comprender qué fue lo que sucedió. ¿Qué consuelo da una disculpa cuando es forzada y no se explica?

Después de un par de bocados, Kit descubre que también ella ha perdido el apetito. Aparta el plato y se levanta a tirar los restos en el cubo de la basura y a fregar los cacharros. Una olla, una cuchara de palo, un bol. Su solitaria existencia, marcada en los objetos individuales que pasan por sus manos. El gato aparece en la cocina, maullando con tono lastimero y enroscándose, esperanzado, en torno a sus piernas. Kit le echa un puñado de galletas en un bol y le acaricia por detrás de las magulladas orejas mientras el animal mastica lentamente.

No siempre ha sido así, por supuesto. Recuerda los años de Windfalls cuando las chicas eran pequeñas. Cuando Ted y ella todavía estaban juntos y los días transcurrían entre los incesantes malabarismos de la vida familiar, divertida y disfuncional, era como si nunca tuviese tiempo para ella y para sus pensamientos. Y aquellos lejanos días antes de nacer las niñas, claro, cuando Ted y ella jugaban a las casitas, dando tumbos feliz e inconscientemente por los comienzos de su relación, recorriendo la laberíntica granja, Ted volcado en sus obras de teatro y Kit entusiasmada con el futuro que tenían por delante.

Qué extraño, piensa, que sea ella la que haya terminado viviendo sola en Windfalls, la que tenga dificultades cuando se sienta ante su escritorio de la habitación de la torrecilla, la que esté, en este mismo instante, plantada ante la ventana de la cocina, mirando los manzanos del huerto en penumbra donde dentro de pocos días celebrarán la boda de Lucy.

Lucy. Lucy se casa. Deja que la idea se expanda en su cabeza y comprueba qué siente. Cuando Lucy le contó el improvisado plan, Kit había murmurado que sí, que por supuesto que podían celebrar la fiesta en Windfalls, y que sí, que vendrían todos... Sí, quizá incluso Margot. Le había dicho que no se preocupase, que todo iba a salir bien, pero ahora le asalta la duda: ¿ha llegado a interiorizar la noticia? Aquella bebé rubita, aquella niñita bulliciosa que, sentada en la trona, golpeaba la bandeja con la cuchara mientras les soltaba a voz en cuello alegres gorgoritos, la niña patilarga y despeinada que daba la vuelta al jardín haciendo volteretas laterales y andando con las manos, la despreocupada adolescente que pasaba apuros con los estudios, pero que con un balón de *netball* o un palo de *hockey* era capaz de humillar al más pintado. La niña que se había convertido en una mujer, había viajado por el mundo y había montado su propio negocio... Aquella niña era ya una mujer adulta y estaba a punto de casarse. La transformación la deja pasmada, como si alguien hubiese pulsado sin querer el botón de avance rápido de su vida.

¡Cuántas cosas han cambiado! Sus tres hijas son ahora adultas: Eve es madre, Lucy está a punto de casarse y Margot... a saber qué está haciendo en su exilio autoimpuesto. Otro capricho más del tiempo la sorprende mientras sigue plantada delante de la ventana de la cocina. Qué sensación de extrañeza, estar ahí, a sus cincuenta y pico años y pasada ya la menopausia, mientras su yo actual se funde con el recuerdo de un yo más joven que, de pie en ese mismo lugar, contempla esas mismas vistas mientras Ted y una impaciente agente inmobiliaria merodean a su alrededor. Esos dos yoes diferentes se conectan; concertinas del tiempo, dos puntos que se encuentran como las esquinas dobladas de un trozo de papel. Cierra los ojos. «Este es el lugar», le había dicho a Ted. «Lo noto».

El recuerdo de las palabras le trae el de los brazos de Ted rodeándole la cintura, su cálido aliento en la nuca. Se concentra en evocar a Ted arrimado a su espalda, abrazándola, y ambos abrazando el futuro compartido con el que soñaban. ¡Qué delicado había sido ese futuro, qué frágil! ¡Ah, Ted, se suponía que este iba a ser nuestro lugar para siempre!

Abre los ojos. En el crepúsculo, su reflejo solitario le devuelve la mirada desde el cada vez más oscuro cristal. Se da media vuelta, sale de la cocina y sube por las chirriantes escaleras a su dormitorio. Por debajo de la puerta de Margot brilla una luz. Siente remordimientos y se detiene unos instantes, dudando si llamar. Hay movimiento al otro lado, pisadas, la cremallera de una bolsa de viaje abriéndose deprisa. Varios objetos pesados, tal vez libros, caen al suelo. De nuevo oye pasos arrastrados y después el crujido del somier. Kit piensa en todo lo que se les ha quedado en el tintero, todas las palabras que se han perdido y, suspirando, se da media vuelta y continúa pasillo abajo en dirección a su dormitorio.

Al quitarse el camisón se fija en la araña patilarga que se ha instalado en la esquina del fondo. Kit lleva toda la semana viendo cómo teje su red uniendo hilos plateados para formar intrincadas espirales. Eve, tan hacendosa, tan pulcra, ya la habría echado, la habría tirado por la ventana con una toalla o con una escoba, pero para Kit ha sido una fuente de consuelo verla avanzar en su labor. Le gusta contemplar su trabajo silencioso y controlado, el crecimiento de la telaraña circular. Le proporciona un mínimo de esperanza para su propio trabajo, que está atascado. La progresión lenta pero constante de otros tiempos, cuando iba colocando una palabra tras otra, ensartándolas para que formasen sus propios diseños.

Se cepilla los dientes en la agrietada pila de porcelana del rincón, se pone un camisón limpio y se mete en la cama deshecha, se sube las sábanas hasta la barbilla, los ojos clavados todavía en la araña mientras sus pensamientos van y vienen, tejiendo y formando espirales desde el presente hasta el pasado para desenrollarse después hacia el futuro, como esa tela que va creciendo en el rincón más lejano.

Los próximos días le preocupan: la boda; la conexión del

pasado con el presente; que se abran viejas heridas. Se imagina a Ted acostado al otro lado del valle, en brazos de otra mujer. La imagen viene acompañada de una sensación familiar: es la fría opresión del pánico, el mismo espanto que sintió al contemplar con impotencia el ascenso del humo y las llamas hacia el cielo nocturno.

Kit se mueve bajo las sábanas. La oscuridad se cierne sobre ella, pesada, sofocante. Podría quedarse allí tumbada durante horas, luchando contra ese insomnio que es su compañero de cama en los últimos tiempos, pero decide que no quiere permanecer toda la noche en vela, con los pensamientos dando infinitas vueltas hasta que empiece el coro del alba. Así pues, se levanta, se pone una bata de seda y sube por la escalera de caracol que lleva a la habitación de la torrecilla, en la que está su escritorio con el ordenador y un caótico surtido de libros y papeles encima. Coge una página y examina el confuso párrafo que hay escrito en ella, las palabras garabateadas y tachadas, el grueso trazo negro del boli que se entrecruza sobre el papel. El último intento de volver al mundo de su imaginación se encuentra de nuevo en un callejón sin salida. Hace una bola con el papel y la arroja hacia el resto de gurruños que desbordan la papelera. Entonces, con un suspiro, se acomoda en la familiar curva de la silla del escritorio. Piensa en la araña que, hilo a hilo, va tejiendo su tela. Intenta expulsar de su cabeza todos los pensamientos sobre su familia, y enciende el ordenador para enfrentarse, una vez más, al vacío de la pantalla en blanco.

6

Antes de Windfalls —antes de Eve, y de Lucy, y, por supuesto, de Margot—, Ted y Kit, jóvenes y enamorados, estaban en un piso de Londres contemplando un pequeño anuncio cuadrado de la contraportada de un periódico: *Somerset: finca rústica. Granja con terreno, seis dormitorios, mucho estilo. Ofertas bienvenidas.*

—¿Y para qué queremos seis dormitorios? —se rio Ted, pero algo de la minúscula imagen en blanco y negro de la granja de piedra había cautivado la imaginación de Kit y, en vista de que no disminuía, a la mañana siguiente llamó a la agencia inmobiliaria y concertó una cita para ir a verla.

Salieron de Londres dos días después. Ted, al volante, iba callado y pensativo, y Kit, a su lado, parecía una chiquilla entusiasmada. Por el camino, se detuvieron en un pequeño café de carretera en el que pidieron té y un plato de huevos con patatas para compartir.

—No vamos a comprarla —dijo él—. Es como si hubiéramos salido a ver escaparates, nada más.

—Exacto —dijo Kit—. Por supuesto.

De nuevo en el coche, mientras Kit forcejeaba con un mapa del Servicio Estatal de Cartografía, atravesaron valles boscosos llenos de árboles espléndidamente ataviados con su ropaje otoñal, y desde ahí entraron en el pueblo de Mortford, un pintoresco grupo de casas de piedra y casitas de campo encaramado en una ladera sobre el río Avon. Dejaron atrás una oficina de correos y un pub y cruzaron un estrecho puente. La casa, cuando por fin la encontraron, se alzaba en solitario al final de un sendero sin nombre, en el límite más elevado de la aldea.

—Esta es —dijo Kit.

Ted detuvo el coche y se inclinó sobre el volante para captar el efecto completo del atractivo edificio de piedra, una maciza construcción en L acurrucada en la ladera con ventanas en los hastiales y ensortijadas ramas de glicinia sobre la fachada; el inmenso cielo estaba tensado como un lienzo sobre un jardín en cuesta y un huerto de frutales, a cuyo pie había un valle por el que serpenteaba el río, visible entre los árboles. El césped estaba descuidado, lleno de botones de oro y cabezuelas de dientes de león, y desde los árboles circundantes caían remolineando las primeras hojas del otoño. Un columpio colgaba de una cuerda deshilachada atada a la rama nudosa de un castaño. Era, sin duda, el lugar de la fotografía del periódico, pero al verlo en directo la ilusión se desvaneció. Ted se iba agobiando por momentos. Una cosa era fantasear con un futuro de ensueño con Kit en un piso de Londres, y otra completamente distinta entrar en esa fantasía y hacerla realidad. Al ver la casa y el terreno, Ted no pudo evitar sentir que el lugar entero rezumaba cierta melancolía.

—Me pregunto quién viviría aquí. ¿Cómo dices que se llama esto?

—Windfalls. —Guardaron silencio unos instantes—. Este es el lugar.

—¿El lugar?

Kit asintió con la cabeza.

—Lo noto.

Al ver su mirada de serena satisfacción, Ted supo que ya no había vuelta de hoja.

La agente inmobiliaria, una mujer menuda y estresada embutida en un traje con grandes hombreras que la empequeñecían aún más, llegó unos momentos más tarde y les dio un apretón de manos sorprendentemente firme antes de guiarles por la casa, señalando las humedades y las tablas del suelo podridas. Ted sabía que ya los había etiquetado como personas que le estaban haciendo perder el tiempo —una joven pareja bohemia de Londres de excursión campestre y jugando a ser otra cosa—, lo cual, a su vez, no parecía sino provocar a Kit para recorrer la casa más despacio, deteniéndose ante las ventanas para admirar las vistas del fondo del valle, señalando el color miel de los muros de piedra de Bath, la enorme chimenea ennegrecida del salón, los afiligranados picaportes de latón. Para cuando se puso a seguir a Kit, que iba subiendo de dos en dos los escalones de la sinuosa escalera que salía del rellano del segundo piso y desembocaba en una extraña torrecilla que estaba en lo más alto de la casa, sabía que mudarse a aquel lugar era ya un hecho consumado en la cabeza de su pareja.

—Es perfecta, ¿no te parece? Podrías escribir aquí arriba.

—Puede que no te hayas fijado, pero últimamente no es que esté escribiendo gran cosa.

—¿Y eso por qué? ¿Por qué no estás escribiendo?

Ted se encogió de hombros.

—Hay un dicho, ¿no? Eso de que el arte exige malestar. Dolor, incluso. Quizá simplemente sea porque soy demasiado feliz.

—¿Demasiado feliz?

Hizo un gesto afirmativo y se volvió a mirarla.

—Tú tienes la culpa.

—Entonces, supongo que debería ponerme a entristecerte…

—No, por favor… —murmuró él, apretando sus labios sobre los de Kit.

Al mirar por la ventanita en forma de arco que estaba detrás de Kit, Ted vio el descuidado jardín y el huerto de frutales que bajaba hacia el río.

—¿Y toda esta tierra? ¿Qué vamos a hacer con ella?

—Podemos dejar que se cubra de maleza y que los niños campen a sus anchas, como criaturas salvajes. Que tengan una infancia como Dios manda, al aire libre, nadando en el río.

—¿Niños, en plural?

—Sí. ¿No te lo había dicho? Vamos a tener una gran familia. Inmensa. Críos por todas partes, trepando por las paredes, colgándose de las vigas.

—No recuerdo que lo hayamos hablado… —Le puso la mano en la suave curva de la barriga—. Como tampoco hablamos de este que está aquí.

Kit le miró con una sonrisa radiante.

—Creo firmemente que a veces uno tiene que zambullirse sin más en la vida. Y no querrás que sea hijo único, ¿no? Siempre dices que odiabas ser hijo único.

—¿Hijo, dices? —preguntó Ted arqueando una ceja.

—O hija.

Ted volvió a centrarse en los detalles de la compra.

—Se nos iría casi toda la herencia de mis padres, y un buen bocado de mis derechos de autor. No nos quedaría gran cosa.

—Pero aquí gastaremos menos en vivir que en Londres. Tendrás la paz y la tranquilidad que necesitas para escribir. Te saldrán nuevas obras de teatro. ¿Qué mayor placer para el genio creativo? —Ted puso cara de hastío, pero Kit continuó sin tregua—: Windfalls es un presagio de todo lo bueno que nos va a pasar.

—¿Y tú qué harías aquí, en lo más remoto de Somerset? ¿No vas a echar de menos Londres?

Kit agitó las manos con aire desenfadado.

—Bah, ya me conoces. Me distraigo con cualquier cosa. Además, estaré ocupada fabricando los bebés.

—Bueno, eso no lo vas a poder hacer tú sola…

Volvió a besarla y, embelesado, se maravilló por la atracción que ejercía Kit sobre él. Le resultaba difícil negarle la mayoría de las cosas.

La agente inmobiliaria los esperó en el umbral antes de cerrar con llave la casa y alejarse envuelta en una nube de grava. Ted ya estaba a punto de llegar al coche cuando oyó que Kit le llamaba.

—Ven —dijo, dirigiéndole hacia el jardín escalonado a través del huerto repleto de manzanos, doblados por el peso de la fruta. Se detuvo cerca de una desvencijada puerta de madera y Ted se acercó y se puso tras ella, apoyando las manos en su cintura. Kit recostó la cabeza sobre su pecho y Ted respiró su aroma: una fresca fragancia de limón mezclada con el primer soplo del otoño que revoloteaba en el ambiente y con el dulce aroma de las primeras manzanas caídas.

—¿Tú no estás harto de la ciudad? ¿No te sientes encerrado? ¿Siempre con prisas? Dejaríamos atrás las fiestas, a la gente, todo lo que nos distrae. Aquí podemos pensar, respirar, y tú puedes escribir. Además, mira a tu alrededor. Si todo sale mal, haremos sidra y nos alimentaremos de manzanas.

Se volvió y le dedicó su sonrisa más encantadora, momento en el cual Ted supo que no había nada que hacer. Había algo en Kit que, desde la primera vez que le puso los ojos encima, le resultaba irresistible.

Aquella primera vez, Kit había estado prácticamente desnuda sobre un escenario, delante de cientos de personas. Ted había ido al estreno de una obra de teatro, pretenciosa y experimental, escrita por un viejo amigo de la universidad. Kit era una de las cuatro mujeres que, apenas cubiertas por unos tangas mínimos y completamente pintadas de blanco, inmóviles sobre unos pedestales repartidos por el escenario, componían el atrezo de una galería de arte. Entre escena y escena, mientras las luces se fundían a negro, las actrices adoptaban otra posición de estatua sobre el pedestal, y después se quedaban de pie, sin mover ni una ceja. Por la mitad del último acto, mientras los dos protagonistas se esforzaban por sacar adelante una escena lamentable, Ted había oído a un hombre que, sentado en la fila de delante, decía con un susurro desafortunadamente alto: «Me da que lo menos acartonado que hay ahí arriba son las estatuas».

Su acompañante le había dado la razón.

—Y la segunda por la izquierda tiene una delantera que quita el hipo —había añadido, arrancando risitas entre varios espectadores cercanos.

Ted llevaba casi toda la obra esforzándose por apartar los ojos de la «segunda por la izquierda». No entendía cómo diablos se las apañaba para permanecer inmóvil bajo semejante escrutinio, sabiendo que centenares de ojos estaban recorriendo su cuerpo desnudo. ¿No tenía frío? ¿No se aburría? El trance a lo zen en el que estaba sumida era digno de admiración. Es una artista profesional que actúa en un teatro, se reconvenía para sus adentros. No un mero cuerpo desnudo con el que babear como un adolescente.

Después, en el abarrotado bar del teatro, esperando a que le llegase el turno de pedir una bebida demasiado cara y devanándose los sesos para pensar en algo que decirle a su amigo Timothy que no sonase a falso, había notado que alguien se apretujaba a su lado en un hueco inexistente. Al volverse, se había encontrado a la «segunda por la izquierda» arrimada a él. Casi no la había reconocido: llevaba un vestido con un estampado de flores de vivos colores y la melena morena suelta sobre los hombros, pero los restos de maquillaje blanco, que aún se le veían en la raya del pelo, le convencieron de que era ella.

—Enhorabuena —había dicho, incapaz de darse la vuelta, pero inclinando la cabeza a modo de saludo. Ella le había respondido con un vago gesto afirmativo, pero sin quitar los ojos del camarero—. Has sido una estatua excelente.

—¿Me estás vacilando? —había preguntado ella, sin molestarse siquiera en mirarle a los ojos.

—¡No! —Ted se había ruborizado, muerto de vergüenza por la posibilidad de haberla ofendido—. No, no… Es que me pareció… que estabas muy… Bueno, muy quieta.

—¿Quieta?

Se había abierto un huequecito en la barra y ella había aprovechado la oportunidad para meterse. Después, se volvió; sus ojos se cruzaron, y Ted, notando cómo la joven recorría con la mirada su cuerpo alto y, sin duda, espantosamente desastrado, se había puesto rojo.

—Sí. Mucho. Es difícil… estando tan… —titubeó, quedándose sin palabras mientras contemplaba sus ojos color avellana.

—¿Tan quieta? —había concluido ella, arqueando una ceja.

Ted había sentido una extraña sacudida, un poco como si hubiera dado un paso y se hubiese encontrado con un vacío debajo de sus pies. Había asentido con la cabeza, todavía sin saber qué decir.

—Tengo cierta práctica.

—¿En ser una estatua?

—No. —Lo había mirado, desconcertada—. Trabajo de modelo en una escuela municipal de bellas artes.

—Ah, ya. Claro. Bien. Eso está bien.

El camarero se había plantado frente a ellos y Ted había dicho que la invitaba a tomar algo.

—Me cuento historias.

—¿Cómo dices?

—Me has preguntado cómo consigo quedarme tan quieta. Me invento historias para pasar el tiempo y distraerme de esos picores y esos calambres tan molestos.

—¿Qué tipo de historias? —había preguntado él, sinceramente interesado.

—Ah, de todo. En estos momentos, sobre todo son fantasías de venganza. Me lo estoy pasando en grande imaginándome finales terribles para el hombre que escribió esta obra. —Y, arrimándose, añadió—: Es un tipo insufrible. Insistió en hacer personalmente el *casting* de todos los desnudos… ¡en su casa! Me hizo desfilar desnuda por su salón, y después debió de pensar que estaría tan agradecida porque me diese un papel que querría echar un polvo con él ahí mismo, sobre un sofá horroroso de terciopelo falso.

Ted se estremeció, horrorizado, aunque no del todo sorprendido por la espantosa conducta de Timothy.

—Lo siento.

—Bah, no te preocupes. Le di una bofetada y le dije que le denunciaría a Equity por acoso sexual si no me daba el papel. Así que al final todo salió redondo.

Ted la miró con admiración.

—Bien hecho.

La joven había echado un vistazo a su alrededor y Ted había temido que estuviese buscando a alguien que pudiese rescatarla, pero de repente se había vuelto hacia él:

—¿Y tú a qué te dedicas?

—A escribir.

—¿Obras de teatro? —Se había apartado un poco para verlo mejor—. ¿Como Tim?

—Sí, aunque no exactamente como él, espero.

El ruido ambiente había llegado a tal extremo que la joven tuvo que ponerse de puntillas y gritarle al oído:

—¿Es posible que haya visto alguna obra tuya?

Al notar su aliento en la piel, Ted se estremeció. Pero bueno, ¿qué le pasaba?, se dijo. Estaba a la misma altura que el maldito Tim, que aquel par de viejos de la fila de enfrente. Se dio un tironcito al cuello de la camisa y dio otro trago a su cerveza.

—Supongo que eso depende de si te interesan las obras trágicas sobre relaciones disfuncionales entre padre e hijo.

—¿Cómo se llamaba, esta obra tuya? —dijo ella, entrecerrando los ojos.

—*Palabras perdidas.*

La chica había sonreído… Una sonrisa radiante que quitaba el hipo y que dejaba ver sus dientes perfectos y blanquísimos.

—La he visto. Dos veces. —Lo había mirado con cautela—. Una profesora de la escuela me dio dos entradas a modo de pago. Me gustó tanto que hice cola para la reventa y volví a la semana siguiente. Es una obra preciosa. Te parte el corazón, pero, de alguna manera, a la vez resulta inspiradora.

—Gracias.

—Ted Sorrell —dijo, hurgando en la memoria.

Ted había asentido y ella le había tendido la mano.

—Kit Weaver.

Al mirar la mano que descansaba en la suya, Ted vio más restos del maquillaje blanco en el dorso, como si estuviese hecha de porcelana fina a pesar del calor que emitía.

—Leí lo que publicaron sobre ti en el *Evening Standard* —continuó—. Dijeron que eras uno de los jóvenes talentos más brillantes de Londres. Que la continuación que ibas a escribir era una de las producciones teatrales más esperadas de la década.

Ted se había puesto a arañar el suelo con el zapato.

—Sí. No hay nada como un éxito inesperado para que el peso de las expectativas y de las propias inseguridades te paralice.

—¿Te está costando?

No pudo evitar una risa sardónica.

—Podríamos llamarlo así. —La conversación empezaba a tambalearse—. Me gusta tu vestido —le espetó—. Es muy... original.

—Gracias. Me lo he hecho yo. Con unas cortinas viejas, aunque no te lo creas.

—Me lo creo. Mi madre tenía las mismas en el salón.

La chica se había reído y a continuación había apurado el vaso de un trago impresionante, haciendo que los hielos se deslizaran ruidosamente.

—¿Nos vamos de aquí, Ted Sorrell? Ahí, a la vuelta de la esquina, hay un *pub* más o menos pasable. Y... ¿sabes?, no me importaría ir a algún sitio en el que no me haya visto desnuda todo el mundo.

Se habían quedado en el *pub* hasta la hora del cierre, y después había sido ella quien le había cogido de la mano y le había llevado a su piso compartido. Había sido ella quien le había tumbado sobre su cama y le había susurrado al oído que temía morirse si no le hacía el amor en ese mismo instante. Había sido ella quien, a la mañana siguiente, cuando la idea de separarse les parecía insoportable, le había invitado al mercadillo de Camden, y Ted le había hecho compañía en el puesto en que vendía cristales y atrapasueños caseros con una amiga.

—¿Y tú no crees que no son más que unos pedruscos carísimos? —había preguntado, cogiendo de la mesa una piedra rosa en forma de huevo y sintiendo su peso.

—Eso es cuarzo rosa. Es una piedra del corazón, llena de energía femenina. Estimula la conexión, el autoconocimiento y la inspiración. Es bueno para las personalidades creativas —había añadido, dándole con el codo—. Deberías comprarla. Te hago un descuento.

Él se había reído.

—No está mal como publicidad. ¿La has improvisado?

—¡No! Es verdad.

—¿Cómo sabes estas cosas?

—Las he ido aprendiendo con el tiempo, supongo. Siempre me han interesado los mitos y las leyendas, desde que era niña. Historia antigua, cuentos celtas… Hace tiempo me matriculé en Historia Antigua y Medieval, pero no duré mucho —añadió, encogiéndose otra vez de hombros—. Tantas clases, tantos trabajos que escribir… —Dejó la frase inconclusa—. No se me dan bien los horarios y las fechas de entrega. Soy demasiado soñadora. Fui la eterna frustración de mis padres. Hace unos años, cuando dejé la universidad, decidieron que se desentendían de mí.

—Y entonces, ¿a qué quieres dedicarte? —había preguntado Ted—. Doy por hecho que ser modelo para artistas no es tu máxima aspiración.

—¿Eso que noto en tu voz es una crítica, Ted? ¿Te molesta que me quite la ropa por dinero? —había dicho con un tono que solo era guasón a medias.

Ted se había encogido de hombros. A decir verdad, no le gustaba la idea de que otros se la comieran con los ojos.

—Puede que un poco —admitió—. ¿Qué pasaría si no volvieras al teatro?

—¿Esta noche?

—Sí.

Kit había entornado los ojos.

—No necesito que nadie me rescate, Ted.

—No, si no lo pienso —se había apresurado a aclarar—. Tú eliges. Apoyo tu derecho a expresarte como quieras. La libertad creadora es importante. —Sabía que jamás intentaría impedirle nada; no se atrevería—. Solo me refería a que estoy disfrutando mucho de tu compañía. No quiero que termine el día de hoy. Y la obra esa era... terrible. Eso tienes que admitirlo.

—No pensarás ponerte posesivo y rarito conmigo, ¿no?

—No. No soy partidario de agarrar a nadie demasiado fuerte.

Kit lo había mirado unos instantes antes de abrazarlo y acercarlo más a ella.

—Sí. Abracémonos, pero no demasiado fuerte.

—Venga —había dicho él al cabo de un rato, apartándose—, no has respondido a mi pregunta. ¿Qué es lo que te gustaría hacer con tu vida?

—Todavía estoy intentando responder a eso.

—Bueno, eres joven. Tienes mucho tiempo.

—Hablas como si fueras un viejecito. Solo tienes unos pocos años más que yo.

—Nueve años. —Ted se había sacado el monedero del bolsillo—. Voy a comprar este cristal, para ti. Si tengo razón yo, lo que te voy a regalar no es más que un trozo de piedra muy caro. Si tienes razón tú, te estaré regalando autoconocimiento e inspiración. Ya lo veremos, ¿no?

—Gracias —había dicho ella, aceptando el regalo con un beso—. Ya lo veremos.

Aquellas encarnaciones de ambos de hacía dos años quedaban ya muy lejos. Ted no podía evitar reflexionar sobre los cambios que se habían producido en los dos, y que en ningún momento se le hacían tan evidentes como cuando miraba de refilón a Kit mientras bajaba a su lado por la colina en dirección al río y veía la transformación de su cuerpo, radiante en pleno inicio del embarazo. Iban a ser padres. La idea era maravillosa, aterradora y alucinante.

—¿Qué? —preguntó Kit, buscándole con la mirada.

—Nada —dijo él, sonriendo.

Entre los árboles, a poca distancia del agua, apareció un edificio, una pequeña estructura circular de piedra con un tejado bajo de paja; cerca había un embarcadero de madera con un viejo bote de remos atado a un tocón.

—¿Un cobertizo para barcos? —preguntó Kit.

—No. Es un almacén de manzanas. La de la inmobiliaria me dijo que había uno aquí. La granja solía transportar la fruta del huerto al mercado por el río.

Kit se acercó al bonito edificio y se asomó por una ventanita mugrienta. Le sorprendió ver una habitación bien barrida, sin trastos salvo una vieja mesa y unas cuantas cajas de madera vacías amontonadas en un rincón.

—Parece que está todo bien seco.

—Podría ser una preciosa casa de verano —dijo Ted con una sonrisa.

—¿Días de relax ganduleando en el río, barcos…?

—Eso es.

—Un campamento para la banda de piratas de río que vamos a criar, bandidos salvajes que tienden emboscadas a paseantes inocentes, y se aventuran por alta mar para volver a casa con tesoros robados y mantener a sus desastrosos padres con el nivel de vida al que se han acostumbrado.

Ted la miró con aire reflexivo.

—¿Sabes? Creo que puede que haya una escritora ahí dentro, intentando salir.

Kit se rio y lo besó.

—Creo que con un escritor en la familia nos basta y nos sobra.

Al volver a mirar la escena que se desplegaba ante sus ojos, se fijó en los sauces de la otra orilla, combados sobre el río, rozando el agua con sus resplandecientes hojas. El camino de sirga pasaba por el fondo del huerto y desaparecía por una curva del río. Al otro lado del valle, las colinas se encontraban con el cielo en un espectacular *patchwork* campestre. La belleza del lugar era innegable, aunque tampoco podía negar que la imagen que dibujaba Kit de su posible futuro allí le ponía nervioso. El entorno rural, el aislamiento… Daba la sensación de estar a miles de kilómetros de distancia de la vida que llevaban en Londres.

Pero se tendrían el uno al otro… y al bebé, por supuesto. Aquí se les abriría un nuevo tipo de vida. Kit parecía tan convencida, y era tan convincente que, pensando en todo esto bajo las bamboleantes copas de los árboles, Ted sabía que no podía negarle este futuro. Quizá fuera exactamente lo que necesitaba él para volver a escribir. Quería creerla, con todas sus fuerzas. Les iban a suceder cosas buenas.

—Sí —dijo, agarrándola y besándola en la coronilla—. Este es el lugar.

Se mudaron a Windfalls a finales de noviembre, y al despertarse la primera mañana se encontraron con unas grecas de escarcha que se iban extendiendo por el interior de las desvencijadas ventanas de guillotina y con un achacoso sistema de agua caliente que había pasado a mejor vida. La venta de la casa había incluido muchos de los enseres de los dueños anteriores. Había un extraño surtido de muebles: un inmenso escritorio de roble encajado en una esquina del comedor, estanterías del suelo al techo en la sala de estar, una larga mesa de roble en la cocina, un caballo balancín tuerto y devorado por las polillas en uno de los dormitorios más pequeños y un bastidor de cama de madera de caoba, del tamaño de una barca, que ocupaba casi todo el dormitorio principal. Aunque el mobiliario no era exactamente de su gusto, agradecían que estuviera. Sus escasas pertenencias —un batiburrillo de los pocos bártulos de Kit mezclados con todo lo que había heredado Ted de sus difuntos padres— apenas ocupaban espacio en la laberíntica casa; el edificio se las tragaba como si fueran peces que iban desapareciendo por el interior frío y cavernoso de una ballena.

Pero no importaba. No importaba que Kit se pasara las mañanas peleándose con unos fogones caprichosos, quemando tostadas y a veces quemándose ella; que se le fueran las tardes en taponar corrientes de aire con bolas de papel de periódico y que pasara las noches temblando bajo montones de mantas frente a un fuego humeante. No importaba porque estaban borrachos de felicidad y entusiasmados con la novedad de su nuevo hogar. Cuando Ted la despertaba con una taza de té en la enorme cama-barca y la dejaba dormitando y soñando mientras él se disponía a pasar el día escribiendo, Kit se quedaba bajo las sábanas acariciándose la curva creciente de la barriga. Veía cómo la luz invernal se reflejaba en el atrapasueños que había colgado sobre la cama… Era su favorito del puesto del mercadillo y había sido incapaz de renunciar a él. Pasaba los dedos por el cuarzo rosa que le había regalado Ted y que metía debajo de la almohada para dormir. Se decía que con lo que tenía le bastaba. Amor. Intimidad. De ambas cosas tenían a espuertas. Bastaba con moverse por la casa y oír el tecleo de la máquina de escribir de Ted para saber que estaban donde tenían que estar.

Hubo que adaptarse a ciertos cambios, claro. Lejos quedaban las fiestas y los *pubs*, los sábados dedicados a revolver en los puestos de los mercadillos en busca de ropa, las noches de farra con los amigos y las mañanas transcurridas bebiendo té y fumando en cafés grasientos. Lejos también quedaban las frías mañanas del mercado de Camden, los clientes que curioseaban en su puesto antes de alejarse tranquilamente, y aquellas horas insoportablemente lentas posando desnuda en la Escuela de Bellas Artes, donde, arrullada por el sonido del carboncillo al desplazarse sobre el papel o de los pinceles acariciando el lienzo, había matado el tiempo desapareciendo en el interior de su cabeza, dejando que su imaginación se desbocase mientras se inventaba mundos y relatos fantásticos.

A veces reflexionaba sobre la pregunta que le había hecho Ted: «¿A qué quieres dedicarte?». Pero, sinceramente, no sabía la respuesta. Tenía la sensación de que no estaba a la altura del evidente talento de Ted. Ted era lo más. El escritor era él. Kit notaba que en su interior iba creciendo el gusanillo de un potencial no satisfecho, y daba por hecho que era la llamada de la maternidad, la necesidad de preparar el nido y centrarse en la nueva vida que se estaba gestando en su interior. La mudanza y el embarazo la habían decidido a canalizar sus energías en una nueva ocupación: iba a ser madre, la mejor de las mejores.

En su nuevo hogar se distraía con una caprichosa máquina de coser que habían dejado los dueños anteriores en un armario del último piso; hizo unas cortinas torcidas para el dormitorio y probaba a hacer ropa de bebé y vestidos premamá calcando patrones de papel. Sacó un libro de recetas de la biblioteca municipal y se pasaba tardes enteras en la cocina perfeccionando sopas e hirviendo mermeladas, hasta el punto de que las ventanas de la cocina estaban empañadas a todas horas. Lijó una vieja mesa de madera de roble que había encontrado abandonada a la puerta de un granero, y pulió la superficie hasta dejarla reluciente.

Ted, desesperado por terminar otra obra, sacó su máquina de escribir de la habitación de la torrecilla y se la llevó a uno de los dormitorios pequeños del primer piso, para sacarla después de ahí e instalarse por fin en el inmenso escritorio de roble que había en el comedor de las grandes ocasiones.

—Hace más calor abajo. Además, me gusta oír cómo te mueves por la casa. Así no me siento tan solo.

Sabía que a veces Ted se preocupaba por la vida que llevaban en aquel lugar tan aislado, pero el traca traca de sus dedos aporreando las teclas de la máquina de escribir le ayudaba, en los raros momentos de duda, a decirse a sí misma que habían tomado la decisión correcta. Ted tenía que terminar una obra. Kit lo sabía. Ted lo sabía. El agente de Ted, Max Slater, lo sabía. La anterior la había escrito hacía tres años. Sin las distracciones ni las presiones del mundillo literario londinense, tendría la libertad necesaria para volver a crear, y tenía que producir algo nuevo, aunque solo fuera para demostrarse a sí mismo que era capaz de volver a hacerlo.

Le dejaba en paz hasta que caía la tarde. Entonces, mientras el sol se escondía, salían a pasear y a buscar leña para el fuego; de vez en cuando, Ted se detenía y la agarraba, frotándole la nuca con la nariz o acariciándole el vientre, que iba creciendo por momentos. Por la noche, se acurrucaban debajo de una manta y Kit ponía los pies en el regazo de Ted mientras escuchaban vinilos rayados en el viejo tocadiscos, rodeados de libros por todas partes.

—Supongo que debería hacer lo que Dios manda y llevarte al altar, ¿no? —le preguntó Ted una noche de finales de primavera, mirándola por encima de la montura de las gafas de lectura que le hacían parecer mucho mayor que sus treinta y un años. A su alrededor, esparcidos por el suelo, había montones de folios de papel de escribir.

—¿Te sigo pareciendo una mujer que necesita que le demuestres tu amor con un documento? —preguntó, dándose palmaditas en la enorme barriga—. Además, ¿cómo íbamos a permitirnos una boda? Nos hemos gastado todo nuestro dinero en esta casa.

—Me alegro. Yo no necesito un anillo para saber que soy tuyo, y que tú eres mía.

Exactamente, pensó Kit, sonriéndole. Así tenían que ser las cosas. Puede que no fueran muy solventes, pero eran felices. Pronto iban a ser una familia de tres. El futuro estaba cargado de posibilidades y esperanza, como las ramas cargadas de flores blancas de los árboles del huerto.

La bebé llegó una cálida tarde de mayo dando manotazos y patadas, y soltando vagidos desgarradores. Lo habían planeado todo lo mejor posible, decorando uno de los dormitorios más pequeños de amarillo, lijando y pintando una vieja cuna que habían encontrado arrumbada en un polvoriento rincón del ático y doblando pañales de tela hasta formar una nívea torre blanca de esperanza. Pero lo que ni Kit ni Ted habían previsto era hasta qué punto la llegada de Eve habría de trastocar sus vidas. Era una dulce tortura que ninguno de los dos habría podido anticipar.

Se había imaginado que le brotaría un intenso instinto maternal —natural y protector— en el momento en que tuviese al bebé en sus brazos, pero, en las primeras semanas de maternidad, Kit, hija única y poco acostumbrada a los bebés, se encontró con que todo la superaba. Aunque nacían bebés desde que el mundo era mundo, no comprendía cómo alguien podía sobrevivir a la experiencia. Lejos quedaban los serenos días de Windfalls, Ted y ella en su burbuja, manteniendo el mundo a raya. Lejos quedaban los largos paseos y las acogedoras noches delante de la chimenea. Había una tercera persona con ellos, una tercera persona que seguía su propio horario agotador y salpicaba sus horas de desagradables interrupciones. Noche tras noche, parecía imposible acallar los gritos y el llanto de Eve. Había que poner en remojo infinitos pañales, explosivos y apestosos, y restregar en un repugnante cubo de plástico biberones y colada y ríos de vómito lechoso. Y siempre siempre el llanto, las lágrimas saliendo a borbotones tanto de la hija como de la madre.

—Es el agotamiento —dijo un día Ted al encontrarse a Kit en la cocina llorando en silencio, el rostro hundido en el bulto chillón que tenía apretado contra el hombro—. Tienes que descansar. Déjame cogerla.

—No, no te dejo. —Eve negó con la cabeza—. Esto es tarea mía. Deberías estar escribiendo. Además, tú no puedes darle de mamar. Solo yo puedo —dijo, mirando desolada el círculo húmedo que le estaba empapando la camisa a través del apretadísimo sujetador—. En estos momentos es lo único que soy capaz de hacer.

Ya ni siquiera su cuerpo y sus respuestas parecían pertenecerle. Siempre se había considerado una mujer fuerte, alguien que lo tenía todo bajo control. Se había sentido orgullosa de su forma física… y, sí, había disfrutado con la admiración que despertaba. Pero todo eso había cambiado. Estaba fofa, como si hubiera perdido nitidez, como una fotografía borrosa. No se reconocía en el espejo.

El ciclo era implacable: el despertar, el llanto, la toma, el cambio de pañal. Las noches en vela sentada en la mecedora chirriante, la pequeña al pecho y su pobre cerebro agotado, tan solo capaz de entonar unas embarulladísimas nanas y cancioncillas rescatadas de los rincones más polvorientos de su cabeza. *Estrellita dónde estás. Arrorró mi niño, arrorró mi sol.* Cantaba fragmentos sueltos de canciones que hacía tiempo que había olvidado, como si fuera una demente… una mujer enloqueciendo poco a poco al compás del suave tecleo de la máquina de escribir de Ted.

Al final, a Ted se le ocurrió un plan. Después de dos tardes de sigilosa laboriosidad, se plantó ante ella en la cocina con el pelo lleno de telarañas y una expresión de juvenil entusiasmo.

—He estado pensando que necesitas algo que sea solo tuyo. Algo más.

—¿Más? ¡Pero si casi no puedo ni con lo que tengo en estos momentos!

—Lo que necesitas es un poco de espacio mental lejos de mí y de Eve. Para ti es muy necesario soñar, ya lo sabes. Ven —dijo, tirando de ella para que se levantase de la silla—. Sígueme.

La llevó hacia el río y se detuvo justo a la entrada del viejo almacén de manzanas.

—Venga, echa un vistazo.

Kit le lanzó una mirada perpleja antes de abrir la puerta. La habitación estaba completamente transformada. La mesa estaba arrimada a la ventana y cubierta por una de las cortinas viejas de la casa. En el rincón había una butaca con una mantita de ganchillo doblada sobre el reposabrazos. Sobre un viejo cajón de manzanas vio varios de sus libros favoritos, un frasco con guisantes de olor y un bote con pinceles. Sobre el alféizar estaba el trozo de cuarzo rosa que le había regalado Ted, y en medio de la mesa un gran bloc de dibujo y una vieja Olivetti que a él le sobraba.

—¿Qué es esto? —preguntó Kit volviéndose a mirarlo, todavía insegura.

—Todo tuyo. Una habitación propia. Puedes venir aquí siempre que necesites un poco de espacio. Para leer. Para escribir. Para pintar. Para hacer tus atrapasueños. Para hacer lo que te dé la gana.

Kit alargó la mano y pulsó una tecla; se oyó el agradable clic de la letra golpeando la cinta.

—¿Lo que me dé la gana? —Le miró, confusa—. ¿Y qué hago con Eve?

—Tráetela aquí o déjala conmigo. No me importa encargarme de ella de vez en cuando. Además —añadió con cautela—, he pensado que lo mismo aquí te viene la inspiración. Que a lo mejor te apetece intentar escribir algún cuento. He oído los cuentos que te inventas para Eve a la hora de acostarla. No sabías que te estaba escuchando, pero eres una buena narradora. Puede que te sorprendas. Y un pequeño *hobby* a lo mejor te ayuda a sentirte más tú misma.

Kit se quedó mirando a Ted, sorprendida y conmovida por su consideración, y también un poco temerosa.

—No descartes la idea todavía —dijo Ted al percibir su escepticismo— . Prueba a ver. Quien nada arriesga… Una hora sin la peque, sentada aquí abajo, leyendo, durmiendo, haciendo cualquier cosa que necesites… Te sentará bien.

Kit, apartando sus dudas, le dio un largo abrazo.

—Qué bueno eres. Gracias.

Dándose por vencida, más por agotamiento que por auténtico entusiasmo, empezó a poner en práctica la idea de Ted. Dos o tres tardes a la semana, Ted cogía a Eve y acompañaba delicadamente a Kit a su nuevo estudio. Sorprendida —y, sí, también molesta—, Kit vio que su hija se calmaba más fácilmente lejos de ella. No así Kit. Daba vueltas por el estudio sintiéndose apática y perdida, con un dolor sordo al fondo de la garganta y el constante escozor de las lágrimas en los ojos. Hojeaba los libros de las estanterías improvisadas sin poner atención, y se pasaba horas sentada en el embarcadero con los pies colgando sobre el río, la mirada clavada en los juncos que se mecían bajo el agua como los cabellos de una niña ahogada. Arrancaba ramas de los sauces y trató de tejer una cestita rústica, pero había algo que no acababa de cuajar.

Le parecía que estaba perdiendo el tiempo. Más que ayudar, el plan de Ted no había hecho sino subrayar lo inútil que era ella en su estado actual. Además, ¿quién era ella? Debería estar apoyando a Ted, facilitándole las cosas. ¿No estaría utilizando Ted las horas que pasaba con su hija como un pretexto para evitar enfrentarse a la obra de teatro inacabada que tenía sobre la mesa? ¿No estarían condenándose a endeudarse aún más, y más deprisa?

Al cabo de unos días, mientras daba vueltas sin ton ni son por el almacén de manzanas, se rindió por completo. Oyó el llanto hambriento de Eve y volvió a la casa.

—Déjame cogerla —dijo y tomó a la pequeña de los brazos de Ted—. La idea era bonita, pero no creo que vaya a funcionar. —Se la puso al pecho y acto seguido se echó a llorar—. Esto no está funcionando, Ted. Soy un desastre de madre. Jamás vas a acabar tu obra.

—La acabaré, cielo. Te lo prometo.

Kit lo miró descorazonada.

—Lo he visto, Ted. He visto el borrador ahí en tu mesa. Hace semanas que no lo tocas. —Suspiró—. Pensaba que este sería el lugar. Pero no lo es. Nos está asfixiando.

Ted, sin saber qué decir, llenó el hervidor de agua y preparó el té. Le puso una taza delante y le pasó la mano por el hombro, una caricia vacilante que agobió todavía más a Kit.

—¿Y si llamase al médico? —preguntó él.

Kit dijo que no con la cabeza.

—Lo estoy intentando, Kitty. En serio, lo estoy intentando.

Eve rompió a llorar. Kit se desabrochó la blusa y se la puso al pecho, pero la niña lo rechazó. Kit volvió a intentarlo, pero Eve siguió quejándose y revolviéndose.

—¡Por el amor de Dios! ¿Qué quiere esta niña?

—¿Qué tal un poco de aire fresco? —sugirió Ted—. ¿Por qué no sales a dar un paseo?

Kit le miró de arriba abajo. Ted no quería que estuviera en casa. Pues claro. ¿Cómo demonios iba a trabajar si estaban ahí las dos distrayéndole? Sin decir una palabra más, envolvió a una lloriqueante Eve con un pañuelo portabebés, la tapó bien tapada con una manta y se marchó.

Atravesó el jardín, se abrió camino por el huerto y dejó atrás el almacén de manzanas, otro símbolo más de sus defectos, hasta que llegó al río. Contempló por unos instantes el silencioso discurrir del agua. Dos elegantes cisnes negros aparecieron por el meandro, deslizándose entre los juncos. Un poco más lejos, unos polluelos de cisne de lo más desaliñados nadaban en formación. «Cualquiera que los vea dirá que es lo más fácil del mundo», pensó mirando a los orgullosos padres que encabezaban la fila. Se alejó del agua y continuó por el camino de sirga mientras Eve seguía gimoteando en el portabebés.

Kit avanzaba fatigosamente siguiendo el curso del río. Las sombras se iban alargando a su alrededor mientras su mente se empezaba a vaciar. Miró atrás y vio que el sol se iba escondiendo entre las colinas; se dijo que debería ir volviendo ya, aunque la sola idea le pesaba y le hacía sentirse derrotada. Al notar que sus movimientos eran cada vez más lentos, las protestas de Eve se intensificaron.

Kit miró en derredor y vio una cornisa plana que sobresalía de la orilla. Desató el pañuelo, se encaramó en la roca y se desabrochó la camisa, ofreciéndole de nuevo el pecho a la niña. Esta vez, Eve se enganchó con hambre; las lágrimas de las mejillas se le iban secando a medida que mamaba. Kit miró a la criaturita y también a ella se le volvieron a saltar las lágrimas.

Había oído hablar de la depresión posparto, pero, francamente, no tenía ni idea de que ser madre habría de encapsular su vida, quitarle el aliento y producirle una claustrofobia tal que la mayoría de los días se iba a sentir como si estuviese a punto de ahogarse. Miró el rostro de su hija. «Esto es demasiado», se dijo. «El peso de todo esto es demasiado».

A su alrededor, las sombras se iban acercando sigilosamente, como atraídas por sus pensamientos más oscuros. ¿Qué había sacrificado por esta pequeña? No se reconocía a sí misma, ni su relación con Ted, tan transformada. Su manera de tocarla ya no era fruto del deseo de un amante apasionado, sino más cuidadosa, más cauta. Miró a la bebé que tenía entre los brazos y entrecerró los ojos.

—Pobrecita mía, tú tienes la culpa de todo.

Después de envolver a Eve —ya saciada y tranquila— con la manta, la dejó sobre la cornisa y, con el corazón desbocado, dio un paso atrás. Intentó ver a la niña como la vería un desconocido, el puñito que se zafaba de la manta de ganchillo y se agitaba en el aire. La carita redonda se alargó con un bostezo. Soltó un grito.

Kit dio otro paso atrás, y después otro, poniendo varios metros de distancia entre ella y la niña. El hilo invisible que las unía iba adelgazando cada vez más. Sintió una opresión en el pecho. ¿Sería capaz de hacerlo? ¿Podría abandonar allí a su hija, sobre esa cornisa de piedra? ¿Sería capaz de ofrecerla en sacrificio a cambio de otra cosa? ¿De una vida distinta, o incluso de la muerte, quizá? ¿Sería lo mejor? Kit cerró los ojos y se quedó escuchando cómo le corría la sangre por las venas.

Durante la vuelta a Windfalls se concentró en seguir las huellas de sus pisadas por el camino de sirga, pero algo empezó a molestarla, como si se le hubiese metido un guijarro en el zapato. Tan acostumbrada estaba a la confusión mental y al abotargamiento de las últimas semanas, que no hizo caso. Pero aquello seguía presionando con insistencia. Kit dedicó un momento a concentrarse y sintió una revelación.

Un bebé.

Una roca.

Un sacrificio.

Mientras caminaba por la orilla dejó que su imaginación recorriera la misma ruta sinuosa del río, y para cuando hubo llegado a la curva que llevaba del camino de sirga a la casa, sus pasos eran ya un poco más rápidos, más resueltos. Vaciló a la entrada del almacén de manzanas. Los árboles de detrás, cargados de frutos veraniegos, le indicaban el camino de vuelta a la casa, pero se apartó de ellos, abrió la puerta y la cerró a sus espaldas con un suave clic.

Conteniendo el aliento, sacó del portabebés a Eve, por fin dormida, y la colocó cuidadosamente en el suelo sobre un nido de mantas. «Por favor, por favor, por favor», se dijo. Eve soltó un gritito. Kit se quedó inmóvil, y después respiró hondo al ver que la niña se callaba.

—Sigue durmiendo, pequeña —susurró.

Encendió la vieja lámpara de aceite que Ted le había colgado de un clavo y se acercó a la mesa en la que la máquina de escribir y el folio en blanco la esperaban. Echó un vistazo a Eve y luego, con las manos apoyadas suavemente sobre el teclado y un tenue cosquilleo expectante e ilusionado, empezó a escribir.

7

Lucy se despierta y oye la lluvia. Tiene el cuerpo empapado en sudor y una terrible sensación premonitoria. Se queda inmóvil, parpadeando en medio de la oscuridad, apresurándose por dar alcance a la certeza que su cuerpo ya parece saber. Al cabo de unos segundos, cae en la cuenta: la boda improvisada, Margot de nuevo en Windfalls, la intensidad emocional por la que tendrá que abrirse camino durante los próximos días. Siente náuseas. Suspira y busca a tientas a Tom, que murmura en sueños y se gira hacia ella acercándola con un brazo, reacio aún a despertarse.

No quiere interrumpir su sueño, pero tampoco quiere seguir allí tumbada luchando contra el pánico y el malestar. Coge el móvil y empieza a mirar mecánicamente las últimas publicaciones de sus redes sociales, sin apenas detenerse en el despliegue de lustrosas fotos y optimistas *posts* de amigos y desconocidos que viven vidas de ensueño. Sabe que es malsano torturarse con las falsas imágenes de las imperfectas realidades de otras personas, pero no puede apartar la vista.

Su mirada se detiene sobre una imagen llamativa. Una de las monitoras de su centro de yoga ha subido una foto en la que se la ve haciendo un impresionante *split* de pie, y a lo largo de la rectísima línea de su pierna, garabateada en colores fluorescentes, se lee la frase: *Vive tu verdad*. La monitora es nueva, pero sus clases, tan dinámicas, ya empiezan a ser populares entre los clientes. Lucy sube la imagen al Instagram del centro y momentos después empieza a oír el zumbido de las notificaciones que van entrando al móvil.

Tom se mueve.

—¿Todo bien? —murmura—. Te has despertado temprano.

—Sí.

Se acurruca a su lado, apoyando la cabeza sobre el cálido pecho; oye el latido lento y regular del corazón y se queda un rato escuchándolo, tratando de acompasar su respiración con la de él.

—Perdona que llegara tan tarde anoche. Pero, con unas pocas horas extras más que haga, podremos estar juntos toda la semana que viene. ¿Qué tal en casa de tu madre?

—Ha venido Margot —dice ella con una sonrisita en los labios—. Ya te dije que conseguiría hacerla volver a casa.

Tom le aprieta levemente el hombro.

—Me alegro. ¿Y cómo está tu madre?

—Tensa. Ahí las dejé a las dos; esperemos que hayan hablado y lo hayan resuelto.

—Pero ya sabes que no es responsabilidad tuya arreglar a tu familia sin ayuda de nadie, ¿no?

—Lo sé.

—A la gente no se la puede cambiar. Lo único que conseguirás si lo intentas es malgastar tus energías. No quiero que cargues con tanta presión. —Hunde el rostro en la nuca de Lucy—. Bastante tienes ya con lo tuyo.

—Lo sé. Pero creo que los próximos días podrían sentarles bien… Podrían sentarnos bien a todos.

En su misma calle se oye el rugido de una moto solitaria, el chapoteo de las ruedas sobre el asfalto mojado y el ruido cada vez más lejano del motor.

—¿Cómo te encuentras hoy?

—Bien.

—¿Seguro que bien?

Tom se aparta y la mira con recelo.

—Cansada —admite ella—. Y con un poco de náuseas.

—Esta semana tienes que cuidarte un poquito más. No vayas por ahí cargándote con los problemas de los demás y agotándote. Prométemelo.

—Tengo toda la semana que viene para descansar.

Tom suspira.

—Ya me encargaré yo de que la semana que viene no hagas otra cosa más que descansar.

—Mira que eres protector…

—¿Por eso me quieres? ¿Por mi tremenda capacidad para preocuparme por pequeñeces?

—Sí. —Lucy sube la mano y le toca el lóbulo de la oreja—. Porque eres un preocupón maravilloso, y porque tienes unas orejas perfectas.

—¿Ah, sí?

—¿Nunca te lo han dicho?

—Pues la verdad es que no. —Tira de Lucy, que nota en la piel la calidez de su aliento. La besa en el punto de unión entre el hombro y el cuello—. ¿Estás segura de que quieres contárselo durante la cena? ¿Por qué no esperamos a que pase la boda?

Lucy suspira.

—Estoy segura —dice, la mirada perdida en la oscuridad—. Se lo quiero contar a todos a la vez.

Tom la aprieta levemente.

—Vale.

—Venga, tú duerme. Es muy temprano.

Lucy sabe que ella no va a volver a dormirse, pero se da media vuelta y se acuesta de lado, apoyando con cuidado una mano sobre su estómago. La luz amarilla de la farola que hay enfrente del piso, el primero de una vivienda adosada, forma un triángulo sobre el edredón. Faltan tres días para la boda. Tres días para casarse con el hombre maravilloso y sencillo que está echado a su lado roncando suavemente. Un hombre con los pies en el suelo. Así había descrito su padre a Tom cuando se conocieron. Era una buena manera de describirlo. Tenía los pies en el suelo… Un hombre sólido, centrado. Se habían conocido hacía dos años en un festival *rave* en Glastonbury, y por el gesto de Eve y la muda reacción de su madre cuando les había hablado por primera vez de su nuevo novio, había sabido que se imaginaban a un *pijijipi* más, medio pirado y porreta. Pero Tom, con su cálida sonrisa, su talante equilibrado y optimista y su buen carácter, se los había ganado a todos. Incluso Margot, cuando vino al sesenta cumpleaños de su padre, había encontrado un momento para susurrarle al oído: «Este es de los buenos, Lucy».

En medio de la oscuridad, sus pensamientos retornan una y otra vez a la noche anterior. Ojalá Margot y su madre hayan logrado salir ilesas de la cena. Quién sabe, hasta puede que hayan encontrado un mínimo terreno común. Y en cuanto a ella, tiene que hablar con Eve después de la agarrada que han tenido. Lo mejor será que se levante y se vaya al centro de yoga. Hay que tramitar nuevas solicitudes de ingreso y actualizar el horario del mes que viene. Espera hablar con una artista de la zona para que pinte un mandala en la pared, y hay un pedido de esterillas de yoga que viene con retraso y hay que localizar. Todo ello tiene que estar resuelto antes del sábado y de los días que van a pasar juntos Tom y ella la semana que viene.

La vida se mueve a mil por hora. Es como si un gran reloj pendiese sobre su cabeza marcando las horas inexorablemente; le da un vuelco el corazón al pensar en cómo se precipita todo. Quiere bajar la marcha, poner el mundo en pausa… Todavía no… Todavía no.

Vive tu verdad. Las palabras fluorescentes regresan como si se le hubiesen quedado grabadas en los párpados, y de repente siente remordimientos. Pero sabe que hace bien en contárselo a todos juntos. De golpe y cara a cara.

Aleja de sí los pensamientos sobre el fin de semana que la

espera y trata de concentrarse en el ascenso y la caída de su aliento, en las técnicas que ha impartido en sus clases de yoga para ayudar a relajarse, a respirar, a profesionales estresados y a padres sobrecargados. Qué curioso, piensa, que algo tan natural, tan instintivo, resulte a veces tan difícil. Si se dejase llevar, sabe que el miedo podría colarse sigilosamente por la ventana abierta del dormitorio y envolverla. Pero se niega a permitirlo. Con Tom ahí, a su lado, no va a pasar. Se niega a pensar en la boda, ni en las fracturas familiares que todavía hay que sanar, ni en la noticia que tiene que compartir. Ahora, no. Ahora mismo, lo único que tiene que hacer es respirar.

8

Margot está tumbada en la cama, rasgando tiras del papel pintado de la pared. Hay algo en esas desvaídas flores de su infancia —amapolas y rosas enmarañadas— que le produce un hormigueo en la piel. ¿Cuántas mañanas se habrá despertado en esta misma cama y habrá visto este papel nada más abrir los ojos? Hay algo tan dolorosamente familiar en la combadura del colchón y en la visión de las flores que, por un extraño momento, Margot ya no se siente como una mujer adulta. Vuelve a ser una adolescente. Aquella niña rara, hueca.

Recorre con los dedos el contorno de un pétalo y engancha la uña en la juntura de las dos láminas de papel. La levanta y tira más fuerte, observando con gusto cómo se suelta de la pared otra tira triangular en un único jirón. Se riza entre sus dedos como la peladura de una manzana. Estudia la forma serpenteante y la deja caer por el borde de la cama para que se junte con los trozos que lleva arrancados. Cuando se recuesta, le asombra ver un fragmento de pared en blanco, una cicatriz más o menos del tamaño de su cara devolviéndole la mirada.

¿Qué tendrá esto de volver a casa que puede despojar a una persona de todo aquello en lo que se ha convertido? ¿Qué tendrá, que te devuelve de golpe a las sombras de quien fuiste en otros tiempos? Es como si el acto de cruzar la puerta de su hogar infantil fuera una regresión. Se pone a prueba y, en efecto, ve que ahí sigue, enterrado en lo más profundo, oculto bajo capas y más capas de su persona, pero, aun así, presente todavía, hirviendo a fuego lento en el fondo de sí misma. Dolor. Vergüenza. Un sufrimiento que palpita en todo su ser. Es exasperante que un lugar pueda destrozarte de semejante manera.

Incapaz de seguir allí tumbada ni un segundo más, se levanta de la cama y se viste a toda prisa. Al sacar la camiseta de la bolsa, ve la botella de vodka entre la ropa. La vuelve a envolver bien con un jersey antes de meter la bolsa debajo de la cama. Se ha hecho la promesa de no tocarla. Solo en caso de emergencia. Antes de salir de la habitación, vuelve a mirar la pared y coloca un par de almohadas para tapar la fea cicatriz que hay sobre la cama.

La casa está en silencio. En la cocina, el viejo gato Pinter se enrosca esperanzado alrededor de sus piernas. Le echa de comer, y después prepara café y se sienta a beberlo en el escalón de la puerta de atrás. La víspera, muy tarde, había oído los pasos de Kit crujiendo en la escalera de la torrecilla. Sabe por experiencia que todavía falta un buen rato para que su madre se despierte. Kit siempre ha seguido horarios distintos de los del resto de la familia. Cuando estaba escribiendo alguna de sus novelas, a Margot le parecía que era como vivir con alguien que a su vez vivía en una franja horaria diferente. Le molestaba que su madre estuviese tan ausente. Esta mañana, agradece la soledad.

El jardín está húmedo y expectante. La lluvia mañanera ha cesado, y hasta donde le alcanza la vista, hay un increíble océano de telarañas tendidas sobre el césped, redes plateadas que atrapan el rocío suspendidas sobre el verde. Un poco más lejos, en el huerto de frutales, oye el ruido sordo de una manzana que cae al suelo. «¿Cuánto tardará en pudrirse?», se pregunta. Le llega un aroma familiar; es la humedad del río que sube desde el valle, y de repente, a su pesar, asoma una imagen a la cabeza: agua verde, barro oscuro, uñas melladas. Margot traga saliva y acerca la cara a la taza para sustituir la fragancia y la imagen por el amargo aroma del café.

La noche anterior había sido la primera vez que estaba a solas con su madre desde hacía varios años. La torpe estratagema de Lucy había funcionado. Desde luego, Margot había estado dispuesta a intentarlo. Había intentado dar un aire de normalidad a la ocasión. Sentarse a la mesa a ayudar a su madre a preparar la cena, sentir que podía ser una noche como cualquier otra. Vino. Cena. Conversación. Una madre y una hija que se ponen al día después de una temporada sin verse. Todo normal y corriente.

¿Tan difícil le habría resultado a su madre dejar atrás todo lo sucedido, aunque solo fuera por Lucy, ya que no por ella? A fin de cuentas, había venido. Era buena señal, ¿no? Sin duda, había sido Kit quien había convocado al fantasma del pasado. Más que convocarlo se lo había arrojado a la cara, llameante y explosivo. Todos sus errores del pasado bien empaquetaditos en un cóctel molotov de palabras, sentimientos y recriminaciones subyacentes. Y Margot, sentada a la mesa de la cocina, la sangre latiéndole en las sienes, se había preguntado por un momento si la habría oído bien. En efecto, había oído bien. Su madre estaba lanzada. «Habla conmigo», había dicho Kit. «¿Por qué lo hiciste?».

Se había sentido dividida. Por un lado había querido contar la verdad, acercarse a su madre después de todos estos años. Pero aquella abrasadora vergüenza seguía ahí. Y luego estaba Lucy, su inminente gran día y su súplica de que fueran una «familia normal». Quizá fuera por eso, más que por ningún otro motivo, por lo que se había mordido la lengua y había salido de la habitación.

Es obvio que Lucy está deseando que jueguen a ser una familia feliz. Es como si su hermana pensara que trayéndolos a todos a Windfalls podrá limar las asperezas del pasado, que su padre y su madre volverán a llevarse bien, que Kit y Margot quitarán importancia a lo que pasó hace años, que todo se resolverá como por arte de magia. Pero Lucy siempre ha sido un dechado de ingenuo optimismo, porque no entiende toda la historia. ¿Cómo iba a entenderla? Kit y Margot son dos mujeres situadas a cada lado de un río, y entre ambas se agitan las vastas e insondables aguas del pasado. Cuatro días a superar. Cuatro días que van a ser un ejercicio de autocontrol; cuatro días de ser la hermana que Lucy necesita que sea, de hacer lo correcto, y después podrá marcharse.

Mientras piensa en Lucy y en la boda, y recuerda la tensión de la víspera con Eve, coge su móvil y les escribe un rápido mensaje: *Dadme tareas. Quiero ayudar. M. Besos.* Nada más darle a enviar, la pantalla cambia y suena un timbrazo que a punto está de hacerla tropezar en la escalera. *Jonas*, lee. Titubea y después silencia el móvil y lo aparta, esperando que la pantalla deje de destellar. Una paloma torcaz zurea su canción matinal. Se acabó el ratito de quietud. Tiene que moverse.

En el jardín hay una suavidad especial. De las hojas gotean los restos de la lluvia de la mañana, y la tierra cede bajo sus pies mientras baja por la cuesta verde plata del jardín. En el huerto de frutales pasa por delante de un árbol que conoce bien, un retorcido manzano de Bramley que se inclina sobre el arroyo que baja por la ladera, el tronco surcado por las cicatrices de cinco iniciales grabadas en la corteza como marcas negras de ganadería: *K. T. E. L. M.*

Margot contempla las letras y recuerda cómo la hoja de la navaja soltaba destellos plateados mientras Lucy, apoyada contra el tronco, la hundía en la corteza. Repasa las letras con los dedos. Otra época; otra Margot. El recuerdo se engancha con otro de esa misma navaja, años más tarde y esta vez en su propia mano, alcanzando su objetivo, hincándose con fuerza. Un grito de mujer. La navaja repiqueteando sobre el suelo. Los pies de Margot percutiendo sobre el asfalto. Se traga la bilis que le sube a la garganta.

Las empinadas laderas del valle crean una caja de resonancia natural en la que los trinos de las aves rebotan contra las colinas y se amplifica el runrún de un tractor lejano. Al fondo del huerto ve la verja de hierro que se abre al camino de sirga y al río. Con la mano apoyada en el tronco, se pregunta si será lo suficientemente valiente. Hace años que no pasa por ahí.

Cierra los ojos. Nota que en su interior va creciendo esa misma comezón destructiva que la ha llevado a arrancar cachitos de papel pintado de la pared de su dormitorio. Es, como el ansia irresistible de toquetearse las costras, una compulsión a hacerse sangre.

Abre los ojos y continúa ladera abajo, en dirección a la zona por donde fluye el río.

Al cruzar la verja, se adentra por el camino de sirga paralelo al cauce; ante ella discurre silenciosamente una lisa extensión de aguas verdes, y en la orilla, pudriéndose, ve el casco del viejo bote de remos. Respira para tranquilizarse, sin apartar la mirada del agua. Respira otra vez. Y otra.

Un trío de patos levanta el vuelo, alterados por su llegada. Margot se sobresalta al oírlos, y luego nota que el corazón se le asienta mientras las aves se alejan aleteando sobre el río, sus sombras rozando el agua, sus graznidos contrariados perdiéndose en la distancia. Sin hacer caso de la maraña de yedra y madera que asoma entre las sombras de un lado del camino de sirga, se dirige hacia el muelle que se adentra en el agua. Los tablones crujen bajo sus pies. Se sienta en la húmeda plataforma con los pies colgando y se queda mirando las corrientes que se arremolinan en la superficie, las moscas y los mosquitos que sobrevuelan las aguas y los juncos que ondean por debajo como cabellos de sirenas.

Al cabo de un rato, una libélula aterriza a su lado. La observa, maravillada por las alas luminiscentes, por los verdes y azules metálicos que centellean mientras se adapta suavemente a la brisa. El insecto parece cansado, el típico cansancio de finales de verano. «Conozco la sensación», piensa. Sin apartar los ojos de él, vuelve a coger el móvil y escucha el mensaje de voz: «Margot. Soy yo. Creo que deberíamos hablar. Llámame. Por favor».

El sonido de la voz de Jonas —la particular cadencia de su acento escandinavo, la pronunciación como a trompicones— le hace cerrar los ojos. Se imagina el pelo rubio y desaliñado, la barba descuidada, los ojos azul cielo. Jonas. Otro ejemplo perfecto de lo que pasa cuando baja las defensas y deja que la gente se le acerque demasiado. Confusión. Esa vergüenza oscura, insidiosa. Es una imbécil… Una imbécil con otro follón más por resolver. Suspirando, devuelve la llamada y espera.

—Dime —responde Jonas casi al instante, la voz suave y baja.

—Soy yo.

—Dime, tú. —Titubea—. Qué bien que me llames. Pensaba que lo mismo me estabas evitando.

—No.

Se hace un silencio.

—Te fuiste de repente.

—Te escribí una nota.

—Ya. «Asuntos de familia». Claro. Todo muy lógico.

—Mi hermana se va a casar —dice a modo de explicación.

—Ah.

—Sí… Nos lo soltó de sopetón, en el último momento.

—Ya entiendo. —Una larga pausa—. ¿Y no necesitabas un «y acompañante»? ¿O un amigo fotógrafo de lo más servicial?

—Gracias, pero ¿tú no tenías trabajo este fin de semana? Además, no creo que Luce pueda permitirse un fotógrafo de tu categoría.

—No habría tenido que pagar nada. Lo habría hecho por amistad contigo.

El silencio entre ambos se expande. Margot ha vuelto al dormitorio de Jonas, está desnuda sobre su cama. Suspira y parpadea para borrar la imagen. Menuda cagada.

—¿Quieres que hablemos de lo de la otra noche? —pregunta él.

—Sí —responde ella, pero es lo último que le apetece.

—Creo que no podemos ignorar lo que pasó. —Vacila—. Yo, desde luego, no quiero.

Margot no sabe qué decir, así que Jonas, rompiendo el silencio, continúa:

—Ya sé que cuando respondiste a mi anuncio de la habitación en alquiler fue por motivos prácticos. Pero como he llegado a conocerte un poco… En fin, que te has vuelto importante para mí, Margot. Una buena amiga.

—Sí —dice ella, aprovechando sus palabras—. Somos amigos.

—Sí. Solo que la otra noche… Lo que pasó… me cogió por sorpresa, pero me hizo darme cuenta de que…

Margot cierra los ojos. «No sigas por ese camino», piensa.

—… de que siento algo especial por ti.

Margot contiene la respiración.

—Así que estaba pensando que… esto… que igual tú…

—No te agobies, Jonas —dice ella, interrumpiéndole de nuevo—. Todo está bien. Los dos estábamos borrachos. No tuvo ninguna importancia.

Jonas hace una breve pausa.

—¿Ah, no? —El silencio entre ambos crece—. Es que… pensaba que… Me parecía que a lo mejor había algo…

—Somos colegas, Jonas. ¿Vale? Compañeros de piso. No lo compliquemos.

Jonas guarda silencio unos instantes.

—Sí. Claro, claro.

Margot pierde la mirada en la otra orilla. No soporta la pena que detecta en la voz de Jonas y siente un dolor desagradable, una hinchazón en la caja torácica que la obliga a llevarse la mano al pecho para controlar su corazón desbocado.

—Bueno, ¿qué? Estamos bien así, ¿no? —pregunta con una voz tensa y falsamente animada.

—Sí. —Jonas vacila—. ¿Y tú? ¿Tú estás bien? ¿Me lo dirías si no lo estuvieras? ¿Si necesitaras algo? ¿En plan amigos?

—Sí —miente—. Te lo diría.

Su mirada se posa en algo que hay a lo lejos, en la otra orilla. Algo blanco atrapado en una maraña de ramas colgantes.

—Bien. —Al otro lado de la línea telefónica se oyen unas voces apagadas—: Sí, el reflector, y también la batería de repuesto. —Jonas aparta un poco la boca del teléfono—. Perdona —dice, de nuevo en tono normal—. Estoy en medio de una sesión. Con una *boy band*. Son todos una panda de divas —añade entre dientes—. Jamás he visto tantos productos para el pelo juntos. Tengo que irme. ¿Vas a estar en casa la semana que viene?

«¿Es mi casa?», piensa Margot.

—Sí, vuelvo la semana que viene —dice. Parpadea y vuelve a concentrarse en el objeto que se ha quedado atrapado entre las ramas. Un montoncito de palos blancos arqueados pulcramente, como la quilla del armazón de un barco—. Ya nos veremos entonces.

—Vale, Margot. Nos vemos.

Se corta la línea.

Margot se deja el móvil pegado a la oreja durante un buen rato, escuchando el eco del silencio sin apartar la vista de la otra orilla. Mientras hablaban, le ha venido un pensamiento que, por la posible verdad que encierra, le resulta aterrador. Tal vez cruzar la puerta de Windfalls no sea tanto un acto de regresión como de reconocimiento de que, por mucho que corra, por muchos años que haya vivido alejada de este lugar, sigue siendo la misma persona, idéntica a como era. No puede huir de quien fue, de quien es.

Traga saliva. La forma del extraño manojo de palos blancos se vuelve más clara. El contorno curvo adquiere un patrón reconocible. No son palos, advierte con creciente terror. Son huesos.

Sin apartar la mirada, se queda un buen rato preguntándose si estarán engañándole sus ojos, hasta que se levanta y se va al punto más extremo del embarcadero. Sin duda, huesos. La sangre le late en las sienes, en sus oídos reverberan las palpitaciones del corazón, se le forma un nudo en la garganta. ¿Qué debería hacer? Mete una mano en el agua y se estremece. Si fuera Lucy, se quitaría toda la ropa y se zambulliría, pero no es Lucy.

Mira en derredor y ve el viejo bote de remos varado en la orilla. Lo observa unos instantes. Al acercarse, comprueba que está en muy mal estado, pero, así, a primera vista, parece estanco, no hay agujeros ni desperfectos. Sobre el banco de los asientos hay un remo solitario. Da una patada al casco y le tranquiliza oír el ruido sordo y sólido de su pie contra la madera. Echa otro rápido vistazo en derredor, desanuda la raída cuerda que mantiene el bote atado al embarcadero y empieza a empujarlo hacia el río.

9

Eve está en la ducha; el agua caliente le cae sobre la piel. Mientras se pasa una cuchilla desafilada por la curva de la axila, oye las lejanas risas de sus hijas. Las risitas agudas de May dan paso a la risa ligeramente más grave de su hermana mayor. «Para, Chloe, ¡para!», grita May, con el tono histérico de una niña de seis años que lo último que quiere es que su hermana pare. Eve suspira. Deberían estar vistiéndose y preparando las mochilas para ir al colegio. Andrew está abajo. Que se encargue él.

Cierra los ojos y se frota el pelo con champú. Al enjuagarse la espuma se imagina que está en otro lugar, en un bar oscuro, sentada en un taburete, con vasos de cóctel y una vela parpadeando sobre la madera pulida de la barra. Hace aparecer a un hombre en el taburete de al lado. El hombre se inclina hacia delante, alarga los brazos para estrecharla contra él, siente el calor de su piel…

—¡Mamááá!

Eve abre los ojos y los cierra al instante. Demasiado tarde: se le mete champú.

—Joder —dice, buscando a tientas una toalla.

—Has dicho una palabrota.

—Sí. He dicho una palabrota.

Pone la cabeza bajo el chorro de agua y se enjuaga el resto del champú; cuando vuelve a abrir los ojos ve a May en la otra punta de la mampara de la ducha, la mitad superior de su cuerpo vestida con el uniforme del colegio y la mitad inferior todavía con el pijama de unicornios rosa, las manos y la boca pringadas de Marmite, el ceño fruncido y expresión llorosa.

—Mami, Chloe me quiere matar.

—No, cariño, no quiere matarte.

—Que sí. Se está sentando encima de mí y me está obligando a oler los zapatos de papá.

Eve pone cara de exasperación.

—¿Y por qué te tortura así?

—Porque quiere ver *Scooby Doo* y yo quiero *La patrulla canina*.

—Creo que ya os he dicho que nada de tele antes de ir al cole.

May hace un mohín.

—Papá ha dicho que podíamos.

—¿Ah, sí? —Eve suspira—. Ahora mismo bajo. Hablaré con Chloe… y con papá. ¿Vale?

May se lo toma como una victoria y se aprieta contra la mampara.

—Te quiero, mami —dice, besando el cristal y alejándose después de embadurnarlo con huellas de manos y labios marrones y pegajosos.

Eve mira los manchurrones y se dice que no importa, intentando disfrutar del cariñoso momento. Se dobla y aprieta los labios contra la huella de los de May.

—Yo también te quiero. Ahora, por favor, vístete, y no te acerques a tu hermana.

May sale despacio del cuarto de baño e Eve se queda secándose y vistiéndose. Echa un vistazo al reloj de pulsera. En veinte minutos tienen que estar en el coche.

Abajo se encuentra con Chloe, que, todavía en pijama y sin peinar, está sentada sobre el respaldo del sofá, lanzándose cereales a la boca con aire perezoso. Hay cojines tirados por el suelo, un jarrón de flores volcado, agua cayendo sobre la alfombra. Alguien ha arrastrado hasta el salón la cesta de los zapatos de la puerta de la entrada y la ha puesto de canto. En la televisión suena a todo volumen la irritante musiquilla de un programa.

—¡Chloe! ¿Qué demonios…?

Haciendo un esfuerzo, Chloe aparta los ojos de la pantalla.

—¿Por qué no estás vestida? ¿Qué es todo este follón? ¿Dónde está tu padre?

Chloe se encoge de hombros, el gesto indiferente y despreocupado de una niña de nueve años que nadie diría que tiene un horario.

—Papá está en la cocina.

May entra furtivamente en la habitación, todavía a medio vestir, aunque ahora con la incomprensible añadidura de unas orejas de conejo sobre su cabeza.

—¿Qué hacen aquí todos los zapatos? —pregunta Eve, cada vez más exasperada.

—May me los ha tirado.

—Me llamó bebé.

—Es que es una bebé. Le da miedo *Scooby Doo*.

La mirada de Chloe se desliza de nuevo hacia la televisión.

Es la gota que colma el vaso. Eve agarra el mando y apaga la tele, ignorando el grito de protesta de Chloe.

—Venga, a ordenar todo este revoltijo. Las dos.

—Pero no es justo —se queja May—. No he sido yo.

Eve coge el jarrón y ve cómo el resto del agua cae en cascada sobre la moqueta.

—¡Ahora mismo! —ruge—. No quiero oír ni una palabra más.

Chloe cruza la habitación dando fuertes pisotones, endereza la cesta de los zapatos y mete una de las deportivas de Andrew con un suspiro teatral.

—Eres mala —dice May, olvidando que la batalla era contra su hermana; ahora están las dos unidas por el pique con su madre.

Encuentra a Andrew en la cocina, encorvado sobre su ordenador portátil y rodeado de boles sucios de cereales, platos con pan seco y tazas. En la radio del alféizar de la ventana suena la música a todo volumen. En la pila espera un cazo lleno de copos de avena solidificados; sobre la encimera, un charco de posos de café. La botella de leche medio llena está al lado de la nevera, recalentándose tan a gusto. Eve se detiene en la entrada y se queda mirando a su marido, cuyo ceño está tan fruncido que se le forman profundos surcos en la piel.

—¿Estás bien? —pregunta, alzando la vista.

—No. No estoy bien.

Cruza con paso airado y apaga la radio de golpe.

—Estaba intentando ahogar sus voces —admite él, sonriéndole—. ¿Todo en orden?

—¿Aparte del hecho de que las niñas hayan dejado el salón hecho un asco y de que ninguna esté lista para ir al colegio?

—Perdona. Me he distraído un poco con esta hoja de cálculo. Parecía que se lo estaban pasando de miedo.

Eve arquea una ceja.

—¿Qué pasa?

—La Tercera Guerra Mundial ha estado a punto de estallar y tú ahí, en las nubes. Me dijiste que ibas a ayudar un poco más por las mañanas.

—Estoy aquí, ¿no?

—No del todo. Aquí aquí, no. Tu cabeza sigue metida en tu trabajo.

—No son bebés, Eve. No hay que estar mirándolas a cada segundo. Además, me entró un asunto urgente. —Le sonríe—. No te preocupes. Están sanas y salvas.

Eve suspira. No se trata de eso. Echa un vistazo al lío de la cocina y a continuación piensa en las inminentes batallas con los peines y los zapatos, la inevitable carrera hasta las puertas del colegio, los instrumentos musicales y equipos de educación física que se habrán dejado en casa. Piensa en su propia jornada como gerente de la agencia de contratación, que tal vez no sea un trabajo ni mucho menos tan importante como el de Andrew, pero que, aun así, es un compromiso, una tarea que hay que cumplir como es debido. Piensa en el próximo fin de semana, en la creciente lista de cosas pendientes, en la tensión larvada entre Kit y Margot, y después añade la imagen de Sibella sentada a la misma mesa que todos el viernes por la noche y se pregunta cómo demonios van a navegar por aguas tan tempestuosas con los ánimos tan exaltados. Piensa en todo esto y se siente derrotada.

¿Habrá sido siempre así?, se pregunta. ¿Siempre ha cargado ella con la tensión de tener todo bajo control? Cuando se acuerda de las bolsas de almuerzos que preparaba para sus hermanas cada vez que su madre se olvidaba o se quedaba dormida después de trabajar una noche más hasta las tantas, o del uniforme del colegio que tenía que sacar del cesto de la ropa sucia para limpiarlo con un paño húmedo, o de las trenzas que hacía y las veces que daba la lata a Kit para que firmase notas del colegio, tiene la sensación de que lleva casi toda la vida cargando con responsabilidades. Este es, en parte, el motivo de que esté tan empeñada en ser otro tipo distinto de madre para sus hijas, una madre presente y en la que se pueda confiar. Pero es difícil estar presente cuando tienes que hacer tantos malabarismos. Cada vez más, se siente como si las pelotitas estuviesen a punto de caérsele.

Andrew se levanta y enciende el hervidor de agua.

—Déjame prepararte una taza de té. —La arrima hacia él—. No te enfades conmigo. Lo siento. Me esforzaré más.

Eve asiente con la cabeza y se muerde el labio, apoyando el cuerpo contra la reconfortante solidez del de Andrew en el mismo instante en que suena su móvil. Se aparta para mirar la pantalla y ve un mensaje de Margot. Bueno, ya es algo, piensa. Desde luego, no vendría mal un poco de ayuda. Escribe una rápida respuesta, da a enviar y manda otro mensaje a su padre.

Andrew suspira y se vuelve hacia el hervidor.

—¿Qué tal va la Operación Boda Improvisada? —pregunta, echándole agua en una taza.

—Bien —dice ella, dejando el teléfono—. Aunque me temo que os va a tocar a papá y a ti encargaros de la hoguera. Mamá propuso fuegos artificiales, pero creo que la he disuadido.

—¿Hoguera? ¿Fuegos artificiales? Pero ¿no iba a ser una cosa discretita?

—Bueno, si setenta invitados y los que faltan por confirmar te parece discretito…

Andrew la mira boquiabierto, se ríe.

—¡Menuda familia tienes!

Eve se irrita. Se da media vuelta y enjuaga los boles de cereales antes de meterlos de cualquier manera en el lavavajillas.

—Esta tarde tengo una reunión del consejo escolar. ¿Vas a poder quedarte con las niñas?

—¿Esta tarde?

—Sí. A las siete.

—Dios, Eve, lo siento, tengo una cena de trabajo. Pensaba que lo sabías…

Le acerca la taza de té deslizándola por la encimera.

Eve le escudriña sin alterarse.

—No lo he visto en el calendario.

—¿Ah, no?

Andrew desenchufa el portátil y lo guarda en su mochila.

—Perdona, cielo. Un fallo mío. No caí en la cuenta de que necesitabas que hiciera de canguro.

Eve siente que se le sube la sangre a las mejillas.

—¿Cuántas veces tengo que decirte que cuidar a tus propias hijas no es «hacer de canguro»? —Suspira—. ¿Y qué hago yo entonces?

—Solo es el AMPA. ¿No pueden reunirse sin ti?

Mete de malos modos otro bol en el lavavajillas.

—No es eso. Es que me he comprometido.

—Bueno, llama a una canguro. —Andrew alza la vista—. Lo siento, pero no puedo faltar a la cena. Es un cliente importante. —Se suaviza ligeramente—. Ya sé que es tu carácter, pero entre las reuniones del colegio y la boda de tu hermana tienes los nervios cada vez más atacados. Haces demasiadas cosas.

Eve suelta unos cubiertos en la bandeja del lavavajillas; se le escapa un cuchillo, que cae estrepitosamente al suelo.

—Eso es. Hago demasiadas cosas.

Se muerde la lengua para no espetarle que hay otros que no hacen las suficientes y se queda delante de la pila, esperando que Andrew note lo disgustada que está, pero él sigue guardando sus cosas. Después, se acerca a plantarle un beso en la mejilla y le suelta un alegre «Adiós». Eve se queda donde está unos instantes, intentando controlar los sentimientos que se agolpan en su interior. Cuenta hasta diez, los sofoca y sale de la cocina, chillando a las niñas con una voz que a ella misma le resulta insoportable:

—¡Como no os deis prisa y os vistáis, vais a tener que explicarle las dos a la directora por qué habéis ido al cole en pijama! ¡Y lo digo en serio!

—¡Jo! —oye que murmura Chloe en el salón—. ¡La peor mamá del mundo!

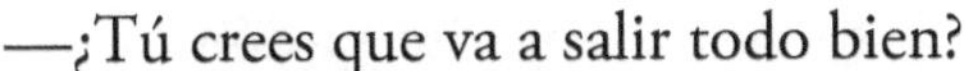

10

—¿Tú crees que va a salir todo bien?

Ted está asomado a la puerta del estudio; una taza de café le calienta las manos. El café que le trajo antes a Sibella espera en un banco, a su lado, mientras sus manos dan forma a un trozo de arcilla blanca que gira en el torno.

Ted se maravilla de su destreza, como viene haciendo desde la primera vez que la vio trabajando. El subir y bajar de la arcilla, las ondas del material que se mueve entre sus manos, el pie que espolea al torno para que siga girando. Sus ojos verdes tienen la mirada fija, concentrada, y en su mejilla izquierda hay una raya blanca. Tras ella hay unas estanterías muy altas, filas y filas de espectrales cuencos blancos secándose sobre tablones.

Mete los dedos en un bol de agua y los pone en el centro de la arcilla para abrir un hueco en la vasija, que se hunde un poco y vuelve a subir, cada vez más fina, más alta. Pellizca la arcilla y la comba para formar un delicado borde. El trabajo de Ted consiste en sacar palabras del aire y enhebrarlas para crear ficciones. Mueve personajes sobre un escenario para contar una historia. Pero Sibella posee un oficio «de verdad». No hay nada ficticio en lo que hace. Platos. Jarrones. Cuencos. Macetas. Su trabajo es físico, práctico y verdadero. Hay días en que no puede evitar sentir envidia de la solidez de su arte.

Sibella, sin alzar la mirada, responde:

—¿Te refieres a la boda?

—Sí.

Sibella reflexiona sobre la pregunta.

—Estoy segura de que todo el mundo sacará su mejor lado. —Aparta la vista del torno—. Estás frunciendo el ceño.

—Tom me cae bien, de veras, pero no entiendo a qué viene tanta prisa. —Toma un sorbo de té—. Será que está embarazada.

—Puede ser. Aunque no es que tú seas precisamente de esos padres que obligan a un joven a subir al altar para que convierta a su hija en una mujer decente. ¡Para eso habrías tenido que predicar con el ejemplo!

—Cierto —dice Ted, soltando una risa sardónica—. Qué duda cabe de que Kit y yo tenemos experiencia en lo que a hijas ilegítimas se refiere.

Se mira el fino anillo de oro y recuerda el momento en el que Sibella se lo puso en el dedo. ¿Por qué le parecía tan importante casarse con esta mujer, cuando había pasado tantos años con Kit sintiéndose orgulloso de no estar casados? No lo sabe con certeza, pero sí que fue una buena decisión.

—Puede que la respuesta sea muy simple: le quiere. Los dos sienten que ha llegado el momento.

Ted sonríe.

—Sí, eso puedo entenderlo. Supongo que, a pesar de lo impetuosa que es, Lucy también tiene una vena profundamente romántica. Aunque es un enigma, eso desde luego. Todas mis hijas lo son.

—Como todas las mujeres —dice Sibella, metiendo otra vez los dedos en el agua antes de alisar los bordes de la vasija—. Me sorprende que no te hayas dado cuenta a estas alturas, rodeado como estás de mujeres.

—Otro bebé en la familia… sería estupendo, ¿no? Una bendición. ¿Y no estarán reservando la noticia para el banquete?

Sibella sonríe. Baja la velocidad del torno y se echa hacia atrás para apreciar el cacharro.

—¿Sigues con la porcelana? —pregunta Ted.

Sibella asiente con la cabeza.

—Tiene algo que... No sé, la fragilidad... exige un toque extremadamente ligero. No es fácil usar el torno, pero disfruto aprendiendo.

Ted se fija en la luz que entra a raudales por la ventana del estudio, rebotando en las delicadas piezas blancas que se están secando en las estanterías. Tiene razón, piensa. Son de una pureza maravillosa.

—Te has levantado temprano —dice Sibella—. ¿Estabas trabajando?

—Sí. Quería revisar la última escena antes de enviarle el nuevo borrador a Max.

—¿Te va gustando?

Ted considera la pregunta de Sibella. Lleva varios meses absorto en la nueva obra, sumergido en el terreno complejo, a veces insondable, de las relaciones padre-hija.

—Sí. No quiero precipitarme, pero creo que puede ser buena. Incluso mi mejor obra. Pero ya sabes cómo es esto —añade—. Un día todo fluye, y al siguiente... Bueno, al siguiente es como si intentase hacer algo con tu torno. Un desastre total.

Sibella ríe.

—Todos tenemos días así.

—He reservado una mesa en The Bridge para el viernes por la noche —dice él, cambiando de tema—. Todavía quieres venir, ¿no?

Sibella frunce el ceño.

—¿De veras te parece buena idea?

—Lucy me pidió expresamente que vinieras.

—Es que pienso que... con Kit... quizá sería más fácil si me...

—No se trata de Kit. Se trata de Lucy y de Tom. Sé que a los dos les gustaría que estuvieras. Además, la noche de la cena podría allanar el terreno para un sábado más... más armónico.

Sibella se muerde el labio.

—Los dos sabemos que... que a Kit le saca de quicio cualquier cosa que pueda acercarme más a tus hijas.

—Eso es problema suyo —dice Ted con firmeza—. Lucy quiere que estés.

Sibella suspira y se reclina sobre el taburete, mirando a Ted a los ojos.

—Entonces iré.

Ted da un paso hacia delante y le da un beso en la coronilla; el cabello pelirrojo, suave y cálido, le roza los labios. Ted todavía está dando las gracias para sus adentros por la mujer hermosa y creativa que está sentada ante él cuando oye el estridente pitido de su móvil en el bolsillo.

—¿Quién es? —le pregunta Sibella al ver que frunce el ceño.

—Eve. Me ha pedido que añada una reserva más para la cena del viernes. —Mira a Sibella—. Margot ha vuelto.

Sibella arquea una ceja.

—Pues bien, ¿no?

Ted suelta una risa sofocada.

—¿Te has olvidado de lo que pasó cuando celebramos mi sesenta cumpleaños?

—La has echado de menos. Lo sé. —Sibella sonríe dulcemente—. Puede que sea sanador para todos.

Ted titubea.

—Sí, puede.

—Quizá el hecho de volver la forzará a hacer frente a lo que hizo, ¿no crees? No puede seguir huyendo de ello para siempre.

—Cierto —dice Ted frunciendo el ceño. Mira al otro lado del valle y ve cómo se oculta el sol por detrás de una nube gris. El efecto es el de una cortina cerrándose sobre las colinas circundantes. Su hija menor, Margot, ¿de qué estará huyendo?

Sibella coge la taza de café y bebe un sorbito.

—Si le buscamos el lado bueno, supongo que al menos no seré la única *persona non grata* que se siente a la mesa el viernes.

Ted le da la razón con un gesto y trata de esbozar una sonrisa, aunque sus ojos permanecen clavados en la oscura sombra que se cierne sobre el valle.

11

En mitad del río, Margot se da cuenta de lo disparatado de su plan. Navegar por el canal con un remo le está costando más de lo que se había imaginado. Para más inri, parece que el viejo bote de remos, lejos de ser hermético, hace aguas a marchas forzadas. En el fondo del casco ve que se está formando un charco embarrado en torno a sus pies. Clava la vista en la otra orilla, donde ha visto los huesos blancos, y hace lo que puede con el remo.

Un poco más adelante, la corriente empieza a desviarla de su curso. Lo nota y se imagina que se deja llevar, que el bote va bajando por el río hasta que al final es escupido a las agitadas aguas de un océano frío e implacable. Pero al acordarse de los huesos atrapados en el árbol de la otra orilla, ajusta el rumbo y rema con renovada determinación.

Es imposible acercarse. La maraña de ramas se proyecta torpemente sobre el río y es difícil abrirse paso. Al cabo de varios intentos, de estar a punto de perder el remo y de varios arañazos dolorosos, consigue enganchar una de las ramas más grandes y, pasito a pasito, tira de sí misma hasta llegar casi al nivel del bulto que hay atrapado en el acuoso nido.

De cerca, ve al instante que tenía razón. La caja torácica —la parte arqueada que había visto desde el embarcadero— se mantiene en perfecto estado y unida a una espina dorsal coronada por una calavera. Los blanquísimos huesos, mondos y lirondos gracias a la acción de aves y peces carroñeros, no son de un humano, como había temido, sino de un ciervo. Mira fijamente las cuencas vacías de los ojos y contempla el terso hocico con fascinación y alivio. Es todo tan absurdo que siente ganas de reír. Ahí está, en el río, metida en un bote que se va hundiendo lentamente y con la vista clavada en el esqueleto de un animal muerto.

Al notar que el agua se le filtra en los zapatos y empieza a empaparle el dobladillo de los vaqueros, ajusta torpemente la proa y vuelve remando en dirección al embarcadero. A medio camino hace un alto; los músculos de los brazos le duelen del esfuerzo de usar el remo. Coge aliento a la vez que mira las oscuras aguas y escucha el suave sonido que hacen al lamer el casco de madera. Se acuerda de una tarde de verano de hace años en la que se tiró al río y se quedó un rato debajo de la superficie. Ahora, casi puede imaginarse que se ve a sí misma allí, bajo el agua, mirando hacia la luz, momentáneamente aislada en un mundo sumergido de silencio y sombras. El pensamiento la hace estremecerse.

Con un hondo suspiro, coge el remo y continúa bregando. El bote se está llenando cada vez más deprisa, pesa más y cuesta más gobernarlo. Es un alivio notar al fin el choque del casco contra el embarcadero, el chapoteo de los zapatos mojados cuando desembarca de un salto y arrastra el bote hasta la orilla. Lo ata al poste y se quita el jersey, que está caliente después de tanto esfuerzo.

Conteniendo el aliento, se queda mirándose la manga de tatuajes y pasa el dedo sobre el corazón que tiene en el hueco del codo. Con la yema del dedo sigue las espirales que trazan las parras sobre su piel. El corazoncito negro era lo primero que se había tatuado, y a partir de entonces había vuelto una y otra vez al tatuador para que añadiera más cosas, ávida de sentir el agudo zumbido de la aguja contra la piel, la electrizante emoción de la aguja abriendo una brecha en su entumecimiento. Sí, era capaz de sentir. Era capaz de sentir dolor. Ver la tinta marcándole la piel había sido la prueba que necesitaba.

El móvil le vibra en el bolsillo trasero. Lee la respuesta de Eve, un mensaje en el que le pide que visite a Sibella y compruebe que lo de las flores del sábado está encarrilado.

Bien, se dice, es un encargo que le permitirá alejarse de casa y de la vista de Kit un ratito más. Las deportivas están mojadas, pero no se tarda mucho en cruzar el valle. Vuelve al camino de sirga y dobla a la izquierda, alejándose de Windfalls y del montón desplomado de vigas de madera chamuscadas que, apenas visible bajo una maraña de zarzas y hiedra, se esconde entre las sombras que tan cuidadosamente ha evitado todo este tiempo, y se dirige hacia el camino que, cruzando el puente, la llevará hasta el otro extremo del valle.

Lucy va bajando por Milsom Street; las pisadas de sus deportivas sobre el empedrado hacen un grato plaf plaf. Un cachito de sol se abre paso entre las nubes, transformando todo lo que es gris en plata deslumbrante y tiñendo de color miel la piedra de Bath. Lucy no está pensando en las hojas de cálculo que se ha dejado en la oficina del centro, ni en la cantidad de citas que la esperan, ni en ninguna de las cosas que todavía quedan por organizar para el fin de semana. Solo piensa en el milagro de sus pies golpeando el antiquísimo pavimento, el aire húmedo en su rostro, la tenue brisa que revuelve los flecos del pañuelo de seda que le cuelga del cuello cuando dobla por una callejuela estrecha y se dirige hacia una tienda que hay al fondo. Es una de tantas personas, parte del incesante flujo de humanidad que pisa este empedrado, tanto aquellas que ya se han ido como las que están por venir. Su insignificancia la consuela.

Un poco más adelante, una madre intenta dar alcance a dos niñas de tres o cuatro años que han salido disparadas.

—Estoy corriendo, estoy corriendo —canturrea una de ellas, mirando cómo se le mueven los pies—. Aquí estoy, aquí estoy.

El estribillo es tan fácil que su hermana no puede evitar sumarse al cántico mientras corre tras ella sin parar de reír.

—Aquí estoy. Aquí estoy.

¡Qué entusiasmadas están las dos con el momento, con sus movimientos, consigo mismas!

Lucy sonríe. Recuerda cuando vivía con sus hermanas en Windfalls y se perseguían por el jardín o bajaban por la ladera dando volteretas como locas. La alegría del movimiento. ¡A ver quién llega la primera al manzano! Eve y Margot ponían todo su empeño, pero siempre era ella la que ganaba aquellas carreras. En fin. Más tarde limará asperezas con Eve. A todos les va a sentar bien esta reunión del fin de semana. Lo sabe. Aquí estoy, piensa, respirando el fresco aire del otoño, mientras se llena los pulmones.

La campanilla que hay sobre la puerta de la tienda tintinea cuando entra. Dorothea, la dueña, aparta la vista de la máquina de coser y saluda con la mano, murmurando algo así como: «Hola, cielo», a través de los alfileres que tiene entre los labios.

Lucy sonríe y espera.

—Has llegado temprano —dice Dot con una sonrisa nada más terminar el dobladillo y quitarse los alfileres.

—Sí. Estoy nerviosísima.

—Pues claro, ¿cómo no ibas a estarlo? Lo tienes ahí atrás, colgado. —Señala con la cabeza un cubículo separado por una cortina que hay al fondo de la tienda—. Pasa. Grita si necesitas que te eche una mano.

Cinco minutos después, Lucy descorre la cortina del probador y se pone a dar vueltas delante del espejo.

—¿Qué tal me queda?

—¡Precioso! —exclama Dot, apresurándose a ajustar el dobladillo—. Te queda de fábula.

Es un vestido largo de seda, de un intenso color escarlata y muy llamativo. Lucy pasa las manos por la tela, contenta al ver que, en efecto, le sienta como un guante. Nada más verlo en el escaparate de una tienda de ropa *vintage* en Bristol, había sabido que era para ella. Un vestido poco convencional para un día poco convencional. Sabe que es, con diferencia, la prenda más bonita que va a lucir en toda su vida.

—Has obrado un milagro. Parece que se hizo a medida para mí.

—Puede que así fuera —dice la mujer, sonriendo— .Vas a dejarlos a todos boquiabiertos este fin de semana.

Sí, piensa Lucy estudiando su reflejo en el espejo, el rostro ligeramente ensombrecido. Boquiabiertos, en efecto.

Dot envuelve el vestido con papel de seda y lo mete cuidadosamente en una gran bolsa de cartulina. En la puerta le da tres besos muy efusivos en la mejilla.

—Os deseo a los dos una vida llena de amor y de felicidad.

Lucy, presa de un súbito arrebato de emoción, la achucha con fuerza, apretándose a ella lo suficiente como para ocultarle que los ojos se le están llenado de lágrimas.

La bolsa de cartulina es muy ligera —el vestido apenas pesa más que el envoltorio de papel de seda— y se mece con la brisa, chocando de vez cuando con los muslos de Lucy. De repente, al pasar por el alto obelisco de piedra de Queen Square, siente náuseas. Respirando profundamente, se agarra a la barandilla de hierro que rodea la plaza y se serena. Ve un banco vacío, se dirige hacia él y se sienta encorvada, esperando que pase lo peor de la desagradable sensación.

El viento se mueve entre los cerezos; en lo alto, las hojas susurran. Corre, corre, parecen decir. Pero es incapaz de moverse. Todavía no. Respira hondo varias veces y trata de concentrarse en la gente que pasa: un hombre muy tieso con un traje de raya diplomática que balancea un maletín; dos mujeres con pañuelos sobre los cabellos canos que hablan del tiempo; un joven con enormes cascos que sigue el ritmo de la música con la cabeza; una mujer que empuja un carrito con un bebé plácidamente dormido. Al pasar, un osito de peluche azul se cae del carrito y aterriza a los pies de Lucy.

—Perdona —dice, cogiendo el juguete—. Se os ha caído esto.

—Gracias —dice la madre, volviendo al banco—. Menudo desastre si llega a perderse.

La joven acurruca el osito al lado del niño dormido antes de remeter cuidadosamente la manta. Sin previo aviso, Lucy rompe a llorar.

—Ay —dice la madre al ver su desazón—. ¿Estás bien?

Lucy es incapaz de responder.

—¿Puedo…? ¿Quieres… quieres que llame a alguien?

—Lo siento —dice al fin Lucy, recuperando el habla.

La mujer mira en derredor con expresión de impotencia, acerca el carrito al banco y se sienta a su lado.

—¿Me quedo aquí sentada contigo un ratito?

Lucy asiente con la cabeza. Se enjuga los ojos y luego, sin poder contenerse, suelta:

—Me caso el sábado.

Los ojos de la mujer se abren de par en par. Es evidente que no era esto lo que esperaba oír.

—Anda. Qué bien…, ¿no? —añade con cautela.

Lucy hace un gesto afirmativo.

La mujer hurga en su bolso.

—Lo siento, no tengo más —dice, pasándole un pañuelo de papel arrugado—. Debes de estar… ¿abrumada, puede ser?

Lucy se queda mirando la plaza, las hojas que tiemblan en los árboles, la vida que pasa por delante del banco.

—Me siento como si estuviera en un maldito subibaja. Me parecía una idea estupenda eso de casarnos cuanto antes, pero ahora… ahora ya no estoy tan segura.

—¿Tienes tus dudas?

Se suena la nariz y se pregunta cómo podría contarle su verdad a esta desconocida.

—Tom es tan buena persona… Tan generoso, tan cariñoso, tan volcado siempre en hacer bien las cosas…

—Dirás que estoy loca, pero para mí que son buenas razones para casarse con él. —La mujer se mira la fina alianza de oro que lleva en el anular—. Recuerdo los días de antes de mi boda, un terrible caos de emoción y agotamiento, por no hablar de las riñas y las intrigas familiares. No sé por que nos prestamos a pasar por algo así.

Lucy le da la razón con gesto cansado.

—Sí, es exactamente eso.

—Para mí es fácil decirlo porque no te conozco de nada, pero si le quieres, y si crees que él te quiere a ti, intenta no agobiarte por lo demás. Tu familia hará piña, y lo que recordarás en el futuro, en definitiva, es que estabais juntos con vuestros seres queridos. Poca cosa hay que sea más importante que eso.

Lucy se vuelve hacia la mujer y sonríe.

—Gracias.

La mujer le da unas palmaditas en la mano.

—Después de que naciera este —señala hacia el carrito con un gesto de la cabeza—, me pasé los seis primeros meses llorando… lágrimas de felicidad, lágrimas de tristeza. En los grandes momentos de la vida nos pasan estas cosas.

Lucy sonríe.

—Siento mucho haberte tendido esta emboscada con mis emociones. —Contempla al bebé dormido—. ¿Es bonito ser mamá?

Una sonrisa ilumina el rostro de la mujer.

—Es maravilloso. El mejor trabajo del mundo.

Lucy ve las largas pestañas del bebé que retiemblan sobre la piel suave y perfecta. La reconforta ponerse las manos sobre el vientre.

—¿Sabes qué haría yo? —dice la mujer, cogiendo su bolso—. Irme de tiendas. Darme un capricho. Te sentirás mejor.

—Gracias por ser tan amable.

—Es lo menos que podía hacer después de que nos salvaras del drama de acostarse sin el Señor Oso. —La mujer se levanta y coge el carrito—. Buena suerte el sábado. Que pases un día maravilloso.

Lucy permanece sentada un rato más en la plaza, esperando a que se le pasen las náuseas y se le sequen las lágrimas. Por fin, coge la bolsa y enfila las calles empedradas de la ciudad. La mujer tiene razón. Salir de compras podría ser una buena terapia. Podría comprar regalos. Algo que sirva para apaciguar a Eve y agradecerle su ayuda. Algo para Tom, también. Necesita unos gemelos para el sábado. No es el tipo de cosa que se le pueda ocurrir a él, un hombre que se pasa el día en Woodland Trust vestido de manera informal, con barro debajo de las uñas y las gafas de sol sobre la cabeza. Allá, en las tierras inexploradas de Somerset, metido en sus proyectos medioambientales, despejando zonas contaminadas y preservando reservas y hábitats naturales, no es que tenga mucha necesidad de camisas ni de gemelos. Sí, le comprará un par, un regalo para el día de su boda.

Entra en unos grandes almacenes y echa un vistazo a los mostradores de joyería de la planta baja, procurando no distraerse con los elegantes pendientes y las bonitas peinetas *art déco* que tan bien irían con su vestido. Enseguida se fija en dos sencillos brazaletes de oro, hojas de parra retorcidas en un delicado círculo, que está segura de que les gustarán a Eve y a Margot. Le pide a la dependienta que se los envuelva antes de ver los gemelos en una vitrina que hay un poco más lejos.

—¿Quiere ver alguno? —pregunta la solícita dependienta, olfateando otra venta.

Lucy estudia las filas de broches esmaltados. Fichas de dominó. MINI Coopers. Señales de stop. Botellas de champán. Son todos demasiado urbanitas para su Tom, tan de campo.

—Estaba buscando algo sencillo. Algo menos… llamativo.

—¿Qué tal estos? —sugiere la dependienta, abriendo la vitrina y sacando una bandejita de terciopelo con un surtido de sencillos gemelos de plata. Lucy escudriña la selección y ve dos en forma de bellota. Los acerca a la luz y sonríe.

—Bellotas de roble.

Naturales. Fuertes. Como Tom.

Mientras la dependienta envuelve sus compras en papel de seda, oye una risa que le resulta familiar. Al fondo de la tienda, varios mostradores más allá, ve a un hombre alto y de hombros anchos, trajeado, con ligeras entradas en el cabello oscuro. Acerca un brillante pendiente a su acompañante, una mujer menuda con rizos morenos y labios gruesos y rojos. A Lucy se le borra la sonrisa de los labios.

La mujer mira al cuñado de Lucy con una sonrisa radiante. El diamante resplandece en el lóbulo de su oreja, y su rostro es la imagen misma de la adoración. Andrew se arrima a ella y entrecierra los ojos.

—Te quedan muy bien.

Lucy le lee los labios, frunce el ceño. La mujer parece joven, varios años más joven que Eve.

Andrew le pasa la joya a la dependienta y saca la cartera. La joven le da un fuerte apretón en el brazo. Lucy, sin apartar la vista, siente como si un frío terror se le hincase en las tripas como un cuchillo. ¿Andrew está comprándole joyas a esa mujer? ¿A esa mujer que le agarra del brazo y le sonríe beatíficamente como si fuera la ganadora de un premio?

Anonadada, Lucy no sabe si acercarse y darles un puñetazo a cada uno o agacharse detrás del mostrador antes de que la vean y tenga lugar un bochornoso encontronazo. Mientras se decide, la dependienta le entrega sus compras y le da las gracias.

Lucy, inclinando la cabeza a modo de respuesta, coge la bolsa de cartulina con gesto airado y sale de la tienda. ¿Andrew? ¿Liado con otra? Le cuesta creerlo. Pobrecita Eve.

Eve sale del autoservicio prácticamente a la carrera y echa las bolsas llenas de velitas, platos de papel y servilletas al maletero del coche. Comprueba la hora en el móvil y suspira. Tiene el tiempo muy justo para ir a recoger a las niñas al colegio.

Se suponía que hoy solo trabajaba media jornada, pero, para variar, su jefe se había plantado delante de su escritorio a las doce menos cuarto con un montón de cartas firmadas que tenían que enviarse ya mismo. A partir de ese momento había ido con la lengua fuera. Las colas para la caja del autoservicio habían sido tan desalentadoramente largas que a punto había estado de renunciar a entrar, pero era una de las últimas oportunidades que tenía antes del sábado de comprar lo que necesitaba para el gran día de Lucy.

Pasando sus mensajes rápidamente, ve uno que le ha enviado hace un rato Margot confirmando que irá a ver a Sibella, y otro de Lucy que dice que Tom ha localizado a un amigo que va a ejercer de DJ y que —todavía mejor— se va a encargar de traer su propio tocadiscos y sus altavoces. ¿Será que su vehemencia de la víspera ha surtido efecto? No es que el mensaje de Lucy fuera exactamente una disculpa, pero quizá había empezado a comprender todo lo que había que hacer y por fin estaba espabilando. El último mensaje es de Ryan, el del *pub*, que le recuerda que necesita saber el número definitivo de invitados para preparar la comida y el vino para el sábado. Su mensaje termina con una sarta de emojis: botellas de champán, un vaso de cóctel, la chica que baila y la carita que guiña el ojo. Arranca el motor y sale del aparcamiento.

El camino al colegio está inusualmente despejado, y cuando ya se está acercando, ve que un coche sale de uno de los escasos y codiciados huecos. Sin atreverse casi a creer en su suerte, corre a ocuparlo, se baja de un salto y entra a toda pastilla por la puerta del colegio. Milagrosamente, solo llega un par de minutos tarde.

May es la primera que la ve y, con una mochila descomunal rebotando sobre su espalda y un gran papel cubierto de manchurrones de pintura de vivos colores estrujado en la mano, se abalanza sobre ella.

—¡Mami!

—Lo siento, tesoro. Ha sido un día muy ajetreado. ¿Tú qué tal? —Abraza a May a la vez que saluda con una sonrisa a la profesora—. ¿Qué tienes ahí?

—Es arte pop.

—Es precioso.

—Me he caído a la hora de comer —dice May, subiéndose el dobladillo de la falda del uniforme y señalándose una venda que lleva en la rodilla—. La señora Greenaway me ha puesto una tirita.

—Ha sido muy valiente —dice la profesora.

—Gracias —dice Eve, pasándole la mano por el pelo a su hija y sonriendo de nuevo a la profesora—. ¡Campeona!

Chloe aparece por el otro lado.

—¿Tengo que ir esta tarde a piano? —pregunta, arrastrando la punta del zapato por el suelo.

—No hagas eso, Chloe. Son zapatos nuevos.

—Odio el piano.

—Quedamos en que seguirías hasta que acabe el cuatrimestre. Si para entonces sigue sin gustarte, ya hablaremos de dejarlo.

Chloe resopla.

—Vale…

Eve suelta las mochilas en el maletero, comprueba los cinturones de la silla de May.

—Tengo que parar un momentito en el *pub*. Para resolver los últimos detalles de la boda de la tía Lucy —añade, para atajar cualquier posible queja.

Chloe la mira por el espejo retrovisor.

—¿Podemos pedir una Coca-Cola?

—Buen intento —se ríe Eve—. Pero no, no hay tiempo. Tenéis que esperarme en el coche.

El aparcamiento del *pub* está vacío cuando llegan. El turno de comidas ha terminado y todavía falta mucho para que empiece el horario de noche.

—No tardo —les dice, aparcando en la entrada y acercándose después a llamar a la puerta de atrás. Oye unas pisadas retumbando escaleras abajo y una llave en la cerradura, y a continuación aparece Ryan en la puerta, descalzo, con vaqueros y un polo.

—Justo la mujer que quería ver —dice con una sonrisa radiante—. Aunque no te esperaba tan pronto. Pasa.

—No puedo. Solo tengo un par de minutos, las niñas están en el coche.

Ryan asiente.

—Pues, entonces, al grano. —Le sujeta la puerta para que pase al vestíbulo—. A ver. Primero, los negocios. ¿Ya sabes cuántos invitados va a haber?

—Aunque es prácticamente imposible obtener una respuesta clara de Lucy sobre ningún tema, creo que lo mejor será que contemos con ochenta.

—¿Te parece bien el menú? Los platos, las alternativas vegetarianas...

—Sí.

—Genial. Y en cuanto al *grog*: ¿tinto, blanco, champán y barriles de la cerveza que hacen aquí?

—¿*Grog*? —se ríe Eve—. No podías ser más australiano.

Ryan se encoge de hombros.

—Lo dices como si fuera malo.

—Me parece bien el *grog*. Todo lo que has dicho suena perfecto.

—No hay problema. Te reembolsaré todo lo que devuelvas sin abrir. —Sonríe y da un paso hacia ella—. Bueno, y ahora que nos hemos quitado de encima la parte aburrida...

—Las niñas... —dice Eve, débilmente. Durante todo el camino no ha hecho más que repetirse que no va a permitir que pase esto—. El coche está ahí, en la entrada.

—Ven —dice él, sin darse cuenta de su reticencia o haciendo caso omiso—. Llevo todo el día pensando en ti.

Y la acerca a él, se inclina y la besa en la boca.

Eve sabe que está mal. Sabe que no debería responder. Sabe que debería decirle que no puede, que está casada... y que lo que hacen está mal. Pero es como si se hubiera encendido un interruptor. Presa del deseo, le coge de la cintura y se arrima a él hasta que acaban apoyados contra la puerta abierta. Es tan distinto de Andrew, con ese cuerpo duro y musculoso y esos brazos tan fuertes, que se sobresalta. Se aparta con un gemido.

—Tengo que irme.

—Lo sé. —Ryan la mira con aire solemne—. Pero ¿sigue en pie lo de esta noche?

—Lo siento. Andrew tiene trabajo.

Ryan frunce el ceño.

—¿Es por lo de la otra noche?

—¡No! Para nada. Por supuesto que no.

Ryan asiente con la cabeza.

—Entonces, ¿está todo bien entre tú y yo? Es que no he dejado de preguntármelo después de lo que pasó.

—Sí.

—Bien, porque quiero volver a verte. Todo va a salir... mejor... la próxima vez. Te lo prometo. Dime cuándo.

Eve frunce el ceño. Junto al deseo, aún encendido, siente algo más... Algo que no esperaba. Ahí mismo, en torno a su deseo, merodea una temblorosa irritación, la exasperación porque haya otra persona más que también necesita algo de ella.

—No lo sé —dice—. Este fin de semana voy a estar liadísima con asuntos familiares. No me quedo libre hasta la semana que viene, como pronto.

E incluso entonces, piensa, cayendo lentamente en la cuenta, ¿de veras quiere seguir con esto? Después del último encuentro, se ha preguntado cada vez más a qué está jugando. Ryan no es el tipo de hombre que la ha atraído en el pasado. Es gritón, pretencioso, tiene una gran fuerza física y es pura energía masculina. Le ha visto empinando el codo con los clientes a altas horas de la noche, las mejillas coloradas como prueba de su tendencia al exceso. A diferencia de su marido, hay en él algo muy primario, muy físico: es inmaduro, sí, y poco de fiar, y seguramente tiene problemas con el alcohol. Y aun así… aun así, aquí está ella, desmadejada entre sus brazos.

Ryan se encoge de hombros.

—No pasa nada. La semana que viene. Ya sabes dónde encontrarme.

A Eve se le hace un nudo en el estómago; acaba de caer en la cuenta de otra cosa.

—Pero me verás el viernes por la noche —dice—. Viene toda la familia a cenar al *pub*.

Ryan arquea una ceja.

—Vaya, eso sí que va a ser interesante.

Eve gruñe.

—Lo siento. No ha sido idea mía, evidentemente.

—Evidentemente. —Ryan sonríe y cruza los brazos sobre el ancho pecho—. No te preocupes. Todo va a salir bien. Me portaré lo mejor posible.

Hay algo en sus palabras que le trae a Margot a la cabeza. Madre mía, piensa, cuánta gente dispuesta a «portarse lo mejor posible». Menudo campo minado van a ser los próximos días. Se imagina una velada en la que estén todos juntos portándose «lo peor posible» y casi se le escapa una risotada histérica. Pero de repente se olvida por completo de Margot y de la inminente cena porque Ryan ha vuelto a inclinarse y la está besando con fuerza en la boca, y en lo único que piensa es en el fuego que empieza a arder en su vientre y en el deseo que le palpita entre las piernas. Está recordando la chispa de atracción que sintió por él la primera vez... el temerario abandono, la sensación de ser deseada y deseable, de alejarse de todas las responsabilidades y las convenciones que la refrenan.

Todavía se están besando cuando entra un coche en el aparcamiento y se detiene cerca de la entrada trasera.

—Mierda.

Eve da un respingo y se zafa del abrazo de Ryan con los ojos clavados en el coche azul.

—¿Quién es? —Se frota los labios—. ¿Nos han visto?

—No. —Ryan echa un vistazo al coche—. Solo es Stacey, que viene a preparar el bar para luego. Lleva unas gafas que parecen dos botellas de Coca-Cola. Seguro que no ha visto nada de nada.

Eve le da un suave manotazo en el brazo.

—No seas grosero.

—¿Qué? —Finge que protesta—. Pero si es verdad. Creo que apenas ve nada. —Sonríe de oreja a oreja—. Por lo menos, teniendo en cuenta cómo deja el bar cada noche.

—No deberías hablar mal de ella.

—No lo hago. Es maja. —Guiña un ojo—. Sospecho que está un poco colada por mí.

—¿Y si nos hubiera visto?

—Tranquila, estamos a salvo. —Le acaricia un brazo—. Dios, qué ganas de besarte otra vez. Mi madurita follable.

Esta vez sí le pega.

—Ya te he dicho que no me llames así.

La grava cruje bajo las pisadas de Stacey.

—¿Qué tal? —dice, dedicándole una sonrisa radiante a Ryan.

—Hola, Stace. Entonces quedamos en que te acerco el encargo

a casa a eso del mediodía del sábado, ¿no? —le pregunta a Eve con un tono de voz tan formal que da risa.

—Sí, gracias.

—Y tenemos que cerrar un día de la semana que viene para quedar a hacer cuentas —añade guiñando un ojo.

De camino a la clase de piano de Chloe, con el ruido de fondo de la radio —un poco demasiado alta— y el incesante parloteo de las niñas en el asiento de atrás, Eve deja volar de nuevo la imaginación rumbo a Ryan.

La cosa había tenido un comienzo de lo más inocuo en la fiesta de verano del colegio. Al presentarse en el puesto de las barbacoas para hacer el turno que le había sido asignado, se había encontrado con el nuevo gerente del Bridge Inn blandiendo unas pinzas de asar frente a la humeante parrilla. Eve le había tendido la mano.

—Soy Eve. Encantada. No tienes hijos aquí, ¿no?

—No. No tengo hijos. Ni tampoco mujer. Al menos, ya no. Me dejó —había añadido—. Soy Ryan.

Le había estrechado la mano con firmeza.

—Ah, vaya, lo siento. —No había sabido qué decir—. Y entonces, ¿cómo has acabado enredado en esto?

Ryan había ondeado su delantal, que llevaba el logo de Bridge Inn.

—El *pub* patrocina la barbacoa.

Eve, impresionada, se había echado hacia atrás.

—Qué gesto más generoso.

—Pensé que no vendría mal que un australiano como Dios manda os enseñara a los ingleses cómo se hace una buena barbacoa —había dicho, sonriendo—. Además, genera buen rollo con el vecindario. Tengo la sospecha de que uno recupera lo que invierte en este tipo de eventos.

—Bueno, pues ya puedes ir haciéndome un hueco —había dicho ella, atándose el delantal—. Voy a ser tu ayudante esta última hora.

El aire estaba caliente y pegajoso, y olía a grasa. A Eve se le había quedado el pelo lacio y le caía sudor por la espalda. Pero Ryan había mantenido una actitud alegre y no habían tardado en idear un reparto sencillo, pero claro, de responsabilidades. Ryan se había encargado de dar la vuelta a las hamburguesas y a las salchichas, e Eve, a su lado, de tomar nota de los pedidos, untar mantequilla en los panecillos y servir naranjada a chavales sedientos. Resultó que estaba disfrutando de la sencilla tarea de servir a las multitudes; gracias a Ryan, era divertido.

—Hacemos un buen equipo —había dicho él, mirando cómo ponía lonchas de queso sobre las hamburguesas de la parrilla.

—Sí, es verdad —había dicho ella, devolviéndole la sonrisa.

—Qué bollitos más bien hechos —había añadido él con tono sugerente, señalando con la cabeza la pila creciente de panes que estaban a la espera de salchichas.

A la vez que se reía, Eve había sentido vergüenza.

Sus manos se habían rozado un par de veces cuando le había pasado servilletas o botes de salsa. Y después, una vez vendida la última salchicha y apagada la bombona de gas, Ryan había sacado dos cervezas de una nevera y había chocado su botella contra la suya.

—Nos las hemos ganado —había dicho, y a continuación, antes de darle tiempo siquiera a Eve de adivinar lo que iba a hacer, le había acariciado la mejilla con el dedo índice—. Mostaza —había dicho, sonriendo y llevándose el dedo a la lengua.

—Ah, vaya. —Eve, sonrojándose, se había mirado el delantal grasiento— . Estoy hecha un asco.

—No. Eres preciosa.

Un roce. Un piropo. No había hecho falta nada más. De repente, le había subido calor por el cuerpo, un arrebato de deseo tan fuerte que había tenido que darse la vuelta y ponerse a atar una enorme bolsa de basura y a pasar un trapo por las mesas pegajosas. A los hombres como él —llenos de energía, seguros de sí mismos, las almas de todas las fiestas— era mejor evitarlos. Era un ligón. Eve sabía que aquello no significaba nada.

Solo que aquella misma noche, en casa, había estudiado su reflejo en el espejo del cuarto de baño. Tenía la nariz quemada por el sol. Tenía ojeras y patas de gallo cuando entornaba los ojos. Había hundido los carrillos, se había puesto de perfil y había metido tripa. «Eres preciosa». Su manera de decirlo, tan abierta, arrastrando lentamente las palabras con su acento australiano… ¿Qué habría visto en ella? No se lo explicaba. ¿Sería algún tipo de fijación malsana con las mujeres ojerosas, con las raíces desteñidas y vaqueros sin forma definida? Era esposa y madre, dos distintivos que lucía a las claras en el anillo de oro que llevaba en el dedo y en los kilos de más que la acompañaban desde que dio a luz. No era especial. No era preciosa.

Había vuelto al salón, donde, como siempre, se había desplomado en el sofá a la vez que Andrew levantaba los pies y volvía a bajarlos sin ceremonias sobre su regazo. Solo había visto a medias la tensa serie de médicos que estaba viendo él en la tele. Había estado demasiado distraída pensando en Ryan.

Al llegar las vacaciones de verano, los días de Eve habían sido una sucesión de complicadísimos malabarismos para compaginar las niñas y el trabajo. Habían pasado una semana de tensas vacaciones en familia en una inhóspita isla volcánica donde hizo un frío impropio de la estación, con un viento fresco que no había parado de soplar desde el primer día, trayendo tormentas y lluvia. Andrew no había hecho más que quejarse de lo desastrosa que estaba resultando su semana lejos de la oficina, e Eve le había recordado que se suponía que eran unas vacaciones para los cuatro y que, en fin, algo de alegría debería darle el hecho de que estuvieran todos juntos. A decir verdad, había sentido un gran alivio cuando las niñas habían vuelto al colegio y retomado las rutinas familiares.

No había pensado ni un momento en Ryan hasta que fue al Bridge Inn para asistir a la primera reunión de la Asociación de Padres y Madres de Alumnos del nuevo curso, que se había trasladado al *pub* gracias a que se solapaba con un ensayo del coro escolar. Ryan estaba sacando brillo a unos vasos detrás de la barra, y le había guiñado un ojo con descaro cuando Eve se acercó a pedir un vino tinto. Mientras se incorporaba al grupo de padres y profesores que estaban sentados alrededor de una mesa, se había preguntado si se estaría imaginando el peso de su mirada.

La primera reunión después de las vacaciones siempre era larga y la sesión se había prolongado hasta tarde mientras el comité debatía sobre la ubicación de unos columpios y la logística de un nuevo portal *online* para pagos. Mientras el debate seguía monótonamente, Eve no había podido evitar mirar hacia la barra, y sus ojos se habían cruzado con los de Ryan. La segunda vez que sucedió, justo cuando el tesorero del colegio se levantaba con aire rimbombante, subiéndose los pantalones por encima de la barriga y carraspeando, Ryan había puesto cara de santa paciencia... e Eve había fingido una tosecita para disimular la risa.

Al acabar la reunión, todos se habían precipitado hacia la salida, pero Eve se había quedado atrás recogiendo unos vasos para llevarlos a la barra.

—Te debemos un agradecimiento como la copa de un pino —le había dicho a Ryan—. Este verano hemos reunido más de dos mil libras para el colegio.

—No hay de qué. Me alegra poder ayudar. ¿La última? —había sugerido, agitando una botella de vino tinto medio descorchada.

—No debería. Tengo que conducir.

—Qué lástima. Iba a pedirte que me ayudaras a degustar unos cócteles. Necesito una nueva combinación para el menú de otoño.

Eve había sonreído.

—Suena divertido. Otra vez será.

—Eres la última en marcharse —había dicho él, mirando en derredor—. Déjame acompañarte al coche. Por seguridad.

—No hace falta.

Pero Ryan la había seguido, y cuando Eve se había girado delante del coche para darle las buenas noches, él se había acercado un poco más de lo estrictamente necesario.

—Esto... Debería irme ya.

Ryan había asentido con la cabeza.

—Mira, ya sé que no debería decir esto, Eve, pero estás muy buena.

Eve se había quedado helada, con el corazón latiéndole atropelladamente mientras Ryan estiraba los brazos y le cogía la cara con sus cálidas manos. Recordó el momento en el que le había tocado la mejilla en la fiesta y la reacción que le había provocado. Sin pensarlo, Eve se había inclinado y le había besado.

Entre la sensación de novedad que le causaron sus labios y el sabor a cerveza de su aliento, Eve se había estremecido de pánico. ¿Qué demonios estaba haciendo? Pero no había tenido tiempo para pensar nada más, porque Ryan le había devuelto el beso y la sensación había sido tan intensa que había soltado un gemido y había abierto los labios. Por debajo de la camisa, las manos de Ryan recorrían su piel mientras las suyas buscaban la hebilla de su cinturón. Instantes después, estaban teniendo sexo en lo más oscuro del aparcamiento, apoyados contra el Volvo de Eve.

Después, se habían quedado allí de pie, jadeando y riéndose a causa del súbito furor. Eve se había subido los vaqueros y se había remetido la camisa.

—Yo no... no soy...

—Tranquila —había dicho él, cogiéndole la mano y llevándosela a la boca—. No voy a agobiarte. Hemos pasado un ratito a gusto y sin compromisos, nada más, ¿vale?

—Vale.

Había asentido en silencio. A punto había estado de decirle que jamás había hecho nada semejante, que estaba felizmente casada y que no sabía qué mosca le había picado. Pero quizá sobraba decirlo. Desde luego, no quería que la agobiase; conque eso, al menos, era un punto a favor.

Esa noche había entrado en casa a hurtadillas, aliviada al encontrarse a Andrew durmiendo como un lirón. Después de ducharse y de mirarse largo rato al espejo del cuarto de baño en busca de rastros de su traición, se había deslizado silenciosamente entre las sábanas junto a su marido, que roncaba, y había pasado varias horas en vela, incapaz de creerse lo que había hecho. ¿Ella, Eve, echando un polvo con un hombre prácticamente desconocido en un aparcamiento? Era incomprensible.

A la mañana siguiente apenas había podido mirar a Andrew, ni a las niñas… Aunque tampoco es que hubiesen reparado en ello. Nada más levantarse se había zambullido en las frenéticas rutinas de siempre —preparar almuerzos, buscar deberes escolares y zapatos…—, y para cuando quiso darse cuenta, ya habían salido todos por la puerta rumbo a sus respectivas jornadas laborales y escolares, como si no se hubiese producido ningún movimiento sísmico. Al repasarlo todo mientras se dirigía en el coche al trabajo, había ido asimilando la magnitud de lo que había hecho. Había faltado a sus votos matrimoniales. Ni siquiera estaba borracha, ni siquiera tenía esa excusa a su alcance. El recuerdo de lo sucedido hizo que se le entrecortase la respiración y que el corazón se le acelerase, pero la vergüenza y los remordimientos estaban teñidos de otra cosa, de algo inesperado… La embriagadora emoción de haberse portado tan mal, de haber hecho algo tan impropio de ella.

Eve era la chica que había estudiado Empresariales en la universidad, una carrera práctica y lo más alejada posible del impredecible caos artístico de los trabajos de sus padres. Era la mujer que había sentado cabeza con el primer hombre con el que había salido en serio, se había casado con él, había tenido dos hijas perfectas y se había mudado a una casa victoriana semiadosada, que habían reformado con mimo. Era la mujer que compraba plantas en viveros, se ceñía a un ciclo semanal de recetas y organizaba un calendario familiar de varias columnas lleno de citas y eventos escrupulosamente respetados. ¡Con lo que se había esforzado por construir una vida equilibrada de orden y armonía! Lo sucedido era desconcertante.

—¿Qué hay de cena? —pregunta May desde la parte de atrás del coche, interrumpiendo sus ensoñaciones—. Tengo hambre.

—Hoy toca pastel de carne y puré.

Las niñas gruñen al unísono.

—Odio el pastel de carne y puré —dice Chloe.

—¿Desde cuándo?

—Desde siempre.

—Primera noticia. La última vez que lo hice te lo comiste.

—Está asqueroso.

—Bueno, pues entonces podéis cenar alubias con tostadas.

De nuevo se oyen gruñidos en el asiento de atrás, y después, afortunadamente, las niñas vuelven a callarse.

Puede que Ryan hubiera prometido no agobiarla, pero el caso es que había empezado a perseguirla con fervor; y por mucho que Eve intentara aplicar la lógica o el sentido común a la situación, por mucho que intentara distanciarse de sus atenciones, no podía evitar que su cuerpo reaccionase de otra manera. Ryan le enviaba mensajes cada vez más explícitos. Quería follársela. Quería saborearla. Le contó con todo lujo de detalles todas las cosas que quería hacerle y ella leía sus palabras, presa de una compleja mezcolanza de deseo y vergüenza, antes de borrarlas a toda prisa para evitar pruebas inculpatorias. Su vida sexual con Andrew siempre había sido buena —hasta que llegaron las bebés, claro—, pero Andrew jamás le había dicho nada parecido en los diez años que llevaban de matrimonio. No acababa de saber si estaba encantada o aterrorizada. Sentirse tan deseada era de lo más estimulante. Abandonar sus responsabilidades y sus principios, liberador. Era como si se hubiese lanzado de cabeza a una conducta autodestructiva.

Una semana más tarde, había llamado al trabajo diciendo que estaba enferma y había conducido hasta un pequeño motel situado en una de las salidas de la M4, un lugar lo suficientemente alejado para sentirse a salvo de ojos fisgones y demasiado anodino como para sentirse presionados por expectativas románticas. Eve había llegado al inhóspito restaurante del hotel con su ropa interior más sexy bajo el aburrido traje de oficina. Estaba tan nerviosa que tenía ganas de vomitar, y hacía meses que no se sentía tan terriblemente viva. Había bastado con sentir el roce de la seda en la piel, y con saber que se había puesto unas bragas negras de encaje y su mejor sostén en honor a un hombre que la consideraba preciosa, para que se le entrecortase la respiración. Apenas había probado bocado de la comida que habían pedido, y cuando Ryan había sugerido que se llevasen las bebidas a la habitación del fondo del pasillo, había accedido aliviada.

Quizá el encanto estuviese en someterse a él. En no ser la mujer que se suponía que tenía que ser el resto de los momentos de su vida: controlada, respetable, contenida. Quizá fuera un intento desesperado de volver a sentirse joven. O el deseo de huir de la sensación de que no había más que «esto» para el resto de su vida. Fuera lo que fuera, el interés de Ryan había desatado algo en su interior. Lujuria. Deseo. Era como si una parte de ella que estaba dormida se hubiera despertado con un rugido.

Ryan se había abalanzado sobre ella nada más entrar en la habitación. No podría haber sido más excitante: había tomado él las riendas, empujándola contra la pared nada más cerrarse la puerta, rasgándole la ropa, besándole el cuello, acariciándole los pechos. Eve se moría de ganas de ser tocada, estaba feliz de someterse al deseo de Ryan. Era exactamente lo que había fantaseado… Y por eso mismo la decepción había sido mayúscula cuando, instantes después, se vieron acostados el uno al lado del otro en la cama, contemplando la incapacidad de Ryan para tener una erección.

—No te preocupes. A veces pasa.

Ryan se había tapado los ojos con las manos.

—Yo… Esto… No es la primera vez. Después de la otra noche, pensé que…

Eve le había cogido la mano.

—No pasa nada —lo había tranquilizado, mientras él se acurrucaba contra ella y apoyaba la cabeza en su pecho de una manera extrañamente infantil.

—Mi exmujer no era tan comprensiva. Se fue con mi mejor amigo. Se llevó al perro. Dijo que necesitaba más.

Mientras escuchaba la vacilante disculpa de Ryan, Eve había sentido que algo se rompía. No era la fantasía que se había imaginado. En lugar de gozar de un sexo apasionado, estaba ahí tumbada, en un insulso motel de carretera, consolando y acariciando el pelo a aquel enorme hombre-niño que estaba recostado sobre su pecho. Santo cielo, ¿sería eso? ¿Sería que tenía una fijación con las mujeres mayores? ¿Un complejo materno? Se había estremecido solo de pensarlo.

Empezaba a comprender que el «Ryan de fantasía» con el que se había estado comunicando en su cabeza estaba lejos del hombre de carne y hueso. Bagaje. ¿Quién no lo tenía? Simplemente, no estaba segura de querer cargar con el de otra persona, sobre todo al considerar que lo único a lo que se había apuntado era a echar una canita al aire. Una aventura con un hombre como Ryan no tenía ningún futuro, y ella, por supuesto, tenía todas las de perder. Pero ahora lo que no sabía era cómo podía dejarle sin hacerle daño. Era un campo minado. «La semana que viene», se dice. En cuanto se quite de en medio la boda, le dirá a Ryan que se acabó.

Perdida todavía en el complejo laberinto de sus pensamientos, Eve entra en una rotonda. A su derecha oye el violento chirrido de unas ruedas, seguido de cerca por un fuerte bocinazo. Frena, y el bolso sale volando del asiento del copiloto; los bolígrafos, el móvil y el monedero se desparraman por el suelo, las niñas se abalanzan sobre los asientos delanteros. May suelta un chillido. Cuando Eve mira, ve que una furgoneta blanca se ha detenido a pocos centímetros de su parachoques, esquivándolas por los pelos. Un conductor malhumorado se asoma gesticulando por la ventanilla.

—¡Gilipollas! ¡Mira por dónde vas! Podrías haber matado a alguien.

Eve se le queda mirando horrorizada. Parece que le va a estallar el corazón, tiene los pulmones agarrotados. Apenas puede respirar. Su imaginación ha saltado velozmente a otra escena: los dos vehículos colisionando, sus hijas recibiendo el impacto de la furgoneta blanca al estrellarse contra el lateral trasero del coche.

Varios peatones se han detenido a mirar. El conductor de la furgoneta mueve la cabeza y vuelve a gesticular antes de salir a todo gas de la rotonda.

—¡Mami! —dice Chloe desde el asiento de atrás—. ¿Mami?

—Sí —dice Eve, volviendo al presente—. Lo siento, niñas, ¿estáis bien?

—Sí. ¿Tú?

Eve asiente con la cabeza, sin atreverse a hablar.

—El hombre ha dicho una palabrota —dice May con tonillo remilgado.

—Sí. Es que estaba enfadado. No me fijé por dónde iba.

Suena otro claxon por detrás.

Eve respira hondo y mete primera. Se dirige hacia una bocacalle, aparca detrás de un Volvo plateado y apoya la cabeza en el volante.

—¿Mami? —repite Chloe, esta vez con tono más indeciso—. ¿Seguro que estás bien?

—Dadme un momentito, por favor.

Las niñas no dicen nada más, pero nota sus miradas de preocupación mientras, sentada al volante, llora en silencio. Una cascada de lágrimas calientes le surca las mejillas y cae en su regazo. Al cabo de un rato oye la voz de May.

—¿Qué pasa con la clase de piano de Chloe?

Eve suspira.

—Sí —dice. Levanta la cabeza y se seca los ojos antes de arrancar—. Perdonad, niñas.

Echa un vistazo al espejo retrovisor y señaliza antes de incorporarse cuidadosamente al tráfico. ¿Qué le pasa? Tiene que calmarse. El hombre tenía razón. Es una gilipollas. Una gilipollas que no hace más que soñar despierta con una sórdida aventurilla. Podría haber matado a alguien. Podría haberlas matado a las tres.

14

Margot cruza el pequeño puente de piedra del río, evitando las sombras que proyectan los arcos, antes de enfilar el sendero que lleva hasta el otro extremo del valle. Camina bordeando trigales y maizales punteados por los restos de la siega y esquiva los profundos hoyos en los que el paso errante del ganado ha removido el barro. Aquí y allá hay jirones de lana de oveja agitándose sobre las cercas de alambre de espino.

De camino al pequeño cobertizo de piedra, Margot ve que la puerta está medio abierta. Se asoma sobre el batiente inferior y ve a Sibella sentada a la mesa de la cocina, cuya superficie de madera está prácticamente cubierta por un montón de lavanda seca y trigo dorado.

—Hola.

Sibella gira la cabeza.

—Hola —dice, sin que parezca que le sorprenda lo más mínimo encontrarse a la hija de Ted en el umbral después de tanto tiempo—. Entra —dice, haciendo una seña—. ¿Te apetece un té?

Margot se inclina y alza el pestillo de la puerta.

—Sí, por favor.

Sibella se levanta y pone un hervidor de cobre sobre el fogón.

—Hay un paquete de galletas de jengibre en ese tarro. Tu padre está por ahí, por el jardín, cogiendo hortalizas.

—¿Qué, le está costando escribir una escena?

Margot coge las galletas y se sienta a la mesa.

Sibella sonríe.

—¿Cómo lo has adivinado? No creo que tarde mucho en volver.

—No pasa nada. He venido a verte a ti. Me envía Eve.

—Pues dile que no paro de trabajar. Aquí no se gandulea.

Ahora es Margot la que sonríe.

—No soy una espía. He venido a ayudar.

—¿Te has caído al río? —pregunta Sibella al ver las deportivas empapadas de Margot.

—Algo parecido.

Ahora, su incursión a la otra orilla del río le parece ridícula.

—Si quieres, te dejo unas zapatillas —dice Sibella, señalando un par de zapatillas bordadas que hay a un lado de la chimenea.

—Gracias.

Margot se quita las deportivas y los calcetines mojados y se calza las suaves zapatillas.

Sibella llena una tetera con hojas de té y agua hirviendo antes de volver a la mesa. Margot se fija en los largos y pálidos dedos mientras seleccionan los esquejes. La luz que entra por la ventana cae sobre el cabello pelirrojo, dándole un brillo como de cobre. Margot repara una vez más en lo guapa que es. Pómulos salientes, una piel suave y blanca que hace que resulte difícil calcular su edad, aunque Margot sabe que anda por los cuarenta y muchos.

—¿Qué hago?

Sibella le acerca un montoncito de lavanda.

—Este verano hemos tenido una buena cosecha. Eve tuvo la excelente idea de utilizarla para hacer los arreglos florales de este sábado. Así, mezclada con el trigo, queda preciosa. También hay rosas, pero esas no las voy a cortar hasta el viernes. Estoy guardando los brotes de los tallos estropeados. —Señala un gran bol de arcilla que ya tiene una tercera parte llena de flores gris azuladas—. Pensaba hacer saquitos de lavanda con lo que sobre.

Margot asiente, coge un manojo de tallos y se pone a dividir la lavanda en dos montones como los de Sibella. Mientras trabaja, echa alguna que otra mirada furtiva a su alrededor para captar los detalles menos evidentes. Hierbas secas. Cazos de cobre. Una pila de libros muy manoseados en precario equilibrio sobre una cómoda. Algo que parece un viejo nido de aves posado sobre la antigua chimenea de hierro forjado. Platos de loza. Un jarrón de porcelana en la ventana… una porcelana tan fina que casi deja pasar la luz del sol que entra por el cristal. Su padre lleva viviendo aquí casi nueve años, y aunque las zapatillas gastadas que hay en la puerta trasera y el periódico doblado sobre el brazo de una butaca delatan su presencia, todavía da la sensación de ser la casa de Sibella.

—Hacía mucho tiempo que no ibas a casa —dice Sibella con tacto—. ¿Qué tal?

—Bien.

Margot no quiere verse arrastrada a una conversación intensa.

—Lucy e Eve estarán contentas, ¿no?

—Sí.

—¿Y tu madre?

Margot vuelve a encogerse de hombros.

—Supongo.

Sibella espera medio segundo.

—¿La cosa sigue… complicada?

Margot dice que sí con la cabeza.

Sibella coge otro manojo de lavanda.

—No es asunto mío, ya lo sé.

—No es eso. —Margot se queda pensando unos instantes—. Es raro. Te vas y cuando vuelves nada ha cambiado. Nada de nada. Estamos en un punto muerto.

—¿Y si intentaras hablar con ella?

Margot recuerda el airado enfrentamiento de la víspera.

—¿Para qué? Es agua pasada.

Sibella la mira a los ojos.

—¿Ah, sí?

«Agua pasada». Margot echa un vistazo a las deportivas que se están secando al lado de la puerta trasera y nota que empieza a sofocarse. Respira hondo, inhalando el denso aroma de la lavanda, y trata de sacarse de la cabeza los indeseados recuerdos.

—Es curioso de qué manera puede perseguirnos el pasado si no nos enfrentamos a él —dice Sibella con delicadeza—. A veces los fantasmas se quedan por ahí merodeando.

—No hay nada a lo que enfrentarse.

El tono de Margot es tajante. Alarga el brazo y pasa la mano por el bol de lavanda; los brotes se escurren entre sus dedos como granos de arena.

Sibella sirve dos tazas de té y empuja una hacia Margot.

—He comprobado —dice al cabo de un rato— que, a menudo, los acontecimientos más problemáticos pueden convertirse, si se lo permitimos, en las experiencias que más fuertes nos hagan. —La lavanda hace un frufrú al caer y coge otro tallo—. Supongo que lo que intento decir es que el dolor puede transformarnos, y al enfrentarnos a él, al superarlo, es cuando descubrimos que hemos cambiado, que somos un poco más sabios, quizá, o, a veces, un poco más valientes. ¿Tiene sentido lo que digo?

Margot asiente, aunque no sabe si está de acuerdo. ¿Y si la vida te debilita? ¿Y si los acontecimientos, en efecto, te transforman, pero no para mejor, sino para peor?

—Todos cometemos errores, Margot.

Margot traga saliva.

—Todos estamos esforzándonos por hacer las cosas, simplemente, lo mejor posible. —Sibella la mira con afecto—. Incluida, estoy segura, tu madre.

Al oír mencionar a su madre, Margot se irrita. Hablar abiertamente de esto con la novia de su padre —no, con su mujer— es como andar por la cuerda floja. ¿Cuántas veces ha deseado tener una conversación como esta con su propia madre? ¿Habrían cambiado las cosas si hubiese hablado con alguien —con su madre; o incluso con Sibella— hace años?

¿Podía contarle a esta mujer lo que nunca le ha contado a nadie?

Mientras tira de un hilo suelto que tiene en los vaqueros, se pregunta cómo reaccionaría Sibella. Por un instante disparatado, se imagina diciendo en voz alta esas palabras que tan celosamente ha callado y siente que la invade una vergüenza súbita, insidiosa. La idea de compartir lo peor que ha hecho en toda su vida le da náuseas. Mucho mejor enterrarlo, esconderlo en algún lugar profundo.

Coge el té y bebe un sorbito, después deja otra vez la taza sobre la mesa con un suspiro. No se puede negar que hay algo reconfortante en el hecho de estar ahí sentada, a la mesa de esta cocina. Quizá, piensa, se deba al punzante olor a lavanda, tan seductor, que flota en el ambiente. Vuelve a respirarlo, suelta una larga exhalación y siente que los hombros se le relajan un poco.

—Como ya he dicho —dice al fin, arrancando de un tirón el hilo de los vaqueros y haciendo con él una bolita—, es agua pasada.

Al otro lado de la puerta se oyen fuertes pisadas de botas. Ted entra en la cocina quitándose unos guantes de jardinería llenos de barro. Se detiene cerca del umbral, desconcertado al ver a Margot a la mesa.

—Margot, cariño, no sabía que estuvieras aquí.

—¡Sorpresa! —dice ella, encogiéndose de hombros sin demasiado entusiasmo y levantándose para saludarle. Ted la abraza con fuerza y, aunque sigue siendo alto y robusto y está curtido por todo el tiempo que pasa en la huerta, Margot no puede evitar fijarse en lo encanecido que está, en su rostro ligeramente más arrugado.

—Hay té en la tetera —dice Sibella.

—Gracias. —Se vuelve hacia Margot—. Estamos cultivando unas verduras enormes; vamos, gigantescas. Mira estas. —Se acerca a la puerta y coge un cesto de madera lleno de cebollas y nabos inmensos y cubiertos de tierra—. Venía a por un bol para las moras; las zarzas están a rebosar. Cálzate las botas y me echas una mano si quieres.

La huerta es una maraña salvaje de plantas y arbustos, un

prado descuidado lleno de árboles y setos vivos que sobresalen por encima. Las moras cuelgan como joyas orondas de los matorrales que rodean la parcelita en la que ha estado cavando Ted. Al acercarse Ted y Margot, un petirrojo que estaba posado en el mango de la pala alza el vuelo.

—Lucy ha elegido un buen fin de semana para celebrar su boda —dice Ted, dejando caer varias moras gordas en el bol.

—¿Y eso por qué?

—El domingo es el equinoccio de otoño, el punto en el que nuestro hemisferio empieza a alejarse del sol; los días se acortan y las noches se alargan. Muy acertado, ¿no crees?, esto de hacer el festejo el último día largo de la estación, el último momento en el que nos inclinamos hacia la luz en vez de alejarnos.

Margot asiente.

—Le pega mucho a Lucy. ¿Tú crees que lo sabrá?

Da unos pasos en paralelo al seto, en pos de un racimo de grandes moras que cuelga de un tallo cercano.

—Recuerdo ir contigo a por moras cuando eras pequeña —dice Ted al cabo de unos instantes de amigable silencio—. Te llevaba a hombros para que pudieras coger las moras más jugosas —añade, echando un vistazo a los impresionantes frutos que hay en lo alto, muy lejos de su alcance.

—Lo recuerdo. —Sonríe Margot, cogiendo una mora y metiéndosela en la boca. Mira a su padre, su cuerpo encorvado y sus cabellos canosos, y le pasma pensar que ha sido lo suficientemente pequeña como para sentarse sobre esos hombros y guiarle por las orejas como si fuera un poni obediente. Se le encoge el corazón al recordarlo.

—Eve era siempre la que más cogía. Era la más paciente. Lucy se aburría demasiado pronto, y tú y yo siempre comíamos más que las que echábamos al bol. —Margot titubea—. Qué bien estaba todo… en aquella época…, ¿no?

Ted asiente.

—Muy bien, sí.

—Tuvimos suerte de poder pasar tanto tiempo contigo. Muchos padres no pueden. Fue duro… cuando te marchaste.

—Sé que no lo entiendes, pero Sibella me sienta muy bien. La quiero. Te das cuenta, ¿no?

—¿Y no estabas preocupado por mamá?

Ted carraspea.

—Sí. Por supuesto. Pero para entonces nuestra relación ya estaba rota. A decir verdad, no me imaginaba que a tu madre le fuese a afectar tanto mi partida. Estaba tan enfrascada en sus novelas… Seguro que te acuerdas: nos habíamos convertido en dos adultos que compartían un espacio habitable. No me bastaba.

Margot vuelve a sentir la punzada en el pecho, el doloroso anhelo, la nostalgia de un pasado inalcanzable: sus hermanas, su burbujeante presencia; su padre, que aún vivía en casa; y su madre… Bueno, su madre era la misma mujer complicada y distraída que es ahora. En cualquier caso, todo aquello era antes de… En fin, antes. Traga saliva, y el sabor de las moras se vuelve agrio.

—Obedecí a un instinto de supervivencia —continúa Ted—. Vosotras ya erais prácticamente adultas. Vuestra madre y yo hacía mucho tiempo que no nos hacíamos felices el uno al otro, y me sentía ahogado desde el punto de vista creativo. No creo que sea una casualidad que solo me haya sentido capaz de volver a escribir desde que me vine aquí a vivir con Sibella. No culpo a tu madre. Fue cosa mía. Mis problemas. No me siento orgulloso. —Vuelve a carraspear, como si le incomodase haber revelado tantas cosas—. ¿Y tú qué, cielo? —pregunta, cambiando de tema—. ¿Hay alguna persona especial en tu vida? ¿Algún novio? —Tose—. ¿O novia?

Margot sonríe.

—Hubo alguien, aunque no es más que un amigo.

—¿Ah, sí?

Ted espera, pero Margot no sabe qué contarle. Por supuesto, no piensa compartir con él los detalles de su último encuentro con Jonas, que fue un desastre. Se da la vuelta y se concentra en una zarza, abriéndose paso por el seto. ¿Qué sentido debería darle a aquella última noche en Edimburgo?

Fue culpa del vodka, claro; la culpa siempre era del alcohol. Había consumido demasiado la noche en que le llegó el mensaje de Eve al móvil. Después de leer el texto que la informaba de la boda improvisada de Lucy, había apagado el hervidor, renunciando a un té para prepararse en su lugar una copa bien cargada: tres dedos de vodka mezclados con los restos del zumo de naranja que había en la nevera. Después se había llevado el vaso y la botella al salón y había sopesado las alternativas que se le presentaban. «Maldita seas, Lucy», había pensado.

No le cabía la menor duda de que lo más fácil sería no asistir. Aunque ni Lucy ni Eve lo verían del mismo modo. Sabía que jamás le perdonarían que se perdiera el gran día. A punto estaba de enviar una respuesta cuidadosamente formulada cuando había entrado el mensaje de Lucy, como si, de alguna manera y a tanta distancia, hubiese oído las excusas que Margot había ido elaborando mentalmente. «Por favor, ven. Te necesito».

Al otro lado de la ventana del salón del apartamento de Jonas, el perfil de Edimburgo resplandecía sobre un cielo oscuro. La mirada de Margot se había posado sobre el familiar contorno de ladrillo de las viejas casas de la acera de enfrente, coronadas, a lo lejos, por los chapiteles de la catedral de Saint Giles. Desde aquella primera tarde en la que se había bajado del tren con tan solo una mochila a la espalda y sin la menor idea de lo que estaba haciendo —aparte de intentar poner la mayor distancia posible entre Windfalls y ella—, la ciudad le había servido de refugio. El hermoso paisaje urbano no habría podido ser más distinto del de su hogar, con su suave vegetación, sus árboles mecidos por el viento, el caudaloso río y los cantos de las aves. ¿Podría volver a casa sin que se desmoronasen los fragmentos de sí misma? ¿Estaba preparada? ¿Podría superar indemne unos pocos días en familia?

Incapaz de ignorar la petición de Lucy, había apurado el vaso y había abierto el portátil para buscar los horarios de los trenes y los enlaces entre Edimburgo y Bath. Cuando Jonas volvió a casa varias horas más tarde, tambaleándose bajo el peso de las bolsas del equipo fotográfico, Margot ya había reservado billete y le había dado un buen tiento a la botella de vodka.

—Ya has vuelto —dijo a la vez que, consciente de lo borracha que estaba, se esforzaba por sentarse derecha en el sofá—. ¿Qué tal ha ido? Suiza, ¿no?

—Genial. Aunque menudo viajecito de vuelta. Turbulencias. No me vendría mal un trago —había añadido, señalando la botella de vodka.

—Sírvete.

Jonas había cogido un vaso de la cocina y se había desplomado a su lado en el sofá. Margot le escudriñó de reojo. Le había dado el sol y la incipiente barba de la mandíbula soltaba destellos dorados a la luz de la lámpara. Después de meterse un lingotazo de vodka solo, Jonas había rebuscado en el bolsillo de su desgastada chaqueta de cuero.

—Te he traído un regalo.

Había sacado una bolsita de papel marrón. En su interior había un pequeño objeto: un llavero con un reloj de cuco colgando de la cadena.

—Vaya, es… —le había costado encontrar las palabras—. Es muy…

—¿*Kitsch*? —había sugerido él, sonriendo—. Tira de la cadena, venga.

Al hacerlo, el pequeño adorno había soltado un cucú sorprendentemente fuerte. Margot se había reído.

—Me encanta. Gracias.

Recostándose mientras él rellenaba los vasos, le había estudiado más de cerca.

No había duda de que su relación había cambiado durante el último año, desde aquel primer encuentro cortés en el que Margot había respondido al anuncio de *Se alquila habitación* que había visto en el tablón de la biblioteca. Por teléfono, Jonas le había dicho que estaba buscando una persona «tranquila y de trato fácil» para compartir el alquiler y los gastos. Esa misma tarde había ido a echar un vistazo.

—¿A qué te dedicas? —le había preguntado mientras ella se detenía a la entrada del cuarto de huéspedes y recorría el escaso mobiliario con la mirada.

—Trabajo en la biblioteca.

—¿Eres bibliotecaria?

—Más o menos. En periodo de formación. Más bien soy la burra de carga de todo el mundo. Bueno, también llevo los cuentacuentos de los niños —había añadido, buscando algo que pudiera compartir con él y la hiciera parecer un poco más presentable, un poco más responsable y digna de confianza como potencial compañera de piso.

Jason tenía acento extranjero; las palabras salían de su boca con un ritmo diferente y las vocales tenían un dejo poco común, casi musical. Esto, sumado al cabello rubio y despeinado, la piel aceitunada y los ojos azules, le había llevado a concluir que era escandinavo. Además era alto, y tenía ese tipo de manos fuertes que no habrían estado fuera de lugar blandiendo un hacha en un bosque. En la cocina, en la puerta de la nevera, había visto una foto de una despampanante mujer rubia sentada a la orilla de un lago; la luz del sol se reflejaba en su cabello. El parecido familiar era evidente.

—¿Tu madre?

—Sí.

—Es preciosa.

—Gracias.

—¿Sacaste tú la foto? —había preguntado; ya tenía fichadas las bolsas del equipo fotográfico que había dejado en el pasillo.

—Sí. —Y después, con tono vacilante—: Murió hace cinco años.

—Lo siento.

—No tienes pinta de ser una especie de bibliotecaria en formación —había dicho él, observando la tinta del brazo de Margot y tratando a todas luces de cambiar de tema.

Margot se encogió de hombros.

—Pues lo soy.

Por un instante, se quedó desconcertada, cohibida por lo que pudiera estar viendo él: una mujer delgada y morena con vaqueros rasgados, una melena muy seria a lo *garçon* y el ceño fruncido.

Pero estaba claro que, fuera lo que fuera que hubiese visto, no le había preocupado demasiado.

—¿Cuándo puedes mudarte?

Margot había vacilado. Parecía muy amable y, al echar una ojeada al pulcro interior del piso y a los tejados de Edimburgo que relucían tras la ventana, supo que no tenía comparación con el albergue en el que había estado alojándose. Más cómodo, más íntimo y, sobre todo, asequible ahora que tenía un empleo regular en la biblioteca.

—¿Te parece bien la semana que viene?

Al principio había esquivado el trato con él, escondiéndose en su cuarto, evitando el salón cuando estaba él en casa, haciendo carreras sigilosas entre el cuartito de baño y la cocina. A decir verdad, había desconfiado un poco de su guapura y de su trabajo, que sonaba tan glamuroso.

—Fotógrafo —le había dicho él, confirmando lo que ya suponía—. Retratos editoriales y cosas así, para revistas y agencias de medios. Paso mucho tiempo fuera, en sesiones fotográficas. Casi no me vas a ver.

Pero un par de meses después había llamado a la puerta de su dormitorio.

—Escucha, Margot, ya sé que dije que quería compartir el piso con alguien silencioso, pero con eso no quería decir invisible —había explicado, agitando una botella de vino que llevaba en la mano—. No me gusta beber solo. ¿Te apetece una copa?

Lentamente, con cautela, entre copas de vino de vez en cuando, almuerzos compartidos en el sofá y atracones de películas en DVD los raros fines de semana que él libraba, su amistad había ido creciendo. Le caía bien. Le gustaba que siempre le preguntase qué tal le había ido el día, que no se hubiera quedado pasmado al enterarse de quién era su madre y que no le incomodasen los silencios que se hacían cuando conversaban. No se apresuraba a decir cualquier cosa para romperlos, sino que dejaba que la charla se asentase con los pensamientos de ambos. Le gustaba que a veces le enseñase su trabajo, y pasara las imágenes en la pantalla del ordenador, preguntándole cuáles le gustaban más, como si le importase su opinión.

—Tienes buen ojo. Tienes un lado creativo que quiere liberarse.

—En otros tiempos pensaba que quería ser actriz —había dicho ella, sorprendida al oírse pronunciar las palabras.

—¿Y qué cambió?

Se había encogido de hombros.

—Supongo que la vida me hizo bajar de las nubes.

—No es una industria en la que resulte fácil abrirse un hueco —había convenido él, y Margot no había seguido hablando del tema.

Había dejado el llavero del cuco sobre la mesita que había entre ambos y sonreído a Jonas.

—Gracias.

—¿Quieres oír algo francamente raro? —había preguntado él, dando un buen trago a su vodka y estirando el brazo por el respaldo del sofá.

—Eso siempre. Me gusta lo raro.

—Te he echado de menos.

Margot se había reído.

—Eso no era lo que me esperaba que dijeras.

—Ya lo sé.

La había mirado a los ojos y Margot había sido la primera en apartar la vista. Aquellos ojos tan azules, aquella boca que estaba tan… tan cerca.

—¿Margot?

—Dime.

—¿Solo es cosa mía?

—Cosa tuya, ¿qué?

Jonas había arqueado una ceja.

—¿Me vas a obligar a que te lo explique en detalle?

Margot había vacilado, y luego, como impelida por un imán, se había inclinado y le había besado.

—¿Estás segura? —había preguntado él, apartándose para mirarle bien la cara, y Margot había dicho que sí y le había besado más intensamente, demostrándose a sí misma tanto como a él que sí, que estaba segura.

Se habían desnudado rápidamente en el dormitorio de Jonas, una maraña de ropa y extremidades, y durante un rato se habían abandonado a sentirse el uno al otro. Le conocía muy bien a esas alturas, pero a la vez, físicamente, era un desconocido. Un desbordante anhelo se apoderó de ella, algo que no se había permitido a sí misma sentir desde hacía mucho tiempo, y notaba que iba en aumento: la necesidad de la cercanía, de ser tocada, de ser vista. No pensó en su amistad ni en las complicaciones de que compartieran piso. Se dejó llevar por el momento.

Pero el deseo creciente venía acompañado de un ardor de distinto tipo. Había abierto los ojos y había intentado concentrarse en el beso de Jonas, su amigo. Pero el ardor se estaba transformando en algo oscuro y repugnante, algo que venía envuelto en un apestoso olor a manzanas podridas y tierra hedionda. En su interior rezumaba algo oscuro que estaba cobrando protagonismo, y no podía soportarlo. Echando la cabeza hacia atrás, había conducido las manos de Jonas hasta su garganta. Se las había agarrado con fuerza y había apretado. Jonas la había sujetado un instante antes de zafarse, pero ella había vuelto a ponérselas sobre el cuello.

—Hazlo. Quiero que lo hagas.

Jonas había fruncido el ceño.

—Margot —dijo suavemente, y su nombre había sonado como una advertencia.

—Por favor. Hazlo.

—Margot, me niego a hacerte daño.

Clavando los ojos en los de Jonas, con la piel de la garganta todavía escocida por la fugaz presión de sus dedos, se había quedado estudiándole en medio de la oscuridad. Por fin, apartando la mirada e incorporándose para coger la camiseta, había dicho:

—Bueno, se nos ha cortado el rollo, ¿eh?

—Ven aquí —había dicho él, tirando de ella—. No pasa nada. Quedémonos aquí un ratito, anda.

Y eso habían hecho. Tumbados en la cama, él había repasado con los dedos la tinta de su brazo.

—¿Qué significa?

Margot, mirándose el tatuaje, había respondido:

—Nada.

Jonas había permanecido en silencio durante tanto tiempo que pensó que se había dormido, hasta que le oyó hablar:

—¿Qué te pasaba, Margot?

—Nada. Como el tatuaje.

«Nada», pensó. «Como yo».

—No sé qué tienes, Margot… Te portas de una manera muy oscura, tienes mucha rabia. Ocultas muchas cosas de ti misma. Pero también veo algo más, una luz que intenta escapar.

—No deberías fiarte de lo que ves.

—Pero me fío, Margot. Tengo que hacerlo. Es mi trabajo. Ver. Revelar. Exponer. Los mejores fotógrafos siempre encuentran la luz.

En la oscuridad del dormitorio de Jonas, Margot se había quedado tumbada con la cabeza sobre su pecho. Su respiración le recordaba una marea, subiendo y bajando, subiendo y bajando. Fuera, en la calle, había pasado un coche y una botella se había hecho añicos. Alguien había soltado una risotada estridente. Por alguna razón, le había vuelto a la cabeza la foto de la madre de Jonas que estaba pegada a la nevera. La imagen de aquella mujer rubia y glamurosa le hizo sentirse profundamente incómoda; tan diferente, tan dorada, de aspecto tan saludable. ¿Cómo iba a estar un hombre como Jonas con alguien como ella?

Había cerrado los ojos y había intentado respirar al unísono con él, quedarse dormida a su lado, pero le pesaba el brazo de Jonas, cada vez le resultaba más molesta la cálida presión de su piel, hasta que al fin había desistido y se había escurrido de debajo de las sábanas. Una vez recogidas las prendas desperdigadas, había preparado una bolsa de viaje, había garabateado una notita y, martilleada por una resaca que se iba acompasando con la salida del sol, había cogido el primer tren que partía de Edimburgo.

Ahora, en el frondoso jardín de Sibella, entre el frufrú de los setos y los mugidos de las vacas que reverberan desde la otra punta del valle, aquella ciudad, el piso y Jonas parecen de otro planeta. Margot suspira. Jonas le cae bien —muy bien—, y su casa y su amistad han sido una especie de refugio durante todo este año. Pero ahora ella, su torpeza, lo había estropeado todo. Margot, la Reina del Autosabotaje. El único modo que se le ocurría de rescatar lo bueno que habían compartido era reconducirlos a ambos a un terreno conocido. Casero e inquilina. Tenía que mantener las distancias con él, como hacía con todo el mundo.

Apartando a un lado los recuerdos de Jonas, echa un vistazo al bol y ve que está a rebosar de moras. El zumo le ha manchado los dedos de un rojo intenso. Ted, un poco más adelante, también ha llenado su bol.

—Creo que ya no me caben más —dice Margot—. ¿Dejamos el resto para otro día?

Ted asiente y emprenden el camino de vuelta, pero antes de llegar a la puerta siente la mano de su padre en el brazo.

—Margot, para un momento —dice con voz seria.

—¿Qué?

Se da la vuelta, sobresaltada.

Da la impresión de que su padre se arma de valor.

—Hay una cosa que necesito saber.

—¿Qué? —repite ella.

—¿Por qué lo hiciste?

Margot, el bol de moras entre las manos, se queda inmóvil.

—¿Por qué lo quemaste? Tanto trabajo, tantos años dedicados a ese condenado último libro, convertidos en humo. ¿Tú sabes lo que supuso eso para ella? Personalmente. Profesionalmente.

Margot le sostiene la mirada por un instante.

Ted suspira.

—No lo entiendo. Sé que no eres mala persona, pero parece un acto tan… tan malintencionado…

Margot traga saliva. No es mala persona. Pues claro, cómo no iba a querer pensar eso su propio padre.

—Si estabas disgustada porque os había abandonado a las dos, ¿por qué la castigaste a ella? Habrías podido venir aquí, incendiar mi trabajo. Sabe Dios —añade con una risa forzada— que a esas alturas de mi trayectoria me habrías hecho un favor. Lo mire como lo mire, no le encuentro ningún sentido.

—No. Supongo que no lo tiene.

—Dímelo. Ayúdame a entenderlo.

Margot levanta la cabeza. En sus ojos ve confusión, tristeza y algo más… ¿Miedo? ¿Miedo, tal vez, a quién es ella, a lo que es capaz de hacer? ¿Miedo a que no sea la hija que pensaba que era? ¿Miedo a que quizá no la conozca en absoluto? Al detectarlo, Margot siente que algo se mueve en su interior. No puede contárselo. No puede contárselo a ninguno de ellos. Se da media vuelta.

Quizá porque nota que ha perdido la oportunidad, que Margot se ha replegado en sí misma, Ted suspira.

—Venga, volvamos con Sibella.

Margot asiente en silencio, agradecida de que su padre no la siga presionando.

De camino a la casa, se le ocurre una pregunta:

—¿Te alegras por Lucy? —Siente curiosidad por saber qué

opina su padre de la súbita carrera hacia el altar de su hermana—. ¿Te parece una buena decisión?

—Me alegro, y sí, me lo parece —dice, volviéndose hacia ella—. Aunque, entre tú y yo —añade con una ligera sonrisa—, sospecho que quizá haya algo más en su decisión de lo que nos han contado.

—Sí, es verdad. Tendremos que intentar hacernos los sorprendidos.

—¿Así que no soy el único que lo piensa?

Margot dice que no con la cabeza.

—Bueno, eso espero. Me alegraría muchísimo por los dos —dice su padre, alargando la mano para coger una de las moras más gordas del montón de Margot—. ¿Te quedas a cenar o prefieres que te acerque a Windfalls?

Margot duda.

—¿Y qué te parece si paso aquí la noche? Dormiría en el sofá —se apresura a añadir al ver que Ted frunce el ceño—. No voy a dar guerra, lo prometo.

—¿Y no le molestará a tu madre?

—Seguro que no le importa.

—Pues yo creo que quizá sí le importe —dice Ted, cauteloso.

Margot pasa por alto el comentario.

—Le escribo y se lo digo. Vamos, si os parece bien a los dos.

Aunque sigue frunciendo el ceño, su padre asiente con un gesto. Margot escribe un breve mensaje en el móvil y da a enviar antes de que Ted pueda cambiar de opinión.

Al volver a meterse el móvil en el bolsillo, su mirada se detiene una vez más en las manchas rojas de las manos. Se queda mirándolas un momento antes de girarse para seguir a su padre de vuelta a la casa.

15

—Venga, Margot. Salta.

Margot, parada en el saliente de la roca con los brazos cruzados y los dedos de los pies apretados contra el borde, estaba viendo a Lucy nadar en círculos justo por debajo. Las aguas eran profundas y verdes, la superficie refractaba la luz del sol y el chapoteo de su hermana distorsionaba el reflejo de las nubes. Lucy volvió a llamarla, y luego perdió la paciencia, soltó un suspiro de exasperación y se puso a bucear, un pálido borrón desplazándose entre las aguas. Al cabo de un rato, suave y escurridiza como un león marino, el largo cabello rubio pegado a la cabeza y oscurecido por el agua, volvió a asomarse para ver si Margot se había decidido.

Margot se asomó al agua, imaginándose los peces que merodeaban por las profundidades y las algas pegajosas que podrían enredarse en torno a sus piernas. Miró a su hermana. ¿Por qué a Lucy le resultaba tan fácil saltar? ¿Por qué nunca se cansaba, ni sentía el frío? Margot estaba empezando a arrepentirse de haber subido con ella al saliente.

—¡Venga, miedica! —gritó Lucy—. ¿A qué esperas?

El verano estaba llegando a su fin. Un «momento clave»… Al menos, eso decía su padre: Eve se iba a la Universidad de Birmingham a estudiar Empresariales, Lucy tenía por delante el temido año de los exámenes de Secundaria y Margot se trasladaba al instituto de la zona. Las tres habían pasado el verano gozando de su libertad, holgazaneando en el jardín, paseando por los bosques, saliendo de compras por Bath con las amigas —la pasión particular de Lucy— y nadando en el río. Si Lucy se hubiera salido con la suya, habrían pasado todos los días en el río, aunque cayeran chuzos de punta, pero aquella mañana había sido Ted el que había sugerido que hicieran el pícnic en la orilla, en el recóndito lugar cercano a la presa al que iban a zambullirse los lugareños informados. Lo había propuesto durante el desayuno.

—Quién sabe cuándo volveremos a estar todos juntos —había bromeado solo a medias a la vez que, mientras Kit esperaba a que hirviese el agua, le masajeaba los nudos del cuello.

—¿Cómo dices? —había preguntado ella con aire distraído, como si saliera de una ensoñación.

—Que podríamos irnos todos de pícnic al río.

—Qué buena idea. Aunque yo no voy a poder apuntarme hasta más tarde. Tengo la cabeza llena de ideas que quiero anotar.

Ted había fruncido el ceño.

—Vaya, mi plan era que diéramos un paseo todos juntos, pasar una mañana especial.

—No quiero perder el hilo de mi historia, Ted. No puedo interrumpir el flujo creativo solo porque brille el sol. ¿Qué tal si preparo sándwiches para todos y los llevo yo luego? Y así el sol no nos recalienta demasiado el pícnic mientras nadáis.

Ted había estado a punto de discutir, pero se había colado Eve.

—Perfecto —se había apresurado a decir, notando la creciente tensión—. No nos parece mal. ¿A que no?

—No —habían respondido obedientemente y al unísono Margot y Lucy.

Margot, la mirada fija en el agua, descruzó los brazos y los abrió para mantenerse en equilibrio. Visto desde la otra orilla, donde la pendiente desde el borde del agua era más abrupta, el saliente no le había parecido especialmente elevado. Las dos habían convenido en que sería fácil cruzar a nado y subir la cuesta gateando. Lucy había ido primero. Había trepado por la orilla y de allí a la roca, desde donde se había lanzado al río sin dudarlo, un dardo que desaparecía entre las aguas. Margot se había quedado mirándola, impresionada, antes de subir a hacer lo mismo. Pero una vez plantada sobre el saliente, el miedo había hecho acto de presencia; el peligro de la roca medio desmenuzada y las oscuras aguas de debajo eran de lo más inquietantes.

Un poco más lejos, a poca distancia del camino de sirga, veía a Eve sentada en un viejo bote de remos que seguía amarrado a la orilla. Con la toalla echada sobre las piernas desnudas, absorta en la lectura de un libro, era demasiado sensata para dejarse arrastrar a las temerarias chiquilladas de sus hermanas. Ted, sentado a la sombra de un sauce cercano, luchaba con las páginas de un periódico, y cuando por fin las plegó en forma de rectángulo manejable, miró con expresión irritada hacia Windfalls. Habían dejado a Kit trabajando en su estudio de la orilla; les había prometido una y mil veces que iría en un par de horas, pero, como cabía esperar, se estaba retrasando. Cuando Ted volvió a mirar hacia Margot, esta le hizo una señal vacilante con la mano desde su posición elevada, y él respondió llevándose la mano a la frente, fingiendo un saludo militar.

Para ser un día tan espectacular, el río estaba sorprendentemente tranquilo. No se veía a nadie por ningún sitio, a excepción de una silueta solitaria que estaba cruzando una valla a lo lejos. Era ahora o nunca. Volvió a mirar al río.

Al verla decidida pero vacilante a la vez, Lucy empezó la cuenta atrás.

—Tres… Dos… Uno… ¡Ya!

Margot respiró hondo, dio un paso al frente y se zambulló en el agua. Se dejó arrastrar lo más posible por la fuerza de la caída y, en las negras profundidades del río, abrió los ojos y dejó que la ardiente sensación le llenase poco a poco los pulmones. Todo estaba amortiguado. Un silencio sobrecogedor la rodeaba. Era como si se hubiese caído a otro mundo, un mundo que la desconectaba de todo y de todos los de arriba. Desorientada, presa de un súbito pánico, miró hacia lo alto y vio tenues esquirlas de sol surcando la penumbra. Con esfuerzo, dio patadas para subir hacia la luz, y, por fin, eufórica y aliviada, cortó la superficie.

Mientras hacían el pino bajo el agua, más cerca de la orilla, se armó de valor y le hizo a Lucy una de las preguntas que llevaban preocupándola todo el verano:

—Luce, ¿qué es un *follatín*?

Lucy se echó a reír.

—¿En serio lo dices? A ver si lo adivino: has oído hablar a alguien de los libros de mamá, ¿a que sí?

Margot asintió mudamente.

—Brian Hansen dijo que su madre dijo que nuestra madre escribe *follatines*. Dijo que dice que sus libros son «guarradas que no deberían estar en las bibliotecas públicas».

Se ruborizó, consciente de que, pensara lo que pensara la señora Hansen de los libros de su madre, no era nada bueno.

—¡Es para partirse de risa! No les hagas ni caso, Margot. Brian Hansen es un imbécil lleno de acné, y su madre… Bueno, su madre es una mojigata.

Margot conocía el significado de «mojigata» tanto como el de *follatines*, pero movió la cabeza en señal de asentimiento.

—Significa sexo, Margot —dijo Lucy al ver su cara de desconcierto—. En los libros de mamá hay mucho mucho sexo.

Margot hizo una mueca.

—Qué asco.

—Sí.

Lucy se zambulló y desapareció por debajo del agua, y al cabo de unos instantes asomaron los tobillos y después los dedos de los pies, perfectamente estirados.

Margot esperó a que saliera de nuevo, jadeante, a la superficie.

—¿Y por qué escribe esas cosas, Luce? ¿Por qué no puede escribir libros normales?

—¿Y por qué tiene que ir en camisón durante el día? ¿Por qué tiene que tomar el sol desnuda y pasearse por ahí descalza? ¿Por qué se le olvidan nuestros almuerzos y nos manda al cole con calcetines desparejados y zapatos que nos aprietan? Lo mismo no te has fijado, Margot, pero nuestra madre no es como las otras madres. Por ejemplo, ¿dónde está ahora? Hace siglos que debería haber llegado con el pícnic. ¡Me muero de hambre!

Era cierto. Margot se dijo que sí, que en realidad siempre había sabido que su madre era diferente. Mientras que otras madres hacían tartas, freían palitos de pescado y sabían hacer complicadas trenzas de raíz, Kit, en efecto, era distinta. Una mujer con dos mitades. Estaba la escritora silenciosa que se sepultaba en su estudio y pasaba palabras y más palabras al papel con aquella máquina negra que repiqueteaba, como si fluyeran por arte de magia a partir de una quietud prácticamente total. Aquella mujer era un misterio para ella. Inescrutable. Un libro cerrado. Era la famosa escritora K. T. Weaver, autora de largas novelas históricas con llamativas cubiertas con relieves dorados. Era la mujer por la que tanta gente hacía cola en librerías y festivales literarios, la mujer a la que le pedían autógrafos, la mujer que recibía llamadas telefónicas *importantes* de sus editores y a la que entrevistaban periodistas de todo el mundo a puerta cerrada. Era la mujer que chasqueaba la lengua si llamabas a la puerta de su estudio y, moviendo la muñeca con irritación, te espetaba: «Venga, venga, ¿qué quieres?».

Esa mujer era su madre, una mera sombra de la mujer en la que se transformaba más tarde, cuando salía del estudio al final de una larga jornada, parpadeando y desperezándose como los gatos en el sofá. Aparecía por el jardín estirando los hombros agarrotados, con el moño despeinado y ligeramente torcido, la ropa arrugada. Se hacía un té muy cargado y se sentaba a la mesa, aclimatándose lentamente al ambiente de la casa.

Solo entonces intentaba su madre compensar las horas de encierro, desembarazándose de su introspección con una intensidad súbita y maníaca.

—Venid aquí, tesoros. Venid a contarme qué habéis hecho estos días.

Era entonces cuando se encendía el tocadiscos y la música sonaba estruendosamente mientras se hervían los huevos en el fogón y las tostadas saltaban en la tostadora. Y Kit, en lo que parecía un empeño desenfrenado por compensar las horas de silenciosa quietud que había pasado perdida dentro de su propia cabeza, regresaba con todos.

Había momentos de intimidad. Aún los recordaba. Por ejemplo, a la hora de acostarse, cuando Margot, sus extremidades crispadas debido a los restos de adrenalina de la jornada, o nerviosa por cualquier cosa del día siguiente, se tumbaba en la cama mientras Kit, sentada al borde, le pasaba la mano por el pelo y por los brazos desnudos y le acariciaba la palma de la mano con las yemas de los dedos, una y otra vez, hasta que Margot sentía que la iba envolviendo una dulce serenidad. Pero, con el paso de los años, aquellos momentos empezaron a ser cada vez más breves e infrecuentes, y mientras los dedos se desplazaban distraídamente sobre su piel, era evidente que su madre tenía la cabeza en otra cosa. Y entonces, dando suaves golpecitos en la puerta, Ted empezó a interrumpirlas con frecuencia para decirle a Kit que por favor saliera, que había una persona importante de Estados Unidos al teléfono.

A Margot, aquella retirada gradual le resultó desconcertante. No entendía los vaivenes de Kit, que fuera tan pronto cálida y maternal como fría y distante. A veces Margot se sentía como uno de aquellos fans que hacían cola con la esperanza de que les dedicase un instante de su tiempo. A medida que iba siendo más consciente del éxito de su madre, cada vez le costaba más no dejarse atrapar por su mito, no colocarla en aquel pedestal inalcanzable.

Lucy había vuelto a meterse debajo del agua. Margot esperó a que reapareciera y le hizo otra pregunta:

—¿Quién es esa que está con papá?

Señaló hacia la orilla.

Lucy siguió con la mirada el dedo de su hermana. La figura que Margot había visto antes cruzando la valla había llegado ya a la iridiscente salceda y estaba hablando con su padre a la sombra de los árboles. Era una mujer alta y delgada; llevaba un pantalón verde y una holgada camisa blanca con un pañuelo amarillo claro alrededor del cuello. La brisa le despeinaba los largos cabellos pelirrojos, que ondeaban como cintas en torno a su cabeza. En la mano llevaba unas hojas marrones y alargadas… No, plumas de faisán, más bien.

La mujer le dijo algo a su padre. Margot no pudo oír sus palabras, pero a través del agua llegó el eco de la risotada que soltó Ted a continuación.

—Creo que esa es la mujer que compró la casita que hay al fondo del valle —dijo Lucy—. La viuda. La señora Ash —pronunció la palabra con un susurro efectista.

Margot echó otro vistazo a la mujer. Era difícil saberlo a ciencia cierta a tanta distancia, pero no parecía tener más de treinta años.

—No parece una viuda.

Lucy se acercó nadando a Margot; con la barbilla sumergida, sus ojos azules relucían con la luz que rebotaba sobre el agua.

—Por lo que sé, fue un accidente algo friqui. Espachurrado por un tractor. ¿Te imaginas? Parece que fue ella la que se lo encontró, pero ya era demasiado tarde.

Margot se estremeció y se tiró de cabeza al agua para intentar borrar la espantosa imagen. Inspirándose en Lucy, alargó el brazo en busca del limoso lecho del río, esperando encontrar algo a lo que agarrarse para hacer el pino; pero, incapaz de mantener el equilibrio, se desplomó y se impulsó hacia la superficie para coger aire.

—Inténtalo otra vez —dijo Lucy—. No separes las piernas.

Decidida a que Lucy no la superase, volvió a zambullirse. En esta ocasión, cualquier posible sensación de triunfo desapareció, porque en el mismo instante en que tocó el lecho del río un intenso dolor le recorrió la palma de la mano. Soltó un grito y, agarrándose la mano y medio atragantada, salió de nuevo a la superficie. Al levantar el brazo, vio la sangre cayéndole por la mano, goteando como la tinta en el agua verde.

—Lucy —lloriqueó, mirando la sangre derramada—, Lucy, me he cortado.

—¡Ay, Dios mío! —Al ver la mano de Margot, Lucy soltó un alarido—. ¡Papá! ¡Papá, corre! Margot se ha hecho una herida.

Lucy todavía estaba ayudando a Margot a subir gateando por la orilla rocosa cuando llegaron Ted, Eve y la mujer que había estado charlando con su padre. Al ver la angustia de Margot, Ted se acercó a los juncos vadeando el agua, la agarró y la arrastró hacia la orilla. Margot, que apretaba fuertemente el puño, vio los riachuelos de sangre caliente que le caían por la muñeca y el brazo y, mareada por la impresión, se puso a gimotear.

—Has debido de cortarte con algo muy feo —dijo Ted, palideciendo.

La mujer que estaba a su lado alargó el brazo y le cogió la mano.

—¿Me dejas que lo vea? —le preguntó a Margot, que asintió y trató de abrir el puño.

La mujer le miró la palma y volvió a cerrarle el puño antes de quitarse el bonito pañuelo amarillo que le colgaba del cuello.

—Si puedes volver a abrir la mano, te vendo el corte con esto para detener la sangre. ¿Te ves capaz de ser valiente por mí?

Margot dijo que sí con la cabeza, muda de dolor. Abrió la mano y le dejó que se la vendase delicadamente con el pañuelo, cuya tela clara se puso rosa casi al instante al tocar la herida. La mujer se volvió hacia su padre:

—Deberías llevarla al hospital. Puede que necesite puntos, seguramente también la vacuna antitetánica.

Ted asintió y Margot se fijó por primera vez en que también él tenía mala cara.

—Eve —dijo Ted—, recoge todo. Nos volvemos a casa ahora mismo. ¡Maldita sea! ¿Dónde está vuestra madre cuando la necesitamos?

La mujer apretó el hombro a Margot con suavidad.

—Eres una chica muy valiente. Tranquila, va a salir todo bien.

Al ver que Margot y Lucy estaban tiritando, las envolvió con sus toallas, y después ayudó a Eve a echar el resto de sus cosas al gran cesto de mimbre. Cuando estaban a punto de alejarse del río, el sol desapareció detrás de una nube y el agua se puso negra.

—Gracias —dijo Ted a la mujer—. Muchísimas gracias. ¡Siento lo de tu pañuelo!

—No pasa nada —respondió ella—. Que vaya todo bien.

—¿Se ha olvidado mamá de venir? —preguntó Lucy, brincando al lado de Ted por el camino de sirga.

Su padre no respondió, pero cuando llegaron al tramo de río que llevaba al viejo almacén de manzanas y al embarcadero, las hizo pasar por la puerta del jardín y las apremió para que continuasen andando.

—Id a casa —dijo con expresión adusta—. Voy a contarle a vuestra madre lo que ha pasado. Eve, ¿podrías ayudar a Margot a ponerse ropa seca para que pueda llevarla al hospital?

Al ver que la puertecilla de madera verde se cerraba de golpe a su paso, las tres supieron que estaba furioso.

Cuando empezaban a subir por el huerto, oyeron que su padre aporreaba la puerta del estudio y, acto seguido, voces fuertes.

—Por el amor de Dios, Kit. ¡Por una maldita vez! ¿No podías concedernos una puñetera hora lejos de tu mesa?

Sus palabras resonaron entre los árboles.

Encontraron la cesta del pícnic medio preparada sobre la mesa de la cocina, exactamente donde la habían dejado. Eve la cogió, suspirando.

—Más vale que papá no la vea —dijo, escondiéndola en la despensa.

Dos días más tarde cuando la periodista se presentó en la casa para entrevistar a Kit, Margot seguía luciendo en la mano el grueso vendaje blanco. Eve llevaba ya una hora arreglando la planta de abajo cuando entró en la cocina y vio un denso humo negro flotando en el aire y a su hermana menor, todavía en pijama, sentada en precario equilibrio sobre la encimera. Con la mano vendada, estaba metiendo torpemente un cuchillo hasta el fondo de la tostadora.

—¿Se puede saber qué estás haciendo? —gritó Eve—. ¡Vas a morir electrocutada!

Cruzó la cocina como una bala, desenchufó el aparato y le arrancó el cuchillo de la mano. Con cuidado, enganchó con los dedos la tostada quemada que quedaba en la máquina y la tiró al cubo de la basura. Solo entonces se fijó en las plumas que había esparcidas por el suelo, como si se hubiera reventado una almohada en mitad de una pelea.

—¡Malditos gatos!

Margot afirmó con la cabeza y metió otras dos rebanadas de pan en la tostadora.

—Creo que era una paloma. Mira, ahí hay un regalito especial.

Eve miró hacia donde apuntaba su hermana: sobre la alfombrilla de la puerta trasera vio un brillante amasijo de vísceras, depositadas por uno de los atentos miembros nuevos de la familia. Ted había traído a los tres gatitos hacía unos meses, rescatándolos de un granjero de la zona que había hablado de ahogarlos porque tenía los graneros infestados de las asilvestradas criaturas. Desde entonces, Pinter, Miller y Mamet se habían instalado en Windfalls y habían demostrado su agradecimiento a la familia a diario con un macabro surtido de trofeos de caza.

—Acababa de limpiar la cocina —gruñó Eve.

—Tampoco es que la periodista vaya a entrar aquí. No sé por qué estás tan preocupada, si no es más que otra maldita entrevista.

Eve suspiró. ¿Por qué estaba tan preocupada? ¿Por qué había dedicado las primeras horas de la mañana a arreglar la casa, a pasar la aspiradora y quitar el polvo del salón, y a tratar de convencer a su madre de que se pusiese algo un poco menos… informal… un poco más… presentable? Sabía por qué. Bastante tenía con que su madre fuera famosa por escribir las manoseadas novelas que sus amigos, entre risitas mal disimuladas provocadas por las «partes guarras», se pasaban unos a otros. Bastante tenía con que se les conociera localmente como «la familia esa»: padres sin casar, padre sin empleo, las niñas siempre vestidas con ropa heredada de la mayor a la menor. No era necesario que fueran pregonando a los cuatro vientos su disfunción y su dejadez familiar, ¿no? Refunfuñando, sacó el recogedor y el cepillo de debajo de la pila y se puso a barrer las plumas. No tenía ni idea de cómo se las iban a apañar sin ella cuando hiciera las maletas y se marchase a la universidad la semana siguiente, pero, aunque se sentía culpable por desear su libertad, Eve no veía la hora de librarse de ellos.

Una hora después, una vez despejado el humo, barridas las plumas, retiradas las vísceras y restaurado el orden, llegó puntualmente la periodista. Una revista femenina puntera le había encargado que escribiera un exclusivo artículo de fondo sobre Kit, en su casa, en vísperas de la publicación ese mismo otoño del esperadísimo quinto volumen de la serie *Elementos extraños*.

A las chicas les habían pedido que se quitasen de en medio, que se entretuvieran en el jardín o se quedasen en sus cuartos, pero Eve no pudo resistirse. Se quedó sentada a mitad de las escaleras mordiéndose las uñas, con la cabeza pegada a la balaustrada de madera y los ojos clavados en las vistas que ofrecía la puerta abierta del salón, donde sus padres estaban sentados el uno al lado del otro en el sofá de terciopelo verde.

Su madre estaba tiesa como una vela, con las rodillas pegadas y, menos mal, había captado las indirectas de Eve y se había cepillado el pelo y puesto un vestido como Dios manda, con botones en la pechera y cinturón; el sol que entraba por la ventana le iluminaba el regazo y resaltaba la tirantez de la tela sobre sus muslos. De su padre solo veía un hombro ancho, una pierna recubierta de pana, un zapato marrón y, apoyada suavemente en la rodilla de su madre, una mano bronceada. El zapato que veía Eve marcaba un ritmo inaudible sobre la raída alfombra. Estaba sentado junto a su madre, un medio hombre.

La visitante estaba de espaldas a la puerta. Lo único que veía de ella era el rígido movimiento de las capas de cabello entrecano, las mangas abullonadas de su blusa de seda y el temblor del enorme lazo que llevaba atado a un lado del cuello cada vez que se inclinaba a consultar el cuaderno que tenía sobre el regazo. Sobre la mesita baja que había entre ellos zumbaba una grabadora.

—¡Bueno, qué preciosidad! —exclamó la periodista mirando en derredor—. Es exactamente como me imaginaba que sería el hogar de una escritora: íntimo, acogedor.

Eve sonrió, felicitándose por haber sido tan previsora y haber limpiado el polvo de la mesita y colocado las flores recién cortadas del jardín en un jarrón de loza.

—Estoy segura de que a nuestros lectores les encantaría saber qué sintió al recibir esa llamada de su agente —continuó la mujer con voz alta y nasal—. Debió de cambiarle la vida, ¿no?

Tenía la cabeza ladeada hacia su madre.

Eve se imaginó a los lectores de la periodista como un ordenado ejército de ratones de biblioteca absortos en un montón de ejemplares de la revista y pasando las páginas al unísono con un agradable frufrú.

Kit sonrió.

—¿Te acuerdas, Ted? Enviaste el primer borrador a Max como pidiéndole un favor, pensando que a lo mejor tenía algún contacto que podría echarle un vistazo. Lo último que nos esperábamos era que nos llamase dos semanas después. Cuando me dio la noticia, solté un grito y se me cayó el teléfono al suelo.

Eve ya había oído la historia, pero siempre disfrutaba reviviendo la emoción de su madre.

—Fue Ted quien siguió con la llamada. Me era imposible asimilarlo. ¡Una guerra de ofertas!

La expresión de Kit era la misma que le asomaba al rostro cuando se quedaba removiendo un guiso con aire distraído o sentada ante su escritorio mordisqueando un lápiz. Puede que estuviera presente en cuerpo, pero en aquel momento, dentro de su cabeza, estaba en otro lugar.

—En casa no había nada para celebrarlo, ¿te acuerdas? —continuó al cabo de unos instantes, volviéndose hacia Ted—. Desde luego, no teníamos extravagancias del tipo de una botella de champán. En aquellos tiempos no podíamos permitirnos ningún lujo, ¿eh? —Le dio un golpecito a Ted con la pierna y sonrió de nuevo—. Pero tú insististe.

Eve oyó el murmullo de asentimiento de su padre.

—Ted salió pitando al *pub*, que estaba cerrado —continuó Kit—. ¡No paró hasta que le abrieron y le vendieron una botella de champán!

La periodista asentía entusiasmada.

—Un auténtica Cenicienta, de mendiga a millonaria… A nuestros lectores este tipo de cosas les encanta.

Su padre hizo un ruido raro, como un gritito ahogado, pero ninguna de las dos pareció percatarse de ello.

—Lo de «mendiga» me parece que es pasarse un poco… —dijo Ted.

—Y lo de «millonaria» también. —Sonrió su madre—. Al menos, por aquel entonces. La oferta superaba con creces mis sueños más disparatados, claro, pero creo que ninguno de nosotros habría podido prever el éxito que iba a tener la serie. El primer libro, *El ojo de la piedra,* tardó en despegar. No apareció en la lista de superventas hasta varios meses después de publicarse. Y a partir de ahí, todo… Fue como si todo creciera como una bola de nieve. Se subieron al carro otros países, y la editorial me encargó que escribiera el resto de la serie. Fue cosa de los lectores, ¿sabe? Fueron ellos los que acogieron la historia de Tora Ravenstone en sus corazones y empezaron a correr la voz.

—¡Y vaya si la hicieron correr! Ha escrito cuatro superventas internacionales, y la quinta novela, *Corazón de cuarzo,* saldrá este otoño, ¿no es así?

Kit asintió.

—Está previsto que sean siete en total. Sé que hay críticos que han tachado mis libros de obras mediocres subidas de tono, y puede que los lectores se pregunten por qué tardo tanto en publicarlos, pero a la inspiración no se le puede meter prisa. Tarda lo que tarda. Tienes que seguir el hilo de tus ideas, dejar que te guíe. Tienes que inclinarte ante la Musa.

—Ya —dijo la periodista con un ligero tono de desconcierto—. Y supongo que dedicará bastante tiempo a documentarse para cada libro, ¿no?

—Sí. Quiero que los detalles históricos sean correctos, que los personajes y el mundo que habitan resulten lo más auténticos posible. Tenemos la gran suerte de vivir aquí, cerca de lugares históricos fascinantes como Stonehenge y Glastonbury. Es como si el paisaje estuviese imbuido de una especie de misticismo y magia. ¿Lo nota? Es inspirador.

La periodista ladeó la cabeza, carraspeó.

—Esto… Sí, creo que sí. He estado investigando qué es lo que más valoran los fans de sus libros. No es solo el detalle histórico, sino también su manera de hablar de la condición femenina, de la experiencia de ser mujer en un mundo dominado por varones. —Vaciló—. ¿Es cierto que la idea de la serie se le ocurrió mientras paseaba a su hija cuando era un bebé? Mencionó usted en una entrevista que había padecido una depresión posparto. ¿Escribir se convirtió en un modo de liberarse? ¿De salvarse?

—Sí. Las primeras etapas de la maternidad fueron todo un reto. Es tanto el sacrificio, tan grande la pérdida de la propia identidad… La secuencia inicial de la primera novela es algo que me vino en un momento de emoción y cansancio extremos: ¿qué podía impulsar a alguien a sacrificar a un bebé recién nacido a un poder superior? ¿A dejar a un bebé en la orilla de un río y marcharse?

La periodista murmuró:

—Desde luego.

—A través de la escritura empecé a sentirme yo misma otra vez. Fue una sorpresa, ya que nunca había escrito nada antes de ponerme con la primera novela.

—¿Ha escrito todos sus libros aquí, en Windfalls?

—Sí.

—¿Sigue algún método en particular? Sé que Stephen King, por ejemplo, escribe todas las mañanas y no para hasta que lleva escritas seis páginas como mínimo.

Kit volvió a asentir con la cabeza.

—Ya sé que es una superstición absurda, pero escribo cada libro exactamente de la misma manera que escribí el primero. Hay una energía especial al lado del río. Alimenta mi creatividad. Escribo en mi estudio, un viejo almacén de manzanas que está al fondo del jardín. No es nada elegante, pero es cómodo y tranquilo. Escribo en una vieja Olivetti que me regaló Ted. —Le dio una palmadita en la rodilla—. Me tranquiliza seguir el mismo método para todos los libros.

—¡Una máquina de escribir! —Eve vio que la mujer se echaba hacia atrás, sorprendida—. Qué… qué…

Le costaba encontrar la palabra adecuada.

—¿Qué anticuada? —sugirió Kit, riéndose—. Sí. Ted no hace más que sermonearme para que me ponga al día. Intenta arrastrarme hacia el lado oscuro con su incesante charla sobre los Mac de Apple y los *USG*.

—USB —murmuró Ted.

—Pero yo paso de toda esa tecnología moderna. No me fío. Me gusta trabajar sobre un manuscrito mecanografiado. Siempre lo he hecho así. Es mucho más sencillo, y me resulta más fácil mantener el hilo de la historia.

—Fascinante. —Se hizo un breve silencio mientras la periodista revisaba sus anotaciones—. Desde luego, es un lugar muy pintoresco. ¿Siempre ha vivido en esta zona?

—Desde finales de los ochenta —dijo Ted.

—Es una casa preciosa, pero, como casi todas las casas viejas, necesita un mantenimiento constante —continuó Kit—. Para ser sincera, Windfalls ya se habría venido abajo si mis lectores no hubieran sido un público tan fiel. —Sonrió—. Les estoy muy agradecida.

Eve se fijó en que el pie de Ted paraba. De repente, el ambiente cambió, se palpaba una especie de tirantez, como si se hubiese cerrado una puerta en algún lugar de la casa y hubiese alterado la presión atmosférica o la temperatura. Eve se inclinó un poco más, apretando con fuerza la mejilla contra la balaustrada.

—¿Y cómo se han tomado su éxito sus amigos y su familia? ¿Están encantados por usted? ¿Se ha tenido que enfrentar a algún tipo de… —la periodista rio suavemente— de celos personales o profesionales?

—No, en absoluto. Nada de celos. Ayuda el hecho de que mi pareja sea escritor. Entiendes lo que se necesita, ¿verdad, cielo?

El gruñido de Ted pareció un sí, aunque Eve no estaba del todo segura.

—Los lectores vienen siguiendo a su heroína de cabellera encendida, Tora Ravenstone, desde sus trágicos inicios, cuando su familia fue brutalmente asesinada y ella escapó por poco de ser sacrificada por su tribu a los dioses paganos, hasta que se convierte en una experta sanadora y guerrera. Muchos críticos han reconocido la marcada perspectiva feminista de sus novelas. Han elogiado que empodere a su heroína, que sea verdaderamente proactiva. Seguro que en los próximos libros tiene planes aún mayores para Tora…

Kit soltó una risita.

—No puedo revelar mis secretos, pero creo que no arriesgo nada si digo que los lectores solo han visto la punta del iceberg de lo que es capaz de hacer Tora y de lo que le depara el futuro. Ni siquiera Tora comprende, todavía, todo su potencial.

La periodista movió afirmativamente la cabeza.

—Querría preguntarle… Algunos críticos se han cebado, por así decirlo, con las abundantes y gráficas escenas sexuales. Un periódico sacó una reseña que decía que sus libros eran «gratuitos y excitantes… *follatines* resobados para amas de casa aburridas». ¿Lee las reseñas? ¿Le molesta este tipo de comentarios?

—Intento no leerlas. Me distraen. Mi cometido es escribir para mis lectores, no para los críticos.

—¿Le preocuparía que sus hijas leyeran sus libros?

La periodista estaba echada hacia delante. Sin darse cuenta, también Eve estiró el cuello, interesada en la respuesta de su madre.

Kit se encogió de hombros.

—¿Por qué no iban a leerlos? Solo es sexo. Los seres humanos tenemos una relación de lo más extraña e incómoda con nuestros cuerpos y nuestros deseos. La vergüenza es una emoción tan destructiva… Me parece bien que mis hijas lean lo que quieran, aunque supongo que mejor si Margot, la pequeña, espera un par de años antes de entrar en la historia de Tora. —Se rio—. La verdad es que me sorprendería que les interesase lo más mínimo mi trabajo. Les parece un plomazo insoportable.

Cierto, pensó Eve. Ni el más mínimo interés. Hacía unos años, había llegado a la mitad del primer libro y lo había lanzado a la otra punta de la habitación. Para la adolescente en flor que era, había sido horroroso leer escenas de sexo soñadas por la cabeza de su madre. Bastante tenía con saber que todos sus amigos las estaban leyendo.

—¿A sus hijas no les impresiona su trayectoria? —insistió la periodista.

—No, en absoluto. A mis hijas les parece soporífero lo que hago. Me paso los días sentada a solas en mi estudio. Paso demasiado tiempo dentro de mi cabeza. Tiene poco glamour. El otro día, Margot me dijo que preferiría mil veces que fuera veterinaria, o tendera, como los padres de sus amigos. Los cachorrillos y las chuches gratis son mucho más emocionantes que las listas de superventas cuando tienes once años.

La periodista se rio y a continuación giró la cabeza, poniendo la atención por primera vez en Ted.

—¿Y usted qué, Ted? —preguntó; e Eve no vio su sonrisa, pero la percibió en su voz—. ¿Le molesta la naturaleza erótica de la obra de su mujer?

Eve oyó que su padre carraspeaba.

—No soy quién para decir nada al respecto. Kit debe escribir lo que quiera. Así es como funciona la creatividad.

—Sí, claro, y supongo que usted, como escritor que es, lo entenderá mejor que nadie. En su momento también tuvo cierto éxito, ¿no?

Eve se fijó en que la mano de su padre se cerraba sobre la rodilla de su madre, tan fuerte que se le emblanquecieron los nudillos.

—Un poco, sí —respondió con voz tensa—. Aunque ahora me ocupo de las niñas y de la casa. Soy el que le facilita las cosas a Kit.

Kit le cogió la mano y, levantándola, le dio un apretón leve.

—Qué modesto es. El verdadero escritor es Ted. Es un autor teatral magnífico. Se acordará usted de *Palabras perdidas,* ¿no?

Kit hizo una pausa, pero la periodista dio la callada por respuesta, de manera que ella prosiguió:

—Estuvo varias temporadas en cartel en el West End y después la llevaron de gira por todo el país. Incluso se habló de llevarla a Broadway, pero, en fin… —Dejó la frase inacabada—. Esto fue hace unos años. Estás escribiendo de nuevo, ¿verdad, cariño? Otra obra. —Ted permaneció en silencio, así que Kit volvió a dirigirse a la periodista con una sonrisa forzada—: No quiere soltar prenda, pero sé que va a ser genial.

—Estupendo —dijo la periodista, pero Eve se preguntó si sus padres no habrían advertido que ya no se oía el trazo del lápiz sobre el papel—. ¿Sus hijas dan muestras de que vayan a seguir sus pasos? ¿Hay alguna escritora en ciernes floreciendo aquí, bajo su mismo techo?

Kit se quedó pensando. Eve se arrimó más a la barandilla.

—Eve, la mayor, es demasiado práctica. Tiene la cabeza bien puesta sobre los hombros. Es la madre de todos nosotros. —Eve no pudo evitar sentirse un poco decepcionada: en boca de su madre, sonaba aburridísima—. Y dudo que Lucy, la mediana, lo soportase. Es incapaz de estarse quieta más de unos minutos. Además, es un espíritu libre, y demasiado física para la disciplina que exige la escritura. Y luego está Margot. No estoy segura. Tiene la imaginación necesaria, creo, pero le está empezando a asomar una veta bastante teatral, creo que podría gustarle ser actriz. Es divertido, ¿no? —añadió, sonriendo a la periodista—, esto de imaginarse adónde puede llevarles la vida. Aunque, por supuesto, sus historias las acabarán escribiendo ellas mismas, con el tiempo.

—Son unas niñas maravillosas —intervino Ted—. Estamos orgullosos de las tres.

La periodista cerró el cuaderno y descruzó las piernas, inclinándose para apagar la grabadora.

—Genial. Creo que tengo lo que necesito. Va a quedar de miedo. Saldrá en el número de septiembre. Me encargaré de hacerle llegar varios ejemplares a su publicista.

Eve, sorprendida por el final de la entrevista, retrocedió unos pasos escaleras arriba, agachándose para que su madre no la viera mientras acompañaba a la periodista a la entrada y se despedían. Oyó la larga exhalación de aire de Ted y el chirrido de los muelles del viejo sofá antes de que Kit volviese al salón.

—Gracias a Dios que ya se ha acabado. En serio, Kit, es la última vez que me presto a hacer una de estas entrevistas. «En su momento también tuvo cierto éxito, ¿no?», imitó con voz aguda.

—Creo que estás hipersensible, Ted. La mujer estaba interesada.

—¿Interesada? —Soltó una risa áspera—. ¿Tú te haces idea de

lo que es estar ahí como un pasmarote mientras los periodistas babean por tu trabajo? Para el caso, podría haber sido invisible. Podrías haberme desterrado al jardín con las niñas.

—Claro, por eso le hablé de tu obra y le dije que estás escribiendo…

—¿Qué, me estabas haciendo un favor? Venga, Kit, ahórrame tus limosnas.

—No seas así.

—Así, ¿cómo?

—Un chiquillo cascarrabias.

Ted soltó un gruñido.

—Y todas esas bobadas sobre la casa, que si se nos iba a caer encima y qué se yo…

—Estaba inventándome un rollo, Ted. Eso es lo que hacen los escritores.

Eve, que seguía escondida en las escaleras, contuvo el aliento mientras Kit continuaba con tono más conciliador:

—Es publicidad, aros absurdos por los que tengo que pasar. Deberíamos estar agradecidos. Cuantos más libros venda, menos presión económica tendrá la familia. Me das envidia. Yo estoy atada a este condenado contrato. La maldita Tora Ravenstone todavía va a estar muchos años conmigo. Tú eres libre de escribir lo que te dé la gana, o de no hacerlo.

Ted no respondió.

Kit suspiró.

—Tal vez sea hora de que pienses en qué tipo de vida quieres, Ted. Tal vez haya llegado la hora de la sinceridad.

—¿A qué te refieres, si puede saberse?

—Hace años, Ted, ¡años!, que te sometes a ti mismo a la presión de que tienes que escribir. ¿Nunca te has preguntado si no serías más feliz dedicándote a otra cosa? Quizá, si te pusieras a hacer algo que no tuviera nada que ver, volverían las palabras.

—Vamos, que escribes unos cuantos superventas chapuceros y vas y te conviertes en la fuente de toda la sabiduría sobre el proceso creativo, ¿no? Yo no puedo producir chorradas así como así. Quiero que mi obra signifique algo.

Se hizo una larga pausa.

—¿Y qué habría sido de nosotros, de esta familia, si yo no hubiera escrito mis «superventas chapuceros», eh?

—Santo cielo, Kit, pero ¿tú te das cuenta de lo que dices?

—Puedes echarme la culpa. Puedes culpar a quien quieras. ¿No te has fijado, Ted, en que la única persona a la que jamás le echas la culpa de nada eres tú… y que eres el único que podría cambiar esta situación? Tus obras de teatro solo las puedes escribir tú.

Kit salió majestuosamente del salón, e Eve esperó unos instantes para asegurarse de que no había moros en la costa antes de bajar a hurtadillas y escabullirse al jardín.

En el césped de la entrada estaba la manta de pícnic, vacía salvo por un juego de ajedrez abandonado a media partida. Eve oyó las risas de sus hermanas procedentes del huerto de los frutales. Siguió el sonido hasta el pequeño claro que había junto al arroyo, donde el agua, antes de correr colina abajo en dirección al río, se iba acumulando debajo de un manzano retorcido. Con el sol a sus espaldas, sus hermanas eran meras siluetas a cuyo alrededor revoloteaban los mosquitos como motas doradas. No veía lo que estaban haciendo, hasta que se acercó más y vio los destellos de la navaja en la mano de Lucy.

—¡Tachán! —dijo Lucy, apartándose para enseñarle a Eve su obra.

—¿Qué hacéis? —preguntó Eve, entrecerrando los ojos. En el tronco había ahora cinco letras blancas, grabadas en la corteza con la navaja de Lucy. *K. T. E. L. M.*

—Para la posteridad.

Eve frunció el ceño.

—¿Por qué?

Lucy sonrió.

—Porque tú te vas, y porque, no importa dónde vayas ni

cuándo vuelvas a casa, este árbol será la prueba de que este es tu hogar. El hogar de los cinco.

—Estás zumbada.

Lucy se encogió de hombros.

—Ya ves.

Margot, al ver las manzanas que colgaban de las ramas del viejo árbol, estiró la mano y, torpemente, por culpa del vendaje de la mano, arrancó tres.

—Demasiado pronto —dijo Eve—. Aún no estarán maduras.

—¿Qué más da? —se rio Margot.

Eve cogió su manzana y le dio un mordisco. Tenía razón. Estaba ácida. Escupió la pulpa y tiró la fruta entera al seto vivo; en la lengua se le quedó un regusto amargo. Sus ojos volvieron a las cinco letras grabadas en el tronco del árbol. «Este es tu hogar». Tal vez Lucy estuviera en lo cierto, pero Eve no veía la hora de descubrir qué la aguardaba más allá de los confines de Windfalls.

Ted bajó con paso airado por el sendero de grava y salió al camino. No sabía adónde iba, pero sí que era incapaz de seguir en la casa ni un minuto más. No soportaba que Kit le siguiera minando la moral.

Cuando se liaron, Kit le escuchaba. ¡Vaya si le escuchaba! Aunque era penoso admitirlo, lo cierto era que la adoración de Kit le había hecho sentirse bien; el apoyo y la veneración de una mujer tan animosa como ella le habían hecho sentirse varonil.

Pero, de alguna manera, era como si en los últimos años el respeto y la admiración que Kit le había profesado se hubieran desmoronado. Se había producido un cambio radical en el equilibrio de su relación.

«Hace años, Ted, ¡años! que te sometes a ti mismo a la presión de que tienes que escribir. ¿Nunca te has preguntado si no serías más feliz dedicándote a otra cosa?». Sus palabras le habían tocado en lo más vivo, aún más dolorosas en tanto que no habían hecho sino dar voz a sus temores más íntimos. Hacía años, sí. Hacía muchísimos años desde que había disfrutado por vez primera del dulce sabor del éxito, cuando le habían proclamado uno de los mejores dramaturgos jóvenes del país. Y, sin embargo, ahora no había más que verle: un hombre de mediana edad, sin empleo, acabado, que vivía de los derechos de autor de su mujer. Era un estorbo. Un don nadie. Y ella… ella era la mundialmente famosa K. T. Weaver.

«El que le facilita las cosas a su mujer». Lo había dicho en serio. Había puesto su ambición en espera para encargarse de Windfalls de la mejor manera posible y para ser un buen padre para sus tres hijas. Nunca habían mantenido una conversación explícita sobre el reparto de las obligaciones, pero a medida que la carrera literaria de Kit ascendía vertiginosamente y la presión para cumplir con los plazos de entrega aumentaba, Ted había ido asumiendo cada vez más el papel de progenitor principal. Manitas agarradas a las suyas de camino a la escuela de Primaria del pueblo. Tiritas sobre rodillas raspadas. Los columpios, ayudar a las piernecitas a trepar por los troncos de los árboles. Clases de natación en el río, lectura de libros a la hora de acostarse. Había estado presente en todos los momentos entrañables de la infancia de sus hijas. Se había sentido afortunado, en muchos sentidos, por disfrutar de la compañía de unas personitas tan llenas de vida, por ser el guía y el protector de sus hijas. Pero también era un hombre tradicional. Tenía valores y expectativas enquistadas, fruto de la educación, más formal, que había recibido. No podía evitar sentir que fallaba como hombre. Que no cumplía con su deber de ser no solamente el protector de la familia, sino también su sostén económico.

—Tú no eres como los padres normales, ¿verdad? —había comentado un día Lucy mientras volvían del colegio.

—¿A qué te refieres, Luce?

—Bueno, no trabajas. No llevas traje ni corbata. No tienes uno de esos coches grandotes y elegantes.

—No, tienes razón. —Miró la carita con forma de corazón—. ¿Te importa?

Lucy había negado con la cabeza.

—No. Me caes bien así como eres.

Ted había sonreído y le había apretado la mano.

—Y tú me caes bien a mí, Lucy. Así, como eres.

¡Una aceptación tan simple! Pero Ted sabía que mentiría si no reconociera que albergaba cierto resentimiento. ¡Qué rápidamente, con qué facilidad había dado Kit por hecho que Ted se haría cargo de lo más duro! Cuando llamaban del colegio para decir que alguna de las niñas estaba enferma, se sobreentendía que era Ted el que iría a recogerla para traerla a casa y acostarla. Cuando llegaban las vacaciones, era Ted el que planeaba las actividades diarias y se encargaba de cuidarlas. Poco a poco, Ted había ido ocupando un espacio que en otros tiempos habían compartido entre los dos. Jamás se arrepentiría de la intimidad que había construido con sus hijas, pero a la vez parecía que esa intimidad no hacía sino agrandar cada vez más la brecha entre Kit y él. Inevitablemente, se sentía resentido porque Kit diese tantas cosas por supuesto. Sus respectivos papeles se habían definido y asignado sin que mediase ningún debate.

Incluso Max, su agente, lo había relegado a la lista de las viejas glorias.

—¡Ted, amigo mío! —le había saludado por teléfono la semana anterior—. ¡Qué alegría oír tu voz!

Del otro lado de la línea telefónica llegó la lejana sirena de un vehículo de emergencias que recorría las calles de Londres. El sonido le había despertado un intenso anhelo de volver a caminar, rodeado de multitudes, por aquellas aceras granulosas. De regresar como el hombre que fue en otros tiempos.

—Si me llamas por lo de la obra… —había arrancado Ted, y a punto había estado de soltar un alegato en defensa propia cuando Max le había interrumpido:

—No, Ted. Quería hablar con Kit. Tengo que decirle un par

de cosas sobre los contratos japoneses. Hay un pequeño escollo. Nada preocupante.

—Claro —había respondido apretando los dientes—. Ahora mismo la aviso.

Y Ted, el lacayo obediente, había ido a buscarla.

No, no era que no concediese ningún mérito a la obra de Kit. Había leído sus dos primeras novelas con el corazón en un puño. Lo habían enganchado. Escribía estupendamente, no podías parar de leer; le habían provocado sorpresa y orgullo. Y quizás también cierto temor reverencial. Desde luego, nadie mejor que él sabía lo que suponía sentarse a diario delante del escritorio y enfrentarse a la página en blanco. No, definitivamente, no era que no concediese ningún mérito a su obra. El problema de Ted era que ya no se lo concedía a sí mismo.

Había escrito *Palabras perdidas,* su primera pieza teatral, sumido en el desconsuelo. Lo había vivido como un proceso urgente, un acto necesario de supervivencia: tenía que escribir la obra, tenía que dar sentido a aquellos años de adolescencia en los que había presenciado la demencia de su anciano padre y se había volcado en cuidar de un hombre que se iba apagando lentamente y al que había querido de la única manera en que un niño podía querer a uno de aquellos hombres, buenos pero emocionalmente distantes, de la generación silenciosa. Sin el parachoques de su madre entre ambos, habían estado perdidos. Tras la muerte de su padre, las palabras le habían salido a borbotones, espoleadas por el dolor. Trabajar había sido importante para él; lo había sido todo.

Tal vez fuera esa la diferencia entre Kit y él. El trabajo de Kit consistía en soñar despierta, en fantasear, en dejar volar alocadamente la imaginación hacia un mundo ficticio. Ted, en cambio, necesitaba que su obra se anclase en la realidad. Quería utilizar sus palabras para interpretar las desconcertantes realidades de la vida que vivía. Quería decir algo auténtico, algo que tuviera sentido. Pero el problema al que se enfrentaba un día tras otro, sentado ante su escritorio, era que, al parecer, no tenía nada que decir.

Llevaba ya muchos años desconcentrado a causa de las niñas, estancado, frustrado, incapaz de terminar una maldita obra, oyendo la inquietante voz de la falta de confianza en sí mismo que le hablaba por un oído mientras por el otro oía la voz del temor al fracaso. Había estado paralizado, y cuanto más éxito tenía Kit, más se empequeñecía él. Se suponía que lo suyo eran las palabras, y sin embargo no disponía de ellas. Era un hombre sin voz, acallado por el éxito de su pareja, desmoronado silenciosamente por los celos. Esa era la fealdad que albergaba en su interior. La fealdad que no podía contarle a ella. «Hace años, Ted». Jamás sabría Kit hasta qué punto le habían herido aquellas palabras. Se sentía como Sansón, viviendo con su propia Dalila. Era como si Kit hubiera cogido unas tijeras y le hubiera despojado de su fuerza. *Palabras perdidas*. La ironía del título de aquella primera obra no se le escapaba.

Estuvo un rato paseando, la cabeza gacha y la mirada fija en las fuertes pisadas de sus zapatos sobre el asfalto. Pasó por delante de la iglesia y se metió por el puente del río. A mitad del puente se detuvo y se quedó mirando las agitadas aguas que corrían por debajo. El nivel del río estaba más alto de lo habitual después de una noche de lluvia intensa. Los juncos ondeaban bajo la superficie, y veía las rocas y los guijarros desplazándose con la fuerza de la corriente. Pensó en aquellas piedras de río, en cómo botaban y chocaban unas con otras, en lo lisas que las dejaba el movimiento de las aguas. Por alguna razón, el lento desplazamiento de aquellas partículas de roca, el lento desgaste de sus aristas, le pareció que venía al caso. Era una prueba de otro lento proceso de borrado, como su relación con Kit, como su propia trayectoria profesional, como su concepto de sí mismo. Abrasión, esa era la palabra adecuada. Además, aquí, en Windfalls, se estaba atrofiando. ¿Qué era lo que le había espetado Kit? «Tal vez sea hora de que pienses en qué tipo de vida quieres…». ¿Había algo de verdad en esto?

A mitad de la ladera más lejana, alzó la cabeza y miró en derredor. Había abandonado el río y estaba rodeado por campos y sembrados. Sabía que, no muy lejos, si remontaba la cima del monte y cruzaba por el bosquecillo del otro lado, llegaría a una casita de piedra que estaba acurrucada al borde de un maizal. Cogió aire, irguió la cabeza, volvió el rostro hacia el sol y siguió caminando.

Solo cuando ya estaba llegando a la casita se preguntó qué estaba haciendo. A punto había estado de darse media vuelta, pero mientras se lo pensaba, con la mano detenida sobre el cerrojo de la cancela, la mujer había salido de uno de los cobertizos cercanos secándose las manos con un trapo y lo miró con los ojos entrecerrados por el sol.

—Hola —dijo. Llevaba un vestido verde, del color del musgo, y la larga melena pelirroja retirada de la cara con una peineta; a la luz del sol, los mechones sueltos soltaban destellos cobrizos—. ¿Has venido a comprarme un cacharro?

—Eh… Vaya, no he…

Se palpó los bolsillos, cayendo en la cuenta de que no se le había ocurrido traer el monedero, y solo al ver la sonrisa que empezaba a dibujarse en el rostro de ella comprendió que le estaba tomando el pelo.

—¿Qué tal está tu hija?

—Bien. Tenías razón. Unos pocos puntos y una inyección, y en menos de una hora nos mandaron a casa. Tuvo suerte. Dijeron que si el corte hubiera sido un poco más profundo, se le habrían dañado los tendones.

La mujer se estremeció.

—Bueno, pues menos mal. —Tiró el trapo por la puerta abierta que tenía detrás—. Estaba a punto de poner agua a hervir. ¿Te apetece un té? Y tengo galletas —añadió, de nuevo con voz guasona—. De chocolate.

Ted pensó en el paseo de vuelta a Windfalls, en lo seca que tenía la boca y en el gélido ambiente que le esperaba en casa.

—¿Por qué no? —dijo, rindiéndose—. Gracias.

En la cocina, la mujer se lavó las manos en la pila y cogió tazas y un tarro de cristal con hojas de té mientras hervía el agua.

—Siéntate —le apremió al verlo vacilar ante la mesa.

Ted apartó una silla y observó unos instantes a la mujer. Mientras realizaba el ritual del té, se movía con una elegancia relajada y desinhibida que desentonaba con el hecho de que hubiera un perfecto extraño sentado a la mesa de su cocina que observaba todos sus movimientos. Vio restos de arcilla seca en su pelo, un manchurrón rojo y arenoso en un brazo. Al verlo le vino a la cabeza el accidente de Margot. Recordó la ternura con que se había quitado el pañuelo y había vendado la mano de su hija; ahí, atrapada en su memoria, estaba la imagen de aquellos dedos finos y la blancura de la muñeca bajo la luz del sol.

Mientras el té reposaba en la tetera, la mujer se sentó en la silla de enfrente, soltó un largo suspiro y se centró en él. Al cruzarse sus miradas, Ted sintió que le envolvía una especie de calma. Era la sensación tranquila y nítida de estar siendo estudiado, observado, pero no juzgado. La mujer sonrió y él se fijó en las finas arruguitas que le asomaban a los rabillos de los ojos. En el pequeño lunar en forma de corazón de la mejilla izquierda. Sirvió dos tazas y le acercó una a Ted, que tomó un sorbito y se quemó la boca antes de tragárselo apresuradamente y quemarse el fondo de la garganta.

—Está caliente —le advirtió ella, todavía con aquel tono ligeramente guasón en la voz.

Ted no acababa de saber qué le estaba pasando. Tal vez se debiera al paseo bajo el sol. O tal vez a la calma del día, al ambiente de intimidad de la cocina. Incapaz, de repente, de sostenerle la mirada a la mujer, echó otro vistazo en derredor. Sobre los fuegos colgaban cazos y sartenes que brillaban con la luz que entraba por la ventana plomada. Cerca de él había una butaca de madera con un cojín de *patchwork*. Sobre una cómoda, vio un bol con piñas… Todo ofrecía un aspecto sorprendentemente acogedor. Se volvió y vio que ella seguía observándole. Sonrieron en fugaz reconocimiento de la extrañeza de aquel momento compartido, y Ted se relajó. Se estaba portando de una manera ridícula. Le tendió la mano.

—Me llamo Ted. Encantado de conocerte como es debido.

—Sibella.

Al notar el calor de su mano, Ted sintió que una pequeña vibración eléctrica le subía por el brazo.

—Te debo las gracias. Por tu ayuda, por tu calma y tu amabilidad y… Bueno, por sacrificar tu precioso pañuelo.

Sibella sonrió.

—No tiene importancia. Lo principal es que tu hija está bien.

El tictac de un reloj por algún lugar de la cocina llenó el silencio que se hizo a continuación. Sibella lo observaba por encima de la taza.

—¿Y tú estás bien? Parecías afectado por el accidente. Estas cosas impresionan, nos recuerdan nuestra falibilidad. Supongo que es duro ver a tu hija sufriendo.

A Ted le sorprendió que alguien le preguntase cómo se encontraba, y aún más que se le formase un nudo en la garganta.

—Sí, claro que sí. Estoy bien.

Tomó otro sorbito. La piel de la mujer era del color de la leche, y sus ojos del mismo color verde musgo que el vestido. Calculó que andaría por los treinta y muchos.

—¿Eres ceramista?

—Sí.

Demasiado joven para estar ahí metida sin más compañía que los cacharros y el torno. Se preguntó cómo lo soportaría.

—Me dijeron que perdiste a tu marido —soltó abruptamente sin saber por qué tenía la necesidad de mencionarlo, pero, por alguna razón, intuyendo que era lo correcto—. Lo lamento.

La mujer alzó la mirada y Ted sintió que se perdía en el interior de sus ojos verdes.

—Gracias.

Ted contuvo las ganas de tocarle el brazo, de consolarla y asegurarle que todo iba a salir bien.

—Este mes se cumplen siete años de su muerte —dijo ella en voz baja.

—¿Cómo se llamaba?

—Patrick.

—¿Te importa que te pregunte cómo murió?

—No. Llevábamos una vaquería en Staffordshire. Estaba en el campo con el tractor y saltó para cerrar una valla. Falló un interruptor de seguridad y el tractor se le echó encima. Fue terrible, «un accidente insólito», en palabras del forense.

Ted posó la mirada en su taza de té.

—Lo siento mucho. ¿Cuánto tiempo llevabais casados?

—Dos años.

Ted notó que quería seguir hablando y no la interrumpió.

—Yo estaba embarazada de nueve semanas. Perdí al bebé dos días después del funeral. Tuve que vender casi todas nuestras tierras para amortizar las deudas que se nos habían acumulado después de una mala racha bastante larga. De la noche a la mañana, la vida que conocía y el futuro que me había imaginado se esfumaron. Era una pérdida tras otra. Al final, decidí que lo mejor era alejarme de aquel lugar que tanto dolor me había causado. Aunque, claro —admitió con una sonrisa triste—, del dolor no se puede escapar. Se lleva encima.

—Lo siento muchísimo.

Ted extendió el brazo sobre la mesa y le apretó suavemente los dedos, que estaban calientes. Por un momento, pensó en lo rara que era la vida: ahí estaba, cogiéndole la mano a una mujer prácticamente desconocida como si fuera lo más natural del mundo. Qué extraño… Sentir que tenía que consolarla, que no quería soltarla.

Fue Sibella la que se soltó primero para secarse una lágrima de la mejilla.

—Lo siento. Ya han pasado siete años y todavía conserva la capacidad de emocionarme.

—No es justo que lo perdieras así. Y al bebé —dijo Ted, moviendo la cabeza.

Sibella se encogió de hombros.

—No. No es justo.

—Ya sé que no es lo mismo, pero yo perdí a mis padres. De pequeño, a mi madre, y luego, de adolescente, la demencia se llevó a mi padre. Fui su cuidador durante sus últimos años de vida. No teníamos una relación muy estrecha, pero aun así me costó mucho superar su muerte. Me imagino que te habrá costado mucho salir adelante. El dolor te deja muy tocado, es salvaje e impredecible.

—Sí, así es.

—¿No volviste a casarte?

—No.

—¿Y no te sientes sola aquí, sin nadie?

Volvió a encogerse de hombros.

—A veces. Pero es un lugar muy tranquilo. —Soltó un suspiro y esbozó una sonrisita—. Lo siento. No sé por qué te he contado todo esto. «No bombardear a desconocidos con mi trágico pasado mientras nos tomamos un té…». No es precisamente el tipo de charla que sostienen dos personas que acaban de conocerse, ¿no?

—No. Pero al menos es de verdad.

Ted pensó que quizá era la conversación más auténtica que había tenido en meses. Se miraron a los ojos y volvió a sentir la extraña energía que fluía entre los dos. Comprensión. Conexión. No estaba seguro de lo que era, pero, fuera lo que fuera, le desconcertaba. Miró la taza y vio que estaba vacía.

—Debería irme ya.

Sibella asintió.

—Claro, claro.

Al salir al patio vio que un haz de luz se abría paso entre las nubes y caía como un foco sobre el valle. En lo alto, un águila ratonera trazaba bruscas espirales en el cielo; su graznido resonaba por todo el valle. La escena era de una belleza impresionante. Ted se volvió hacia ella y sonrió.

—Gracias por el té, y por la conversación.

—De nada.

Por alguna razón inexplicable, necesitó toda su fuerza de voluntad para darse media vuelta y marcharse. Al llegar a la cancela se detuvo y giró la cabeza. Sibella seguía allí, mirándolo.

—¡Volveré la semana que viene! —gritó—. Con el monedero. ¡Voy a comprarte un cacharro!

Ella levantó la mano a modo de respuesta, y Ted sintió que su sonrisa lo elevaba como no lo había hecho nada desde hacía mucho tiempo.

16

Kit se despierta temprano, arrancada del sueño por una inquietante pesadilla en la que presencia, impotente, un terrible incendio que arrasa Windfalls y a todos sus seres queridos. Hace tiempo que no la tiene, pero esta noche ha vuelto, y en tecnicolor. Levantándose con esfuerzo de la cama, casi le parece oler aún el humo acre, oír todavía sus propios gritos: «¿Qué has hecho? ¿Se puede saber qué demonios has hecho?».

Los fragmentos del sueño que se resisten a desaparecer bastan para sacarla de su dormitorio y hacerla subir al cuarto de la torrecilla. Se acomoda en la silla, enciende el ordenador y oye el zumbido de arranque.

En la casa hay un silencio, un vacío, que crece con cada instante que permanece sentada en la silla de cuero gastado de Ted, la silla que Kit había requisado de su estudio el día después de que se marchara, la silla que se había negado a darles a los hombres que vinieron con el camión a llevarse las cosas de Ted. El asiento aún conserva su recuerdo engastado en el cojín, fruto de las horas y horas que pasó allí sentado afanándose en escribir. Le consuela que la presencia física de Ted persista en este pequeño detalle; la mayoría de los días, Kit es la única habitante de este viejo caserón lleno de corrientes, con excepción de Pinter, el único superviviente del grupo de mininos que Ted rescató hace ya tantos años.

Se queda mirando la pantalla en blanco. «Venga, escribe», se dice. «Escribe algo. Lo que sea». Estira los brazos y, distraída de repente por sus manos, los dedos se detienen encima del teclado sin tocarlo. Es el dorso de las manos lo que la pasma. ¿Cuándo le han salido esos surcos, esas arrugas que se acumulan en torno a los nudillos y las muñecas, las sombras de esas primeras manchas de la edad? Ya no es joven. No es nada que no sepa, por supuesto; ni está loca ni delira, gracias a Dios. Y sin embargo, mientras se contempla las manos, las uñas romas, la piel surcada y, sí, la ausencia de joyas y de cualquier tipo de adorno —de un anillo de boda—, siente todos y cada uno de sus cincuenta y tres años. El dolor de la soledad se extiende por su pecho, y se echa a llorar.

Llora hasta empapar la manga de la bata de seda, y después levanta la cabeza y se frota la cara. Suelta un fuerte gemido. Se detesta por compadecerse de sí misma de semejante manera. ¡Ojalá pudiera hacer lo que hacía antes, desaparecer en un mundo imaginario de personajes ficticios que sienten emociones ficticias! Pero, por la razón que sea, no consigue obrar la magia que la saque de su lamentable estado actual. Sin pareja. Soltera. Sola.

La semana anterior, antes de que Lucy anunciase sus disparatados planes de boda, dos fontaneros habían ido a Windfalls a cambiar una vieja bañera de esmalte y arreglar una cisterna rota. Su alegre presencia en la casa, el sonido de su radio y el tono jocoso de la cháchara le habían levantado el solitario ánimo de tal manera que, mientras les decía adiós con la mano, se había sorprendido a sí misma deseando que el camión diera media vuelta. «¡No os vayáis!», había querido gritarles. «No me dejéis aquí, con esto».

La realidad de su vida se alza y planea ante sus ojos. No era esto lo que se había imaginado. No era esto lo que había soñado hacía ya tantos años, cuando Ted y ella habían empezado a formar una familia y se habían atrevido a visualizar lo que podía depararles una vida en común.

—Me da vergüenza enseñártelo —había dicho cuando Ted, curioso por saber qué la había retenido en el estudio del río durante tantas semanas, le había preguntado si podía leer lo que llevaba escrito.

—No te avergüences. Todos tenemos que empezar por algún sitio, Kitty.

A regañadientes, le había entregado las cien primeras páginas del manuscrito que había empezado después de aquel paseo tan decisivo con Eve, y luego le había dejado solo y se había puesto a recorrer el camino de sirga de acá para allá, incapaz de soportar la idea de que Ted, su Ted, tan maravilloso y tan inteligente, estuviera leyendo sus torpes palabras.

Al volver, Ted la estaba esperando en la cocina, tamborileando impacientemente con los dedos sobre la mesa, las páginas desparramadas delante de él.

—¿Dónde está el resto? —había preguntado con ojos brillantes—. Enséñame el resto.

—¿Cómo? ¿Todo, quieres decir?

—Sí —la había apremiado—. Todo todo.

Había sido idea de Ted enviárselo a su agente literario, Max, que vivía en Londres.

—No sé, Ted…

Le preocupaba que todavía estuviera sin pulir, que fuera demasiado tosco para una mirada profesional.

—¿Qué puedes perder?

¡Vaya pregunta! Ahora le sonaba ridícula.

—Nada —había respondido ella.

¡Qué gran error! Y lo más irónico, quizá, era que había sido Ted el que la había animado, instándola en aquellos primeros días a que alimentase su creatividad, de la misma manera que se anima a un convaleciente a que se dé una necesaria y vigorizante vuelta por el jardín. Aunque, claro, ninguno de los dos podría haber previsto el éxito de su primera incursión en la narrativa ni la grieta que acabaría por abrir entre ellos.

Suspira y se recuesta en la silla de Ted. El familiar chirrido del respaldo y el roce de las rueditas sobre la madera del suelo son los únicos ruidos que se oyen en la casa. Margot aún no ha vuelto de la noche que ha pasado en casa de Ted y Sibella. Mira el valle que se extiende al otro lado de la ventana y se tortura imaginándose a Ted rodeado de amor y risas.

Aflora un recuerdo y clava su aguijón en la superficie de la conciencia. Margot, con seis o siete años, luchando contra un repentino episodio de ansiedad nocturna. Había parecido como si surgiera de la nada: su niñita, tan segura de sí en otros tiempos, de repente tenía miedo de las sombras, se agobiaba con el oscuro hueco de debajo de la cama y, presa de la inquietud, no conseguía conciliar el sueño. Recuerda cómo la llamaba Margot, y cómo ella, abandonando su trabajo, acudía a sentarse al borde de su cama. Recuerda los cuentos de hadas que inventaba para ella, revisiones de los clásicos en los que eran las princesas las que empuñaban las espadas y mataban a los monstruos. Recuerda a Margot acurrucada bajo las sábanas, con los ojos como platos y arrobada, su bracito flacucho bajo el pijama arremangado; una invitación a que Kit le recorriera la piel con los dedos y disipase así sus preocupaciones, hasta que al final la niña se dejaba vencer por el sueño y Kit salía de puntillas. ¡Su dulce niña! Aquellos momentos compartidos habían tenido un valor incalculable. Habían sido un ancla, un recordatorio del lugar que ocupaba ella en la familia. Hasta que una noche había sido Ted el solicitado, no ella, y Kit, aunque herida, había restado importancia al rechazo de su hija. No pasa nada, se había dicho. Así tengo más tiempo para escribir.

Era una tensión que le costaba mucho soportar. Un constante tira y afloja entre el trabajo y la familia. No hacía tanto tiempo que había ansiado el silencio y la soledad. Había estado convencida de que sería más feliz y más productiva si pudiera prescindir del eterno ruido familiar, de las constantes interrupciones. Pero en cuanto la casa pasó a ser toda suya —el proverbial nido vacío—, el silencio se volvió insoportable y sus palabras, de alguna manera, quedaron sofocadas por la quietud. Es difícil escribir desde un lugar vacío. Fue una lección difícil, pero el suelo fértil de la familia, aquellos sólidos cimientos que apuntalaban su existencia, era la tierra que necesitaba para nutrir su obra, su concepto de sí misma, su identidad. Sin ella, sin ellos, está perdida.

Pues claro que había sabido lo que estaba pasando con Sibella, y no solo porque Ted hubiese disimulado muy mal su encaprichamiento. Sí, incluso alguien como ella, distanciada de todos por su trabajo, tenía la suficiente intuición para saber que el hombre al que amaba se estaba escapando de sus garras. Lo notaba en su mirada distraída, en los largos suspiros y en su manera de ofrecerle cada noche la curva de su espalda cuando se metían en la cama. Había decidido hacer la vista gorda. ¿Cómo era aquel dicho? Si quieres a alguien, déjalo libre.

Recordaba la primera promesa que se hicieron, abrazarse sin apretar, y se sentía sofisticada y sabia permitiéndole su canita al aire, sabiéndose gentil, generosa. En el fondo, Ted y ella estaban hechos el uno para el otro. ¿Cómo era aquello que le había dicho en cierta ocasión? «No necesito un anillo para saber que soy tuyo, y que tú eres mía». ¿Dónde estaba escrito que las relaciones tuvieran que ser monógamas? Que se encaprichase de otra no tenía por qué significar que su relación fuera a destruirse. Entre ellos había un vínculo más fuerte, más profundo.

Pero no por ello dejaba de sentir curiosidad. ¿Quién era la mujer que había llamado la atención de Ted? No había sido difícil atar cabos. Fue gracias a un jarrón que él trajo un día, una elegante vasija color crema que había colocado en la ventana del salón y que después se había quedado contemplando el resto de la tarde, como absorto en su forma.

—La vi en una tienda —fue su única explicación cuando Kit le preguntó—. Pensé que quedaría bonita aquí. ¿Te gusta?

En todo el tiempo que llevaban viviendo en Windfalls, Kit no recordaba ni una sola vez en que él hubiese mostrado el más mínimo interés por los enseres domésticos. Nada más acostarse Ted,

Kit había dado la vuelta al jarrón y había leído la firma acaracolada de la artista grabada en arcilla seca. Sibella Ash.

Había conseguido localizarla en un mercadillo artesano de Bath. Un domingo por la mañana, Kit había salido de casa a hurtadillas y había ido a la abarrotada plaza del mercado. Después de merodear un rato entre los puestos y de comprar un tarro de miel de la zona y una bonita bolsa tejida a mano para el cumpleaños de Lucy, divisó por fin lo que estaba buscando: un puesto en el que se exponía un impresionante surtido de cuencos, platos y jarras de cerámica, detrás del cual estaba una atractiva mujer pelirroja vestida con un pichi azul marino. Convencida de su anonimato, Kit se había acercado despreocupadamente y, mientras la mujer atendía a un cliente, se había dedicado a inspeccionar más de cerca su artesanía.

Bueno, no estaba mal, se dijo. Si te gustaba ese tipo de cosas, claro. Piezas rústicas, sencillas, aunque exhibían bastante destreza. Había vuelto a mirar a la mujer y reparado en la delgadez de su cintura, en sus ojos almendrados. Era varios años más joven que Kit. ¿Sería eso lo que atraía a Ted? ¿Su juventud?

—¿Puedo ayudarte? —había preguntado la mujer, sobresaltando tanto a Kit que a punto había estado de soltar el cuenco que tenía entre las manos. Kit había vuelto a colocarlo en la mesa y la había mirado, y fue entonces, al ver que los ojos verdes de la mujer se abrían como platos y su rostro se sonrojaba, cuando Kit comprendió el error que había cometido.

—Eres Kit, ¿no? —había preguntado la mujer en voz baja.

Kit había asentido, sorprendida porque la hubiese reconocido. Aunque quizá, se dijo, no tenía nada de sorprendente. Al fin y al cabo, en los últimos años su foto había salido en bastantes sobrecubiertas de libros y en artículos de revistas. O quizá, sencillamente, Sibella se había tomado la molestia de hacer pesquisas sobre su competidora.

—Sí, soy la… —Había vacilado. La esposa de Ted, no. ¿Qué debía decir?—. Soy su pareja —había decidido—. ¿Eres Sibella?

La mujer había asentido con la cabeza.

Kit, consciente de que la incomodidad de la otra mujer le estaba produciendo cierta satisfacción, la había mirado de arriba abajo.

—¿Tú te das cuenta de que tenemos un hogar feliz y tres hijas a las que adora?

Sibella había tenido la decencia de bajar la vista.

—Ted dijo que vosotros… que él… —Su voz se había ido apagando torpemente—. No era mi intención entrometerme entre vosotros.

Kit había enderezado los hombros.

—Estoy segura de que lo que Ted *dijo*… lo que *quiere*… —Había soltado una risa falsa—. En fin, todas sabemos qué es lo que quieren los hombres, ¿no? —La tenía en su línea de tiro—. Y *tú*, Sibella, ¿tienes hijos?

La mujer había negado con la cabeza, incapaz a todas luces de volver a mirar a Kit a los ojos.

—Ya me lo imaginaba. Si los tuvieras, seguro que andarías con pies de plomo y tratarías a la gente con un poco más de respeto.

—No estoy orgullosa de…

—No —había interrumpido Kit con frialdad—. Ya me imagino que no. Bah, no te preocupes —se apresuró a añadir—. No le voy a contar a Ted que he estado aquí. No hace falta que se entere de que nos hemos conocido. Y tienes permiso para disfrutar de tu sórdida aventurita con *mi* Ted. Le voy a hacer el favor. Pero, Sibella, te pido que no seas tan ingenua como para pensar que puedes quitárnoslo. Jamás se irá. Tú eres una fantasía, un entretenimiento pasajero. Nada más.

Antes de que Sibella pudiera contestar, Kit se había dado media vuelta y se había metido resueltamente entre el gentío; le temblaban las piernas, pero la sensación de triunfo por haber dicho lo que tenía que decir iba creciendo como una ola. Esa misma tarde, al volcar adrede la vasija de color crema y ver cómo se caía al suelo y se hacía añicos, había vuelto a saborear el dulzor del triunfo.

—Vaya, qué torpe soy —había dicho, incapaz de mirar a Ted a los ojos mientras barría las esquirlas—. Pero no creo que merezca la pena salvarla, cielo.

¡Con lo que se había esforzado por darle todo! Había intentado hacer la vista gorda con su desliz. ¿De qué era ella tan culpable? ¿De trabajar duro? ¿De tener éxito? ¿De dejarle libre? Y todo ello, ¿para qué? Era como si la parálisis de Ted hubiese ido a peor a medida que ella ascendía en su carrera. Su distanciamiento, y su deseo de estar con Sibella, no habían hecho más que crecer cuantos más libros vendía ella, hasta el día que le había espetado su decisión de marcharse.

Decir que se había quedado destrozada era quedarse corto. Kit no sabía quién era sin Ted. No sabía por qué estaba en Windfalls. El sueño que habían compartido se había disuelto al irse él, y, por supuesto, al hacerse mayores las niñas y echar a volar. Un «entretenimiento pasajero», le había dicho a Sibella. ¿Sibella, el futuro de Ted? Imposible.

Para esconderse del sufrimiento, se había sumergido en su trabajo. Se había sometido a la fuerza de atracción de su creatividad, ensimismándose todavía más con la escritura. Le dio por pasar largas horas en el estudio, retocando el manuscrito, moviendo a sus personajes como si fueran piezas de ajedrez en una difícil partida, y rehuyendo en todo momento el dolor de su propia relación fracasada. El séptimo libro iba a ser el mejor hasta la fecha. Tenía esa corazonada. Tal vez la vida de Kit se estuviera desmoronando, pero su heroína, Tora, estaba llegando a la cumbre de su historia. Se había enfrentado con éxito a innumerables amenazas y enemigos. En el sexto volumen, Tora había sido madre, y la transformación —el poder maternal— había añadido una fascinante dimensión nueva al personaje y al propio proceso de escritura. Kit se había sentido inspirada de una manera que la devolvía a sus primeros tiempos en el estudio. Al final de un día de huida al mundo de Tora, alzaba la cabeza, asombrada por la rapidez con que habían pasado las horas, y salía de su estudio ribereño agotada pero satisfecha, observando complacida el creciente montón de páginas mecanografiadas, convencida de que era lo mejor que había escrito hasta el momento, e ilusionadísima porque sabía que el proyecto estaba llegando a su fin.

Solo que había desatendido a una pieza importante de su propio rompecabezas de la vida real: Margot. No se había fijado en la soledad y la desesperación de Margot por la marcha de Ted.

A Kit todavía le producía dolor físico recordar aquella noche de primavera en la que, al mirar por la ventana de la cocina, había visto las llamas elevándose entre los árboles del huerto. Perdida en sus pensamientos, observó los destellos anaranjados del fuego bailoteando en el valle y, fascinada, se había quedado mirándolos. «Qué hermoso», pensó. Pero al ver que las llamas crecían en intensidad y que se empezaban a formar nubes de humo negro sobre los árboles, había salido de golpe de su trance. Había caído en la cuenta de lo que sucedía. Fuego… fuego a la orilla del río. Presa de un terrible pavor, había cruzado corriendo el huerto en dirección al estudio y se había encontrado el edificio envuelto en llamas y a Margot acuclillada en el embarcadero con aspecto sombrío y desquiciado. Si hubiese podido entrar y rescatar siquiera una sola página de aquella novela en la que había vertido su corazón roto, lo habría hecho, pero el viejo almacén de manzanas era un infierno y era evidente que nada podía sobrevivir a una fuerza destructora tan tenaz. El único borrador de la que hasta ahora era su mejor obra era pasto de las llamas, y Margot no parecía capaz de ofrecer ninguna explicación a lo que había hecho. «Se ha ido», era lo único que decía mientras Kit temblaba de rabia a su lado. «Se ha ido».

—¡Ya sé que se ha ido! —le había chillado Kit—. ¡También me ha dejado a mí, estúpida, más que estúpida!

Había mirado en derredor, horrorizada al ver que las llamas se elevaban y las chispas de su obra se alejaban formando espirales por el cielo.

—¡Como si esto pudiera conseguir que volviera!

Kit no creía que jamás pudiese perdonarle a Margot una traición tan cruel.

Todo esto, antes de la última patada en el estómago, cuando, tan solo unos meses después, Ted hizo su regreso triunfal al West End. Aunque Kit sangraba por la herida y mantenía un silencio dolido y frío con Ted, había tenido la decencia de alegrarse una pizca por su éxito. Sabía lo que significaría para él, al cabo de tantos años, haber terminado una obra. Solo cuando habían empezado a aparecer las primeras reseñas de *Abrasión* y había comprendido de qué trataba exactamente esta nueva obra, cuando había empezado a recibir llamadas de periodistas solicitándole con malicia que comentase y opinase sobre los temas de la obra de su exmarido —«Exmarido, no. Nunca estuvimos casados»—, empezó a entender lo que había hecho Ted. Y es que *Abrasión*, por lo visto, era una interpretación contemporánea de la narración bíblica de Sansón y Dalila. Era una exploración de la caída de un hombre, lentamente mermado por una amante con más poder y más éxito. Un famoso actor de Hollywood había sido elegido para protagonizar la puesta en escena del West End, y la obra estaba siendo aclamada por la crítica como un duro estudio del derrumbamiento de una pareja que había estado muy enamorada, una disección de la lucha de poder entre un hombre y una mujer, y un análisis de actualidad de los roles y las políticas de género contemporáneas. La prensa seria decía que se trataba de una reveladora obra maestra moderna. La prensa amarilla decía que era «sensacional» y la desmenuzaba como si fuera un *totum revolutum* sobre los tinglados de la fracasada relación de Ted y Kit.

Cuando Margot, a las pocas semanas del estreno y a punto de cumplir diecisiete años, se había presentado en la cocina y había anunciado que también ella se marchaba de casa, Kit se había dicho que para qué iba a discutir con ella. Apenas podía ni mirarla todavía. Pero, con la partida de su hija pequeña, era como si a Kit se le hubiese cerrado en las narices la puerta definitiva. ¿Acaso era de extrañar, después de los últimos años, que hubiese construido muros a su alrededor? Había erigido defensas muy altas, y se había retirado tras ellas con el firme propósito de que nunca más volvería a arriesgarse a sufrir semejante daño personal o profesional. En el nuevo mundo aislado que habitaba, sus únicos campos de batalla eran la soledad y la mediana edad.

Este fin de semana, ante los invitados de Lucy, será la vez que más vaya a exponerse en público desde hace años. Espera estar preparada. Va a ser difícil confrontarse con todos: con Ted, con Sibella, con Margot. Pero se las arreglará. Lo hará por Lucy. Este fin de semana, la importante no es ella, sino su hija. Tal vez el mejor regalo que le puede hacer a Lucy sea dejar de lado su propio dolor. Puede ocultarlo y enterrarlo —ya es toda una experta—, y mantener la inestable tregua con Margot. Hará todo lo que esté en su mano por darle la bienvenida a Sibella a Windfalls, sin numeritos ni histrionismo. Por mucho que le duela, lo hará por Lucy. Les demostrará, a ellos tanto como a sí misma, que puede ser la madre que sabe que ninguno considera que es.

Parpadeando bajo la luz de la mañana, se aleja de la ventana y posa la mirada en la pantalla vacía del ordenador. El MacBook en el que trabaja ahora la está esperando. Debajo del escritorio zumba el disco duro, al lado de la impresora que utiliza para sacar copias de seguridad en papel al final de cada jornada. En algún lugar, una nube invisible espera para recoger sus palabras y dejarlas a buen recaudo. Eve y Andrew habían venido un día y se lo habían instalado todo. Le resulta raro trabajar así, nada que ver con el grato repiqueteo de las teclas sobre la cinta, pero, si en algún momento volviera a escribir, al menos las palabras estarán a salvo.

Tal vez, algún día, encuentre el modo de retomar la historia de *Elementos extraños*. Tal vez, de alguna manera, consiga sacar valor para luchar contra el terrible bloqueo al que se lleva enfrentando desde hace ocho largos años. «¡Ay, Ted!», se dice. «¡Ahora lo entiendo! ¡Entiendo tantas cosas!».

A lo lejos, la puerta de atrás se abre y se cierra. Margot ha vuelto. Minutos más tarde se oye el fuerte pitido de un camión que está subiendo marcha atrás por la entrada de coches. Por la ventana abierta entran voces, la de su hija mezclándose con las más graves y roncas de los hombres de la empresa de las carpas. Crujen pisadas sobre el sendero de grava. Oye que se deslizan las puertas del camión, y se pregunta si debería ir a ayudar a supervisarlo todo, pero algo le dice que se quede donde está. Permanece allí sentada escuchando el trajín de fuera, escondiéndose detrás de su muro tan solo un poquito más.

17

Los hombres son rápidos y eficientes. Arrastran los postes y las lonas blancas hasta el huerto de frutales y empiezan a montar el armazón de la carpa entre los árboles. Margot los mira con sensación de inútil. Envía a Eve y a Lucy una foto desde su móvil cuando el esqueleto del entoldado empieza a cobrar forma. «¡Demasiado tarde para echarse atrás!», bromea.

Oye que se acerca otro vehículo por la entrada, e instantes después aparece Tom entre los árboles del huerto con uniforme de trabajo y botas llenas de barro; unas gafas de aviador le ocultan los ojos.

—Estaba echando un vistazo a un proyecto medioambiental por aquí cerca y se me ha ocurrido pasarme a ver si necesitáis que os eche una mano con algo.

—Creo que estos chicos lo tienen todo controlado. Pero gracias. —Busca algo que decir—. ¿De qué va el proyecto?

—Un pasillo para abejas.

—¿Un qué?

Tom sonríe.

—Estamos trabajando con agricultores y propietarios de tierras para crear lugares ricos en néctar que ayuden a las abejas a viajar y a polinizar. Es importante para su supervivencia, y para la agricultura. Todos salen ganando.

Margot sonríe.

—Me gusta la idea. Una autopista para abejas.

—Exactamente.

Se quedan mirando el uno al lado del otro mientras los operarios alzan postes de madera y clavan unas enormes estacas metálicas en la tierra con unas mazas.

—Qué emocionante —dice Margot.

—Sí, es verdad —dice Tom, pero en su voz hay algo que hace que Margot se vuelva a mirarlo.

—¿Todo bien?

—Sí —responde él, mudando la expresión y sonriendo—. Todo va genial.

A uno de los hombres se le escapa una esquina de la lona blanca. Sacudida por la brisa, la tela restalla como un látigo y reverbera por todo el valle. Tom se acerca a ayudar a colocar la tela en su sitio y vuelve con Margot.

—Lucy está la mar de contenta de que hayas vuelto para la boda.

—Pues claro, cómo no iba a venir.

—Sé que tú y yo no nos conocemos mucho, pero espero que confíes en que siempre voy a cuidar de tu hermana lo mejor que pueda.

Margot se ríe.

—Si quieres que te diga la verdad, nunca me ha parecido que Lucy sea del tipo de personas que necesitan que se las cuide.

—Pues, entonces, que sepas que siempre la apoyaré.

Margot se gira y mira detenidamente el rostro bronceado de Tom. Ve la sincera expresión de sus ojos azules.

—Eso espero.

—Tengo ganas de conocerte un poquito mejor en los próximos días. ¿Vienes mañana a la cena?

Margot afirma con la cabeza. A decir verdad, había estado pensando en inventarse una excusa para escaquearse de la insoportable rueda de identificación familiar prenupcial. En la boda, con el parachoques del resto de los invitados, sabe que le será mucho más fácil evitar enfrentamientos y conflictos, pero la intimidad de la comida familiar la asusta.

—Genial —continúa Tom—, porque para Lucy significa mucho que vengas, y mi familia está deseando conoceros a todos.

—Espero que les hayas avisado de que somos un pelín…

Tom sonríe abiertamente.

—Eso pasa en las mejores familias, Margot.

Margot sonríe, y Tom carraspea y dice:

—Lucy tiene muchas esperanzas puestas en tu regreso. —Margot se vuelve hacia él arqueando una ceja, y Tom levanta las manos y continúa—: Sé que a veces tu hermana puede ser muy poco realista, pero quiero que disfrute de este fin de semana. No quiero que la perturben los líos y las peleas familiares. En fin, supongo que lo que quiero decirte es que… Bueno, que si pudieras encontrar el modo de mantener todo tranquilo…

Deja la frase inacabada al ver el destello de indignación que cruza el rostro de Margot.

—Es ella la que nos pidió que nos reuniéramos —dice ella, enfurecida por la insinuación—. Por mí, encantada con dejar que el pasado se quede en el pasado, pero ¿a que no has tenido esta charlita con nuestra madre?

Al menos, Tom tiene la decencia de poner cara de culpa.

—No debería haber dicho nada.

Margot lo mira con recelo.

—No sé qué te habrá contado Lucy, pero te aseguro que no conoces la historia completa.

Tom asiente con la cabeza.

—Perdona. Olvida lo que te he dicho. Luce me ha pedido que te diga que vendrá a ayudar con las decoraciones. Me voy, más vale que vuelva al trabajo.

Mientras Tom sube hacia la casa, Margot, molestísima por su intromisión, lo sigue con la mirada y, después, se vuelve hacia el huerto y ve que los hombres han obrado un milagro. Donde solo había hierba y árboles, hay ahora una inmensa carpa blanca. La tela sube y baja, respirando como un pulmón gigante con el aire de la mañana. La mira unos instantes, observando el movimiento ondulante. «Eso es», piensa. «Venga, respira».

18

Lucy suelta el bombazo mientras, subidas en precario equilibrio sobre unas sillas, cuelgan una guirnalda de luces.

—Creo que Andrew está enrollado con otra mujer.

—¿Qué? —A Margot casi se le caen las lucecitas, pero las atrapa por los pelos—. ¿Me estás vacilando?

—Ojalá.

—¿Cómo lo sabes?

—Lo vi con una mujer. Le estaba comprando joyas. No parecía precisamente una cosa… inocente.

—¿Y él te vio a ti?

Lucy niega con la cabeza.

—Joder.

Lucy observa a Margot, que, roja de ira y con el rollo de las lucecitas entre las manos, dice:

—¿Qué mosca le ha picado? ¿Y qué pasa con Eve y con las niñas?

—Ya… No sé qué hacer. No sé si debería contárselo.

—Pues claro que sí.

—Menudo mazazo. Ya la conoces, tiene que controlarlo todo.

Margot suspira.

—Es un capullo.

—Debería haberle plantado cara cuando los vi. Tentada estuve… Ganas me dieron de borrarles de un plumazo esas sonrisas tan pimpantes…

Lucy vuelve a pensar en la conversación que tantas veces se ha imaginado desde aquel día. Podría haberle echado la bronca a Andrew allí mismo y haberle recordado sus responsabilidades con su mujer y sus hijas.

—Creía que eran una pareja muy sólida. —Margot se queda pensando—. La verdad es que a Eve la he notado bastante rara estos días… tensa, evasiva… ¿Será que ya lo sabe?

—Habría dicho algo, ¿no?

—A no ser que no quisiera amargarte antes de tu gran día…

Lucy frunce el ceño.

—Bueno, lo sepa o no lo sepa Eve, él no deja de ser un capullo integral por engañarla. En serio, ¿qué les pasa a los hombres? ¿Por qué son todos tan ligones, tan poco de fiar? —dice Margot.

—No todos…

Margot le lanza una mirada amarga.

—Papá dejó a mamá, ¿no? Ahora, Andrew se enrolla con otra a espaldas de Eve. Los hombres son débiles, Luce. Simplemente, no pueden contenerse.

—Esto… Tú te das cuenta de que este sábado me caso con el amor de mi vida, ¿no?

—Espero que Tom sea diferente. De veras lo espero —dice suavemente Margot.

—Bueno, gracias por el voto de confianza. Pues claro que es diferente.

Margot calla y Lucy se siente cada vez más indignada.

—¿Estás bien? Pareces un poco… nerviosa.

—Estoy bien.

Lucy intenta enganchar el cable de las lucecitas sobre la entrada de la carpa, estirándose para clavarlo en la esquina. La silla se ladea ligeramente y hace que se tambalee.

—Mierda —dice, encorvándose para recuperar el equilibrio.

—Venga —dice Margot, alargando el brazo para que le dé las luces—. Baja de ahí. Ya sigo yo. No puedo permitir que te lesiones antes de tu gran día, estando como estás…

—¿Qué?

Lucy la mira.

—No. Insisto —dice Margot, arrancándole las luces de las manos—. ¿Qué tal si vas a casa a por las banderitas? Así podemos colgarlas después.

Lucy suspira, pero obedece. A la vuelta, se encuentra con que Eve ha llegado y está ayudando a Margot a desenredar otra guirnalda de luces. Mira a su hermana mayor, buscando en su rostro señales de que algo no va bien. Eve parece más cansada que de costumbre, tal vez un poco menos «compuesta» de lo habitual, con el pelo castaño recogido en un moño desgreñado y la camisa arrugada y por fuera del pantalón.

—Gracias por venir a ayudar —le dice Lucy a Eve con cautela, mirando a Margot—. No te esperábamos.

—Quería echar un vistazo a la carpa y pensé que lo mismo necesitabais un par de manos extra.

Margot carraspea.

—¿Qué tal por casa, todo bien? —pregunta.

Lucy le lanza una mirada de reproche, pero Eve no repara en la torpeza de la pregunta de Margot.

—Sí, claro. —Mira hacia arriba, donde deben ir las luces—. Aprovecho ahora que tengo un ratito de tranquilidad; las niñas están en el cole y Andrew en la oficina.

—Genial —dice Margot, asintiendo con la cabeza—. Genial, sí.

Eve la mira con recelo.

—¿Y tú qué? ¿Todo bien?

—Sí, todo estupendo. ¿Eh, Lucy?

Lucy le lanza otra mirada de advertencia.

—Sí. Bien, bien.

Margot sacude los cables enredados.

—Puff. Vaya lío. ¿Qué tal si nos olvidamos de las lucecitas y ponemos velas por todas partes? Quedaría precioso.

—No se puede —dice Eve—. La empresa de alquiler dijo que habría riesgo de incendio. ¿Os lo imagináis? ¡Todo esto en llamas!

Margot, que estaba toqueteando la guirnalda de luces, deja las manos quietas. Las tres hermanas se miran; ante sus ojos se cierne al mismo tiempo la misma imagen. Lucy traga saliva. Basta de ridiculeces, tienen que hablar de lo que pasó. Es el único modo.

—¿No crees que ya es hora de que le pidas disculpas a mamá, Margot?

Margot la mira con ojos de acero.

—Ya que tienes tantas ganas de saberlo, me disculpé la otra noche.

—Bueno, pues entonces genial —dice Eve con tono animado.

—No parece que sirviera de mucho. Está empeñada en guardarme rencor.

Lucy suspira.

—Destruiste años de trabajo. Un manuscrito de seiscientas páginas, convertido en cenizas en un abrir y cerrar de ojos.

Chasquea los dedos.

Margot da un respingo.

—Lo sé.

—¿Alguna vez has tratado siquiera de imaginarte cómo debió de sentirse ella? ¿Te extraña que no haya sido capaz de completar la serie, de escribir aquel último libro? —Lucy ve que Margot, la mirada clavada en el suelo, se pone a arañar la hierba con la puntera del zapato, y siente un arrebato de rabia—. Fuiste tú, Margot. Fuiste tú la que la paralizó.

—Lucy —le advierte Eve—, no creo que…

—Sí. Ya lo sé —dice Margot en voz baja—. Por supuesto que lo sé.

—¿Has pensado en hacer terapia? —continúa—. ¿Has probado a hablar con alguien?

—¿De qué iba a servir?

—¿Cómo lo sabes si no lo intentas?

Margot no aparta la vista del suelo; parece abatida.

—Solo son palabras, ¿no? No cambian nada.

—Sí, Margot. Solo palabras. Palabras que tienes que dejar de contener y empezar a compartir. Este silencio en el que te envuelves no es sano. Se lo debes a mamá. No solo unas disculpas como es debido, sino una explicación de por qué te dio por hacer algo tan… tan dañino.

Margot levanta la cabeza y pone cara de exasperación.

—¿Tú oyes lo que estás diciendo? Hablas como si hubiéramos vivido una infancia idílica. Como si mamá y papá no hubieran cometido ningún error. En realidad, ninguno de vosotros conoce la auténtica verdad. O tal vez solo sea que ninguno queríais verla. Mucho más sencillo vivir en una fantasía que aceptar una realidad de mierda, ¿a que sí?

Lucy mira con desconcierto a Eve.

—¿Se puede saber de qué estás hablando?

—Olvídalo.

—No. Cuéntanoslo.

—¿De qué serviría? No hay vuelta atrás. Lo siento, pero esa fantasía tuya de una «feliz reconciliación» es una chorrada.

—Eso no lo sabes. Por lo dolidas y lo enfadadas que estáis mamá y tú, es evidente que os importa. Todavía hay amor entre las dos, y donde hay amor, hay esperanza.

Margot niega con la cabeza.

—¿Ni siquiera estarías dispuesta a intentarlo?

Margot sigue negándose a mirarla.

—Que sí, Lucy, que ya te he entendido.

Lucy, frustrada, refunfuña.

—No, no me has entendido.

—¿Qué pasa? —Margot levanta la cabeza; una fugaz mirada de ira asoma a su rostro—. ¿Te crees que ser la candorosa novia te da derecho a hacer lo que te venga en gana? ¿Te crees que tener la vida perfecta, un trabajo estupendo, la relación ideal, significa que puedes decir lo que te plazca? ¿Que puedes venirnos a todos con exigencias y después pisotearnos?

—Mi vida no es perfecta, Margot. Nada lo es. Y no. No lo creo. La única que ha pisoteado algo eres tú. Yo soy la única persona de esta familia que está preparada para decirte las cosas como son. Lo que le hiciste a mamá fue horrible. Todos lo pensamos. No hay ni una sola modalidad de rabieta adolescente que pueda justificarlo.

Eve le pone una mano en el hombro a Lucy.

—Lucy, ya sé que eres partidaria de hablar a las claras, pero no creo que este sea el momento de…

—Si no es ahora, ¿cuándo? —Se vuelve hacia Eve con cara de desilusión—. El momento es ahora, ¿no lo ves? Lo único que tenemos es el ahora. En esta familia hace ya demasiado tiempo que nos andamos con pies de plomo los unos con los otros. Creo que Margot debería saber…

—Lo sabe, Lucy. —Eve señala a Margot—. Mira, lo sabe.

Lucy se vuelve hacia Margot y ve que se está desmoronando. Está encorvada, con el rostro hundido entre las manos, los hombros temblorosos.

—¿Margot?

No responde.

—¿Margot? ¿Estás…?

Pero, antes de que pueda articular una palabra más, Margot gira sobre sus talones y sale corriendo de la carpa.

Eve mira a Lucy con preocupación.

—Has hecho bien, Luce.

Lucy suspira y levanta las manos.

—Alguien tenía que decirlo. —Sin apartar la vista del lugar por el que ha salido Margot, de la luz que se cuela por la entrada de la carpa, se dice que ojalá pudiese desentrañar los secretos que su hermana parece empeñada en guardar—. ¿A qué crees que se refería? —pregunta, volviéndose de nuevo hacia Eve—. ¿Qué es eso de «la auténtica verdad»? ¿De qué hablaba? ¿Qué fue lo que no vimos?

Eve se queda mirando largo rato a Lucy.

—No tengo ni idea.

19

El día que Ted se marchó de Windfalls coincidió casualmente con el día en que Margot se presentaba a una audición para conseguir un papel en la producción escolar de *Romeo y Julieta*. Los alumnos habían mostrado más interés que otras veces por el *casting* de la obra, gracias a la llegada del señor Hudson, un profesor de teatro muy entusiasta que acababa de incorporarse al centro y se había vuelto muy popular entre el alumnado.

La cola para la audición había serpenteado por el pasillo del colegio, pero Margot, a punto de cumplir dieciséis años, quiso intentarlo. Estaba cursando la educación secundaria de Arte Dramático y tenía la esperanza de ir a la escuela superior si sacaba las notas requeridas. Interpretó el monólogo del balcón de Julieta delante del señor Hudson y de dos prepotentes alumnos de último curso que, sentados con cara de póquer ante una mesa, no habían dejado traslucir —para desesperación de Margot— nada de lo que pensaban. Margot seguía repitiéndose para sus adentros el discurso, intentando calibrar qué les habría parecido, cuando llegó a casa y se encontró a Ted arrastrando dos maletas hasta su coche.

—¿Qué pasa?

Kit apareció por la puerta de atrás con los brazos cruzados.

—Tu padre se va.

Margot vio el ceño fruncido de Kit y la cara de resignación de Ted. Su padre asintió levemente con la cabeza y Margot sintió que se le hacía un inmenso nudo en la boca del estómago.

—Lo siento, Margot. Es mejor así —dijo Ted—. No me voy lejos. Nos seguiremos viendo como antes.

Sí, estaba pasando. Aquella mujer —la mujer con la que su padre había fingido que no estaba liado— se lo estaba arrebatando.

—Tu madre y yo…

Kit no le permitió terminar la frase.

—Tu padre, por fin, se ha cansado de vivir a costa de mí y de mis «superventas chapuceros». Ahora que vosotras os habéis hecho mayores y que la buena fortuna vuelve a sonreírle, ya no nos necesita. Va a arrejuntarse con la fulana esa que vive al otro lado del valle.

—Lo siento —dijo Ted, pasando la pulla por alto y dirigiéndose de nuevo a Margot—: Pensé que seríamos capaces de vivir así, pero nos está perjudicando a todos. He encontrado a una persona que me hace feliz.

—¿Nosotras no te hacemos feliz? —dijo Margot, frunciendo el ceño.

Ted movió la cabeza.

—No es eso, cielo. Pues claro que me hacéis feliz. Soy vuestro padre. Siempre os querré.

—Pero la eliges a ella, ¿no?

—Sí —escupió Kit—. La elige a ella.

—¡Kit! —dijo Ted con aspereza—. No es justo.

—¿No es justo? ¿No es justo? —chilló su madre—. ¿Quieres saber qué no es justo? Lo que no es justo es vivir con un hombre que lleva cuatro años liado con otra, haber hecho la vista gorda con la esperanza de que algún día se diera cuenta de lo que tenía en casa. Jamás te exigí nada. No te pedí un anillo de boda. No te pedí nada. Te di la libertad que necesitabas. Y, aun así, no te bastó.

—Cuéntalo como te dé la gana, Kit, pero ambos sabemos que esto no es vida. Hace años que nuestra relación se murió. Sibella me ve. Me da un apoyo emocional que tú hace mucho que no me das. Debería haberme marchado hace años.

—¿Y qué me dices del «apoyo» que te di durante todos esos años en que no estabas trabajando? ¿Cuando criaba a las niñas y escribía libros y hacía todo lo que estaba en mis manos para que pudieras desarrollar tu potencial creativo?

Ted se puso rojo de indignación.

—El impulso artístico no es algo que se pueda encender y apagar a voluntad. Yo podría haber elegido un camino más fácil, pero aspiro a algo más que al éxito comercial, algo más que repetir topicazos.

—¿Topicazos?

Kit alargó el brazo para coger el objeto que tenía más a mano. Ted se agachó justo a tiempo y esquivó la katiuska embarrada, que aterrizó en la capota del coche.

—Kit, basta —dijo Ted—. Quiero estar con Sibella. Estoy enamorado. Voy a casarme con ella.

Kit cogió otra bota y se la tiró.

—¿Casarte? ¡Maldito cabrón! Después de todos estos años…

Margot no pudo soportarlo más y se marchó, aislándose de los gritos y los golpes que acompañaron a la rápida sucesión de zapatazos que vino después. Entró en la casa y, con la mochila del colegio a rastras, subió a su dormitorio y se desplomó sobre la cama, mirando hacia la pared.

«Ahora que vosotras os habéis hecho mayores». Las palabras de su madre le resonaban en los oídos. ¿Realmente era mayor? Hacía varios incómodos años que tenía la regla, y el pecho, aunque decepcionantemente pequeño, sin duda le había crecido. En el colegio les habían dado la charla sobre sexo y había oído los susurros y las risitas de varias chicas que decían que Tanya y Darren «lo habían hecho» el mes pasado en una fiesta. Pero Margot ni siquiera había besado a nadie. Había intentado imaginarse la sensación. En una discoteca de verano se había quedado mirando, escondida entre las sombras, a un grupo de amigas que estaban jugando a la botella. Las chicas, dándose aires, seguras de sí mismas, cruzaban el círculo para plantar besos largos, con lengua, en algunos de los chicos de su curso. Pero a Margot todo aquello le había parecido poco apetecible, incluso aterrador. Y, en cierto modo, lo había vinculado a la incomodidad y la vergüenza que había sentido al comprender que, para algunas personas, los libros de su madre apenas eran más que «guarradas».

El año anterior había leído uno. Había robado una edición de bolsillo de *El atrapasueños,* el tercero de la serie de Tora Ravenstone, de las estanterías que ahora llenaban las paredes del estudio que tenía su madre a la orilla del río, y lo había devorado durante las Navidades en tres sesiones nocturnas clandestinas; una hazaña nada desdeñable, teniendo en cuenta el considerable tamaño del volumen. Le había parecido magnífico: un mundo entero de fantasía habitado por personajes imaginarios que habían nacido ni más ni menos que en la cabeza de su madre. Le había encantado la heroína, su valor, su ímpetu, su deseo de hacer lo correcto en un violento mundo gobernado por bandidos, y su misión la había atrapado por completo. Y luego, el apuesto e incomprendido guerrero Aeron había entrado en escena, el gran amor de Tora, y Margot había comprendido por qué sus amigos cruzaban sonrisitas cada vez que salía su madre en la conversación, y por qué los alumnos llevaban escondidos ejemplares del libro en las mochilas y se los pasaban furtivamente unos a otros. ¡Las cosas que se hacían estos personajes el uno al otro! Margot no podía parar de leer, pasando las páginas cada vez más deprisa, presa de una incómoda mezcla de espanto, interés y extrañas punzadas de calor que le recorrían el cuerpo mientras seguía leyendo hasta altas horas de la noche.

La mañana después de terminar la novela se había quedado escudriñando a su madre durante el desayuno. La experiencia lectora, la pura excitación de la historia y el encanto de Tora seguían presentes, pero mezclados ahora con la sensación de que había aprendido algo nuevo y complicado. Aquellas escenas las había escrito su madre. Habían salido de su imaginación.

—¿Qué pasa? —le había preguntado Kit, levantando la vista de la taza de café—. ¿Por qué me miras así?

Margot había pensado cuidadosamente sus palabras. Habría sido más fácil no decir nada, pero le salieron solas:

—He leído uno de tus libros.

—¿Ah, sí? —Había sonreído Kit—. ¿Cuál? ¿Te ha gustado?

—El tercero —había respondido, titubeando—. Ese en el que sale Aeron.

Al recordar sin querer una de las escenas más tórridas entre Tora y su amante, se había ruborizado.

Kit había asentido, sonriendo cada vez más.

—¿Qué te ha parecido?

—Es… No sé… —Le costaba trabajo encontrar las palabras—. Un poco grosero.

La risa de Kit había estallado como la Coca-Cola cuando se agita una lata.

—Es verdad, cielo —había dicho una vez calmada—. Supongo que ha debido de parecerte un poco subidito de tono. —Había mirado a Margot con interés—. ¿Sabes? Es normal sentir curiosidad por estas cosas a tu edad, y también que te dé un poco de corte. Te está cambiando el cuerpo. Es una coctelera de hormonas. Puede ser una época muy desconcertante.

Margot movió la cabeza.

—No —había dicho firmemente—. No estoy desconcertada. Es solo que me parece… asqueroso.

—Bueno, dudo que te lo siga pareciendo por mucho tiempo. Estás creciendo muy deprisa. Es normal que te intereses por el sexo opuesto, que sientas curiosidad por tu cuerpo, por la masturbación y…

—¡Mamá!

—Margot, es normal. Tu cuerpo es algo de lo que espero que aprendas a sentirte orgullosa, a disfrutar. El sexo puede ser una experiencia preciosa, transformadora. Lo único que te pido es que te respetes a ti misma, y que tomes precauciones. Pero que te gusten los chicos, o las chicas, desear tener sexo… no es nada de lo que debas avergonzarte. Es parte de tu biología.

Margot no había sido capaz de sostenerle la mirada. Se le habían puesto las mejillas rojas como un tomate.

—Esto es demasiado incómodo. Calla, por favor.

Kit, soltando otra risotada, se había rendido.

—¡De acuerdo! Pero me apuesto lo que quieras a que algún día te acordarás de esta conversación y verás que tenía razón. Al menos, lo espero con toda mi alma. El sexo entre dos personas que se aman es un regalo muy valioso.

Margot había apartado su silla de la mesa.

—Creo que me está llamando Lucy.

Había salido de la cocina lo más deprisa posible.

Margot suspiró. Fuera, por encima de los gritos de su madre, se oía la sorda vibración que hacía el motor del coche de su padre al arrancar. ¿Por qué se iba? Había dicho que Sibella lo veía. No le gustaba imaginarse a su padre con Sibella, pero sus palabras le habían llegado a lo más hondo. Lo que quería hacer era volver a salir dando fuertes pisotones y preguntarles a sus padres: ¿y a mí quién me ve? Porque, en toda su vida, jamás se había sentido más invisible que en aquel momento, y tumbada en la cama se sentía muy, pero que muy lejos de lo que se había imaginado que sería «ser mayor».

Fue un fin de semana silencioso y terriblemente lento. El camión de las mudanzas llegó a la mañana siguiente y dos hombres, supervisados por un Ted con cara muy seria, sacaron rápidamente de la casa la ropa, los libros y el gran escritorio de madera de roble de Ted. Se abrieron espacios en Windfalls —huecos tanto físicos como emocionales— que su padre y sus objetos habían ocupado antes. Los vacíos dolían. Margot intentó evitarlos revoloteando con tacto durante todo el fin de semana alrededor de una Kit silenciosamente desconsolada.

Fue un gran alivio volver al colegio el lunes por la mañana, y sus ánimos mejoraron mucho cuando, mientras sonaba el timbre de salida, el señor Hudson anunció el reparto.

—Enhorabuena —dijo, entregándole un guion a Margot—. Hay mucho trabajo por delante, pero me hace mucha ilusión ver de qué eres capaz…, Julieta.

Margot no daba crédito. Al bajarse en la parada del autobús, echó a andar con el rostro radiante de orgullo, olvidando por un breve espacio de tiempo el vacío que la esperaba en casa. Hasta que cruzó la puerta trasera y vio, una vez más, la ausencia de abrigos en el perchero que hasta hacía poco había estado a rebosar. Y ahora, en la puerta, solo estaban sus botas llenas de barro y las apolilladas zapatillas de terciopelo de su madre. Dejó los zapatos del colegio junto a las zapatillas antes de ir a la nevera y servirse un vaso de leche. Salud, brindó consigo misma. Su madre estaría escribiendo en su estudio, perdida en su mundo privado. ¿Para qué iba a compartir con ella la buena noticia? En su lugar, Margot sacó el guion de la mochila y encontró un trozo de salón soleado en el que acurrucarse para marcar su texto con amarillo fluorescente.

Esa noche, Lucy la felicitó por teléfono.

—Sabía que te darían un buen papel. Tienes un talento innato. ¿Cómo están las cosas en casa?

—Silenciosas.

—Lo siento. ¿Se hace raro estar sin papá?

—Sí, pero en algunos aspectos es mejor que las peleas constantes. Mamá se niega a aceptarlo y se encierra en el estudio.

—¿Sigue metidísima en el último libro?

—Sí, trabaja a todas horas.

—Vaya… Debes de sentirte muy sola. ¿Por qué no quedamos mañana en Bath, después del cole? —sugirió Lucy—. Casi he terminado de hacer las maletas, así que supongo que tendré relativamente poco que hacer antes de coger el avión. Podríamos ir de compras.

Te invito a un chocolate caliente y a esa tarta que hacen en la cafetería que tanto te gusta.

—No puedo. Mañana es el primer ensayo.

—Bueno, pues bien, entonces —dijo Lucy con tono animoso—. Así estarás ocupada. ¿Qué tal Romeo? ¿Está bueno?

Margot se rio.

—No. A Jamie Kingston le saco diez centímetros y tiene un acné terrible. Pero el nuevo profe de Arte Dramático parece majo. No es como los demás profesores —añadió, a modo de explicación—. Para empezar, parece que le caen bien los alumnos.

También ayudaba el hecho de que fuera al menos quince años más joven que el resto del profesorado. Sus clases eran divertidas y dinámicas y siempre parecía interesado en las opiniones de los alumnos. Su recreación moderna de la obra de Shakespeare había vuelto locos a todos los miembros del reparto.

—Genial —dijo Lucy—. Con un buen profesor, la cosa cambia por completo. A saber si no habría aprobado yo mis exámenes de haber tenido buenos profes. Mira, Margot, sé que para ti es duro tener que estar ahí con mamá, y encima con lo liada que está con el libro, pero tú céntrate en lo tuyo, trabaja duro, métete de lleno en la obra, y antes de que te des cuenta, yo ya habré vuelto de Kerala. El curso de yoga solo dura tres meses. Y te queda Eve, ¿no?

—Umm... —dijo Margot. Las dos sabían que Eve estaba prácticamente desaparecida desde que había formado un hogar con Andrew y se dedicaba a cuidar de su hija recién nacida.

—Todo va a salir bien. Te lo prometo.

Margot no había respondido, temiendo que, si hablaba, las únicas palabras que saldrían de su boca serían unas quejumbrosas: «No te vayas, no me dejes».

Las semanas siguientes, Margot se sumergió hasta cierto punto en sus tareas escolares y, con más ganas, en la obra teatral. Le resultaba más fácil ignorar los inmensos vacíos que había en casa —la aplastante soledad, el aburrimiento— mientras se aprendía el papel y ensayaba las escenas. Llenaba el hueco con la camaradería del reparto y la amabilidad del señor Hudson.

—Piensa en las palabras, Margot —le aconsejó este en uno de los ensayos extraescolares—. Piensa en su significado. Intenta sentir lo que siente Julieta. Es joven y está enamorada por primera vez. Hay inocencia en ella, sí, pero también cierta exuberancia. Quiero que trates de convencernos a nosotros, el público, de su amor, de su anhelo.

El señor Hudson hablaba con pasión, y cuando se entusiasmaba con el guion le brillaban los verdes ojos.

Margot miró a su Romeo… Jamie Kingston estaba ocupado pisoteando un cartón de zumo vacío con sus amigos, dándole patadas para colarlo en una portería imaginaria. Margot quería agradar al señor Hudson, pero convencer a una sala llena de gente de su amor por Jamie prometía ser una labor titánica. En los ensayos estaba tan disperso que la sacaba de quicio, y aún no se había tomado la molestia de aprenderse ni una sola frase.

—Ya sé que no es fácil cuando hay compañeros de reparto que no se toman la obra tan en serio —había añadido el profesor, siguiendo la dirección de su mirada—, pero en ti veo algo especial. Tienes talento, Margot. Te mereces este papel.

Margot asintió con la cabeza y pensó que ojalá las mejillas no se le pusieran tan coloradas.

A mediados del trimestre, Ted invitó tímidamente a Margot a tomar el té en casa de Sibella después de clase. Margot no tenía ni pizca de ganas, pero su padre le rogó que diese una oportunidad a Sibella; además, se dijo, así podría pedirle a su padre cara a cara que fuese a la obra.

Fue un encuentro torpe. Mientras subía por el sendero que llevaba a la casa, se sentía como una traidora, y nada más poner el pie en la cocina comprendió que no quería saber nada de la nueva vida de su padre. Era más fácil no pensar en ello que imaginárselo con una mujer nueva en aquella casita extraña y abarrotada. Margot no quería sentarse a la mesa de Sibella, comer su comida y jugar con ambos a las familias felices cuando sabía que, en la otra punta del valle, su madre estaba sentada a solas delante de su escritorio en una casa en la que resonaban los ecos de la ausencia.

—Soy vegetariana —dijo, mirando el pastel de puré y carne con guarnición de verdura que le había servido Sibella.

—Ah —dijo Sibella, ruborizándose—. Lo siento, no lo sabía.

—¿Desde cuándo? —preguntó Ted, mirándola con cara de sorpresa.

—Desde que te fuiste.

Le sostuvo la mirada, retándolo a ser él quien la apartase primero.

Ted, que de repente lo comprendió todo, asintió con la cabeza.

—Vale. Pues te hago unas tostadas.

—Hombre, algo más que tostadas… —se apresuró a decir Sibella—. Venga, que preparo algo en un pispás.

—No. Basta con unas tostadas —dijo Ted con dureza.

Margot se encogió de hombros, un poco dolida por el evidente enfado de su padre. ¿Por qué se ponía de parte de ella? ¿Cómo había adivinado que había mentido? Por lo que sabía de ella su padre en los últimos tiempos, perfectamente podría haberse vuelto vegetariana.

La conversación seguía siendo forzada cuando Margot empezó a hablarle a su padre de la obra.

—La semana que viene sacan a la venta las entradas. ¿Vas a venir?

—Lo siento, tesoro. Si lo hubiera sabido antes, habría podido organizarlo, pero esa semana voy a estar en Londres para hacer los *castings*. Nigel quiere que vea las pruebas. Esto va tomando impulso a un ritmo trepidante.

Margot se arrellanó en la silla. Pues claro que la nueva obra de su padre era más importante que una tontería de producción escolar, pero aun así lo sintió como otro rechazo más.

Sibella carraspeó.

—¿Y si fuera yo? —sugirió—. Quiero decir, podría... si tú quieres, claro.

Margot negó con la cabeza.

—No. No pasa nada. Va mi madre. Creo que es mejor que no vayas.

—Ah. Sí, por supuesto —dijo Sibella, y Margot sintió cierta satisfacción al ver que se le encendían las mejillas.

Los tres sintieron alivio cuando Margot retiró su silla de la mesa y, excusándose, dijo que tenía que marcharse.

Dos semanas antes de la representación, una tarde nublada de sábado, el señor Hudson invitó a todo el reparto a su casa a ver la adaptación de Baz Luhrmann de *Romeo y Julieta*. Les dio la bienvenida a su moderno adosado de una de las nuevas zonas residenciales de las afueras de la ciudad, una pulcra casita de arenisca con una puerta negra y un Ford Focus rojo aparcado a la entrada. La guapa señora Hudson, con su enorme barriga de embarazada, a punto de salir de cuentas, iba de un lado para otro ofreciendo galletas, zumo y té mientras se apretujaban todos en el salón, distribuyéndose por los sofás y despatarrándose sobre cojines repartidos por el suelo. Margot se estaba divirtiendo mucho hasta que llegó la escena en la que Claire Danes y Leonardo DiCaprio se besaban en el ascensor durante el baile de máscaras de los Capuleto. Había notado que la cara se le ponía como un tomate mientras el resto del reparto se reía y se burlaba. Jamie tenía la misma cara de agobio que ella. ¿Esperaban que ellos dos fueran a besarse así?

Al terminar la película, mientras el resto del reparto bajaba atropelladamente por la entrada de coches, el señor Hudson la llamó.

—He visto la cara que has puesto antes. No tienes por qué preocuparte ni avergonzarte. Hay tiempo de sobra para repasar la escena del balcón. ¿Habéis sacado ya un ratito Jamie y tú?

Negó con la cabeza.

—Ha estado muy liado con los entrenamientos de fútbol y... esto... con los deberes. —Se sonrojó—. O a lo mejor es que no quiere besarme —añadió, intentando hacer un chiste.

—Menuda bobada. Eres una chica guapa. ¿Qué chaval no iba a querer besarte?

Margot se ruborizó, hundiendo las manos hasta el fondo de los bolsillos.

El señor Hudson se arrimó más, sonriendo cariñosamente.

—¿Alguna vez has besado a alguien? —preguntó en voz baja.

Era como si le estuviera leyendo la mente. Margot, avergonzada, negó con la cabeza.

—¿Estás preocupada?

A Margot se le escapó una risita nerviosa.

—Claro. Tengo que besar a Jamie sobre el escenario, delante de todo el colegio. Delante de mi familia.

—¿No te cae bien Jamie?

—Me cae bien, es solo que no sé si quiero besarle.

—Lo que tienes que recordar es que no es Margot quien besa a Jamie, ¿vale?, sino Julieta a Romeo.

—Ya. Lo sé.

Sabía lo que estaba intentando explicarle, pero también sabía que eran los labios de Margot en los de Jamie Kingston... delante de todo el colegio. Dijera lo que dijera su profesor, eso lo sabía todo el mundo.

El señor Hudson volvió a sonreír.

—Métete en el personaje de Julieta. Es una niña que se está transformando en una mujer joven, y que siente la poderosa emoción del primer amor. O puede que lo único que necesites sea un poco de práctica. Quítale hierro. Intenta distanciarte.

Margot volvió a soltar la risa aguda de antes.

—Mi amiga Amy dice que se puede practicar con la mano. Me dijo que cerrase el puño y besara el punto donde se unen el pulgar y el índice.

Nada más decirlo, sintió vergüenza.

Pero él no se rio, sino que cerró el puño.

—¿Así?

—Sí, qué tontería, ¿verdad?

El señor Hudson se encogió de hombros.

—«Pues no os mováis mientras recojo el fruto de mis preces» —citó, y, antes de que Margot pudiera comprender lo que estaba haciendo, él le acercó el puño cerrado a la boca. Al rozar sus labios la cálida piel, Margot se quedó helada, apartó la cara y se ruborizó todavía más.

El señor Hudson se rio.

—Ay, Margot, si es que eres un encanto de criatura.

—No soy una criatura —se apresuró a decir ella, avergonzada.

—No, claro que no. —Le apretó suavemente el brazo—. Perdona. Dulces dieciséis.

—Casi dieciséis —le corrigió.

—¿Sabes qué edad tiene la Julieta de Shakespeare?

Margot negó con la cabeza.

—Trece.

—¡Hala! —Los ojos de Margot se abrieron como platos—. Madre mía.

No sabía si debía sentirse escandalizada o avergonzada. Si Julieta, con trece años, podía enamorarse y casarse con Romeo, ella debía de ser una estrecha por no querer besar a Jamie Kingston.

—Sí. Hoy en día, la sociedad todavía la consideraría una chiquilla, pero Shakespeare entendía cómo eran las cosas. Veía a una niña a punto de convertirse en una mujer.

Margot no sabía qué decir. Para ella era un terreno nuevo, eso de hablar con un profe sobre el amor y los besos. ¡Qué inexperta era! Le preocupaba que el señor Hudson se arrepintiese de haberle dado el papel de Julieta. Se quedó mirando la entrada de coches. Se habían ido todos. Iba a tener que volver andando sola.

—Es una cuestión de confianza y, como equipo, tenemos que crearla entre todos. Tenemos que esforzarnos para que los demás se sientan cómodos, derribar nuestras barreras. Unos cuantos ensayos más con Jamie y estoy seguro de que ya no te sentirás tan nerviosa. —Vaciló unos instantes—. ¿Quieres que te dé un consejo?

Margot respondió que sí con un gesto, esperando oír que no había ninguna obligación de besar a Jamie Kingston si no quería hacerlo.

—Si Jamie no es tu idea de un Romeo, cierra los ojos y piensa que estás besando a alguien que sí te gusta. —Sonrió—. ¿Hay alguien?

Margot negó con la cabeza.

—Esto… no. Creo que no. Tendré que pensarlo.

El señor Hudson volvió a sonreír.

—Eres preciosa. No te preocupes, Margot. Vas a ser una Julieta estupenda.

Margot pensó en las otras chicas del reparto que habrían encajado mejor que ella en el papel.

—A lo mejor otra chica…

—No —dijo él con firmeza—. Nada de dudar de ti misma. El papel te va como anillo al dedo. Tenemos que conseguir que tengas más confianza.

Instantes después, Margot estaba alejándose por el callejón sintiéndose un poco más ligera. «Una Julieta estupenda».

Durante el resto de la tarde abrazó con fuerza sus palabras, y por la noche, en la cama, se las repitió mil veces para sus adentros. «Eres perfecta». El señor Hudson la consideraba perfecta para el papel. Se llevó el puño a los labios y trató de imaginarse besando a alguien. En la oscuridad, el rostro de Jamie Kingston se disolvió y apareció otro en su lugar. Un hombre de ojos verdes y con una mata de rizos morenos. Sonrió. Por supuesto, se refería a ella como actriz, pero, aun así, nadie le había dicho nunca que era preciosa.

Dos semanas más tarde, oculta entre bastidores, Margot se asomó a ver al público que iba llegando. Recorrió las filas de rostros con la mirada y localizó a Eve junto al pasillo de la tercera fila desde el fondo, haciéndole el caballito a la pequeña Chloe sobre el regazo. A su lado había un asiento vacío; ni rastro de su madre. Por ahora.

—En dos minutos sube el telón —anunció el señor Hudson. Margot respiró hondo y cruzó una sonrisa nerviosa con Jamie. El profesor estaba entre ambos.

—A ver, recordad: lo más importante es…

—… que lo disfrutemos —corearon al unísono.

El profesor se rio.

—¡Os tengo bien enseñados! —Alargó el brazo y ajustó la tira del vestido de gasa blanca de Margot—. Se te ve un poco la tira del sujetador —susurró, apretándole el hombro.

Margot sintió un escalofrío y un hormigueo justo donde los dedos del señor Hudson le habían rozado la piel. Le vino a la cabeza la imagen del puño de él apretado contra sus labios. Sola en su dormitorio, había pensado en aquel momento quizá más de lo que debería pensar una alumna en un profesor… Y un par de veces se había imaginado que sus labios se encontraban no con la mano, sino con los labios del señor Hudson.

—Mucha mierda, Margot —dijo Jamie, sonriéndole.

—Para ti también.

Se asomó una vez más a ver al público, pero las luces se habían atenuado y lo único que apreciaba eran siluetas oscuras esperando impacientes que se alzase el telón.

En medio del segundo acto, mientras Friar Laurence se afanaba por llegar hasta el final de un difícil monólogo, estalló entre el público el desgarrador e inconfundible llanto de un bebé. Margot se asomó por el telón y a duras penas distinguió a Eve, que se levantó y murmuró disculpas antes de escabullirse por la salida de incendios. Los berridos de Chloe desaparecieron al otro lado de la puerta, que se cerró con un golpetazo. Margot intentó no darle importancia. Puede que volviera a tiempo para ver el segundo acto. Y a lo mejor su madre había entrado sigilosamente en el último momento y también estaba ahí sentada, escondida en algún sitio en medio de la oscuridad.

En la ovación final, Margot echó un veloz vistazo a las caras del público. El asiento de Eve seguía vacío y no había ni rastro de su madre en ninguna de las filas. Se mordió el labio y trató de sonreír mientras agradecía por última vez los aplausos. ¡Con lo que había trabajado, ningún miembro de su familia había visto su actuación! En cuanto el telón volvió a cerrarse sobre el escenario, Margot salió corriendo.

—¿Qué le sucede? —oyó que preguntaba alguien mientras se abría paso entre los actores y el equipo técnico.

Fue Jamie quien la encontró en el camerino improvisado, quitándose el maquillaje con una mezcla de vaselina y lágrimas.

—¿Estás bien?

Margot asintió.

—No quiero hablar de ello.

Jamie se sentó a su lado.

—Lo has hecho muy bien. De lejos, la mejor de todos.

—Gracias.

—Vendrás al fiestorro que hay ahora, espero…

—No sé. —Se quedó mirando su reflejo en el espejo, el lápiz de ojos corrido por las mejillas—. No me apetece.

—Tienes que venir —dijo Jamie—. Sin ti no sería lo mismo. Además —añadió, bajando la voz—, Riley ha pillado un barril de sidra del cobertizo de su padre. El señor Hudson es tan guay que hace como que no sabe nada del tema. Venga, anímate, va a estar muy bien.

Margot volvió a mirarse fijamente la cara en el espejo. O se quedaba para la fiesta, o volvía a casa… Y ya sabía lo que la esperaba allí. Absolutamente nada.

En el auditorio del colegio, los chavales habían retirado las filas de sillas y habían montado una mesa de caballetes con bebidas y boles con cosas de picar. Alguien le pasó un vaso de plástico a Margot. Beyoncé sonaba a todo volumen por un altavoz cercano. Margot dio un sorbito al ponche de frutas y notó un fuerte sabor a alcohol. Jamie le guiñó un ojo.

—Fuerte, ¿eh?

Margot se lo bebió de un trago y cogió otro vaso. No tardó en olvidar su desilusión. Se fue bebiendo los vasos de ponche que le iban pasando y se dejó arrastrar por Jamie a la improvisada pista de baile con el resto del reparto, hasta que, a las diez de la noche, apareció el bedel de la escuela amenazando con dejarlos a todos encerrados si no se marchaban.

—¿Y ahora adónde vamos? —preguntó un chico alto de Primero de Bachillerato.

Algunos de los alumnos mayores querían ir al *pub*, pero los más sensatos sabían que había muchos alumnos a los que no les servirían alcohol porque aún no tenían la edad legal.

—Podéis veniros todos a mi casa —dijo Margot.

—¿Y tus padres? ¿No te van a decir nada?

Margot se encogió de hombros.

—Solo está mi madre, y dudo que diga nada. Seguramente estará currando.

—Venga usted también, señor Hudson —gritaron varios—. ¡Anímese!

—Sí —dijo Margot, de repente deseando prolongar la noche a toda costa, mantener a raya el vacío que iba a abrirse en los días venideros ahora que habían representado la obra. Se volvió y le dedicó su sonrisa más radiante.

—Venga, señor Hudson. Vamos todos a mi casa.

El señor Hudson levantó las manos en señal de claudicación y sonrió.

—Mira que sois convincentes. Venga. Solo un ratito. Alguien tendrá que echaros un ojo, digo yo.

Al final se quedaron unos doce, un grupito de lo más variopinto, formado por aquellos que tenían una hora límite más laxa y aquellos que seguían en pie después del ponche. Margot se apretujó en el coche de un estudiante de último curso y fue indicando el camino a Windfalls. Aparcaron al inicio del camino de entrada y después siguieron a Margot a pie hasta la casa.

Al doblar la esquina, a Margot se le cayó el alma a los pies. En contra de lo que había supuesto, Kit no estaba trabajando hasta las tantas en su estudio. Vio luces en la casa, la sombra de su madre moviéndose tras la persiana de la cocina.

—No importa —se apresuró a decir—. Vámonos al río.

—¿Estás segura, Margot? —dijo el señor Hudson, frunciendo el ceño—. Igual deberíamos dar la noche por terminada. No quiero disgustar a tus padres.

—¡No! —insistió ella—. No pasa nada. A mi madre le da igual. Es perfecto. Ahí abajo podemos hacer todo el ruido que queramos.

Margot se puso al frente de la comitiva y se abrió paso por el huerto, dando traspiés sobre el terreno irregular. Entre la oscuridad iban apareciendo árboles de contornos extrañamente borrosos, y en lo alto burbujeaban las estrellas. A punto estuvo de tropezar con una raíz escondida, y Jamie, que iba bajando a su lado por la ladera, la cogió del brazo para evitar que se cayera.

—¿Estás bien? —preguntó, dándole la mano y apretándole los dedos.

En vista de que no la soltaba, Margot retiró poco a poco la mano.

—Estoy bien —dijo, sin saber por qué se sentía tan cohibida delante de los demás, pero sí que no quería que nadie malinterpretase la situación, sobre todo Jamie.

Al notar el rechazo, Jamie se encorvó y se escabulló entre las sombras.

Alguien más tropezó y echó pestes. Se oyó un sonoro estallido de carcajadas, seguido de chitones apurados. A lo lejos, Margot distinguió el oscuro reflejo del río. De repente, se estremeció de pánico. Había sido idea suya traerlos allí a todos, pero al aire libre, en medio de la oscuridad, con la cabeza dándole vueltas y la luz de la luna como única guía, era como si la noche hubiese tomado otro rumbo, como si hubiese una especie de ambiente furtivo en el que las normas habituales ya no existían. Y qué, se dijo. Total, no había nadie a quien le importase qué hacía o dejaba de hacer. Además, el señor Hudson estaba con ellos. Ya se encargaría él de que las cosas no se desmadrasen demasiado.

Se volvió y le vio varios pasos por detrás, hablando relajadamente con unos alumnos, riéndose de algo que había dicho una de las chicas. Sintió una punzada de celos. Quería ser ella quien caminase a su lado. Quería ser ella la que le hacía reír. Quería sentir su admiración durante un ratito más. El señor Hudson alzó la cabeza y, al sorprenderla mirándole, sonrió.

—¿Todo bien, Julieta?

Margot asintió y le devolvió la sonrisa antes de volver de nuevo la cara hacia el río.

Mientras el resto se dirigía hacia el embarcadero, Margot avanzó a tientas hacia el estudio de su madre y dio a un interruptor que había en el muro del antiguo almacén, iluminando una guirnalda de bombillas que recorría los árboles de la orilla y del muelle. Las luces fueron recibidas con vítores entusiastas, pero al verlas mecerse en la oscuridad, Margot se sintió todavía más inestable, como si estuviese en un barco que se balanceaba. Una gran polilla gris salió sigilosamente de lo oscuro, batiendo las alas contra una de las luces. Se oían latas de cerveza al abrirse, el choque sordo de las botellas de vidrio al caer rodando sobre el embarcadero de madera. Risas, hurras. El chapuzón de algo al caerse al agua.

—¿Conque es aquí donde ocurre la magia? —La voz la sobresaltó. Al girarse, vio al señor Hudson apoyado contra la pared del estudio, su blanquísima dentadura brillando a la luz de las bombillas—. Donde escribe tu madre —aclaró—. Qué maravilla de sitio.

Margot sonrió, estremeciéndose ligeramente al ver que el señor Hudson daba su aprobación.

—Sí, este es su estudio.

—¿Me lo enseñas?

—Creo que está cerrado con llave —dijo, pero cuando probó a abrir, el picaporte giró fácilmente y la puerta se abrió a la oscuridad.

—¿Puedo echar una miradita? —Sonrió—. Me encantaría ver el lugar en el que se le ocurren las ideas a la famosa K. T. Weaver.

Margot se encogió de hombros. No era más que la aburridísima oficina de su madre, pero se trataba del señor Hudson y no quería desilusionarle.

El interior del estudio, al que no llegaba del todo la luz de la luna y de las bamboleantes bombillas, estaba más oscuro. Los ojos de Margot tardaron unos instantes en acostumbrarse. En el aire flotaba un vago olor a incienso, a papel y al familiar perfume de flores de su madre. Alargó el brazo para dar al interruptor de la lámpara del escritorio.

—No enciendas —dijo el señor Hudson—. Vendrán todos. No querrás que se te meta aquí todo ese mogollón y deje hecho un asco el sitio especial de tu madre.

Tenía razón. Margot no quería que viniera nadie más. Había algo muy emocionante en eso de tener al señor Hudson para ella sola. En su compañía se sentía como si un cálido foco la estuviese alumbrando. No quería compartirlo con nadie.

—¡Pues esto es! —dijo, señalando el escritorio.

Encima había un montón de papel blanco mecanografiado abierto en abanico, un pisapapeles de cristal color rosa, el bote de los bolígrafos y la foto enmarcada, que no se veía por falta de luz, pero que Margot sabía que era de Eve, Lucy y ella posando como un trío inestable y sonriente en el columpio del jardín. El lugar no era para tanto. Se dijo que ojalá no le pareciera demasiado decepcionante.

El señor Hudson se acercó a la mesa, cogió una de las páginas mecanografiadas y leyó.

—¿La última novela?

Margot asintió en silencio. Era como si se le hubiesen atragantado las palabras. Estaba a solas con su profesor en una habitación oscura y, entre el silencio y su cercanía, lo único que le venía a la cabeza eran aquellos momentos que había imaginado en la tranquilidad de su dormitorio. Gracias a Dios que no podía leerle los pensamientos.

El señor Hudson leyó un par de líneas antes de dirigirse a ella con un guiño:

—Bastante picante, ¿no?

Margot quería que se la tragase la tierra.

Él volvió a dejar el papel sobre el escritorio.

—¿Te gustan los libros de tu madre?

Margot se encogió de hombros.

—No sé. No están mal.

—Seguro que has aprendido mucho de ellos.

Margot negó con la cabeza. Nada habría podido avergonzarla tanto como pensar que el señor Hudson había leído las escenas de sexo de su madre.

—No es mi estilo.

De repente notó que tenía la boca seca y se chupó los labios. Se había imaginado a solas con él en numerosas ocasiones, pero sus fantasías no habían tenido nada que ver con esto. Las había protagonizado un señor Hudson distinto, un hombre imaginario, un recortable de cartón al que siempre había controlado, no esta impredecible persona de carne y hueso que tenía delante.

—Lo has hecho muy bien —dijo él. Estaba tan cerca que sentía su brazo rozándose contra el suyo.

—Gracias.

—Sobre todo, la escena del balcón. Sé que te ponía nerviosa, pero no se notaba. Ha sido muy emocionante.

—Gracias —repitió ella. Dio un paso atrás y sintió la presión del escritorio contra sus piernas.

El señor Hudson cogió el pisapapeles y se puso a darle vueltas.

—Y qué, ¿te ha gustado besar a Jamie? —preguntó, sin mirarla a los ojos.

Margot soltó una risita incómoda.

—No.

—¿Seguiste mi consejo? ¿Pensaste en otra persona?

Margot asintió, conteniendo el aliento.

El señor Hudson volvió a dejar el cristal sobre el escritorio.

—¿Y en quién pensaste, Margot?

Margot no sabía con certeza si era la oscuridad o el ponche o la extrañeza de estar a solas con él lo que la hacía tambalearse ligeramente. ¿Se lo decía o no se lo decía? Iba a pensar que era boba.

—Pensé en…

Sabía que no debía decirlo, pero la rabia de unas horas antes por la ausencia de su madre y la sidra que le burbujeaba en la sangre la envalentonaron, como si se despreocupase de todo. Era como si la habitación estuviese envuelta en un aire extrañamente íntimo, y la emoción por la proximidad de su profesor estaba mezclada con temor, con la vertiginosa sensación de que todo se movía demasiado deprisa, de que se le iba de las manos. El señor Hudson se alzaba inquietantemente ante ella. Margot temía que la besase, y temía que no lo hiciera. Posó la mirada sobre el montón de papeles pulcramente desplegados sobre el escritorio, y se acordó de la heroína de su madre. Le vinieron recuerdos del libro que había leído las Navidades anteriores. Debería parecerse más a Tora, pensó. Debería ser un poco más atrevida, un poco más valiente, un poco más adulta. «No es nada de lo que avergonzarse. Es parte de nuestra biología». Oyó el eco de las palabras de su madre, y abrió la boca.

—Pensé en… en usted.

La última palabra se le escapó en un susurro, tan bajo que ni siquiera estaba segura de que el señor Hudson la hubiese oído. Se puso roja, agradecida por el amparo de la oscuridad, y bajó la vista, incapaz de mirarle a los ojos y sorprendida al sentir que le cogía la mano.

—Ah, Margot… —Le apretó los dedos y Margot, mirándolo a los ojos y viendo que sonreía, comprendió que no se estaba riendo de ella—. «Así, mediante tus labios, quedan los míos libres de pecado» —dijo, citando a Romeo.

Sin darle tiempo a comprender lo que estaba pasando, se inclinó y la besó. Margot, los labios apretados contra los del señor Hudson, se quedó helada, mirándolo con los ojos abiertos de par en par. ¿Estaba sucediendo de verdad? ¿Estaba besando al señor Hudson? El momento que tantas veces se había imaginado, aquella fantasía confusa y turbadora que había albergado en la intimidad de su dormitorio y sobre la que había escrito en secreto en su diario. ¿Estaba sucediendo de verdad?

No era en absoluto lo que se había imaginado. Su boca era mucho más firme que la de Jamie, su piel más áspera, su beso menos suave, menos vacilante. Notaba la barba de varios días raspándole la mejilla de una manera que no era del todo agradable, y la lengua le sabía al empalagoso ponche que habían tomado. Era excitante… Pero, por alguna razón, no le parecía bien.

Se apartó, intentando coger aliento y concentrarse en su cara a la vez que sonreía con incomodidad.

—Lo siento. No debería haber dicho eso.

—No te avergüences.

La estrechó entre sus brazos. Margot tenía la cara aplastada contra los botones de su camisa, bajo la cual sentía el latido del corazón.

—Bueno… ¿Volvemos? —preguntó, echando un vistazo a la puerta.

En lugar de responder, él la agarró con más fuerza. Margot se dejó abrazar, aunque se sentía violenta; tenía la cara apretada contra la camisa del señor Hudson y notaba el peso de su cabeza. Su camisa desprendía un tenue olor a sudor.

—Ah, Margot… Eres como una rosa a punto de florecer…

Margot sintió ganas de reírse, pero el señor Hudson le ladeó la barbilla y, moviéndole la cara para besarla de nuevo, apretó la boca contra la de Margot a la vez que pasaba la lengua entre sus labios.

«Bésale», se dijo ella. «No seas cría. No montes un numerito». Pero mientras los dedos del profesor se deslizaban hacia sus pechos y empezaba a acariciarle los pezones a través de la camiseta, Margot se apartó bruscamente. Muerta de vergüenza, se tapó.

—Creo que no deberíamos.

—No te escondas. Eres guapísima. ¿Te acuerdas de lo que te dije? Es una cuestión de confianza, ¿verdad que sí? De echar abajo las barreras. Tú confías en mí, ¿no?

Margot asintió. Desde la orilla del río llegó un estallido de carcajadas.

—Casi mejor que volvamos —insistió.

El señor Hudson frunció el ceño; los ojos le brillaban en medio de la oscuridad.

—Vaya, si yo creía que te caía bien… Creía que querías besarme…

Margot asintió y trató de sonreír.

—Sí. Quería.

A punto estuvo de añadir que sí que le caía bien, pero sabía que estaba mal besarle y que podrían meterse los dos en un buen lío. Y de repente, antes de que pudiese articular palabra, la boca del señor Hudson había vuelto a apretarse contra la suya, y su lengua se abría paso insistentemente, y le había cogido la mano y se frotaba con ella por encima de los pantalones. En la palma de la mano, Margot notó algo cada vez más duro.

—Fíjate si me gustas, Margot… Mira cómo me pones…

Y de repente notó la mano del señor Hudson entre las piernas, tocándola con tanta fuerza que la hizo retorcerse.

—¿Te gusta?

—Ya basta —dijo ella, apartándole la mano—. No quiero hacer eso.

Se le estaba formando un nudo en la garganta. «No llores», se dijo. Al fin y al cabo, se trataba del señor Hudson. Su profesor. Su amigo.

—¿Cómo puedes saber lo que quieres o no quieres si nunca lo has hecho? Pensaba que confiabas en mí. Si quieres ser una buena actriz, tendrás que aprender a dejarte llevar, Margot.

—Ya lo sé. Es solo que…

No sabía qué decir para relajar el extraño ambiente que se había creado entre los dos.

—Estupendo. Porque me fastidiaría mucho pensar que eres una de esas que flirtean y luego nada. Ya sabes, una de esas niñitas que ponen a los hombres a cien y luego los despachan. No caen bien a nadie, Margot. Pensaba que tú eras más madura.

—¡No! —Se rio, un sonido raro, agudo—. Yo no soy de esas.

De nuevo intentó apartarlo, esta vez juguetonamente, como si fuera todo una broma. Porque tenía que ser eso, ¿no? Una broma. Pero el señor Hudson ni se inmutó; estaba atrapada entre sus piernas, con la espalda apretada contra el escritorio de su madre, y cuando la luna asomó por detrás de una nube, vio de nuevo su rostro, que la miraba fijamente, y se echó a temblar. Era el señor Hudson, se repitió para sus adentros. No había nada que temer. Era un malentendido. Ella había querido… ¿Qué había querido? ¿Llamar su atención? ¿Estar a solas con él? ¿Que volviese a elogiarla y a decirle que era guapa? Y, sí, ¿tal vez incluso que la besara?

Pero ahora que estaban juntos en medio de la oscuridad, no estaba segura. El señor Hudson —su profesor y amigo— ya no parecía el señor Hudson. Era como un desconocido, con aquella boca tan insistente, aquellas manos que la agarraban de una manera que la asustaba, aquella pierna que intentaba abrirse paso entre las suyas… Había bebido demasiado y la cabeza le daba vueltas. Era incapaz de pensar con claridad. Podía intentar apartarlo de un empujón, pero no quería ser maleducada.

—Dime qué quieres, Margot —dijo, poniéndole las manos en la cintura y subiéndolas furtivamente por debajo de su camiseta—.

Dime en qué sueles pensar. He leído los libros de tu madre. Ya conoces el dicho, ¿no?: de tal palo, tal astilla. Dime en qué piensas cuando estás sola.

Era casi como si pudiera leerle los pensamientos, aquellos momentos tan bobos en los que se había imaginado que lo besaba. No quería contárselo.

—Quiero volver con los otros.

No quería ofenderlo, después de lo bien que se había portado con ella… Pero lo único que deseaba era estar fuera, reír y hacer el tonto con los demás a la orilla del río.

—Iremos, iremos —dijo él—. Pero aún no.

Volvió a arrimarse, empujándola con fuerza contra el escritorio, restregándose contra ella. El olor a sidra de su aliento le recordaba las manzanas caídas que se echaban a perder entre las altas hierbas del huerto de Windfalls, y se pudrían y fermentaban en la ladera. Presa de un pánico cada vez mayor, le parecía como si el aroma se filtrase por el suelo y rezumase por las paredes del viejo almacén de manzanas, empalagoso, repugnante. Le daba arcadas.

—Estarán diciendo que dónde nos hemos metido —dijo, girando la cabeza y poniéndole las manos sobre el pecho, empujándolo, intentando zafarse de él.

—Que te he dicho que aún no.

Ya no era el señor Hudson sonriente y bromista, sino una silueta oscura y amenazante que le estaba tirando de la coleta con tanta fuerza que le dolía el cuero cabelludo, que le echaba la cabeza hacia atrás y le acercaba la boca al cuello. Margot gimió, no de placer, sino de miedo, y arqueó el cuerpo para separarse de él.

—Qué, te gusta, ¿a que sí?

El señor Hudson estaba jadeando, las manos sobre la hebilla del cinturón de Margot.

—No. Por favor… —empezó a decir, pero la palabra «basta» se perdió porque su boca había vuelto a cubrirle los labios. El señor Hudson le tiró bruscamente de los vaqueros y, dándole la vuelta, se llevó una mano al cinturón y con la otra le presionó la cara contra la mesa.

—No lo haga… —dijo ella con voz aguda y asustada, pero él, sin escucharla, le separó las piernas con una rodilla y la obligó a tenderse sobre el escritorio, igual que los papeles blancos contra los que tenía presionado ahora el rostro. La mano del señor Hudson la agarró del hombro y presionó con el pulgar la suave curva de su cuello.

Margot se tragó un grito. Un dolor punzante la desgarró por dentro, como cristales pulverizándose. Todavía oía a los demás en el embarcadero, su parloteo y sus risas, pero pensar que cualquiera de ellos pudiese entrar y ver aquello, ver al señor Hudson haciéndole lo que le estaba haciendo, fue demasiado. Apretó la boca con fuerza, deseando que terminase todo. Quería poner fin a aquella cosa que había iniciado ella con sus sonrisitas bobaliconas y sus fantasías de besuqueos. Pero el señor Hudson no paraba.

—¿Por qué me hace esto? —sollozó a través de las lágrimas que habían empezado a rodarle por las mejillas.

Inclinándose sobre ella, con la boca pegada a su oreja, respondió:

—Porque sé que lo quieres.

Los papeles se arrugaban, el escritorio vibraba, y Margot se quedó inmovilizada bajo el peso del señor Hudson. Cerró los ojos y trató de impedir el paso al dolor, salir del espanto del momento, mientras el empalagoso olor de las manzanas subía y le llenaba los pulmones y, fuera, el silencioso rio discurría implacable por su cauce.

20

Desde la ventana del salón, Margot ve la carpa, su tela blanca hinchándose, como si fuera un fantasma, entre los árboles. Mañana a estas horas Lucy estará casada y la casa invadida por el alboroto de los invitados. Por ahora está en silencio: tan solo ella, el reloj con su tictac, el gato, que se estira en el sofá, y su madre escondida en algún lugar de la casa.

En las estanterías, reconoce un ejemplar de *Corazón de cuarzo*, el quinto libro de la serie *Elementos extraños*. Lo coge, lo abre por la primera página y ve la dedicatoria: *Para mis hijas, los elementos más valiosos. Amad a rabiar. Vivid con audacia.*

La emoción la embarga mientras reflexiona sobre estas palabras, un atenazador tira y afloja entre el amor, el orgullo y la angustia. «Los elementos más valiosos». ¿Valiosa, ella? No tiene esa sensación. Sabe lo que piensan todos. Sabe cómo la juzgan.

Y lo demás: *amad a rabiar, vivid con audacia…* ¡Ojalá fuera tan sencillo! Ve cómo se lanza Lucy a todo, con optimismo, con el corazón abierto y llena de esperanza, pero Margot es incapaz de vivir así. Lo intentó, y el resultado fue dolor y violencia. Presa de su experiencia, no parece que pueda escapar de los confines de su trauma.

Por mucho que lo intenta, no puede evitar sentir que su herida está vinculada, de alguna manera, a la ausencia de su madre, a sus palabras y a sus actitudes frívolas y liberales hacia el sexo y las relaciones sentimentales. ¿Acaso sorprende que Margot tenga que hacer grandes esfuerzos para dejar que la gente se le acerque? ¿De veras es tan extraño que cualquier posible sentimiento de deseo e intimidad venga mezclado con la necesidad de ser castigada? Echa un vistazo a la dedicatoria y cierra el libro antes de devolverlo a su sitio.

Arriba, en su dormitorio, procura con todas sus fuerzas no hacer caso, pero es imposible resistirse a la llamada del vodka, escondido en la bolsa que hay debajo de su cama. Los perturbadores pensamientos sobre su madre y su creciente inquietud por la cena familiar que la espera, agravada por el hecho de que no ha vuelto a hablar con Lucy desde el rifirrafe de la carpa, le han despertado una necesidad. «Solo un poquito», se dice; un poquito para calmar sus nervios crispados y rebajar el filo de las aristas de su ansiedad.

Saca la bolsa de viaje de debajo de la cama y retira la ropa con la que ha envuelto la botella. El primer trago le raspa el fondo de la garganta, pero para cuando llega al tercero lo único que siente es calor y un feliz aturdimiento. Echa un par de tragos más antes de cerrar la botella y echarse en la cama. Ya está. Lo justo para matar el gusanillo. No necesita más.

Después de las duras palabras de Lucy en la carpa había estado tentada de coger el primer tren que saliera para Edimburgo. Incluso había llegado a consultar los horarios de los trenes de vuelta. «Que te zurzan, Lucy; a ti y a esta memez de boda. Que os zurzan a todos». Había hecho este viaje tan largo para estar con ellos. ¿Por qué no le bastaba con eso? ¿Por qué le exige tanto Lucy? No es consciente de lo que le está pidiendo.

Margot vuelve la cara y ve el trozo de papel pintado rasgado junto a la cama. Le tienta arrancar un poquito más, pero el sonido del móvil la saca de su ensoñación. Desbloquea la pantalla y se encuentra con un mensaje de Jonas. Un único archivo adjunto en JPEG. Sin texto.

Desconcertada, pincha en la vista previa y ve que una foto en blanco y negro va llenando la pantalla. Frunce el ceño. Un rostro la mira fijamente. Su propio rostro.

Reconoce el lugar en el que fue tomada. Detrás de ella se ve la silueta negra del horizonte de Edimburgo; estaban en el piso de Jonas. Hace memoria y recuerda un día, hace unos meses, en el que Jonas había vuelto a casa con un ostentoso objetivo nuevo.

—Un par de retratos —le había suplicado—. Para que lo pruebe. Los borro al instante, te lo prometo.

—Vale, pero no pienso posar.

—Ni yo quiero que poses —había dicho él, levantando la cámara y sacando una foto.

—Espera. No estaba preparada.

—Está bien así. Es lo que quiero. Natural. Espontánea. Completamente tú.

Al cabo de un rato de estar allí sentada, cohibida y rígida, el sonido repetitivo del obturador de la cámara abriéndose y cerrándose la había sumido en un estado casi meditativo.

—Ya está —había dicho Jonas minutos más tarde, repasando las tomas—. Has estado genial.

Margot no le había pedido que le enseñase las imágenes. Había dado por hecho, equivocadamente, que Jonas habría mantenido su palabra y las habría borrado de la cámara. Mientras estudia con más detenimiento la pantalla del móvil, aparece un segundo mensaje: *Mira. Estás preciosa.*

Vuelve a mirar la foto. No le parece que esté preciosa, pero es cierto que hay algo bastante llamativo en el retrato, aunque solo sea por la luz que ha captado en sus ojos y por la suavidad del rostro, y por la manera de mirar distraídamente a media distancia, los labios entreabiertos. No suele verse así.

Dijiste que las borrarías, responde.

Y eso hice. Todas menos una. Esta era demasiado bonita para perderla.

¿Demasiado bonita para perderla? No lo ve tan claro, pero de lo que no hay duda es de que la imagen lleva el sello personal de Jonas. Hay franqueza en la foto, una claridad que le ha dado fama y que ha hecho que en los últimos meses esté cada vez más solicitado. Por alguna razón, se pone a pensar en la fotografía que tiene pegada en la puerta de la nevera, aquella que sacó hace años a su madre a la orilla de un lago, en su ciudad natal de Suecia.

¿Dónde estás?, escribe, queriendo imaginárselo.

Cerca de York. Rumbo a mi siguiente encargo.

Espero que sea un buen encargo, responde ella, confundida por su repentino deseo de estar con él. Tira el teléfono sobre la cama y, sin poder contenerse, vuelve a coger la botella que ha dejado al lado de la cama.

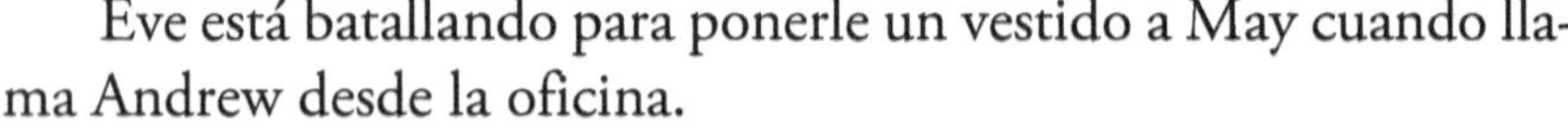

21

Eve está batallando para ponerle un vestido a May cuando llama Andrew desde la oficina.

—Salgo ahora. ¿Podemos hablar cuando llegue a casa?

Eve se encaja el teléfono entre la oreja y el hombro y consigue que May meta la cabeza en el vestido. May pega un grito de protesta.

—No puedo respirar —se queja bajo la tela—. Me aprieta.

—Deja de retorcerte y estarás bien.

—¿Eve? ¿Sigues ahí?

—Sí, aquí estoy. Perdona, estoy cambiando de ropa a las niñas. No te has olvidado de la cena de esta noche, ¿no?

—No. Por eso salgo antes.

—Bien.

—Bueno, entonces, ¿podemos hablar cuando llegue?

—Sí, claro. —Eve titubea—. ¿Está todo bien? Suena importante.

—Lo es. Mira, te lo cuento cuando llegue, ¿vale?

—Vale.

Eve se inquieta por unos instantes.

—Prepara a las niñas, llegaré lo antes posible.

—De acuerdo.

Andrew cuelga e Eve se queda un momento sentada en el suelo del dormitorio de May mientras su hija refunfuña y da tirones al vestido.

No es propio de Andrew, ese tono tan… tan intenso. ¿De qué querrá hablar? ¿Algo del trabajo? ¿De su relación? Suspira. Le da pavor pensar en la cena familiar. Bastante tenía con que Lucy hubiese reavivado ayer las tensiones con Margot; y sumado a la perspectiva de una cena en el *pub* con Andrew a su lado y Ryan sirviendo, lleva todo el día con náuseas. Y ahora Andrew se comporta de un modo extraño. ¿Será que lo sabe? ¿O puede que se trate de otra cosa?

Coge el segundo vestido que hay a su lado.

—Chloe, ven a cambiarte, por favor.

—Un segundo, mami —dice una vocecita desde el piso de abajo.

—De un segundo, nada, ¡ahora mismo!

Chloe sube resoplando.

—Jopé, mami. —Los ojos de su hija se posan sobre el vestido que ella tiene entre las manos—. ¡El de los volantes no!

—Venga. Hazlo por mí. Estás preciosa.

Chloe gruñe.

—Jo, mami, eres lo peor.

Eve mira a su hija.

—Sí, Chloe. Lo peor de lo peor. Hala, ven.

Tres cuartos de hora más tarde, Andrew aún no ha aparecido. Eve echa un vistazo al reloj de la cocina. Tendrán que salir en diez minutos si quieren llegar a tiempo al *pub*. En su bolso encuentra una barra de labios color escarlata y se pinta delante del espejo del vestíbulo. Cuando está pensando si no será un poco demasiado rojo, demasiado provocativo, su móvil vuelve a sonar.

—Perdona, cielo, no veas qué tráfico. Estoy a cinco minutos de casa.

—Chicas, a calzarse. Tenemos que estar listas para salir en cuanto llegue papá.

Instantes después, Andrew entra corriendo por la puerta. Le da un beso rápido en la mejilla.

—Lo siento. Ha habido un accidente en la autovía de Londres. Me cambio y nos vamos.

Eve asiente con la cabeza.

—¿Y qué hay de esa conversación? ¿Hablamos en el coche?

Andrew mira a las niñas.

—No. Luego.

Eve se queda mirando a su marido, que sube las escaleras de dos en dos, y la invade una terrible desazón. ¿Por qué tiene la sensación de que todo está a punto de desmoronarse?

22

—¿Has estado bebiendo?

Con una firmeza sorprendente, Kit la coge del brazo cuando están a punto de llegar al *pub*.

Margot se detiene y se vuelve.

—¿Y qué, si he bebido?

—Ay, Margot…

—Ay, Margot, ¿qué? ¿Qué piensas que voy a hacer? ¿Qué es lo que te da tanto miedo, mamá? —Margot nota que está arrastrando ligeramente las palabras y se esfuerza por pronunciar con más claridad—. Estoy aquí, ¿no?

—Sí —suspira Kit—. Estás aquí. Compórtate, ¿vale?

—No tienes de qué preocuparte —murmura Margot—. Ninguno tenéis de qué preocuparos.

La mesa está puesta para trece comensales, el número de la mala suerte. Nada más entrar en el *pub*, Margot ve a Ted y a Sibella. Están sentados a la otra punta de la mesa, al lado de la familia de Tom. El padre de Tom, un hombre canoso vestido con un traje arrugado que ha dejado un bastón al lado de su silla, en otros tiempos fue —recuerda Margot que le dijo Lucy— un respetado profesor universitario de Física, hasta que un diagnóstico de Parkinson le obligó a coger la jubilación anticipada. Mientras charla con Ted y Sibella, el temblor de sus manos es evidente. La madre de Tom, una mujer menuda con aspecto de pajarito que tiene la misma sonrisa radiante de Tom, está sentada al lado de su marido, absorta en una conversación con la hermana menor de Tom, Sarah, que es maestra de Primaria. Y si no lo es, se dice Margot fijándose en sus mejillas sonrosadas, el vestido de flores y el pelo recogido, debería serlo. Tiene exactamente el aspecto que se presupone a una maestra de Primaria, limpia y saludable. Margot, al verla, siente que ella es justo lo contrario.

Lucy, preciosa, con un vestido camisero verde claro, está sola en el centro de la mesa. Está jugueteando con sus brazaletes, tamborileando los dedos sobre la mesa. Al ver a Margot y a Kit, saluda con la mano y hace un gesto a Tom, que está pidiendo las bebidas en la barra.

—Justo a tiempo —dice Tom, besando primero a Kit y luego a Margot en la mejilla—. ¿Qué queréis?

Kit pide una copa de vino.

—Vodka con tónica, por favor —dice Margot—. Doble —añade, haciendo caso omiso de la mirada furiosa de Kit.

—Tú debes de ser Margot —dice Ryan, echándole en un vaso media tónica—. He oído hablar de ti —añade mientras Margot se quita la chaqueta de cuero, dejando ver la totalidad del tatuaje que le sube por el brazo desnudo.

—Todo malo, seguro.

Ryan se ríe y hace que el vaso se deslice por la barra.

—¿Eres el nuevo gerente?

—Por desgracia, sí. —Le tiende la mano—. Soy Ryan.

La puerta del *pub* se abre e irrumpen Chloe y May con vestidos azules a juego, seguidas de cerca por Eve.

—¡Tía Margot! —chillan, abalanzándose sobre ella. Después entra Andrew, cargado con un surtido de iPads, rotuladores y cuadernos de colorear.

—¡Ay, Dios mío! —dice Margot, abrazando con fuerza a una niña y luego a la otra, y sintiendo que se le relaja un poco la tensión con el efusivo recibimiento—. ¿Quién me ha robado a mis sobrinas y me las ha cambiado por este par de gigantas?

Eve suelta una larga exhalación y mira en derredor, haciéndole un gesto a Ryan con la cabeza antes de mirar hacia la mesa que está puesta en la otra punta del pub.

—¿Estás bien? —le pregunta a Margot en voz baja.

—Mejor imposible —responde Margot, la voz un poco alta. Eve da un respingo—. ¿Y tú?

Al igual que Lucy, Eve parece extrañamente tensa. ¡Y ella que pensaba que era la única que tenía pavor a esta cena!

—Sí. Estoy bien —dice Eve, aunque por su aspecto nadie lo diría.

Margot mira a su cuñado, que intenta chocar los cinco con Tom y a la vez quitarle a Chloe el abrigo rosa de peluche.

—¿Has discutido con Andrew?

—No.

—Buenas, Margot —dice Andrew, acercándose a besarla en la mejilla.

Margot aparta ligeramente la cara y le responde con un gélido «hola».

Ryan desliza una copa de tinto por la barra en dirección a Eve.

—¿Y el caballero? —pregunta, dirigiéndose a Andrew.

—Bueno, salud —dice Margot, chocando la copa con la de Eve—. Por una velada sin incidentes —añade en voz más baja, para que solo la oiga Eve.

—Sí, desde luego —dice Eve, bebiendo un traguito.

Kit se dirige hacia la mesa.

—Ted… Sibella… —dice fríamente antes de ofrecer un saludo más cordial a los padres de Tom. Margot observa el incómodo interludio, y se fija en que su madre elige sentarse en la otra punta de la mesa, a una discreta distancia de Sibella y Ted. Eve y su familia se apiñan en torno a Kit, dejando desocupada la silla de al lado de Lucy. Margot la ocupa sigilosamente y deja el vaso con cuidado sobre el posavasos que hay enfrente de su cubierto. No han vuelto a hablar desde que salió corriendo de la carpa la tarde anterior, pero Margot ya ha decidido que va a hacer como si el altercado jamás hubiera sucedido.

—¡Bueno, bueno, bueno! ¡Qué gusto! —dice Kit levantando la copa desde la cabecera de la mesa, aunque por la tensa línea de su mandíbula Margot ve que la alegría es forzada. Su madre posa la mirada en los tatuajes de Margot y hace una mueca bien visible. A modo de respuesta, Margot la mira y levanta también su vaso.

Ted, sentado en la otra punta, sigue el ejemplo de Kit.

—Un brindis por la feliz pareja. Os deseamos toda la suerte del mundo para vuestro gran día.

—Sí —se suma Kit—. Que tengáis mucha suerte, Tom y Lucy. Que viváis una vida larga y feliz *los dos juntos*.

—Gracias —dice Tom a la vez que da un apretón en el brazo a Lucy, que asiente con la cabeza mirando a sus padres, pero tiene una expresión extrañamente adusta. Margot cruza una mirada con Eve y esboza una sonrisita. Conque así va a ser la velada: falsa afabilidad y pullas insidiosas…

—Me gustan tus tatuajes —dice May, mirando embobada los dibujos de tinta que suben por el brazo de Margot. Alarga la mano y pasa la punta del dedo por una vid serpenteante hasta que llega al corazoncito que hay junto al pliegue del codo—. Cuando sea mayor, me voy a hacer uno exactamente igual que este. Podemos ir iguales.

—Sí —dice Margot, guiñándole un ojo—. Estaba pensando en hacerme el otro brazo también —añade, estirando el brazo derecho.

—¡Sí! —dice May—. ¡Yo también!

—Vaya por Dios, muchas gracias… —murmura Eve.

Poco a poco, la charla va derivando hacia el menú. Margot se arrima a Lucy.

—¿Intentamos olvidarnos de lo de ayer? —sugiere; es una propuesta de paz—. Y centrarnos en esta noche.

Lucy se vuelve a mirarla.

—Vale.

Margot asiente, aunque no acaba de estar tranquila. Lucy está pálida y distraída, no parece ella.

—¿Te encuentras bien? —pregunta en voz baja—. Pareces un poco… pachucha.

Sabe que no debería meter cizaña, pero, francamente, es ridículo que Tom y ella estén engordando tanto el asunto. Por su comportamiento, tan misterioso, cualquiera pensaría que Lucy es la primera mujer del mundo que se queda embarazada.

—Sí —responde, cogiendo la copa intacta de prosecco que tiene delante. Tom le pasa el brazo por el hombro.

—¿Te encuentras bien? —pregunta besándola en la mejilla.

Lucy asiente.

—Acabo de preguntarle lo mismo —dice Margot. Entorna los ojos—. ¿Tú crees que le conviene? —pregunta en voz baja, señalando el vino.

—¿A qué te refieres?

Lucy mira la copa que tiene en la mano y se ruboriza.

—Bueno, en tu estado… —Margot le da un codazo—. Venga, Luce —insiste—. Ya que estamos, más vale que nos lo cuentes ahora.

Tom se inclina para que solo le oigan las dos hermanas.

—Déjala en paz, Margot. Déjale que os lo cuente…

—Tom —advierte Lucy.

Margot levanta las manos con gesto airado, molesta por la intromisión de Tom. Su sobreprotección está fuera de lugar. Lucy no necesita que la proteja de ella.

—Perdona, no había caído en que para casarse es obligatorio quitarle el carácter a la mujer.

—¿Queréis parar ya? —dice Lucy, tal vez en voz más alta de lo que quería porque la mesa entera se calla y los mira.

Afortunadamente, Ryan aparece en ese preciso instante. Ajeno, por lo que se ve, a la creciente tensión, empieza a tomar nota en el extremo de Eve, mirándolos a todos con una sonrisa radiante. Mientras recoge los menús, Margot le hace una seña y pide otra tónica con vodka, ignorando la mirada asesina de su madre. Se vuelve hacia Lucy y ve que Tom le está hablando en voz baja y tranquilizadora. Margot suspira. ¿En qué momento se ha vuelto su hermana tan pasiva y bobalicona?

Una vez despojados de la sencilla distracción de los menús, se hace un incómodo silencio en la mesa. Ted carraspea como si fuese a hablar, pero al final no dice nada. Margot ve que Sibella le coge la mano, y el gesto solo consigue enfurecerla todavía más. ¿Qué les pasa a todos? Ted dejó a su madre por Sibella, Andrew está teniendo una aventura delante de las mismísimas narices de Eve, Tom está asfixiando a Lucy como si fuera un guardaespaldas despótico… ¿Por qué ha de ser ella la única a la que se juzga, la única que se avergüenza?

—¿Sabéis qué? —dice, dirigiéndose a todos los comensales—. Os portáis como si yo fuera la única persona en el mundo que ha hecho algo mal, pero quizá no estaría de más que algunos os echaseis un vistazo a vosotros mismos.

Levanta el vaso casi vacío y brinda en el aire antes de apurarlo de un trago.

—Margot —dice Lucy con tono suplicante—. Dijiste que no ibas a hacer esto.

—¿A hacer qué? ¿Qué? —Los mira a todos. Ve la cara alicaída de su padre, la furia contenida de su madre y la cansada resignación de Eve. La hermana de Tom tiene la vista clavada en el regazo, y sus padres tienen cara de desconcierto—. ¿Qué os pasa? Se supone que esto es una fiesta, ¿no?

—Sí —dice Andrew, elevando la voz—. Tienes razón. No me vendría mal otro trago. —Retira su silla—. ¿Qué queréis que os traiga?

Margot le sigue con la mirada, pensando que le ha tocado la fibra sensible. Da otro codazo a Lucy, preguntándose si también ella se habrá dado cuenta, pero Lucy no la mira; parece que esté haciendo todo lo posible por ignorarla.

Margot frunce el ceño. ¿Se habrá pasado? Coge el mantel individual que tiene más a mano y empieza a hacerlo pedacitos. Es como si no pudiera contenerse; siente una presión cada vez mayor, un extraño zumbido. Imágenes y recuerdos en los que no quiere pensar amenazan con aflorar. Alarga el brazo para coger su bebida, pero esta vez Eve se estira y pone la mano encima del vaso.

—Creo que ya vale, Margot, ¿no te parece? ¿Qué tal un poco de aire fresco?

Margot siente que enrojece violentamente.

—Sí, por supuesto. Dios me libre de hacer nada que pueda *avergonzar* a la familia.

Kit mueve la cabeza.

—No entiendo de dónde te sale toda esta rabia, Margot.

—Pues claro que no lo entiendes.

—Margot —dice Eve, susurrando su nombre como una advertencia.

Kit la contempla con frialdad.

—Venga, sal y cálmate, antes de que digas algo que lamentes.

—Tranquila, ya me voy. Voy a ser una niña buena y voy a salir a «calmarme», como dice *mamaíta*.

Margot aparta la silla y la brusquedad del movimiento le hace tambalearse un poco. Oye la risita de May, seguida de un fuerte susurro:

—¡Ha llamado mamaíta a la abuelita!

Chloe, quizá porque ha visto la cara que ha puesto Eve, parece saber que no debe reírse, y le da un codazo a su hermana pequeña en las costillas. Las dos niñas agachan la cabeza y clavan los ojos en las láminas para colorear.

—¿Quieres que salga contigo? —pregunta Sibella desde la otra punta de la mesa.

—¡Uf! Lo que faltaba… —murmura Kit, moviendo la cabeza.

Margot no se molesta en responder. Enfila el pasillo y se mete en el servicio, donde se queda un momento apoyada contra los lavabos, apretando la cara contra el frío cristal del espejo. Se mira los ojos de cerca —están enrojecidos, inyectados en sangre— y, por un momento, en el mismo lugar y ante el mismo espejo, ve a una chica más joven con una sudadera gris grandota y con capucha. No, se dice. No es esa chica. Ya no.

Sale disparada al aparcamiento trasero; le falta el aire, intenta metérselo en los pulmones a grandes bocanadas. En el cielo nocturno, las estrellas burbujean y se vuelven borrosas. Decididamente, se ha emborrachado más de lo que quería. Entorna los ojos y al fondo del aparcamiento ve a alguien sentado en un escalón, cerca de la cocina. Un adolescente con un delantal a rayas, fumando un cigarrillo. Es obvio que trabaja en la cocina y está tomándose un descanso. Va derecha hacia él y le dedica la que confía en que sea su sonrisa más irresistible.

—¿Me dejas que te gorronee un cigarrillo?

—Claro.

El chico se palpa los bolsillos y saca una cajetilla. Acto seguido, el mechero. Margot ahueca las manos en torno a las del chico y se arrima con el cigarrillo colgando del labio para que se lo encienda.

—Gracias —dice, dando una larga calada antes de soltar el humo hacia el oscuro cielo. Cruza los brazos desnudos, que se estremecen con el aire frío de la noche.

—De nada.

—¿Australiano?

—Sí.

—¿Mochilero?

El chico asiente con la cabeza.

—Me he cogido un año libre antes de ir a la universidad. La idea era vivir alguna aventura…

—¿Y acabaste aquí, en la emocionante metrópolis de Mortford? ¡Menuda suerte…!

El chico se ríe.

—Ryan es mi tío. Me ofreció el trabajo. ¿Y tú qué haces aquí? —pregunta, mirándole los tatuajes—. No te pareces a los clientes habituales.

—Una cena de familia.

El chico asiente otra vez y tira la colilla al suelo, aplastándola con la deportiva contra la grava.

—Con la familia no hay quien viva. Sin la familia no hay quien viva —dice el chico.

—¡Cuánta razón!

—Más vale que vuelva —dice él, señalando la cocina con un gesto de la cabeza.

—Sí, claro. No te pongas a malas con tu tío por mi culpa. Gracias por el pitillo.

—Tranqui —dice el chico por encima del hombro mientras se zambulle de nuevo en la cocina.

Margot se queda fuera unos instantes más, mirando las estrellas. Ahora que está sola no se siente tan rebelde por estar ahí sentada dando caladas a un cigarrillo. Además, hace frío sin la chaqueta. Se frota los brazos y piensa en el humo que circula por sus pulmones, en la grotesca advertencia sanitaria que ha entrevisto en la cajetilla que le ha pasado el chico. Ya es mayorcita, debería ser más sensata.

Tira el cigarrillo al suelo y lo espachurra a la vez que le llama la atención algo que se mueve entre las sombras al otro lado del aparcamiento. En la penumbra, le parece distinguir a un hombre y a una mujer que están de pie cerca de un coche. Hay algo en la actitud de la pareja que hace que se le hiele la sangre en las venas. Parpadea, intentando disipar la neblina mental provocada por el vodka. Hay algo en la cercanía de sus cuerpos, en la bronca gesticulación y en la amenazante altura del hombre que le infunde temor. Sabe que debería gritar, tratar de ayudar a la mujer, pero se queda paralizada y las palabras se le quedan atrapadas en la amarga bilis que le sube por la garganta. El hombre agarra a la mujer del brazo. El corazón de Margot late con fuerza.

Un gato cruza corriendo el aparcamiento y activa una luz de seguridad. Cuando el resplandor amarillo cae sobre los rostros de la pareja, Margot ve otra verdad. El hombre no es ningún desconocido. Es Andrew, y está blanco como el papel. La mujer con la que está —la camarera del *pub*— gesticula furiosamente, y después se aparta un poco y se cruza de brazos.

Andrew echa un vistazo en derredor y ve a Margot al lado de la escalerita de la cocina, alumbrada todavía por la luz de seguridad. Margot le clava una mirada larga y fría, gira sobre sus talones y vuelve a meterse en el *pub*. Maldito Andrew. Lucy tenía razón.

Dentro, Lucy y Tom están en la barra, inmersos en una conversación que parece urgente. Al pasar por delante de ellos, oye decir a Lucy:

—Ahora no. Hay demasiada tensión.

—Y entonces, ¿cuándo? Dijiste que se lo ibas a contar esta noche.

—La cosa no marcha, hay mal ambiente. Margot lo ha estropeado todo.

Lucy ve a Margot y aparta la vista con aire culpable.

—No —dice Margot, sonriendo de oreja a oreja—. Tom tiene razón. Deberías contárnoslo ahora. Sacarnos a todos de esta incertidumbre —añade, con tono ligeramente burlón—. Aunque casi todos lo hemos adivinado ya. Salta a la vista.

Lucy la mira fijamente. Margot hace un gesto de exasperación. Se comportan como si nadie lo supiera, como si fueran a divulgar un valiosísimo secreto. Están completamente absortos en sus vidas… ¡Cuánto dramatismo! Lucy y Tom van a ser padres, ¿y qué? Tienen una actitud ridícula. ¿Que pronto va a haber un niño correteando por la casa? Pues bueno. Lanza una mirada significativa al vientre de Lucy y arquea una ceja.

—Venga, ya basta, no somos idiotas.

Lucy la mira fijamente, cada vez más pálida.

Margot se encoge de hombros.

—Ah, ya lo pillo. Queréis regodearos con vuestro momentazo. De acuerdo, no seré yo quien os lo chafe. —Agarra la copa que tiene más cerca y la levanta, mojándose la mano de gotitas de vino—. Pero, al menos entre nosotros tres, brindemos… ¡A la salud de los bebés! A la salud de la próxima generación de pequeños pringados.

Tom ciñe con más fuerza los hombros de Lucy. Al verlo, Margot siente una oleada de rabia. No tiene por qué proteger a Lucy de ella. Debería saberlo, ¿no? Ella quiere a Lucy; siempre la ha querido, siempre la querrá. Jamás haría nada con intención de herirla.

Da media vuelta y se dirige hacia la mesa, pero allí las cosas no andan mucho mejor. Se acerca Andrew, pálido, las manos hundidas en los bolsillos. Mira de refilón a Margot y, después de sentarse sigilosamente al lado de Eve, la rodea con el brazo y la acerca para besarla. Eve lo mira con cara de sorpresa.

—¿Todo bien?

—De maravilla —responde él con voz alta y clara, observando con cautela a Margot. «Sí, claro», piensa ella. «A mí no me engañas». Le lanza una mirada asesina y Andrew aparta los ojos.

Durante la cena, la conversación es forzada. Margot, que ha perdido el apetito, se limita a picotear la comida y se sirve otro vino. Lucy tampoco toca apenas el plato, e Eve está callada, tensa, distraída. Tan solo las dos niñas parecen ajenas a las tensiones familiares que hay a su alrededor.

—Ya hemos terminado. ¿Podemos ir a jugar en la mesa de billar? —pregunta Chloe.

—Sí —dice Andrew, con un alivio mal disimulado—. Venid, os llevo al cuarto de los juegos.

Retiran los platos y no parece que nadie quiera postre. Margot ve que Ted, después de un tiempo prudencial, le susurra algo a Sibella, que asiente. Ted carraspea.

—Bueno, gracias por esta cena tan agradable, Lucy, Tom. Mañana os espera un día muy ajetreado, así que lo suyo sería que os retiraseis temprano… No queremos privar a los novios de un sueño reparador.

—Sí —asiente alegremente la madre de Tom—. A todos nos va a sentar bien descansar esta noche.

Da unas palmaditas a su marido en la mano, sonríe con segundas a Margot y coge el bolso que cuelga del respaldo de su silla.

Eve, notando el ambiente que hay en la mesa, empieza a recoger los rotuladores y los cuadernos de las niñas. Margot, despatarrada en la silla, la barbilla apoyada en la mano, se vuelve y ve que Tom le da un pequeño codazo a Lucy.

—Venga —susurra.

—¡Eso, venga! —dice Margot.

Lucy le lanza una mirada fulminante, pero, a continuación, para sorpresa de Margot, se levanta.

—¿Me atendéis un momento? Por favor. Os quiero contar una cosa antes de que os vayáis, y creo que será mejor que lo haga mientras las niñas están por ahí con Andrew.

Bueno, allá vamos, piensa Margot con una sonrisita, recostándose en su silla. Por fin. La *gran* revelación.

—Venga, Lucy, dispara —dice—. Deslúmbranos con tu maravillosa noticia. Somos todo oídos.

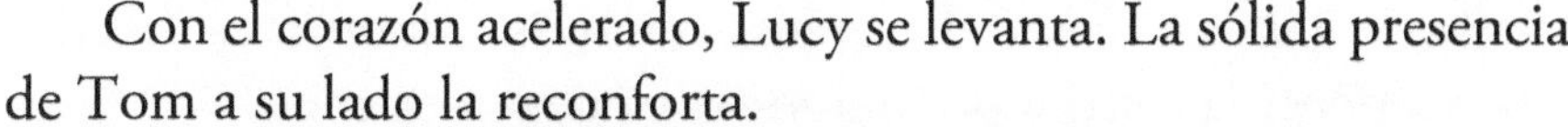

23

Con el corazón acelerado, Lucy se levanta. La sólida presencia de Tom a su lado la reconforta.

—Venga —repite él—. Estoy aquí contigo.

—¿Qué pasa? —pregunta Kit con cara de desconcierto—. ¿Qué está pasando aquí?

Lucy respira hondo.

—Bueno, no es ningún secreto que Tom y yo hemos organizado esta boda deprisa y corriendo. De hecho, hace poco más de una semana que decidimos casarnos, así que nadie ha tenido apenas tiempo para hacer planes ni para prepararse. Os pedimos disculpas. —Hace una pausa—. Pero os estamos inmensamente agradecidos por acompañarnos este fin de semana.

Mira a todos los comensales y ve sus rostros perplejos.

—El motivo de que hayamos querido reuniros aquí a todos esta noche, antes del fiestorro de mañana, es que necesito compartir algo importante con vosotros.

Margot sigue sonriéndole con una expresión de marisabidilla que a Lucy le resulta insoportable. Vuelve a respirar hondo. En su cabeza ha ensayado este momento un millón de veces, pero, por alguna razón, ahora que ha llegado no se siente preparada.

—No estoy embarazada —dice, dirigiéndose a Margot. Ve que la sonrisa de su hermana empieza a quebrarse—. Me temo que no son muy buenas noticias. Veréis, estoy enferma.

—¿Enferma? —repite Kit, frunciendo el ceño.

—Sí —dice Lucy, dirigiéndose primero a su madre y luego a Ted—. Tengo cáncer.

Se hace el silencio entre los presentes.

Ted tose.

Lucy ve que la expresión de Margot pasa de la confusión a la incredulidad.

Su madre la está mirando, boquiabierta.

Margot rompe el silencio con una risotada.

—Luce. No tiene gracia.

Lucy da la callada por respuesta y ve que Margot mira con aire vacilante a Tom, buscando señales tranquilizadoras en su rostro. Poco a poco, la sonrisa de Margot se va desvaneciendo.

—Pero si estás embarazada —insiste Margot—. Ha sido el secreto peor guardado de la historia.

Eve aprieta suavemente el brazo de Margot.

—Cállate, ¿vale?

—Lo siento. No —dice Lucy—, no estoy embarazada. —Tiene los brazos caídos a los lados, los puños fuertemente apretados—. Perdón por el secretismo, pero os lo quería decir a todos juntos. De una tacada. Pensé que sería más fácil así. El lunes ingreso en el hospital para operarme. —No puede evitar que las manos se le desplacen hacia el estómago para cubrir su útero enfermo y traicionero—. Resulta que tengo un tumor bastante grande que se lo está pasando pipa con mis ovarios. Van a extraerlo… Eso y… y todo lo demás que haga falta extraer. —Coge aire—. Y después, quimioterapia para frenar el avance de la enfermedad.

—¿Frenar? —pregunta Eve.

Lucy asiente, sintiendo la mano cálida y tranquilizadora de Tom sobre su brazo.

—Pero si van a quitarte el tumor —continúa Eve.

—Los escáneres que me hicieron la semana pasada muestran que lo más probable es que el tumor ya haya hecho metástasis.

Sabremos más la semana que viene cuando me operen, pero la especialista me ha dicho que parece agresivo. Lo más probable es que sea de estadio IV.

Lucy oye a sus sobrinas llamándose a gritos a lo lejos, el chasquido de las bolas de billar al chocarse, una carcajada.

—¿Metástasis? ¿Qué coño significa eso?

Margot está parpadeando furiosamente.

Lucy ve a su familia sentada en torno a la mesa con cara de pasmo y disgusto, y por primera vez se da cuenta de que tal vez Tom tuviera razón: dar la noticia a todos así, de golpe, quizá no haya sido tan buena idea.

—Significa que el tumor originario se ha extendido. Los escáneres indican que seguramente hay tumores secundarios en el abdomen y en los pulmones. Las citas de la semana que viene aclararán las cosas.

—Pero si la semana que viene estarás de luna de miel… —dice Eve.

Margot asiente con vehemencia.

—¡Si ya tienes hechas las maletas!

—La única luna de miel que me espera, por ahora, es una estancia en el Hospital Royal United de Bath. La maleta que he preparado es para una visita al hospital, no para una luna de miel. Al menos, por ahora.

—Ay, Lucy —dice Ted en voz baja—. Mi niña preciosa…

—Pero… pero —parece que a Margot todavía le cuesta encajarlo—, no puedes tener cáncer. Tienes veintiocho años. Te casas mañana.

Lucy consigue esbozar una pequeña sonrisa.

—Sí, me caso mañana. —Coge la mano de Tom—. Por eso decidimos darnos prisa con la boda, no dejarla pasar. Descubrir que tengo cáncer… —ve que su madre da un respingo—, bueno, me hizo comprender qué es lo más importante para mí: Tom, todos vosotros, estar juntos. —Siente que Tom le aprieta la mano para tranquilizarla y, encogiéndose de hombros, esboza otra débil sonrisa—. Quería contároslo y que no sonase como algo tan terrible. Ya sabéis, dar una de cal y otra de arena.

Margot suelta un bufido y dice:

—¡Eh, chicos, me caso! Ah, por cierto, tengo cáncer. Pero, bah, qué más da, vámonos de juerga.

Lucy hace una mueca.

—Sí, supongo que así dicho no suena muy bien. —Se encoge de hombros—. Lo siento si parece que soy una egoísta y que os he arrastrado hasta aquí con engaños, pero nos vamos a casar y queremos que sea una boda divertida. —Sonríe—. Insistimos en lo de divertida. Tengo bastante claro que los próximos meses no lo van a ser, así que quiero que mañana lo sea.

Margot todavía parece furiosa.

—¿Por qué no te lo encontraron antes? ¿Cómo puedes pasar de estar perfectamente bien a esto? No tiene sentido.

—Hace ya algún tiempo que vengo notando síntomas. Cansancio, hinchazón, dolor abdominal… —Se lleva las manos al estómago—. Pensaban que tenía síndrome de colon irritable; al parecer, es fácil diagnosticarlo mal.

Ted mueve la cabeza.

—En Londres hay médicos maravillosos. Te llevaremos a Harley Street y buscaremos al mejor especialista.

Lucy sonríe con tristeza.

—Papá, no te preocupes. El equipo médico del hospital es increíble. Estoy en buenas manos.

—Pero no vas a morirte —dice Margot con tono firme.

—Margot, todos nos vamos a morir algún día.

—No sigas. Ya sabes a qué me refiero.

—Papá tiene razón —dice Eve—. Hoy en día hay todo tipo de tratamientos. Medicamentos increíbles y centros especiales que prueban con técnicas pioneras, por no hablar de las terapias alternativas, tipo acupuntura o reflexología, que son tu tipo de rollo…

Deja la frase inacabada.

Lucy mira a Eve, después a Margot y por último a Kit.

—No sé qué va a pasar en las semanas y meses venideros, pero, sinceramente, no quería que la próxima vez que os reunieseis fuera en mi funeral. —Intenta sonreír—. No quería que hicierais la fiesta sin mí.

Al oír la palabra «funeral», Kit suelta un sollozo ahogado.

Lucy le hace un gesto con la cabeza.

—Lo de mañana es una celebración del amor y de la vida. No de la muerte.

—¿Por qué hablas de funerales? —pregunta Margot.

—Pero si te van a curar, ¿no? —insiste Eve con expresión suplicante.

—Si la semana que viene confirman que está en estadio IV, bueno…, podrán ayudarme, pero no habrá cura. El tratamiento será paliativo. Pero no me doy por vencida. Soy joven y fuerte. —Aprieta la mano de Tom y se vuelve a mirar a Margot—. Creo firmemente que donde hay amor, hay esperanza. —Margot baja la cabeza, y Lucy se dirige a Kit, que está un poco apartada del resto, el rostro desencajado—. ¿Mamá? ¿Estás bien?

Kit la mira.

—Yo… yo no… Lo siento.

Se levanta, aparta la silla con un chirrido espantoso y sale corriendo de la sala, dejando tras de sí un silencio anonadado.

—No pasa nada —dice Lucy con tono animoso—. Es un *shock* para todos. Yo ya he tenido un poco de tiempo para empezar a digerir la noticia, pero aún voy a tardar más. Todos vamos a tardar.

Intenta sonreírles, pero lo único que ve es un océano de caras horrorizadas que la miran de hito en hito. Eve tiene un puño apretado contra la boca. Su padre parece a punto de llorar y Sibella le está apretando la mano con fuerza. La madre de Tom llora en silencio.

—Has sido muy valiente esta noche, Lucy —dice Sibella desde la otra punta de la mesa—. Quizá necesitemos un poco de tiempo para pensar en lo que nos has contado, ¿no crees?

Lucy asiente con la cabeza, agradecida por la presencia tranquila de Sibella.

—Sí.

—Perdón —dice Margot, lanzando una mirada a Sibella—, pero yo no puedo quedarme aquí sentada fingiendo que todo es maravilloso. ¿Pretendes que mañana nos divirtamos como si fuera una boda normal? —pregunta, moviendo la cabeza con incredulidad.

—Eso es exactamente lo que quiero, Margot.

Todos siguen mirando a Lucy cuando una ráfaga de aire frío irrumpe en la sala. Se vuelven y ven entrar en el *pub* a un hombre alto y rubio enfundado en una chaqueta de cuero negro, que mira inquisitivamente a su alrededor hasta que sus ojos se posan sobre Margot. Lucy ve que su hermana, boquiabierta y con los ojos como platos, también está mirando al hombre, en cuya boca se ha dibujado una ancha sonrisa al verla. Una sonrisa que surca de arruguitas el hermoso rostro y los lados de los penetrantes ojos azules. Lucy no puede dejar de mirarle. Parece una estrella de rock.

—Hola, Margot —dice él.

Como Margot no responde, el hombre se dirige al resto de la mesa con una sonrisa.

—Hola. Me llamo Jonas. —Habla con un ligero acento, suavizando la j de su nombre—. Soy amigo de Margot.

Lucy traslada la mirada de Jonas a su hermana, que está roja como un tomate.

—No quiero molestar —continúa, mirando a Margot con una ceja arqueada—, pero me he enterado de que mañana hay una boda y he pensado que lo mismo necesitaban un fotógrafo.

Margot abre la boca, pero no consigue articular palabra.

Lucy se vuelve hacia Jonas:

—Sí —dice, sonriéndole—. Sí, mañana hay una boda. Bienvenido, Jonas.

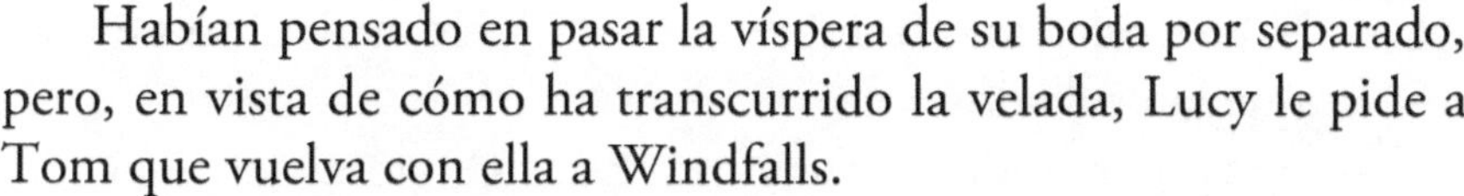

Habían pensado en pasar la víspera de su boda por separado, pero, en vista de cómo ha transcurrido la velada, Lucy le pide a Tom que vuelva con ella a Windfalls.

—Dicen que trae mala suerte, ¿no? —dice él durante el trayecto.

Lucy no puede evitar una risa falsa.

—No creo que la suerte deba preocuparnos ahora mismo, ¿no te parece? Quiero aprovechar al máximo cada instante. Quiero que estés conmigo.

Tom asiente en silencio y le aprieta la rodilla.

—Yo también.

Acurrucados en la cama de Lucy, Tom la estrecha entre sus brazos. En la oscuridad, Lucy distingue la larga columna del vestido de bodas, que está colgado detrás de la puerta.

—En fin, podría haber salido mejor —dice al cabo de un rato.

—Nunca pensamos que fuera a ser fácil.

—Ya.

—Has sido muy valiente al contárselo a todos juntos de esa manera. Estoy orgulloso de ti. ¿Y a Margot qué le pasa?

Lucy fija la mirada en la oscuridad.

—Eso nos preguntamos todos desde hace ya un tiempo.

Recuerda el numerito de borracha que ha montado su hermana en el pub, su furia al enterarse de la posible infidelidad de

Andrew y las inesperadas lágrimas que soltó cuando, ayer mismo, se encaró con ella y le reprochó la pérdida de la obra de su madre.

—¡Es tan difícil entenderla! Es tan… tan errática… Creo que ninguno sabemos lo que va a hacer a continuación. Eso sí, reconozco que la aparición inesperada de ese hombre ha sido impresionante. Es guapísimo, ¿no?

—La verdad es que no me he fijado —dice Tom con sequedad.

—No estarás celoso, ¿no?

—¿Yo? ¿Celoso yo de un cachas escandinavo de dos metros?

Lucy se ríe.

—No necesito más hombre que tú —dice, arrimándose más.

Se quedan callados.

—¿Estás pensando en mañana? ¿Estás nerviosa?

—Sí —reconoce ella.

—Va a salir todo bien. Me tienes a mí.

Le acaricia el pelo y vuelve a abrazarla por la cintura. Lucy siente su aliento en el cuello y aprieta más la espalda contra él, disfrutando de su calor, de su fuerza. Hecha un ovillo entre sus brazos, se siente pequeña y frágil, como un huevo protegido por el nido. Al poco rato, sus respiraciones se vuelven más lentas y se acompasan. El sueño va venciendo a Tom; siente que ya no está con ella.

Piensa en el día que los espera y en todos los seres queridos que se van a reunir en Windfalls para festejarlo con ellos. Lo que le ha dicho a su familia iba en serio. Quiere que sea un día para celebrar. No un día triste.

La respiración de Tom se vuelve más profunda y, poco a poco, a medida que sucumbe al sueño, la va soltando.

Soltar. Eso es algo que también ella tiene que aprender. De las profundidades de su inconsciente surge la imagen de una cabeza de diente de león, sus semillas arrastradas por la brisa, y con ella el recuerdo de una vez que estuvo soplando molinillos con su padre en el césped de Windfalls.

—Eso es, Lucy —había dicho él, agachándose a su lado—. El número de veces que tengas que soplar para que se suelten las semillas del tallo te dirá la hora que es.

Lucy lo había mirado con desconfianza.

—Venga. Pruébalo.

Había probado. Cinco soplidos.

—¿Son las cinco?

Su padre se había mirado el reloj de pulsera con mucha ceremonia.

—En punto —había dicho con una ancha sonrisa.

Lucy había fruncido el ceño.

—Pero si acabamos de desayunar.

—¡Hay que ver, qué par de bobos! ¡Nos habremos quedado dormidos!

Y, mientras el viento se llevaba lejos las semillas, la había cogido en brazos y le había hecho cosquillas hasta que Lucy no pudo con su alma de tanto reírse.

—Mira cómo se van, Lucy —había dicho cuando por fin paró—. Mira cómo se alejan volando.

El recuerdo viene acompañado de dolor, nostalgia de un pasado en el que todo era tan sencillo, nostalgia de un tiempo en el que no tenían nada más pesado que soltar que las semillas de diente de león. Piensa en la noticia que ha compartido. En la cara tensa y dolida de Margot, en el cúmulo de emociones que bulle bajo su piel. ¿A qué se deberá?, se pregunta. ¿Qué es lo que hace que Margot sea Margot? ¿Por qué no permite el paso a nadie? ¿Por qué no baja las barreras?

—Tom —susurra, pero no obtiene más respuesta que su respiración lenta y rítmica—. Tom —intenta de nuevo, aunque sabe que está profundamente dormido. Las palabras que quiere compartir con él, las preguntas que quiere hacerle, se le quedan dentro, pesándole, dando vueltas y más vueltas, impidiéndole dormir.

25

El regalo llegó varios días después de la fiesta del estreno de *Romeo y Julieta,* una caja envuelta en papel dorado y atada con un lazo rojo que apareció en el escalón de la entrada de Windfalls. Margot sintió que se le helaba la sangre en las venas al leer el mensaje de la tarjeta: *¡Bravo, Julieta! Estuviste sensacional. Saludos cordiales, Sr. Hudson.*

Estuvo releyendo las palabras durante mucho tiempo antes de desenvolver el paquete. Era una gran caja de bombones, de esas que ponen de oferta a la salida de los supermercados en Navidad. Se quedó un buen rato contemplándola.

—Qué bonito —dijo Kit, que pasaba casualmente por allí—. Esto te devolverá la sonrisa.

Margot dio la callada por respuesta.

—¿Todavía te encuentras mal? ¿No te apetece un piscolabis?

Margot negó con la cabeza.

—No estarás haciendo dieta, espero…

Margot deslizó la caja por encima de la mesa.

—Quédatelos.

Kit frunció el ceño.

—Pero si son tuyos.

—No los quiero.

Kit se encogió de hombros.

—Gracias, cielo. —Seleccionó un bombón triangular y se lo metió en la boca—. A lo mejor te entran ganas cuando te sientas un poco mejor.

Margot miró la tarjeta. «Estuviste sensacional». Sintió que le subía una terrible aversión desde la boca del estómago. Respiró hondo.

—Mamá.

—Umm… —dijo Kit, masticando.

Margot tragó saliva.

—¿Te acuerdas de la noche de la obra?

—Sí. Claro que me acuerdo. Y ya me he disculpado un millón de veces por mi despiste.

—No es eso. —Movió la cabeza—. Sucedió algo…

Margot no sabía cómo contárselo a su madre. Pronunciar las palabras en voz alta se le antojaba imposible. Pero su madre estaba ahí, delante de ella; era un inusitado momento de atención, y notó que le brotaba una pizca de valor. Si pudiera explicar cómo sucedió, si pudiera explicar que había deseado… que había deseado algo… ser vista, ser besada… pero no aquello, jamás aquello… tal vez su madre la comprendería.

—Algo malo —añadió.

—Pero si pensaba que todo había ido de maravilla. —Kit estaba estudiando la lista de los bombones que venía dentro de la caja, intentando decidir cuál se iba a comer a continuación—. Un triunfo, me dijo la madre de Jamie Kingston.

—No me refiero a la obra. Después, quiero decir. En la fiesta.

—Ah. —Por fin, Kit dejó de concentrarse en los bombones y le clavó una mirada inquisitiva—. Sí. De eso quería yo hablarte.

Margot la miró, atónita.

—¿De veras?

Kit dejó la lista del surtido sobre la mesa.

—Sí. Lo sé todo.

—¿Ah, sí?

Margot notó que se ruborizaba, aunque empezó a invadirle una sensación semejante al alivio. Al final, a lo mejor no iba a tener que explicar ese «algo malo» de una forma tan horrorosamente detallada.

—Sí. No pensaba sacar el tema, sobre todo teniendo en cuenta lo bien que te había ido en la obra y, en fin, mi metedura de pata. —Kit soltó una risita—. Pero ya que lo sacas…

Margot contuvo el aliento.

—Está claro que te esforzaste por borrar las huellas, pero en el embarcadero había varias latas de cerveza, y supe que tus amigos y tú habíais estado en el estudio por cómo dejasteis el escritorio.

Margot frunció el ceño.

—A ver, no me molesta que invites a unos cuantos amigos a casa de vez en cuando —continuó, clavando una mirada severa en Margot—, pero ¿puedo pedirte que por favor no entréis en mi estudio? Es importantísimo que todo se quede como lo dejo yo. ¡Imagina que le hubiera pasado algo al borrador de mi novela! —Kit se estremeció—. Habría sido una catástrofe.

Al percatarse del malentendido, Margot sintió que un nuevo tipo de angustia se apoderaba de ella. Agachó la cabeza y asintió. Una catástrofe.

—Sí. Claro. Perdona.

—Lo mejor es que quedemos en que tus amigos y tú tenéis prohibido entrar al estudio, ¿vale?

Margot volvió a asentir. En este punto, era fácil estar de acuerdo. No había puesto pie en el estudio desde la noche de la función. Ni se le pasaba por la cabeza volver a hacerlo jamás.

—Igual no estaría de más que hicieras copias de seguridad de lo que escribes —sugirió en voz baja al cabo de un largo momento.

Kit se rio y se metió otro bombón en la boca.

—Bueno, ya sabes lo mal que se me da la tecnología. Bastante guerra me dio aquel maldito reproductor de DVDs que trajo tu padre a casa hace años. Donde estén los métodos de toda la vida… Además, si tú no entras al estudio, ¿para qué iba a hacer copias? Problema resuelto. —Se levantó y le dio un apretón en el hombro—. Gracias por entenderlo, cielo. Te prometo que te lo compensaré cuando termine de escribir este libro. Además, esta vez no ha pasado nada. Olvidémoslo, ¿de acuerdo?

Margot oyó marcharse a su madre, el suave chasquido de la puerta de atrás, el sonido cada vez más débil de sus pisadas mientras se alejaba por el jardín.

Faltó a clase los últimos días del tercer trimestre con el pretexto de que estaba enferma. Pasaba horas tumbada en la cama, con el gato acurrucado a sus pies y la cara vuelta hacia la pared, estudiando el papel pintado de flores hasta el mínimo detalle. Era culpa suya… ¡Cuántas noches había pasado echada en la cama imaginándose que lo besaba, apretándose el puño contra los labios! Quería frotarse a fondo hasta quedarse limpia. Quería restregarse aquellos labios traicioneros y cortarse aquella maldita mano.

«Mira cómo me pones».

Ella había sido la causante. La vergüenza que la corroía era una señal: bajo ningún concepto debía contarle nunca a nadie lo que había desencadenado. Que se moría porque el señor Hudson se fijase en ella, porque la besase. Era la única responsable de aquel desastre. Encerró el incidente en un lugar privado, escondió aquellos horribles momentos en lo más profundo de su ser.

«¿En quién has pensado, Margot?».

«Dime qué quieres, Margot».

«Qué, te gusta, ¿a que sí?».

Cuando los fragmentos escapaban de aquel lugar cerrado a cal y canto y asomaban en su cabeza, intentaba transformarlos en algo más aceptable, más suave, más romántico, algo distinto de lo que era. El señor Hudson no había podido evitarlo. ¿Y si la amaba? Pero lo que nunca desaparecía era la sensación de sus manos tirándole del pelo, el dolor del escritorio clavándose en sus muslos, el repugnante sabor de su lengua explorándole la boca.

A finales de agosto llegó una carta con los resultados de los exámenes de Secundaria: nueve de ellos los había aprobado con notable o más. En la asignatura de Arte Dramático había sacado un sobresaliente. Lo lógico habría sido que estuviese encantada, pero era como si nada de aquello tuviese ya importancia.

—¿No vas a salir a celebrarlo con tus amigos? —preguntó Kit.

—No me apetece.

Kit frunció el ceño. Se dirigió a la nevera y sacó una botella de champán.

—Mis editores franceses me enviaron esto la semana pasada. Venga, una copita para celebrarlo, ¿vale? Te lo mereces. Estoy orgullosa de ti. Todos lo estamos.

Margot no quería champán, pero se obligó a sí misma a beber. El dulce sabor le bañó la lengua, y le recordó el gusto empalagoso del ponche y de la sidra. Por su vientre empezó a extenderse un agradable calor, a la vez que un leve zumbido embotaba los filos de su conciencia. Cuando Kit volvió a su estudio, Margot sacó la botella abierta de la nevera y se sirvió otro trago. Bebió deprisa hasta dejarla casi vacía.

Arriba, el silencio sordo de la casa daba miedo. Se quedó un buen rato contemplando su reflejo en el espejo del cuarto de baño. «Eres como una rosa a punto de florecer». Estuvo mucho tiempo mirándose la cara, luchando contra las ansias de arañarse la piel, de hincarse las uñas en las mejillas.

En el dormitorio de Eve, se tumbó en la pulcra cama de hierro forjado y se abrazó a uno de los cojines de su hermana. Dejó que brotasen las lágrimas, deseando que estuviese allí Eve con sus consejos serenos y prácticos. Ella sabría qué decir y qué hacer. En cambio, solo había silencio; aquella dolorosa soledad.

En el cajón inferior de una cómoda encontró un montón de ropa vieja de su hermana, camisetas descoloridas, un par de pantalones de chándal y una sudadera gris que recordaba que solía ponerse Eve los «días de gorda», cuando se paseaba por la casa con el ceño fruncido y una bolsa de agua caliente apretada contra el vientre. Margot se llevó la sudadera a la cara y respiró profundamente, inhalando el olor olvidado de su hermana. Ligeramente reconfortada, se puso la sudadera. Se sentía bien con ella. Le sobraba por todas partes, ocultaba su cuerpo, la volvía invisible.

En el dormitorio de Lucy el vacío era aún mayor: en su ausencia, la incesante energía de su hermana era todavía más evidente. El cuarto era una desastrada cápsula del tiempo, abarrotada de un revoltijo de recuerdos adolescentes. Miró detenidamente los viejos pósteres de *boy bands* y las fotos de la pared en las que se veía a Lucy levantando trofeos escolares de *hockey* y posando con equipos triunfales de *netball*. Había también una foto de las tres de hacía mucho tiempo: las hermanas sentadas en el embarcadero del río con la mirada perdida en el agua. No recordaba de cuándo era, pero supuso que la habría sacado su padre. Ella no tendría más de seis o siete años. Miró a las niñas que fueron en otros tiempos y se dio media vuelta.

Lucy se había dejado un montón de cosas. Sobre el escritorio, Margot vio un batiburrillo de bolígrafos y libros, botellitas viejas de laca de uñas y un montón de ediciones de bolsillo muy manoseadas y apiladas de cualquier manera. Había viejas entradas de cine y pintalabios, un collar de cuentas enredado a unos cascos. Al lado de una lámpara polvorienta vio la navaja de su hermana tirada junto a un frasco medio vacío de aceite de pachuli. La cogió y la sopesó en la palma de la mano antes de abrir la hoja y ladearla para que reflejase la luz. Se acordó de una vez en la que estaban junto al riachuelo del jardín y Lucy la utilizó para grabar sus iniciales en un árbol. Sintió el frío de la navaja, su solidez. Se la metió en el bolsillo de la sudadera y salió de la habitación.

Fuera, el día estaba fresco y gris. No había ni rastro de su madre; seguro que estaba en el estudio, trabajando en sus inestimables palabras. Se subió la capucha y enfiló el camino de la entrada, alejándose de la casa, alejándose del río.

No sabía si era por el champán que había bebido, por la sensación que le producía llevar la cara enfundada en la capucha de Eve o por el extraño embotamiento que parecía haberse adueñado de su cuerpo, pero el caso es que todo estaba como amortiguado. Sus pisadas sobre el camino, el ruido de los coches, las risas de unos niños jugando en los columpios… Era como si ella existiese en un estado distinto. Como si en vez de formar parte del mundo fuese extrañamente ajena a él.

No sabía adónde se dirigía. Caminaba con la cabeza gacha, pisando con paso monótono, la mano cerrada sobre el mango, ya caliente, de la navaja que llevaba en el bolsillo.

Solo cuando llegó a la entrada del callejón comprendió que había sabido en todo momento adónde iba. Allí estaba la puerta negra, tal y como la recordaba, y el coche rojo aparcado a la entrada. Hacía escasas semanas que había estado allí con los demás actores, a punto de ver la película con su adorado señor Hudson. Sentía correr la sangre por las venas. Se le hizo un nudo en la garganta y, apretando un poco más el mango de la navaja de Lucy, dio un paso al frente y llamó al timbre.

Al otro lado de la puerta se oyó el desgarrador llanto de un bebé y, a continuación, oyó un murmullo de mujer y una tele que se silenciaba.

—Un momento.

Fue la voz de la mujer del señor Hudson lo que la sacó de su embotamiento; o tal vez el estridente llanto del bebé. En cualquier caso, al ver que se encendía la luz y que la puerta iba a abrirse de un momento a otro, Margot giró sobre sus talones.

Bajó rápidamente el escalón de la entrada y salió al camino. Esperó a llegar al coche para sacar la navaja del bolsillo, y entonces estiró el brazo para que la hoja entrase en contacto con el vehículo y trazó una larga y profunda raya en el metal pintado.

—¡Eh, tú! —oyó que gritaba la mujer, pero no se volvió. Tampoco echó a correr. Soltó la navaja, que cayó con estrépito sobre la acera, y siguió caminando deprisa, con los hombros encorvados y el rostro cubierto por la capucha. Al doblar la esquina, siguió caminando; el embotamiento se le había pasado, se sentía viva y, además de la sangre, le corría por las venas una rabia feroz, febril.

* * *

Durante el resto del verano se estuvo escondiendo, rechazando invitaciones a fiestas y negándose a bajar a nadar al río. Evitaba ir a la ciudad, temía toparse con sus compañeros de reparto o, peor aún, con el señor Hudson. Era más fácil quedarse en casa que encontrarse cara a cara con nadie.

Para cuando volvió al colegio a comienzos del primer trimestre, Margot había erigido una cuidadosa muralla a su alrededor, y dentro, muy dentro, había encerrado a cal y canto la experiencia con el señor Hudson. Se había armado de valor para volver y estaba preparada para verlo por los pasillos y sonreírle en clase. Prueba superada. Jamás volvería a dejar que se le acercase.

Con lo que no había contado era con que la directora tomase la palabra durante la primera reunión de alumnos y anunciase repentinamente que el señor Hudson ya no formaba parte del profesorado del centro. Les dio la noticia de manera muy sucinta, sin explicar por qué había abandonado su puesto.

—Y ahora os pido que demos la bienvenida a la señora Ashcroft como jefa del departamento de Arte Dramático y que, por favor, le hagáis sentirse como en casa.

Margot, paralizada, guardó silencio mientras el resto de la asamblea aplaudía educadamente a la nueva profesora.

No tardó en saberse. A la hora de comer, Margot ya oía susurros por todas partes, un incesante cuchicheo que circulaba entre los estudiantes a la misma velocidad que los mensajes que iluminaban las pantallas de sus móviles de contrabando.

—Asqueroso pervertido.

—Qué grima.

—A mí siempre me pareció un tipo chungo.

Margot aflojó el paso al cruzarse con un grupo de alumnos de último curso, estirando el cuello para oírlos bien.

—Por lo visto, le dijo a la chica que se quedase después de clase y le metió la mano por debajo de la camisa.

—Puaj. Se notaba que había algo raro. Siempre esforzándose por caer bien, como si fuera colega de todo el mundo…

—¿Lo sabe la poli?

—Los padres de Sasha dijeron que olvidarían el asunto si el colegio lo despedía.

—Sí, he oído que querían evitar a la policía y que saliera el nombre de Sasha en los periódicos, sobre todo ahora que está solicitando plaza en la universidad.

—A mí la que me da pena es su mujer. Al parecer, acaba de ser madre.

Margot escuchó los rumores, cada vez más aterrorizada. El señor Hudson lo había intentado con Sasha Hart, y Sasha, a diferencia de Margot, había sido lo bastante lista para entender lo que a Margot se le había escapado. Había visto al profesor tal y como era, había sido capaz de hacer lo que ella no había podido y se había enfrentado a él. El señor Hudson era un «asqueroso pervertido», algo que al parecer todo el mundo menos ella había sabido ver. Con una creciente sensación de náusea, Margot los oyó explayarse sobre los detalles de la espectacular caída en desgracia del señor Hudson.

El cotilleo no hizo sino confirmar lo que Margot sabía desde el principio: sí, ella tenía la culpa de que le hubiese pasado lo que le pasó, y después de haber guardado el vergonzoso secreto durante tanto tiempo, y ahora que todos sabían quién era aquel hombre, era aún más importante que se lo ocultase al resto del mundo. Había transcurrido un verano entero. Si hablaba ahora, ¿no se preguntarían por qué no se lo había contado a nadie? A diferencia de Sasha, a ella no solo le había metido la mano por debajo de la camisa… el señor Hudson la había… la había… Y entonces todos sabrían que se lo había buscado ella.

«Mira cómo me pones».

Todo el mundo se enteraría. Su familia. Sus amigos. El colegio. La policía. Los periódicos. El miedo fue creciendo en su interior como una inmensa masa negra mientras recordaba los susurros de los otros alumnos. Se acabarían enterando todos. La idea era insoportable. No iba a decir ni una sola palabra sobre lo sucedido aquella noche cerca del río. Jamás.

SÁBADO

26

Margot se despierta de una pesadilla con la boca seca, la cabeza a punto de estallar y el corazón desbocado. Retira el edredón de una patada y mira a su alrededor, intentando centrarse en el presente. A medida que se le va ajustando la vista a la luz grisácea del alba, ve la silueta acurrucada de un hombre que duerme sobre un colchón en la otra punta del dormitorio. Jonas.

Despacio, abriéndose paso por la neblina de la resaca, le vienen a la cabeza fragmentos de la víspera. La cena en el *pub*. Las bebidas. La tensión alrededor de la mesa. La palidez de Andrew bajo los focos de seguridad del aparcamiento. La noticia de Lucy. La aparición sorpresa de Jonas.

Al hurgar en su memoria, un terror glacial le atenaza la garganta. La noticia de Lucy.

Margot se pone tensa. Su hermana no está embarazada. Está enferma.

La palabra que ha estado acechando en su inconsciente sale a la superficie: cáncer.

Margot se pone boca arriba y se queda mirando al techo, revisando una y otra vez las escenas que recuerda. Ve a Lucy al lado de Tom, su sonrisa firme y valiente.

Lucy tiene cáncer. La palabra es como un puñetazo en el

estómago. Flota en su cabeza junto con otras: ovarios, estadio IV, metástasis. Incapaz de contenerse, Margot se levanta sigilosamente y saca el portátil de la maleta. Se sienta al borde de la cama y lo enciende, teclea rápidamente en el buscador. Lo que lee no mejora las cosas. Es evidente que Lucy se ha esforzado todo lo posible por ahorrarles lo peor, pero el doctor Google no ofrece ninguna información tranquilizadora. Echa un vistazo a un breve resumen de los síntomas y los posibles tratamientos en la página web de una organización contra el cáncer, y desde ahí entra en un chat en el que un montón de gente participa en hilos que hablan de los síntomas, los tratamientos y los pronósticos. Cierra el portátil y cierra los ojos. ¡Ah, Lucy!

¿Por qué no lo ha contado hasta ahora? Se ha pasado los últimos días ocultando el terrible secreto, protegiéndolos a todos. Recuerda el mensaje suplicante que le había llegado a comienzos de semana: «Te necesito». Lo que en un primer momento le había parecido de un egoísmo extremo —hacerlos venir a todos para una boda improvisada— se le antoja ahora poco menos que un acto de heroísmo.

Suelta un largo suspiro. Sabe lo que es guardarse un secreto doloroso. Pero ¿esto? Margot siente que algo se resquebraja en su interior.

Vuelve a acostarse y la invade una emoción desbordante. Intenta dominarla, pero es como si le presionara un peso inmenso y demoledor y lo único que puede hacer es dejar fluir las lágrimas mientras intenta coger aire.

Al cabo de un rato, nota un cuerpo a su lado, una mano cálida que se posa sobre su brazo.

—¿Margot?

No puede hablar. No puede mirarlo. El dolor es demasiado grande. Se mantiene lejos de él y emplea todas sus energías en no desmoronarse. Si se deja llevar ahora, seguro que estalla en mil cachitos quebradizos.

—Margot —dice suavemente Jonas—. Estoy aquí.

Al oír sus palabras, se da la vuelta y se aprieta contra él. Se deja abrazar mientras llora contra su hombro, aligerándose de su carga acumulada de dolor y tristeza.

—Debería estar enfadada contigo —dice al cabo de un rato; están los dos en la cama, mirando al techo—. ¡Ya te vale, presentarte así por las buenas…!

Jonas le da la razón.

—Es verdad.

—¿Cómo diste conmigo?

—No es difícil encontrar el nombre del pueblo en el que vive la famosa K. T. Weaver. La página de Wikipedia de tu madre está llena de información útil. Fui al *pub* a camelar a los lugareños para que me indicasen cómo llegar a tu casa y resulta que nada más cruzar la puerta te veo ahí sentada a la mesa. Una dulce casualidad.

—¿Por qué has venido?

Jonas se encoge de hombros.

—No sé. Tenía el pálpito de… de que necesitabas tener un amigo cerca, y cuando me di cuenta de que lo peor que podía pasar era que me mandaras al carajo, supe que tenía que intentarlo.

—¿Y lo habrías hecho? ¿Te habrías ido al carajo?

—Pues claro. Me iré al carajo siempre que me lo pidas.

Margot no puede evitar una sonrisa.

—Creo que nadie me ha dicho nunca nada tan bonito.

—Entonces, ¿no estás enfadada? —pregunta él, sin apartar los ojos del techo.

Margot se lo piensa unos instantes.

—No. ¿Quieres saber lo que sentí anoche cuando te vi asomar por la puerta?

Jonas ladea la cabeza y la mira de refilón.

—No estoy seguro. ¿Quiero?

—Sentí alivio. Qué jodido está todo —añade más tarde—. Lucy tiene cáncer.

—Lo sé. Me lo dijiste anoche.

—¿Ah, sí? —Margot se lleva una mano a la sien y cae en la cuenta de que no recuerda haberse marchado del *pub* ni que la metieran en la cama. Suspira.

—No es justo.

—No, no lo es. La vida no es justa.

Margot recuerda la fotografía de la hermosa mujer rubia que hay pegada a la nevera de Jonas. Le da un apretoncito en la mano.

—Lo siento.

—Y yo lo siento por ti. Por Lucy. Por tu familia.

Margot suspira y se da media vuelta, haciéndose un ovillito. Lo que no dice —lo que no soporta admitirle a Jonas, a nadie— es que todo es un inmenso error. Que se siente muy culpable. Que lo más injusto de todo es que Lucy, que siempre ha sido tan alegre, tan optimista, tenga que lidiar con esto. Sin duda, el destino se ha equivocado de hermana al repartir las cartas, porque si alguien de la familia merecía una condena de este tipo, es ella. ¡Con la de tiempo que lleva viviendo avergonzada, vacía! Debería haberle tocado a ella.

—Háblame —dice Jonas al percibir su desazón.

—No sé qué haces aquí. No sé vivir una buena vida. No tengo nada que ofrecerte. Estoy hueca por dentro.

Jonas guarda un largo silencio.

—Dices que estás hueca, Margot, pero es una tontería. Veo la emoción que encierras. Está ahí. La tienes muy bien guardada en tu interior. Una nuez que no se rompe. Puede que no me ames y puede que a mí me cueste digerirlo, pero jamás pienses que no tienes capacidad para amar. Tú amas. Lo veo en ti. Volviste sin pensártelo dos veces por el bien de Lucy, a pesar de que este lugar te da pesadillas. No estás vacía. Tienes miedo. Permítete sentir. Permítete sentirlo todo. ¿Qué es lo peor que podría pasar?

—Tengo miedo de resquebrajarme.

—Si te resquebrajas, podrás empezar a sanar, ¿no?

—¿Y si no puedo? ¿Y si me rompo del todo?

—Entonces, estaré yo aquí para recoger los pedazos.

27

Kit se queda un buen rato plantada delante de la casita de Sibella antes de llamar a la puerta. No sabe por qué ha venido. Lo único que sabe es que se despertó desesperada por escapar de Windfalls. No soportaba la idea de todo lo que les esperaba: la alegría forzada, las risas, los brindis por un futuro que ahora era tan sombrío e incierto. La carpa, vacía en medio del huerto de frutales, era tal vez el principal símbolo del sinsentido de todo; un lugar endeble, pasajero, que cambiaba constantemente. No soportaba mirarla, ya que sabía por qué estaba allí y a qué se debían las prisas de Lucy por contraer nupcias.

Había estado paseando por la orilla del río bajo los árboles combados, observando cómo cambiaban sus reflejos con el lento discurrir del agua. Una solitaria garza gris, posada sobre una roca entre los juncos de la otra orilla, contemplaba el bajío. Había levantado la cabeza al pasar ella, pero no se había movido de su sitio. En un día normal estarían alegrándose porque hacía buen tiempo y no llovía. Estarían planchando ropa para la boda y descorchando botellas de champán. Pero el día era cualquier cosa menos normal. Ni siquiera sabía si volvería a haber algo parecido a un día normal.

Su hija tenía cáncer. Cáncer terminal. Esas dos palabras le habían arrebatado brutalmente el futuro que hasta ahora había dado por sentado.

Sin saber adónde se dirigía, de pronto había visto que sus pies estaban pisando los escalones del puente de piedra que cruzaba el río y enfilaban el sendero que subía por el otro lado del valle, en dirección a la casa de Sibella.

Sibella abre la puerta y saluda con una pequeña inclinación de cabeza.

—Pasa —dice, apartándose para que entre Kit en la cocina.

Kit pasa y, perpleja, echa un vistazo al espacio abarrotado y hogareño. Esta casita en la que reside ahora Ted no está ni a dos kilómetros de Windfalls cruzando el río, pero jamás había puesto un pie en ella hasta ahora.

—Ted ha salido un momento. Ha ido a recoger las mesas de caballete del salón municipal.

Kit afirma con la cabeza. No sabe por qué ha venido. No cree que la haya movido el deseo de ver a Ted, pero tampoco está segura de que su intención fuese ver a Sibella. Debería estar en casa, ayudando a todos a prepararse para la fiesta. Está desorientada.

—Iba a hacer café —dice Sibella—. ¿Te apetece una taza?

Kit acepta. Nota la mirada cauta de Sibella.

—Sí, gracias.

—Siéntate.

Kit vuelve a asentir con la cabeza y se sienta en una chirriante silla de mimbre. A continuación, sin previo aviso, algo cede en su interior y, sin que pueda hacer nada por evitarlo, un torrente de lágrimas le resbala por las mejillas. Esconde la cara entre las manos. Sibella deja el hervidor y se acerca a ella. Le pasa un pañuelito de papel y aprieta con su mano, tan caliente, la fría mano de Kit, y se sienta en silencio a su lado hasta que las lágrimas empiezan a secarse. Al cabo de un rato, Sibella se levanta y rebusca en una estantería hasta que encuentra una cafetera y una lata de café. Lleva el humeante cazo a la mesa y vuelve a sentarse con Kit.

—Estás en estado de *shock*.

Kit suspira.

—Sé lo que quiere Lucy que hagamos hoy, pero no sé si voy

a ser capaz. No puedo hacer como que todo es maravilloso. —Se tira de la manga, cubriéndose la mano—. ¿Por qué Lucy? ¿Por qué ahora? ¡Con lo joven que es! ¡Le queda tanto por vivir!

Sibella asiente en silencio.

—¡Estoy tan enfadada!

—Claro.

—¿Qué puedo hacer para ser fuerte por ella? ¿Cómo voy a soportarlo?

—Va a ser difícil.

Kit se sorbe la nariz.

—El tiempo no sana, joder. Llevo esperando sanar desde que Ted se fue, y todavía no lo he conseguido. Todavía siento su pérdida, la pérdida de nuestra relación. Es un dolor que no puede mitigarse.

Sibella cierra los ojos.

—Lo siento, Kit.

Kit se encoge de hombros.

—Fue decisión de Ted. Te eligió a ti, y puede que tuviera razón. Yo no le hacía ningún caso. Perdimos el rumbo hace mucho tiempo. Pero esto no facilita las cosas. Le amaba. Aún le amo, a mi manera. Pero dime, ¿cómo voy a sobrevivir a la pérdida de una hija? No creo que pueda soportarlo. —Kit alza la vista; la ira asoma a sus ojos—. Pero tú no puedes saber lo que se siente, ¿no?

Sibella cierra los ojos.

—Perdí a un marido… y a un niño… un bebé… Fue un aborto espontáneo, hace mucho tiempo. Sé lo que es la pérdida, Kit. Sé lo que es hacer frente al dolor.

Kit se reclina en la silla. El mimbre cruje sonoramente bajo su peso. Examina a Sibella y después cierra los ojos.

—Lo siento.

—A diferencia de ti, yo nunca he sido madre, Kit. Tienes razón. No puedo entender lo que se siente.

Kit busca las palabras adecuadas.

—Lo… lo siento. El día aquel del mercado, aquello que dije…
No sabía lo de tu bebé…

Sibella se encoge de hombros.

—Lo entendí. Lo entiendo. En un mundo ideal, yo no me habría enamorado de Ted, ni él de mí. En un mundo ideal, habría sacado fuerzas para alejarme de su lado. No soy perfecta, Kit.

Kit suelta una risa sorda.

—¿Y quién lo es? Yo, desde luego, no. Me cargué la relación con Ted y, por lo que se ve, les he fallado a mis hijas. —De repente turbada, se queda mirando a Sibella—. Tú tienes a Ted. Por favor, no me quites también a mis niñas.

—No podría, Kit. Por mucho que quisiera, no podría. *Tú* eres su madre. Te quieren.

Los ojos de Kit se llenan de lágrimas. Suspira.

—Lucy va a necesitar todos los apoyos posibles para enfrentarse a lo que le espera. Supongo que es ella quien tiene que decidir a quién recurre, en quién se apoya. No debería imponérselo yo.

—Te va a necesitar, Kit.

Kit suspira.

—Qué frágiles son estas vidas que vivimos…

Sibella hace un gesto afirmativo.

—Sí, lo son.

Kit mira en derredor, fijándose un poco más en lo que la rodea. Hay una jarra rebosante de semillas secas y cardos. Un pequeño cráneo blanco y huesos de animal colocados respetuosamente en una balda. Sobre la chimenea, una piña. Las delicadas piezas de porcelana de Sibella están en la ventana, atrapando la luz. En otra esquina, protegido por un marco, ve el rostro de un apuesto hombre moreno. Observa la foto.

—¿Tu primer marido?

—Sí. Patrick.

De nuevo echa un vistazo por toda la habitación y, por un instante, es como si le hubieran quitado un velo de los ojos. Finales. Hay finales por todas partes. La casa entera de Sibella está abarrotada de objetos que hablan de pérdidas, objetos que irradian el paso del tiempo, que reflejan la transitoriedad de la vida. Gira la cabeza y, por primera vez desde que ha llamado a la puerta de Sibella, la mira directamente a los ojos.

Rodea con ambas manos la taza que le ha acercado Sibella. El aroma a tierra del café, tan familiar, la reconforta un poco.

—¿Qué debo hacer para aceptar esto, para soportar el dolor? No sé qué hacer.

Sibella suspira.

—La aceptación es una puerta que hoy por hoy ni siquiera atisbas, Kit. Todavía está muy lejos. Es un proceso que requiere mucho esfuerzo.

—Es como si me hubieran quitado las anteojeras. La muerte… la muerte está por todas partes —dice Kit, de nuevo recorriendo la cocina con la mirada—. El viento sacude los árboles y caemos al azar. —Sus ojos se posan en el pequeño cráneo animal—. ¿Hay algo que tenga sentido?

—No sé la respuesta. Pero lo que sí sé es que donde hay muerte y dolor hay también vida… y amor. Todo va de la mano.

Kit vuelve a mirar a su alrededor. No sabe de qué le habla Sibella. Lo único que es capaz de ver es el sinsentido de todo. ¿Para qué vivir, para qué amar si lo único que ocasiona es dolor y devastación? No puede proteger a Lucy. No puede sufrir en su lugar. Sus defectos como madre la atormentan.

—Sé que no te quieres sentir así, Kit. Sé que quieres cambiar las cosas. Pero si niegas la tristeza y el sufrimiento, niegas también la alegría y el amor. Lo uno va con lo otro.

Los ojos de Kit se posan sobre un estallido de colores que hay en una mesita situada al otro lado de la habitación, una cesta con un pequeño rosal lleno de capullos amarillos a punto de florecer. Por la ventana ve una mariposa que se acerca moviendo las alas antes de alejarse de nuevo con la brisa. Al fondo de la cocina hay una foto pegada a la nevera: es Ted abrazando a Chloe y May, que sonríen de oreja a oreja. Los restos inanimados de criaturas y plantas muertas, que a primera vista le habían parecido un poco macabros, se le antojan ahora extraños, casi hermosos, porque están yuxtapuestos con las cosas vivas. Los unos iluminando a los otros.

—No sé qué hacer para pasar el día de hoy con una sonrisa.

—Lucy quiere celebrarlo contigo. Hoy es un día para la vida. Quizá —sugiere Sibella con delicadeza— el día te resulte más dulce si lo recorres recordando que ninguno de nosotros estamos aquí para siempre. Solo el plazo de una vida, dure lo que dure.

Kit se reclina en la silla. En las palabras de la otra mujer hay algo que cristaliza. Cierra los ojos y deja que surtan efecto; después, se vuelve hacia Sibella:

—Es una pena, ¿no te parece?

Sibella le dirige una mirada inquisitiva.

—Creo que habríamos podido ser amigas.

Sibella asiente.

—Sí —dice con una sonrisita—. Yo también lo creo.

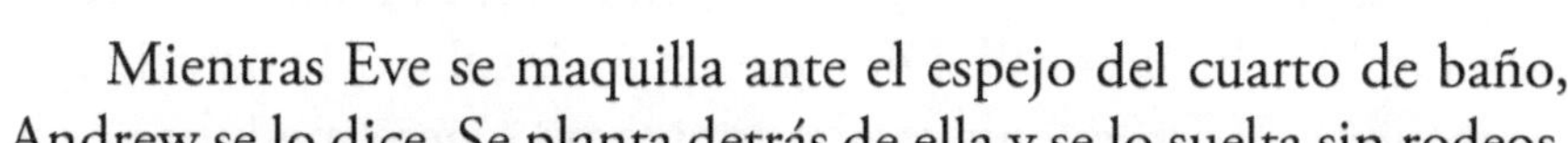

Mientras Eve se maquilla ante el espejo del cuarto de baño, Andrew se lo dice. Se planta detrás de ella y se lo suelta sin rodeos.

—Lo sé todo, Eve.

—Que sabes ¿qué? —pregunta ella, apartando la mirada de los ojos de su marido para posarla de nuevo en la raya de kohl que está trazando sobre la pestaña del párpado derecho.

—Sé lo de tu aventura.

La mano de Eve se detiene en seco y deja un pequeño manchurrón negro en el punto donde se ha interrumpido su cuidadoso recorrido. Posa el lápiz en el borde del lavabo de porcelana y se vuelve hacia su marido:

—¿Mi aventura?

—Sí.

—¿Quién te lo ha dicho?

—¿Eso importa?

—Supongo que no.

—Entonces, ¿no lo niegas?

Eve agacha la cabeza.

—No.

—¿Por qué, Eve? ¿Por qué él?

Eve suspira. Todas las veces en que ha pensado en este momento —en esta confrontación, en el desenmascaramiento de la verdad de su matrimonio— la puesta en escena era distinta: Andrew, rojo de ira, se ponía hecho una fiera, mientras ella, con aire de superioridad moral, le explicaba tranquilamente que la había defraudado y había necesitado algo más de lo que él le ofrecía. Pero aquí están, y es Andrew —exhausto, triste— el que está tranquilo, y lo único que se le ocurre a Eve es: «Sí, ¿por qué? ¿Por qué él?». No tiene respuesta.

Andrew se sienta al borde de la bañera, la cabeza en las manos.

—Al principio no la creí. Anoche, en el *pub*, me acorraló. Creo que siente debilidad por él; parecía descolocadísima porque estuviera enrollado contigo. —Suelta una risa sorda—. Le cabreaba que estuvieras ahí, en el *pub*, cenando con tu marido y tus hijas y también liada con él. Dijo que era un insulto. Me pareció que estaba loca. Insistí en que estaba equivocada, pero me juró por lo más sagrado que os había visto en el aparcamiento del *pub* esta misma semana, besándoos.

A Eve se le encoge el estómago. Conque había sido Stacey… Había estado aterrorizada por la cena, por la posibilidad de delatarse a sí misma delante de todos. Y, al final, tanto agobio para nada: ya se había encargado la camarera.

—No quería creerla. Me molestó mucho que metiera las narices en nuestros asuntos. Pero ¿sabes qué fue lo que me convenció?

Eve no está segura de que quiera saberlo, pero tiene que dejarle que diga lo que tenga que decir. Qué menos que eso.

—Repasé mentalmente la velada, y hubo un detalle que se me quedó grabado. Al llegar al *pub*, Ryan te pasó una copa de tinto, deslizándola sobre el mostrador. Ni siquiera tuviste que pedírsela. Tu vino favorito. Fue un gesto mínimo, pero de lo más elocuente. En cuanto me acordé, supe que Stacey estaba diciendo la verdad. ¿No crees que te pasaste de la raya, organizando una cena familiar (¡incluidas las niñas, por el amor de Dios!) en el *pub* que regenta tu amante?

Las últimas palabras las escupe como si le dejasen mal sabor de boca.

—Lo siento —dice Eve, cabizbaja—. Ya sé lo que parece, pero no fue cosa mía. Lo decidieron Lucy y Tom, querían que se hiciese allí y no pude negarme.

—Ya, claro —dice Andrew amargamente, y añade refunfuñando—: Y todavía nos queda la farsa de hoy.

Eve asiente en silencio. Después del bombazo que ha soltado Lucy, solo faltaba esto. Completamente derrotada, se sienta al borde de la bañera, a su lado.

—Lo siento. ¡Lo siento tanto!

Intenta cogerle la mano, pero Andrew la aparta.

—¿Desde cuándo?

—Desde hace poco. Unas cuantas semanas, no más.

—¿Cuántas veces te has acostado con él?

—Una. Casi… casi dos. —Traga saliva al ver la angustia de Andrew—. Mira, no es que espere que lo que te voy a decir te haga sentir mejor, pero pensaba cortar con él en cuanto pasara la boda. No quería seguir mintiéndote.

Andrew suelta una risotada sardónica.

—No lo entiendo, Eve. Lo teníamos todo. Una casa preciosa. Dos niñas maravillosas. Yo te amaba. Pensaba que tú a mí también.

Eve mira la cara del hombre con el que lleva viviendo los últimos once años. Ve la blanca cicatriz medio borrada que tiene en la mejilla, un recuerdo del accidente de bici de la infancia del que le habló en su primera cita. Ve las motitas ámbar que salpican sus ojos color avellana y que brillan también en los ojos de sus hijas, y la arruguita que se le forma entre las cejas cada vez que frunce el ceño, y que ella sabe que con el tiempo acabará forjando un surco más profundo, idéntico al que hay en el rostro de su padre. Conoce bien a este hombre, sabe que le ama y siente un terrible dolor por haber arriesgado y haber perdido. Ha dicho que la amaba. En pasado. Eve ha destruido algo excepcional, algo muy valioso.

Parece que Andrew nota la tristeza de su rostro, porque alarga el brazo y le coge la mano.

—Es un día importante. Sé que estás procesando lo que nos

dijo Lucy anoche. Sé que tenemos que superar el día de hoy de la mejor manera posible; por Lucy y por Tom, por nuestras hijas. Pero tenemos que hablar. Tenemos que… que decidir… cómo vamos a… Si queremos…

Eve asiente. Una parte de ella desearía que Andrew montase en cólera, que se pusiera a chillar como un descosido, pero se comporta como el Andrew de siempre, como el hombre íntegro y amable que es. Eve se queda sin habla al comprender el error que ha cometido. Desde el mismo instante en que Lucy compartió la devastadora noticia, Eve no ha querido más que tener a Andrew cerca, sentir sus brazos rodeándola, apoyar la cabeza en su hombro y cerrar los ojos y oírle decir que todo va a salir bien. En cambio, lo único que ha conseguido es alejarlo, hacerle un daño espantoso justo cuando más lo necesita.

Andrew sonríe; es una sonrisa pequeña, triste.

—Estás muy guapa. ¿Vestido nuevo?

—No. —Eve le endereza el nudo Windsor de la corbata—. Estaba torcido, así está mejor. —Frunce el ceño—. Entonces, ¿era esto de lo que me querías hablar anoche?

—No. —Andrew se saca algo del bolsillo—. Iba a darte esto. Lo compre para ti. Antes de… Bueno… —Se encoge de hombros—. Antes.

Le da una cajita de terciopelo. Eve la abre y ve unos preciosos pendientes de diamantes de estilo *art déco*.

—Le pedí a Jenny, la de la oficina, que me ayudase a elegirlos. Quería regalarte algo especial por el esfuerzo que has hecho estas últimas semanas por ayudar a todos, pero ya sabes lo mal que se me da elegir joyas. Jenny se parece un poquitín a ti, así que pensé que si le quedaban bien a ella…

Eve alarga la mano y toca un pendiente. Bajo la fuerte luz del cuarto de baño, resplandece como el fuego.

—Iba a disculparme por lo enfrascado que he estado en mi trabajo y el poco caso que os he hecho a ti y a las niñas. Pensaba decirte que iba a esforzarme más.

Se le descompone el rostro y esconde la cabeza entre las manos; instantes después, recobra la compostura.

Si Eve hubiese intentado imaginarse alguna vez el momento en que se iba a desmoronar su matrimonio, jamás habría sido así, los dos sentados silenciosamente en el cuarto de baño, con lágrimas en los ojos y un par de preciosos pendientes de diamantes entre ambos.

Le toca el brazo.

—Gracias. No solo por el regalo. Por el día de hoy. Por ser tan fuerte cuando sé que preferirías… que preferirías no tener que pasar por esto.

Andrew se levanta.

—Voy a ver qué tal van las niñas. ¿Te parece bien que salgamos en veinte minutos?

Eve espera a que salga del baño, y después, deslizándose lentamente por el borde de la bañera, se queda sentada en el frío suelo de baldosas, los dedos todavía cerrados sobre el pendiente.

29

Ted no puede dejar de moverse. ¡Queda tanto por hacer! Zapatos por limpiar. Camisas por planchar. Botellas de vino y copas por sacar de sus cajas. Encender una hoguera.

Después de dejar las mesas de caballete en la carpa, se había quedado en el huerto de abajo mirando el montón de leña que habían reunido para la hoguera de esa noche. No era suficiente. Así pues, llevaba ya cuarenta minutos amontonando leña, que iba sacando de un cobertizo en el que había una enorme reserva de ramas y troncos viejos derribados por ventarrones el invierno anterior.

Es un trabajo duro. El sudor le cae por la frente y se le clavan astillas en las manos, pero se dice que, si no para, si sigue echando leña, de alguna manera podrá controlar la situación; esa situación en la que no soporta pensar. «Una rama más», se dice. «Una más… y todo irá a mejor».

Sibella había intentado hablar con él esa misma mañana. En la cama, mientras escuchaban los trinos de las aves, había sondeado con delicadeza el terreno, haciéndole cautas preguntas sobre la víspera, sobre Lucy y sobre cómo se sentía él. Pero Ted había sido incapaz de hablar del tema. No había querido ni pensar en ello. Le había dicho, demasiado bruscamente, que no había nada de lo que hablar. Iba a hacer lo que les había pedido Lucy. Iba a celebrar el día sin dar vueltas a nada que fuera triste o que no pudiera controlar. Iba a olvidarlo. Eso iba a hacer.

—No creo que Lucy se refiriese a eso —había dicho Sibella, suavemente.

—Para, Sib. No me presiones.

Al ver el miedo y la rabia de Ted, le había dado un apretón en el brazo y había desistido.

Nada más echar una enorme carga de madera podrida al montón, Ted ve a Kit dirigiéndose entre las altas hierbas hacia la carpa. A pesar de la distancia, ve que va encorvada y que está pálida y ojerosa. Lleva una bandeja con vasos y pisa con cuidado sobre el irregular terreno antes de desaparecer en el interior de la carpa.

Acababa de llevar las mesas cuando Sibella lo había llamado para hablarle de la visita mañanera de Kit.

—¿Qué quería? —había preguntado, inquietándose al pensar que había estado allí, en su casa. No le había hecho ninguna gracia imaginarse a las dos juntas, charlando en privado, sin él; se había sentido profundamente incómodo, hasta que de pronto había caído en la cuenta de lo sola que debía de sentirse Kit para ir a llamar a la puerta de la casa que compartía con Sibella.

Da un paso atrás para calibrar el enorme montón de leña, y luego, suspirando, echa el último tronco sobre la altísima estructura, se limpia las manos en la camisa y se dirige hacia la carpa.

Kit está en la otra punta, colocando los vasos en una mesa. No le oye acercarse hasta que está a un par de metros. Se vuelve, asustada.

—Ah, eres tú.

—¿Qué tal estás?

Kit se encoge de hombros.

—Bien. —Lo mira con recelo—. ¿Tú?

—Bien también. Ocupado. Queda mucho por hacer.

—Sí.

Se quedan callados, y el peso de todo lo que no se dicen pende entre ambos hasta que Kit ya no puede contener su angustia y suelta un sollozo.

—¡Ay, Ted!

Al verla sufrir, Ted acorta la distancia que los separa y la abraza.

—Sí, Kitty, sí…

La sensación de tener a Kit entre sus brazos y la fragancia de su cabello, tan familiares, le desencadenan una punzada de nostalgia; nostalgia de una época, de un lugar, de una mujer a la que en otros tiempos conoció bien.

—¡Qué injusto!

—Sí.

—¿Cómo hemos podido equivocarnos tanto? ¿Cómo hemos llegado a esta situación?

Ted cierra los ojos, sorprendido al descubrir que en su interior rebullen el cariño y la vinculación con esta mujer… con esta mujer intensa, desesperante, profundamente complicada.

—No lo sé, Kitty. No lo sé.

La lleva hasta una de las cercanas balas de paja y se sientan en silencio. Mientras Kit se serena, Ted se quita los trozos de corteza y el polvo de las mangas de la camisa.

—Vamos a tener que ser fuertes, Kit —dice al rato—. Lucy nos va a necesitar. Todos nos van a necesitar.

—Lo sé.

Kit arranca puñaditos de paja. Al verla tan exhausta, tan consumida, Ted recuerda a otra Kit distinta, una joven al borde del agotamiento con un bebé en brazos. Eve, se dice; seguro que era Eve. De bebé era muy inquieta, y Kit lo había pasado fatal hasta que había encontrado alivio en la escritura. El recuerdo le atraviesa el corazón como una flecha. Siente que aflora una verdad que jamás ha sido expresada y, antes de que pueda evitarlo, las palabras ya han salido de su boca.

—Tenías razón, ¿sabes?

Kit le mira con expresión dubitativa.

—¿Sobre qué?

—Estaba celoso, sí. Celoso de tu éxito, de la facilidad con la que parecía que te venían las palabras. Del despegue de tu carrera.

Cuanto más fuerte eras tú, cuantos más triunfos cosechabas, más vacío e inútil me sentía yo.

—No era una competición, Ted. Jamás tuve la intención de que te sintieras así. Quería que mi trabajo aliviara tu carga, no que la hiciera más pesada.

Ted asiente.

—Lo sé. —Suelta una risa sardónica—. No da una imagen muy favorable de mí como hombre, ¿no? Castrado por el éxito de mi pareja…

Kit sonríe.

—¿Te soy sincera? No. No la da.

Ted ríe de nuevo.

—Nunca has tenido pelos en la lengua.

—Ya ves para lo que me ha servido… —Se muerde el labio inferior—. Tengo tanto miedo, Ted… Es como si todo se estuviese alejando de mí a un ritmo vertiginoso. Primero, tú. Después, Margot. Ahora, Lucy.

Ted le aprieta la mano, incapaz de proporcionarle las palabras de consuelo que necesita oír.

Kit suspira.

—Supongo que sabrás que hice la vista gorda con Sibella, ¿no? Durante casi cuatro años te dejé ir con ella. Sin preguntas. Sin darte un ultimátum. Sabía qué tipo de hombre eras. Sabía que cuanto más corto te quisiera atar, más querrías tú escapar. Sabía que necesitabas cariño, que te hicieran caso. Sabía lo insatisfecho que estabas con tu trabajo. Pensé que si te daba eso, si te permitía tu libertad, tarde o temprano volverías conmigo. —Suspira y lo mira con una nostalgia tan profunda que Ted siente que algo en su interior se resquebraja—. ¿Debería haber peleado más, tal vez?

Ted traga saliva. El corazón le pesa tanto que teme que su pecho no pueda soportar más sus latidos.

—Una de las cosas que más lamentaré siempre es que tal vez nunca supiste lo mucho que te amaba.

—Lo siento, Kit. Ahora comprendo que fui cruel. No debí

dejar que se alargase tanto. Por si sirve de algo, te diré que Sibella tampoco me pidió nunca que eligiera. Entendía lo de las niñas, que yo tenía responsabilidades. Pero tuve que elegir. No era sano. Para ninguno de los implicados.

—Y elegiste, sí —dice Kit suavemente—. La elegiste a ella.

Ted percibe el dolor que hay en su voz y siente una punzada de culpabilidad.

—¿Sabes qué es lo peor de todo? —pregunta Kit después de una larga pausa.

—¿Qué? —pregunta Ted, sin saber del todo si quiere oír la respuesta.

—Que Sibella me cae bien. Me cae muy bien, joder.

—Lo siento, Kit. Siento todo lo que ha pasado.

Kit se encoge de hombros.

—Estamos donde estamos. Supongo que tenemos que centrarnos en el día de hoy, como nos ha pedido Lucy que hagamos.

Ted le da la razón.

—Por algo hay que empezar.

Kit le da unas palmaditas en la mano y luego, exhalando un largo suspiro, se levanta lentamente.

—Venga. Tienes razón. Hay mucho que hacer. Sobre todo, deberías ducharte y quitarte esa ropa mugrienta. En estos momentos pareces más un espantapájaros que el padre de la novia.

30

Margot ha subido la tabla de planchar al descansillo del último piso y, plantada en ropa interior en medio de un cuadrado de luz solar, está planchando un vestido azul. Lucy contempla su cuerpo delgado, las largas piernas, el llamativo tatuaje enroscado en su brazo izquierdo. Al levantar su hermana la cabeza, ve los estragos de la resaca en su expresión adolorida y en sus ojos enrojecidos. No se enfada; lo importante es que Margot está aquí, y hoy basta con eso.

—¿Me ayudas con el pelo?

—Claro.

Margot apaga la plancha, se pone el vestido y va al dormitorio de Lucy. Le cepilla la enmarañada melena rubia y Lucy cierra los ojos, disfrutando de la sensación del cepillo desplazándose por su cabellera, de los dedos de Margot surcándole el pelo.

—Bueno, y ¿qué peinado quieres que te haga?

Entre las dos diseñan un recogido informal y después Margot, su pulso apenas un poco más firme que el de Lucy, le pinta los labios de un rojo intenso. Le ayuda a ponerse el vestido y le sube la cremallera, que le recorre toda la espalda.

—Estás despampanante —dice Margot, dando un paso atrás para echarle un buen vistazo.

—Gracias.

—Luce… —titubea Margot—. Siento lo de anoche.

Lucy mueve la cabeza, quitándole importancia.

—Tranquila. ¿Qué tal esa cabeza? ¿Quieres una copa para curar la resaca? —pregunta, señalando el champán que está en un rincón.

—No. Hoy no voy a beber. —Los ojos de Margot se posan sobre una maleta que hay en medio de la habitación—. ¿Eso es para el lunes?

Lucy afirma con la cabeza.

—Menuda luna de miel me espera, ¿eh?

—Ya la haréis después, cuando estés mejor.

—Sí —dice Lucy, dándole la mano. No la corrige.

—¿A qué hora tenéis que estar en el Registro Civil?

—A las doce.

—¿Y seguro que no quieres que os acompañemos?

—¿Para qué? Total, no es más que el rollo burocrático. Presenciar los trámites significa más para los padres; para mí, la boda, el matrimonio, empieza aquí, con todos vosotros.

—Fíjate… Cuando vuelvas del Registro, serás toda una señora mayor y casada.

—Lo de mayor te lo puedes ahorrar, gracias…

Kit llama tímidamente a la puerta antes de entrar. Lleva un largo vestido de flores de colores y se ha hecho su moño desgreñado de siempre; en los lóbulos de las orejas centellean unos pendientes de turquesas. Margot dirige una mirada sorprendida a Lucy.

—Ay —dice Kit, sobresaltada al ver a Lucy asomando por detrás de su hermana—. Ay, Lucy —dice entrecortadamente a la vez que los ojos se le abren como platos y el labio inferior le empieza a temblar.

—No llores.

—No pasa nada, llevo rímel resistente al agua.

—¿Estoy bien? —pregunta Lucy, nerviosa.

—Estás perfecta.

—Tú también estás estupenda, mamá —dice Margot, de nuevo mirando a Lucy con cara de sorpresa.

—¿Me queda bien? —pregunta Kit, dándose un tironcito a la tela del vestido.

—Más que bien.

—No quería decepcionaros.

Vuelven a llamar a la puerta.

—¿Estáis visibles?

Margot abre la puerta a Jonas.

—¡Visibilísimas!

—Estaba pensando que igual queréis que saque unas fotos. Fotos espontáneas, sin posados, mientras vosotras seguís a lo vuestro.

Lucy sonríe. Por su manera de mirar a Margot, es obvio que está loco por ella. Como su hermana no aproveche esta oportunidad, va a tener que echarle una buena bronca.

Margot mira a Lucy.

—No estamos obligadas, Luce, tú decides.

Lucy dedica a Jonas su sonrisa más radiante.

—Por mí, encantada. Gracias. ¿Qué pasa? —pregunta al sorprender la mirada risueña que cruzan Margot y Kit.

—Bueno, no hay duda de que has cambiado de idea —dice Margot.

Fuera se oye un bocinazo.

—Ese seguro que es Tom, que ha vuelto con el coche —dice Lucy con una sonrisa nerviosa—. Hora de irse.

31

Una vez que Lucy y Tom ya no están, la casa se convierte en un hervidero de actividad. Cambian muebles de sitio, sacan vajillas y cubiertos de cajones de embalaje, echan hielo en cubos, colocan botellas. Todo el mundo echa una mano, incluso Chloe y May, que se encargan de doblar un montón de servilletas y de contar los cubiertos. Es como si todos necesitasen tener las manos ocupadas con alguna tarea, algo que canalice su cariño y su atención y les impida pensar.

Llega Sibella, que está preciosa con su sencillo vestido amarillo de lino. Margot la ayuda a bajar del maletero del coche frascos con flores silvestres, rosas recién cortadas y adornos florales de lavanda seca y trigo. Eve y Margot la ayudan a distribuir las flores —algunas dentro de la casa, otras en la carpa— y a colocar un espectacular arreglo de lavanda y trigo en torno a la entrada de la carpa. Cuando terminan, el aroma del final del verano flota en el aire.

Al volver de la carpa se encuentran con Chloe y May, que están haciendo una carrera de volteretas laterales cuesta abajo.

—Dios mío… —dice Eve al ver las manchas verdes de sus vestidos, inmaculados hasta hace un rato, y las briznas de hierba en el pelo—. ¡La fiesta ni siquiera ha empezado y míralas!

—¿No te recuerda a nada? —pregunta Margot con una sonrisa maliciosa—. Lucy siempre tenía que ganar, ¿a que sí? Le daban unas rabietas tremendas si no la dejábamos. —Y, al ver el ceño fruncido de Eve, añade—: Venga, ¿qué más da que lleven unas pocas manchas de hierba? Déjalas que se diviertan. —Le da un apretón en la mano—. Hay cosas más importantes.

Eve se muerde el labio.

—Tienes razón. Hay cosas más importantes.

El ambiente de trabajo y concentración de la casa cambia en cuanto vuelven Lucy y Tom, acompañados de sus padres y madres respectivos. Los recién casados salen atropelladamente del coche de Tom, arrebatados de entusiasmo, enseñando sus anillos y sonriendo a la vez que reciben besos y abrazos de felicitación. Casi al mismo tiempo, un flujo ininterrumpido de coches e invitados empieza a subir por el camino. Se descorchan botellas de champán. Se chocan las copas. Se tira confeti. Alguien, con la emoción, lanza eufóricamente una bolsa de arroz y el paquete entero se estampa contra la cabeza de Tom.

Margot se queda atrás mirando. Ve a Jonas —traje oscuro ajustado, camisa blanca— moviéndose entre la multitud, fotografiando discretamente a los invitados sin que se den cuenta. Se fija en que más de una le hace ojitos y siente una emoción que desconocía. Santo cielo, piensa. ¿Será que está celosa?

Se abre paso a empujones entre el animado gentío del jardín, buscando a Eve.

—¡Madre mía! —dice entre dientes—. ¡Cuánta gente! ¿Tú crees que habrá suficiente comida?

Eve echa un vistazo a la muchedumbre con expresión serena.

—Sí, Margot. Tenemos comida suficiente.

—Pues claro… ¡Si es que eres genial!

Eve le dirige una sonrisita.

—Gracias.

Margot frunce el ceño.

—¿Estás bien?

—En este preciso instante, no.

Se da media vuelta, pero no antes de que Margot haya visto los ojos de su hermana rebosantes de lágrimas.

Una furgoneta abollada se detiene a la puerta de la casa y suelta a un variopinto grupo de amigos de Tom que llevan instrumentos y equipos musicales hasta el pequeño escenario improvisado en el huerto de frutales y, después de afinar las guitarras y comprobar el estado de los amplificadores, arrancan con un arreglo folk de una de las canciones favoritas de Lucy. Margot observa cómo Lucy grita de alegría, se quita los zapatos de una patada y arrastra a Tom hasta el pequeño escenario para un espontáneo primer baile. Toda ella es un remolino de seda roja, cabellos rubios y relucientes dientes blancos que baila descalzo sobre la hierba, y a Tom, que se esfuerza por seguirle el ritmo, no se le va la sonrisa del rostro. Margot los contempla, sintiendo que a su alegría se suma un profundo dolor.

La tarde cede paso a la noche. El champán sigue corriendo. Alguien arrastra un barril de cerveza hasta la carpa y lo deja sobre una mesa. Las lámparas que cuelgan de los manzanos se encienden. Se confiscan cojines de la casa. La sensación de *carpe diem* que se ha extendido por la velada a medida que se iba conociendo la noticia de Lucy ha disipado todas las posibles reservas y cautelas. Andrew enciende la hoguera y el aire se llena de humo y de calor, y se oye el chisporroteo de la leña. El fuego renueva las energías, estimula una especie de desenfreno primigenio. Un DJ se planta delante de las pletinas de la carpa, y el chunda chunda del bajo transforma el ritmo de la noche.

Margot, un poco alejada, inhala el aroma del fuego y cierra los ojos. En su vientre se aviva algo parecido al miedo. Cuando los vuelve a abrir, ve a su madre de pie al otro lado de la humareda, observándola. Sus miradas se cruzan por encima de la hoguera, y el rojo de las llamas se refleja en los ojos de Kit. Su madre y ella, piensa, se mueven como satélites que giran alrededor del mismo planeta, manteniendo cuidadosamente las distancias. Margot traga saliva y se da la vuelta. Hoy no, se dice. Hoy no va a permitir que los recuerdos la reclamen.

Al otro lado de la carpa, Margot ve a Tom acodado en la

barra con aspecto tristón. Se acerca a él y le pone una copa de champán en la mano. Sus miradas se posan en Lucy, que está sentada sobre una bala de paja, riendo y bromeando con un grupo de amigos.

—Es maravillosa —dice Margot.

—Sí, lo es. No me hace ni caso cuando le sugiero que se lo tome con calma esta noche… —se lamenta Tom—. Pero es imposible enfadarse con ella. Mírala.

Margot sonríe al ver que Lucy, en compañía de una amiga, sale a la pista de baile con aire melodramático, ondeando la larga falda de seda de su vestido.

—Sí, es imposible —reconoce—. Te lo digo yo, que llevo toda la vida intentándolo sin éxito.

Se quedan callados y Margot se pregunta si las palabras «toda la vida» le habrán impresionado también a él. Aunque sabe que no sirve de ayuda, no puede evitar preguntarse cuánto tiempo queda. Parece tan animada, tan llena de vida… ¿Cómo no van a curarla la cirugía y la quimio? Es imposible imaginar un mundo sin la fuerza en estado puro de Lucy.

Jonas aparece a su lado y la coge de la cintura. Se quita la cámara que lleva colgando del cuello y se la ofrece a Tom y a ella.

—Echad un vistazo —dice. Margot se inclina sobre la pantalla mientras Tom va pasando las imágenes. Hay una foto de May, sus inmensos ojos azules asomando por encima de una rosa amarilla. En otra, Lucy está bajando del coche con aspecto radiante, la cara contraída por la risa. Ven también a Margot y a Eve cuchicheando a la entrada de la carpa, a una feliz Sibella con la cabeza apoyada en el hombro de Ted, a Kit dando audiencia en la cocina a un grupo de devotos amigos de Lucy. Hay fotos de los invitados riendo y bailando, y una tomada a través de una apertura de la carpa en la que se ve a Lucy y a Tom en un íntimo momento de quietud, las frentes pegadas, los ojos cerrados.

—Qué guapos son —dice Margot, francamente impresionada.

Jonas le da la razón.

—Son increíbles. ¡Cuánto amor hay aquí! —La coge de la mano—. Margot, tienes una familia maravillosa.

Margot mira por encima del hombro de Jonas y ve a Eve cerca de los músicos, dando vueltas con May en brazos; los piececitos de la pequeña giran y giran en paralelo al suelo. Ve a Lucy bailando en un círculo improvisado con Ted, que lleva un arrugado traje de lino, y a Andrew bailando torpemente el vals con Kit. Los ve a todos y sonríe.

—Sí, maravillosa —dice, y volviéndose hacia Jonas, sin poder contenerse, añade—: ¡Cuánto me alegro de que estés aquí!

Jonas sonríe, sosteniéndole la mirada.

Tom carraspea.

—Creo que voy a marcarme un baile con mi preciosa mujer… —dice con tacto.

Jonas se acerca más a Margot.

—Estás preciosa.

—Gracias.

—¡Pero bueno, si parece que la señora ha aceptado un piropo…! —bromea Jonas, dando unos pasos hacia atrás con cara de pasmo.

Margot le da un manotazo en el brazo.

—Ja, ja. Qué graciosillo eres.

—Gracias. ¿Lo ves? Yo también sé aceptar un piropo.

Margot entorna los ojos. Jonas levanta la cámara como si quisiera hacerle una foto, pero ella la aparta.

—¿Qué tal si bajas eso un momento y me besas?

Cuando vuelve Tom, con la cara colorada y resoplando después de una energética eliminatoria de baile, Margot le deja hablando con Jonas y se va al otro extremo de la carpa, donde ve a Eve sentada en una de las balas de paja del rincón. Su rostro pasa del rojo al morado, de ahí al verde y luego al azul bajo las luces estroboscópicas. Está mirando a Andrew, que, con las mejillas arreboladas y los botones de la camisa a punto de reventar, hace girar a Chloe por la pista. La niña chilla de placer, eufórica por lo tarde que es y por la limonada que ha estado birlando del bar. Cyndi Lauper está cantando que las chicas solo quieren divertirse. Margot protesta cuando Andrew intenta arrastrarla —sin éxito— hasta su grupito de baile, y se deja caer sobre la bala de paja junto a Eve. Las dos hermanas se quedan mirando las payasadas que hacen en la pista de baile, acompañándose la una a la otra con su silencio y su quietud.

—Creo que mi matrimonio se ha ido al garete —dice finalmente Eve sin apartar la vista de la escena que tienen delante, pero arrimándose a Margot para hacerse oír.

Por unos instantes, Margot no dice nada. Eve sabe lo de la aventura de Andrew. No sabe quién se lo habrá dicho, pero al menos no va a ser ella quien tenga que hacerlo. ¡Menuda semanita de sorpresas! Se vuelve hacia Eve.

—¿Crees que se ha ido al garete, o lo sabes?

Eve se encoge de hombros.

—¿Qué ha pasado? —pregunta Margot con cautela.

—Andrew se ha enterado de que me he liado con otro.

Margot frunce el ceño.

—¿Cómo dices?

—Que me he liado con otro —repite—. Con Ryan.

A Margot le cuesta seguirle el hilo.

—¿*Tú*? ¿Con Ryan? ¿Ryan el del *pub*?

—Sí.

Margot la mira boquiabierta.

—¡Joder, Eve!

—Ya lo sé.

—Es que… no puedo… ¿Tú? ¿Tú, liada con otro?

Eve se vuelve hacia Margot y entrecierra los ojos.

—¿Es tan difícil de creer?

—Perdona, no. Es solo que como eres tan… tan…

—¿Tan qué?

—Tan buena… tan recta. Siempre sabes lo que hay que hacer. Siempre haces lo que hay que hacer. Supongo que por eso…

y como Lucy dijo que… Y yo pensaba que… —Se muerde la lengua—. Da igual. No importa lo que pensáramos. Joder, Eve.

—Andrew se enteró anoche. Me lo ha soltado esta mañana.

—¿Cómo se enteró?

Pero Margot está recordando la noche anterior y la confusa escena del aparcamiento del *pub*, el cigarrillo que pidió, las luces de seguridad, la camarera gesticulando con rabia, la expresión de Andrew, su palidez. De repente, lo entiende todo. La camarera debía de saberlo. Seguro que fue ella quien se lo contó.

—¡Ay, Eve! ¿Qué vas a hacer?

—No lo sé. ¡Me siento tan avergonzada! Se me subió a la cabeza. Ni yo misma lo entiendo. Si me dices hace unos meses que me iba a acostar con otro hombre, con Ryan, me habría dado un ataque de risa. Pero en los últimos meses he llegado a conocerle un poquito y, no sé… Su manera de mirarme, de hablarme, me hacía sentir… como que alguien me veía de veras. Me hacía sentir bien. Deseada. —Parece avergonzada—. Creo que necesitaba que alguien me viera no solo como una esposa, o una madre, o una hermana metomentodo —añade con una sonrisa pesarosa—, sino como yo misma, como Eve. Ryan me hacía sentir especial.

—Es que *eres* especial, Eve. —Margot sigue consternada por la revelación de su hermana. ¡Eve y Ryan…!—. ¿Cómo se ha tomado Andrew la noticia?

—A la manera típicamente masculina. Ya sabes, ocultando sus emociones. Míralo.

Margot se vuelve y ve a Andrew contoneándose por la pista como Mick Jagger, haciendo el tonto para divertir a sus hijas. Su camisa está cada vez más sudada por la zona de las axilas y tiene las mejillas coloradas. En comparación con él, Eve está extremadamente pálida y triste.

—La noticia de Lucy… En fin, te hace ver el mundo de otra manera, ¿no crees?

—Sí. Desde luego que sí —dice Margot.

—Nos hemos equivocado, Andrew y yo. Creo que quizá

dejamos de esforzarnos. Nos perdimos de vista el uno al otro, y perdimos de vista todo lo importante. Jamás pensé que nos convertiríamos en *esa* pareja; en la típica pareja que discute porque las niñas van a llegar tarde al colegio o porque están los cacharros sin fregar.

Margot no consigue sacarse de la cabeza la imagen de la cara pálida de Andrew en el aparcamiento.

—¿Qué dijo? ¿Cómo reaccionó?

—Me regaló unos pendientes de diamantes.

—¿Cómo dices? Que te… ¿qué?

Eve hace un gesto afirmativo.

—Estos. —Señala los brillantes pendientes *art déco* que le cuelgan de los lóbulos, y los ojos de Margot se abren aún más—. Está enfadado —continúa—, pero, sobre todo, está triste. Creo que los pendientes iban a ser una disculpa por lo ensimismado que está con su trabajo, por no estar presente todo lo que debiera. Pero, ya ves, soy yo la que más motivos tiene para disculparse.

Margot le coge la mano.

—Es un buen padre —añade Eve, mirándolos a él y a las niñas. Los pies de Chloe están firmemente plantados sobre los brillantes zapatos de Andrew, que, abrazando bien a la niña, y con la pequeña May agarrada a su espalda como un monito, baila por la carpa al son de la música.

—Y tú eres una buena madre. —Margot le aprieta los dedos—. Eres una buena persona.

—Yo no me siento así. He incumplido mis promesas matrimoniales. He perdido la confianza de Andrew. Es posible que haya tirado por la borda nuestro matrimonio y todo lo que hemos construido juntos.

—Si los dos queréis que esto se solucione, hallaréis el modo. Y, bueno…, si no, pase lo que pase, estarás bien. Eres fuerte, más fuerte de lo que crees —dice Margot con tono vehemente.

—Quizá todos lo seamos cuando hay que serlo, ¿no? —dice Eve, señalando a Lucy con un gesto y posando de nuevo la mirada en Margot—. Quizá sea mejor que nuestros secretos hayan salido a la luz. Es doloroso, pero al menos ahora pisamos el mismo terreno y podemos ver qué es lo que se ha roto. Tal vez todos tengamos que hacerlo antes de pensar siquiera en aceptar las cosas, en intentar que cicatricen, ¿no crees?

Margot sabe que Eve le está pidiendo algo. Que quiere que se sincere. Titubea, preguntándose si sabrá encontrar las palabras, si sabrá desembarazarse de la oscuridad con la que lleva cargando desde hace tanto tiempo. ¿Qué fue aquello que le dijo Jonas? «Permítete sentirlo todo. ¿Qué es lo peor que podría pasar?».

Desde la pista de baile llega un estallido de carcajadas. Se vuelven y ven a Lucy y a sus amigas agarradas de los hombros, meciéndose; el pelo le cae en la cara y está colorada.

—Cuesta creerlo, ¿verdad? —dice Eve.

—¿No estará en fase de negación?

—¿No lo estarías tú?

—No hago más que pensar que ojalá nos diga que todo ha sido una broma de muy mal gusto. Parte de un plan descabellado para obligarnos a celebrar este día todos juntos.

—¿No crees que se está excediendo?

—Igual sí.

Margot se muerde el labio.

—¿Intervenimos?

—Es la gran noche de Lucy. Tenemos que dejarle hacer las cosas a su manera.

Margot mira sorprendida a Eve. Que sea ella la que renuncie a controlarlo todo y deje en paz a Lucy es algo con lo que no contaba, pero Eve asiente con la cabeza y, suspirando, la apoya en el hombro de Margot.

Al divisarlas entre la bamboleante masa de invitados, Lucy se acerca y se desploma, acalorada y sudorosa, sobre la paja.

—Ay, Dios —dice, jadeando—, por favor, salvadme del horroroso bai-loteo de mi cuñado. Me estoy muriendo.

Se hace un silencio de estupefacción. Las tres hermanas se

quedan petrificadas, conscientes de la verdad que encierran las palabras de Lucy. Eve mira a Margot y después a Lucy, y las tres se echan a reír de sopetón.

—No tiene gracia —dice Eve.

—Ni pizca —le da la razón Margot.

Pero no pueden parar, y la risa se mezcla con las lágrimas mientras se buscan las manos y se las cogen.

Hay un súbito cambio en el ritmo de la música, que pasa de una versión clásica de música disco a los suaves ostinatos acústicos de *Harvest Moon*. Andrew se planta delante de ellas, tendiéndole la mano a Eve.

—Es nuestra canción, Eve.

Eve mira con aire indeciso a Margot, que la anima con un gesto de la cabeza a la vez que Lucy la obliga a levantarse de un empujón.

—¡Venga! —dice—. Por el amor de Dios, sal a bailar con tu marido.

32

La noche, un bullicioso carrusel de música, baile y alcohol, se alarga. Andrew entra en la casa a por las niñas, que se han quedado dormidas en el sofá, y las lleva al coche.

—Quédate —le dice a Eve—. Es importante. Esta noche no se va a repetir.

Eve asiente con la cabeza.

—Gracias.

Se da media vuelta antes de que pueda verle las lágrimas.

En la cocina se ocupa de enjuagar copas de champán y de retirar los restos de comida, amontonando los platos junto a la pila para fregarlos por la mañana. Quita la bolsa del cubo de la basura y pone una nueva. Fuera, en el huerto, suena una guitarra. Se oyen risas suaves y canciones. Y ella, ¿por qué está ahí metida?, se pregunta. ¿De qué se esconde?

Encuentra a Lucy y a Margot al lado de la hoguera. Están tumbadas en la hierba, recostadas sobre cojines y envueltas en mantas que han sacado de la casa para protegerse del aire fresco de la noche. Del fuego solo quedan rescoldos, y el ambiente se ha vuelto más reflexivo y contemplativo ahora que la mañana empieza a insinuarse. Un pálido tono violeta asoma por el horizonte y dibuja un tenue contorno sobre las colinas de los alrededores.

Eve mira a sus hermanas. Margot se está abrazando las rodillas y tiene el rostro iluminado por el brillo del fuego, y Lucy, echada a su lado, parece agotada pero beatíficamente feliz. Piensa en Andrew y en las niñas, que ya estarán durmiendo, bien tapaditas, en sus camas. Piensa en todo lo que queda por recoger por la mañana, cuando el nuevo día llegue de manera oficial.

—Andrew ya se ha llevado a las niñas a casa, pero creo que yo también debería irme.

—¿Y eso por qué? —pregunta Lucy.

Eve se encoge de hombros.

—No sé. Culpabilidad maternal. Culpabilidad de esposa. Culpabilidad a secas.

—Seguro que Andrew se apaña bien solo. Quédate. Solo un ratito más.

Eve mira a sus hermanas y comprende por qué siempre se ha sentido distinta a ambas. Puede que no fuera cosa de ellas, sino suya, por haber mantenido siempre las distancias. Era ella la que había creado la brecha, la que se había separado, la que había asumido responsabilidades y deberes que tal vez no había hecho falta asumir. Se deja caer en el cojín que hay al lado de Lucy.

—Venga, pero solo un ratito, ¿eh?

—Mirad lo que me ha dado Jonas —dice Margot, sacando un porro de los pliegues del vestido.

—No sé de dónde te has sacado a tu amigo fotógrafo, pero me da que me he enamorado un poquito de él… —dice Lucy con un suspiro feliz—. Está bien bueno —añade, dándole un codazo a Margot en las costillas—. Espero que le dejes quererte. Porque es obvio que te quiere.

El rubor de Margot imita el cálido resplandor del fuego. Eve mira el porro y frunce el ceño.

—¿Tú crees que es buena idea?

Lucy se ríe.

—Joder, Eve. Que tengo cáncer. Lo menos que me merezco es un canuto medicinal, digo yo.

Margot enciende el porro y se lo pasa a Lucy. Se quedan un rato en silencio, contemplando la hoguera medio consumida, las chispas que restallan y se esfuman en el cielo todavía oscuro. Eve le acepta el canuto a Lucy y da una calada. Hace caso omiso de la mirada risueña que intercambian sus hermanas.

—¿A veces no os preguntáis de qué va todo? —pregunta Margot al cabo de un largo silencio—. Si tiene sentido...

—Sí, yo siempre —dice Lucy.

—Supongo que pensarás: «¿Por qué yo?» —dice Eve, volviéndose hacia Lucy.

Lucy se encoge de hombros.

—Sí, pero, a la vez: «¿Por qué no yo?». La vida es una lotería. ¿No es eso lo que hace de ella una aventura tan emocionante?

Margot carraspea.

—¿Tienes miedo?

—Sí. —El fuego se agita; los troncos se derrumban convertidos en ceniza y una espiral de chispas se pierde en el cielo—. Pero voy a poner todo de mi parte. Soy joven. Estoy en forma y tengo unos médicos estupendos. Joder, ¡si hasta dirijo un centro de yoga y bienestar! Todo eso tiene que jugar a mi favor, ¿no?

Margot y Eve mueven la cabeza con vehemencia.

—El diagnóstico hace que cada día sea aún más valioso. Hace que quiera ser más abierta, vivir de una manera más audaz y amar más incondicionalmente durante el tiempo que me quede. Y —añade, dirigiéndose a Margot con una pequeña sonrisa— si puedo abusar de vuestro apoyo y obligaros a plantar cara a las desavenencias del pasado... Bueno, entonces podré morirme tan contenta mientras vosotras os quedáis aquí cabreadísimas conmigo. ¿Verdad?

Lucy está intentando bromear, pero Margot guarda silencio con la mirada perdida en las ascuas. Está muy pálida y tiene una expresión que Eve no le ha visto hace muchísimo tiempo. Incertidumbre, inquietud, como si estuviese al borde de un acantilado dudando si saltar o no.

Margot se vuelve hacia las dos con un suspiro. Su expresión ha cambiado e Eve ve algo nuevo en sus ojos. Está resuelta. Ha tomado una decisión.

—Hay algo que necesito contaros —dice en voz baja.

Eve permanece callada y nota que Lucy se ha quedado inmóvil, conteniendo, como ella, el aliento. Miran a Margot, que vuelve a girarse hacia el fuego.

—Es algo que debería haberos contado hace muchos años.

Eve y Lucy, conscientes de que su hermana se está asomando a un precipicio, no mueven ni una ceja mientras empieza a hablar. Escuchan mientras Margot se zambulle por primera vez, con palabras entrecortadas, en el relato de su verdad.

33

En Nochebuena, Ted invitó a Eve, a Margot y a la recién llegada Lucy a cenar en el *pub*. Iba a ser su primera reunión propiamente dicha desde que Lucy se fue a recorrer mundo, y con Ted y Sibella como pareja oficial. Margot, horrorizada ante la idea de una velada de falso regocijo y miradas escudriñadoras, se subió de mala gana al asiento trasero del coche de Ted, que la estaba esperando frente a Windfalls. Sibella —envuelta en un abrigo rojo y con la melena cayéndole en cascada sobre la espalda— y Ted —exultante tras su reciente viaje a Londres, donde su esperadísima obra *Abrasión* se había estrenado con grandes elogios de la crítica— estaban muy contentos. Ted parecía empeñado en interrogar a Margot sobre el más mínimo detalle de su vida, y ella, desplomada en el asiento trasero, daba respuestas de lo más mecánicas a las preguntas de ambos.

—¿Qué tal van los exámenes? —preguntó Ted, tomando las cerradísimas curvas de la calles de Mortford.

—Bien.

—¿Te apañas con tanto trabajo?

—Umm.

—¿Y qué tal tu madre, todo bien?

—Sí.

Vio que Ted y Sibella cruzaban una mirada. Seguro que pensaban que era una adolescente malhumorada a la que le costaba aceptar a la nueva pareja de su padre. Mejor así. Era más fácil.

Lucy e Eve estaban esperando en el *pub*, sentadas a la barra en sendos taburetes. Lucy, con la piel cobriza, el pelo lleno de trencitas y un vestido largo y amplio de *tie-dye* procedente de su temporada en la India —donde los tres meses se habían alargado a seis después de una aventura excitante, pero condenada al fracaso, con un compañero yogui—, tenía un aspecto increíblemente radiante y saludable. E Eve… En fin, aquella noche, una de las raras ocasiones en que descansaba de cuidar a la pequeña Chloe, Eve parecía increíblemente cansada.

Ted pidió champán y las entretuvo con historias de Teatrolandia. Tiraron de los consabidos tubitos navideños con sorpresa y Margot intentó ser una más y dar la impresión de que se estaba divirtiendo a la vez que apenas hablaba con nadie. Aprovechando que se iba al servicio, Lucy la siguió y la abordó delante de los lavabos.

—¿Todo bien? Te noto rara.

—Sí —dijo Margot sin apartar la vista de sus manos; el jabón le hacía espuma entre los dedos, el agua estaba ardiendo.

Lucy entornó los ojos.

—¿Estás segura? Es como… es como si alguien hubiese dado al interruptor para desconectarte. Como cuando se apaga la luz.

Sus ojos se encontraron en el espejo.

—¿La luz? Has estado demasiado tiempo en la India.

—¿Pasa algo en casa? ¿Se te hace raro estar a solas con mamá?

—Está liada con el último libro —murmuró Margot.

Lucy suspiró.

—Sé que es difícil, pero tenemos que darle una oportunidad a Sibella, por el bien de papá.

Margot movió la cabeza.

—Sibella es maja.

Lucy le dio la razón y, claramente deseosa de hablar de la novia de su padre, aprovechó la oportunidad que se le brindaba.

—Parece cuerda, lo cual para empezar ya es algo, no? —Sonrió a Margot—. ¿Qué verá en papá?

Margot intentó esbozar una sonrisa, y dijo:

—Estoy un poco celosa de su pelo.

Margot sintió que Lucy volvía a mirarla de arriba abajo. Se obligó a no retroceder cuando Lucy alargó el brazo y dio un tironcito a la manga de su sudadera.

—¿Esta no era de Eve, de hace mil años?

Margot se encogió de hombros.

—Es cómoda y calentita.

—Es horrorosa. Tengo que llevarte de compras. Con lo guapa que eres no deberías esconderte.

Margot se acordó de la última vez que se había sentido guapa: la noche en que, de pie sobre el escenario, aplaudida por el público, se había sentido contemplada y valorada. Recordó la mirada penetrante del señor Hudson; ella le había dado pie a que la mirase de aquella manera. ¿Por qué iba a querer ahora llamar la atención? Sabe bien las consecuencias que acarrea. Cosas que duelen, que no puedes controlar.

La puerta del servicio se abrió.

—Aquí estáis —dijo Eve, asomándose—. ¿Qué, diseccionando a papá y a Sibella? ¡Me apunto!

Lucy asintió.

—Venga, deprisa. Cierra la puerta. ¿Qué piensas de ella?

—Me gustaría que me cayera mal, pero creo que a papá le va bien con ella. ¿Y vosotras?

Lucy se encogió de hombros.

—Sería más fácil si no fuera una de esas mujeres odiosas que están fantásticas sin una gota de maquillaje, pero sí, estamos de acuerdo. Aunque creo que todas preferiríamos que dejase de mirarla tanto con ojos de cordero degollado. Da vergüenza ajena.

—¿Qué pensáis que ve en él? —preguntó Eve—. ¡Si es mucho mayor que ella!

—Se lo pregunté —dijo Lucy con total naturalidad.

Eve la miró boquiabierta.

—¿Que hiciste qué? Ay, Lucy. Cómo no. —Movió la cabeza—. Venga, dispara, ¿qué te respondió?

—Que era «dulce y cariñoso», y después dijo no sé qué sobre su «inteligencia brillante» —dijo Lucy, encogiéndose de hombros.

Margot echó un vistazo a la puerta. Quería estar en casa, debajo del edredón, lejos de aquel intenso análisis familiar.

—Le estaba diciendo a Margot que tiene que mejorar su *look* —dijo Lucy, cambiando de tema—. Las sudaderas viejas y los pantalones de chándal que lleva últimamente no le hacen ningún favor.

—Pues a mí me gustan —dijo Margot, haciendo un mohín—. Además, hay más cosas en la vida que la ropa y el maquillaje.

Eve, volviéndose para mirarse en el espejo, se estiró el holgado top y se ajustó un disco de lactancia dentro del sujetador.

—¡Dios, qué grandes tengo las tetas! Pensaba que a estas alturas habría perdido ya todos los kilos del embarazo. Las matronas me dijeron que dar el pecho me absorbería la grasa, pero me mintieron. Me siento más gorda que nunca.

—¿Queréis parar ya? —dijo Lucy—. Sois las dos guapísimas. Si tenéis la autoestima baja, lo mismo os convendría probar una de mis clases de yoga.

Eve y Margot intercambiaron una mirada y se echaron a reír.

—¿Qué pasa? El yoga es divertido. Como decimos en el centro: «Es para todos los cuerpos y todas las almas». A lo mejor os gustaba.

Eve puso cara de hastío.

—Lucy, si pudiera sacar una hora para mí sola, sin una cosita llorona que se me agarra gimoteando para que le dé leche y le cambie el pañal, ¿sabes lo que haría? Me metería en la cama a dormir.

Sí, se dijo Margot para sus adentros. Yo también.

—El yoga os sentaría bien —insistió Lucy, reacia a darse por vencida tan fácilmente—. Y lo mismo recuperabas el brío, Margot. Pareces tan… tan…

Lucy no terminó la frase, pero Margot sabía a qué se refería. Se quedaron mirándola en el espejo: el pelo lacio y grasiento, la tez apagada, la fea sudadera gris que era ya como una segunda piel que eclipsaba su cuerpo. Y sabía lo que veían: su verdad repugnante y abyecta, expuesta ahí, a la vista de todos.

Desde el espejo cubierto de grafitis, su reflejo le devolvió la mirada. Le sorprendió ser visible en el cristal, con lo vacía y anestesiada que se sentía… Algo le pasaba, se le había roto algo que no sabía si se iba a poder arreglar. Era una cascarilla, vaciada y lista para que se la llevase el viento.

Eve bostezó.

—Será mejor que volvamos. Seguro que saben que estamos hablando de ellos. Además, cuanto antes pidamos el postre, antes podré meterme en la cama. A no ser que esta noche se produzca un milagro navideño, Chloe querrá otra toma a las dos de la mañana.

De nuevo a la mesa, Margot se hundió en su silla y dejó que la conversación y las risas le resbalasen. Intercambiaron regalos y se esforzaron por participar de la alegría navideña, brindando con champán. Ted no podía apartar los ojos de Sibella, que tenía la mano puesta en su rodilla. La trataba como si fuera un premio, agarrándose a ella como a un oso de peluche ganado en una atracción de feria. Eve no paraba de bostezar y de mirar la hora, y Lucy parecía incapaz de hablar de otra cosa que no fuera la India y lo alucinante que había sido el viaje. Era como estar detrás de un cristal o sumergida bajo el agua, pensó Margot; visible pero desconectada de las vidas brillantes y felices de los demás. Sintió alivio cuando Ted pagó la cuenta y la llevó de vuelta a Windfalls.

Durante todo el invierno, Margot guardó su vergonzoso secreto como si fuese un trozo de carbón que ardía lentamente en lo más profundo de su ser. Se pasaba las horas tumbada en la cama leyendo libros, escuchando música con los cascos puestos o entrando y saliendo de un extraño aturdimiento: ni dormida, ni despierta. De vez en cuando, birlaba vino de la alacena de la cocina al saber que Kit no iba a reparar en su ausencia. Se lo bebía en su dormitorio, buscaba ese colocón, esa confusa sensación de otredad que la sacaba de sí misma. Otras veces compraba cigarrillos y se sentaba delante de la ventana de su cuarto a fumar uno tras otro hasta que se mareaba y le daban ganas de vomitar. Se ponía las prendas más anchas de todas las que le pasaba Eve y dejó que el pelo se volviera una maraña ingobernable. En el colegio mantenía la cabeza gacha, hacía lo justo y necesario para aprobar y trataba de reunir un mínimo de fuerzas para no pasar de todo. Las obras de teatro y los resultados de los exámenes le traían sin cuidado. La Cosa Mala le minaba las fuerzas. Deseaba que fuera una pesadilla, deseaba que desapareciera, pero cada mañana se despertaba sabiendo que había sucedido. Todavía estaba ahí.

El último día del tercer trimestre, Margot se bajó del autocar escolar y echó a andar hacia su casa. No había sido un buen día. La profesora de inglés le había echado la bronca delante de todo el mundo porque, para variar, no había entregado a tiempo una redacción. A Margot, sentada ante el pupitre con la cabeza gacha, la reprimenda le había entrado por un oído y le había salido por el otro.

—No lo entiendo, Margot. No es propio de ti ser tan chapucera.

«¿Y no será que no lo entiende porque no me conoce ni pizca?», se dijo Margot, a punto de estallar. Estaba cansada, irritable, y no encontraba el modo de sentarse sin que le doliera la espalda. Tuvo que hacer un esfuerzo sobrehumano para no contestar a la profesora y salir de clase echando pestes. A la hora de comer se le había caído la bandeja en el comedor, provocando un aluvión de risas y burlas, y el resto de la tarde lo había pasado escondida en el servicio de las chicas, llorando a lágrima viva en uno de los cubículos sin saber por qué.

Un poco más adelante vio a un grupo de estudiantes bajando

por el camino. Iban riéndose y bromeando, y entre ellos estaban Jamie y varios miembros más del reparto de *Romeo y Julieta*. Margot se subió la capucha y, agachando la cabeza, se desvió por un senderito cercano que atravesaba el bosque en dirección al río. Era una ruta menos directa, pero le permitía volver a Windfalls por el camino de sirga y evitar a sus compañeros.

Al pasear por el bosque, Margot sintió que se le pasaba un poco la irritación. El sol primaveral brillaba cada vez con más fuerza y el bosque entero olía a ajo de oso. Tenía por delante dos semanas sin colegio, sin trayectos en autocar, sin tener que evitar a nadie. Sabía que su madre estaba en la delirante etapa final de su novela. «Los dos últimos capítulos, cielo», le había dicho con la mirada ausente esa misma mañana en el desayuno. Hasta que terminase, no iba a ser difícil evitarla. En cuanto a Eve, seguía liada con su bebé, y Lucy tenía planes para abrir su propio centro de yoga en Bath. Iba a poder pasar casi todas las vacaciones de Semana Santa a solas. A lo mejor conseguía centrarse en el trabajo de literatura inglesa que no había entregado a tiempo, sacarse algo de la manga.

A mitad de camino, entre los árboles moteados por el sol, Margot sintió que algo se desataba en su interior. Una explosión seguida de un chorro de líquido caliente que le caía por la cara interior de los muslos. Se quedó petrificada. Era como si se hubiese hecho pis encima. Ningún aviso, tan solo una súbita descarga. Casi con idéntica rapidez, una intensa presión la atenazó, como un cinturón ciñéndose con fuerza a su abdomen. Margot se agarró al árbol más cercano y se apoyó en él con todo su peso, esperando a que la presión aflojase. Era un dolor de vientre brutal, como si sus entrañas estuviesen luchando para abandonar su cuerpo.

Cuando el dolor empezó a remitir, Margot respiró con fuerza y se soltó del árbol. Había pasado. Esperó a que le volvieran las fuerzas a las piernas, se tocó el pantalón de chándal, que, húmedo y frío, se le pegaba a los muslos, y reanudó la vuelta a casa con andares un poco más resueltos.

A los pocos pasos, el dolor volvió, un agarrón tan fuerte en los músculos que se quedó clavada en el sitio. Se apretó el vientre, sintió su abombamiento tenso y duro y soltó un gemido. Estaba asustada. La Cosa Mala estaba a punto de llegar.

Presa del dolor, tambaleándose entre los árboles mientras la terrible presión iba y venía alternándose con el alivio, continuó avanzando por el camino; poco después, se dobló y vomitó entre la maleza los restos sin digerir de la comida del colegio. Gimió, sintiendo un sudor frío en el cuello y la frente; estaba muerta de calor. Y el dolor lacerante volvió a golpearla por dentro.

Sujetándose la barriga, se movió entre los árboles guiada por un instinto primario, alejándose del sendero hasta llegar a una densa zona de bosque en la que los alisos crecían más altos y más pegados los unos a los otros. Incapaz de seguir, se acuclilló entre las sombras para vomitar otra vez sobre la hojarasca hasta que se le vació el estómago. «Ayúdame», imploró con el rostro bañado en lágrimas y la mirada clavada en el borroso fragmento de cielo que asomaba entre la fronda. No sabía a quién se dirigía, pero deseaba con todas sus fuerzas que algo, cualquier cosa, se compadeciese de ella. «Por favor, ayúdame».

Y, de repente, estaba sudando, jadeando y arrancándose la ropa; la presión que iba creciendo en su interior era tan fuerte, tan inevitable, que comprendió que tenía que rendirse a ella. Cayó de rodillas y apoyó las manos sobre el barro, agarrándose a la tierra húmeda, gruñendo y gimoteando mientras el dolor se adueñaba nuevamente de ella y sentía como si se partiera en dos. Hubo una breve tregua y después volvió, y lo único que podía hacer era cabalgar sobre las sensaciones y dejar que su cuerpo purgase lo que estaba viniendo, fuera lo que fuera.

Margot, todavía a cuatro patas, soltó un fuerte gemido al notar que algo caliente y vigoroso se escurría de su cuerpo. Sintió una quemazón intensa y a continuación oyó que algo caía al suelo con un ruido sordo. Notó la humedad entre las piernas y el sudor del rostro, se oyó jadear entrecortadamente. Sin moverse del sitio, con la frente apoyada sobre la tierra fresca, se puso a esperar, sabiendo por una especie de profundo instinto interior que aún no había terminado. Y entonces, al cabo de unos instantes, volvió a embestirla otra oleada de lacerante presión, no tan fuerte como la anterior, pero, aun así, insistente. Hubo una segunda tregua, otra cosa caliente y mojada que se escurría desde su cuerpo a la tierra. Volvió a inclinarse, apretando la cara contra el suelo, aspiró el olor del barro y de las hojas húmedas, y el perfume sólido y reconfortante de la tierra que la sostenía.

No sabía cuánto tiempo había permanecido en aquella postura, pero cuando abrió los ojos fue como si el mundo se hubiese ladeado. El sol que se filtraba a raudales entre los árboles estaba un poco más bajo, y el aire que le rozaba la piel, un poco más fresco. Vio un hongo mal formado asomando a través del barro; por su tallo gris subía corriendo una tijereta.

Sabía que había algo que tenía que hacer, pero mientras su cara siguiera descansando sobre la tierra, podía fingir que no. Podía recomponerse, volver a su ser.

No movió ni una ceja hasta que el aire empezó a enfriar la pringosa humedad que tenía en la entrepierna y el sudor de la piel le puso la carne de gallina. Solo entonces se permitió a sí misma mirar.

La vio tirada en el suelo, entre sus piernas. La Cosa Mala. Un bebé azul y silencioso, bañado en sangre y escurridizo, con un cordón grisáceo enredado alrededor del cuello que lo conectaba con un amasijo sanguinolento que yacía entre la hojarasca.

Margot lo estudió unos instantes y se puso a vomitar sobre la tierra seca.

Casi había anochecido cuando, arrastrando los pies por el camino de sirga, sucia y cansada, emprendió el camino de vuelta siguiendo el negro discurrir del río hacia la casa. Le dolían las manos, y vio que estaban negras y que sangraban, las uñas rotas y cubiertas de una costra de barro. En su cabeza había un extraño zumbido y, aunque las piernas le pesaban como piedras, siguió avanzando a trompicones como una versión encorvada de sí misma que volvía a Windfalls con el piloto automático. Tres palabras reverberaban sin tregua en su cabeza, y caminó acompasando el paso a sus sílabas: : «Ya no está… ya no está». La Cosa Mala ya no estaba.

Ante sus ojos, descollando desde el pie del huerto sobre las negras aguas, apareció el embarcadero. Margot se detuvo, se llevó una mano al vientre, oyó ecos de risas antiguas, el sonido de botellas entrechocando. Ahí estaba: el estudio de su madre, surgiendo amenazador entre las sombras. El lugar de su perdición. El zumbido de su cabeza se hizo más fuerte.

«¿Conque es aquí donde ocurre la magia?».

La voz del señor Hudson resonaba en su cabeza. La oía con tanta claridad que tuvo que luchar contra las ganas de desgarrarse las orejas. Incapaz de detenerse, arrastró los pies hasta la puerta y puso una mano sanguinolenta sobre el picaporte. ¿Estaría ella allí? ¿La ayudaría?

«¿En quién has pensado, Margot?».

Nada más entrar, olió un aroma familiar que le provocó arcadas: papel, manzanas, el perfume de su madre. La habitación estaba vacía, pero al fondo estaba el escritorio, un montón perfecto de folios DIN A4 pulcramente apilados al lado de la vieja máquina de escribir negra. Cerró los ojos, y los papeles apretados contra su cara, las manos del señor Hudson sobre su piel, la presión del pulgar en la zona más blanda de su cuello y la vibración del escritorio bajo su cuerpo se precipitaron sobre ella en una nauseabunda avalancha de recuerdos.

«Mira cómo me pones».

Al sentir el vacío sordo y doloroso de su interior, Margot soltó un alarido de rabia. Cruzó hasta el escritorio y, de un violento manotazo, tiró los papeles, la lámpara y la máquina al suelo. Los folios revolotearon como una bandada de pájaros desplazados. Agarró el candil que estaba colgado de un clavo en la pared y lo estrelló contra el suelo, regodeándose con el estruendo del cristal haciéndose añicos y con la imagen del queroseno derramándose por el suelo. Tiró libros de las estanterías, arrancó las cortinas de gasa de sus raíles. El pisapapeles de cristal rosa salió volando estrepitosamente por la ventana cerrada. Aquel lugar —el lugar donde su madre se ensimismaba, la causa del abandono de su padre, el escenario de su vergüenza— tenía la culpa de todo.

Sobre el alféizar de la ventana estaba la caja de cerillas. Cogerla y encender una se le antojó lo más normal del mundo. La vio llamear en la penumbra, y acto seguido la lanzó al charco de queroseno que caía del candil roto y oyó el gratificante bum.

Las llamas subieron rápidamente. Corrían por el suelo como perrillos lamiendo las patas del escritorio, ennegreciendo los papeles pulcramente mecanografiados que estaban desparramados por todas partes, convirtiendo las palabras en cenizas en cuestión de segundos. Margot, paralizada por las llamas, se quedó un rato mirando, asombrada de la rapidez con que se adueñaban del estudio y lo sumían en una luminosa y humeante neblina. Quería quedarse a ver cómo ardía todo. Quería que también a ella se la llevara el fuego, pero cuando empezó a ascender hacia el tejado del estudio y avanzó hacia ella, un profundo instinto primario le hizo dar media vuelta y salió tambaleándose del viejo almacén de manzanas. Una vez fuera, se desplomó medio asfixiada sobre el embarcadero, contemplando cómo desaparecían los restos por detrás de un muro de calor y llamas.

Tal vez fueran unos minutos, tal vez más; Margot no tenía ni idea de cuánto tardó la figura en salir de la oscuridad y bajar corriendo por el sendero que comunicaba con la casa. Observó con desapego a la mujer, que, en camisón y con la melena revuelta cayéndole sobre los hombros, se quedó clavada en el sitio, su rostro, la viva imagen del horror mientras contemplaba el edificio en llamas y gritaba:

—¡No! ¡Ay, Dios mío! ¡Nooo!

Entonces, Kit se volvió y Margot vio la expresión de sobresalto que asomaba a su rostro al reconocer a su hija acuclillada en el embarcadero. Margot, el cuerpo entumecido por el agotamiento y el *shock*, vio cómo se le crispaba el rostro al comprender lo que había sucedido.

—¿Qué has hecho? —gritó su madre, tirándose del pelo y clavándole una mirada iracunda—. ¿Qué has hecho? ¡Mi libro! ¿Se puede saber qué demonios has hecho?

Margot tragó saliva, que le dejó en la boca un fuerte sabor a ceniza y a humo.

—Ya no está. —Fue lo único que pudo responder, las palabras poco más que un susurro—. Ya no está.

Por encima de Margot, las bombillas se mecían en el cable, polvorientas y apagadas; a su lado, las oscuras aguas discurrían inagotables y silenciosas por su cauce.

34

Lucy, tumbada junto a Tom —que no para de roncar—, parpadea en la penumbra del dormitorio de su infancia. Sabe que también ella debería dormir, que su cuerpo no le va a agradecer que se levante tan temprano después de una noche tan larga, pero es una batalla perdida. Por sus venas sigue corriendo la adrenalina producida por la fiesta y por la terrible confesión de Margot de esa madrugada. En su cabeza se repiten fragmentos sueltos de la conversación. Al oír a un mirlo que llama desde el jardín, se rinde por completo y sale sigilosamente de debajo de la colcha.

Se pone las botas UGG y un largo cárdigan de lana, enrollándoselo bien por encima del pijama. En el vientre tiene un dolor familiar, de baja intensidad y lo bastante difuso como para que pueda ignorarlo, por ahora.

La casa está tranquila y silenciosa, y también patas arriba como un bosque después de una tormenta. Abajo, en el salón, un invitado no identificable duerme en el sofá de terciopelo acurrucado bajo una manta; le cuelgan los pies desnudos, y sus suaves ronquidos se oyen a través de la puerta abierta. La cocina es un desastre. La larga mesa de roble está cubierta de botellas de vino vacías, vasos sucios y los restos de una tabla de quesos que a nadie se le ha ocurrido retirar, entre los que hay una rueda de brie rezumante y

un racimo de uvas medio amarronadas. A su lado hay un cenice-
ro rebosante de colillas. Lucy contempla el desorden con una silenciosa sensación de triunfo —son señales de que la fiesta ha sido
un éxito— antes de salir a la luz de la mañana por la puerta de
atrás. Necesita estar un rato a solas para enfrentarse a la operación
limpieza que la espera.

Fuera, el aire de la mañana contiene las primeras notas del otoño. La luz es brillante, limpia, hermosa, aunque abajo, en el valle,
el río está envuelto en niebla. Cruza por el huerto, pasa por delante de los restos cenicientos de la hoguera humeante, de la carpa
abombada por la condensación del vapor y de las banderitas mus-
tias; en la hierba pisoteada hay una botella de champán, y la tierra
desprende un aroma a manzanas caídas. El dobladillo de su pantalón de pijama absorbe el rocío de la mañana.

Un mirlo entona su canto en una rama muy alta. Arrebuján-
dose en el cárdigan y dirigiéndose hacia un viejo árbol caído junto a las plácidas aguas del riachuelo, se pregunta si será el mismo
mirlo que la animó a salir de la cama. Al sentarse, ve las iniciales
grabadas en el tronco del manzano: *K. T. E. L. M.* Cinco letras
que marcan el lugar de la familia, que confirman su presencia en
este paisaje, su sentido de pertenencia. ¿Qué aspecto tendría sin la
letra L? Se imagina por un instante que se borra, que la letra deja
de existir, y traga saliva.

Sus ojos vuelven a posarse en la casa que está en lo alto de la
colina, iluminada por la luz de la mañana. Es su hogar familiar,
un lugar disfuncional y caótico, sí, pero también rebosante de
amor y seguridad. Al menos, así lo había considerado siempre. Las
revelaciones de Margot le han afectado profundamente. ¿Cómo
había podido su hermana soportar en secreto tan terrible carga durante tanto tiempo? ¿Cómo era posible que ninguno de ellos hubiera visto lo que había sufrido… lo que había sobrellevado,
tanto física como emocionalmente? ¿Por qué a nadie se le había
ocurrido profundizar un poco más? No habían dudado en interpretar su malhumor y su destructivo acto como un caso de rabia

y desafío adolescentes. Y mientras Margot levantaba sus muros, habían dejado que se escapase. Le habían dado la espalda. Lucy se siente avergonzada; por no haber visto las señales, por no haber ayudado.

Recuerda la expresión de Margot cuando, tumbada entre Eve y ella, la mirada perdida en las llamas moribundas de la hoguera, les había hablado de la violación y del bebé que había llevado secretamente en su vientre. Recuerda las lágrimas de Margot al hablarles del parto. Había nacido muerto… o, por lo menos, eso le había parecido. Les habló del silencio. Del bebé azul con el cordón enrollado alrededor del cuello.

—¿Qué hiciste? —había preguntado Lucy, un poco temerosa de la respuesta.

Margot había cerrado los ojos y, después de una larga pausa, había respondido:

—No quería tocarlo. Pero no podía no hacerlo. Cogí al niño y lo llevé al río.

Niño. Al oír la palabra, Lucy había tenido que hacer un auténtico ejercicio de autocontrol para no llorar y permanecer al lado de su hermana en silencio.

—No podía pensar con claridad.

—Normal, estarías en un terrible estado de *shock* —había dicho suavemente Eve, cogiéndole la mano—. Sigue contándonos, Margot.

Y eso había hecho. Les había contado, con la voz entrecortada, que en un primer momento había decidido ocultar al bebé en el río.

—Quería que desapareciera. Pensé que se alejaría río abajo. —Pero al llegar a la orilla, fue incapaz de hacerlo—. Me pareció mal. El agua estaba tan fría… Y no pude soltarlo. De esa manera, no.

Lucy había cerrado los ojos para contener las lágrimas mientras Margot explicaba que con sus propias manos había cavado una sepultura a la orilla del río, escarbando el barro con los dedos.

—Debajo del puente —les había dicho—. Allí la tierra era

más blanda, y entre las sombras había oscuridad y silencio. Pensé que allí estaría… a salvo. —Un sollozo la interrumpió—. Sé que… sé que estuvo mal, pero no sabía qué otra cosa podía hacer.

Les había hablado del terrible paseo de vuelta y de cómo, al salir del camino de sirga, se había topado con el estudio de su madre, el lugar en el que había sufrido el ataque. Cuando describió lo que había sentido al verlo aparecer en medio de la oscuridad, provocándola desde las tinieblas, Lucy había pensado que entendía perfectamente por qué Margot había hecho lo que hizo. Seguramente, ella habría obrado de la misma manera.

Una tristeza abrumadora se apodera de Lucy cuando piensa en todo lo que ha sufrido su hermana. Pero Kit lo entendería, seguro. Si Margot encontraba el modo de contárselo todo, ¿cómo no iba a perdonarla por los destrozos que había causado?

La noche anterior, a medida que se iba corriendo la noticia de su enfermedad, Lucy lo había oído mil veces: «Qué valiente eres, qué fuerte eres». ¿Valiente ella? No cree que lo sea. Se limita a poner un pie delante del otro y seguir adelante. ¿Qué otra cosa puede hacer? Era Margot la que había sufrido, la que había tenido que cargar con una vergüenza inmerecida. La valiente era Margot, que había vivido silenciosamente con su secreto.

Ahora ve la verdad: cada uno carga con su dolor. Kit, con su amor no correspondido por Ted; Eve, con el desmoronamiento de su matrimonio; Lucy, con su enfermedad, y Margot con su desgarrador pasado. Hay valentía en el hecho de vivir, piensa. Hay fuerza en el hecho de seguir adelante. Margot es buena prueba de ello, y lo que Lucy desea para su hermana, ahora que ha empezado a hablar de lo que sucedió, es que termine hallando el modo de derribar la fachada exterior que la ha alejado de tantas cosas y de tantas personas. Si su hermana consigue sacar las fuerzas necesarias para contarle a Kit lo que pasó, quizá todavía haya una oportunidad para que las dos se puedan recuperar de esto.

Una figura aparece en lo alto del jardín e inicia el descenso por las hierbas altas. A medida que se acerca, ve que es Sibella.

—No quiero entrometerme —dice esta, acercándose un poco más—. Vine a ayudar a recoger y te oí salir de casa. —Le ofrece una manta—. He pensado que a lo mejor te venía bien esto. No te resfríes.

Lucy la coge.

—¿Así es como van a ser las cosas a partir de ahora: mantas de ganchillo, té y conmiseración?

Sibella sonríe.

—Aprovecha ahora que puedes. La alternativa es fregar los cacharros.

—Gracias.

—Venga, te dejo tranquila.

Sibella se está dando la vuelta cuando habla Lucy:

—Tengo miedo —dice, y la voz se le quiebra ligeramente mientras las palabras salen de su boca.

Sibella se sienta sobre el tronco y posa delicadamente la mano sobre la de Lucy. Es una mano suave y emite un calor reconfortante.

—Ya lo sé, cielo. Ya lo sé.

—Estaba tan centrada en la fiesta de ayer, en lo imponente de dar un paso así… Pensé que me aportaría una sensación de plenitud, a lo mejor incluso de paz. —Suelta una risita—. Y, hasta cierto punto, así ha sido. Casarme con Tom y celebrarlo con todo el mundo era exactamente lo que quería. Todos reunidos. Me sentía tan… tan feliz, y también tan… —se esfuerza por encontrar la palabra adecuada— tan querida… Pero hoy… —Suspira y da una patada a una piedra, que sale disparada entre la hierba—. Hoy estoy cabreada. No está en mis manos arreglarlo. No puedo arreglar nada: ni mi dolor, ni el dolor de los demás.

Sibella se queda mirando al vacío.

—Tienes razón, no es justo. Para hacer lo que hiciste ayer, enseñarnos a todos cómo quieres que sean las cosas, cómo quieres *vivir* en estos momentos, hace falta mucho valor. Nos sirvió de inspiración.

Lucy piensa de nuevo en Margot y le cae una lágrima por la mejilla. Salpica sobre el cárdigan, formando una manchita oscura.

—Una persona puede abrazarse a sí misma con fuerza. Construimos nuestros muros protectores y nos separamos de los demás. Pero lo que veo cada vez más es lo mucho que nos necesitamos los unos a los otros.

Lucy sofoca un sollozo, imaginándose de nuevo a Margot a solas en el bosque, meciendo a su bebé muerto. Imaginándose su sufrimiento al parirlo completamente sola antes de llevarse el cuerpecito y, en un último acto de desesperación, enterrarlo con sus propias manos en el barro de debajo del puente, con el río como único testigo.

Sibella, ajena a los pensamientos de Lucy, le aprieta la mano.

—No puedes solucionar los problemas de todo el mundo, Lucy. No son responsabilidad tuya. Discúlpame si me estoy metiendo en lo que no me llaman, pero ¿no crees que ya es hora de que pienses en lo que necesitas tú, en estos momentos, para estar fuerte?

—¿No te parece una actitud egoísta? —dice Lucy con una débil sonrisa—. Creo que ya hay más de uno que me considera así por haber obligado a todos a reunirse de nuevo.

—No creo que nadie pueda decir de ti que eres egoísta, Lucy. Ayer fue un día fantástico. Demostraste una fortaleza increíble. Fue un día lleno de recuerdos que tu familia conservará en los días venideros, traigan lo que traigan. Pero tu boda con Tom no es el final. No es el final de tu historia, ¿no te parece? Sigues aquí. Viva. De manera que vive, Lucy. Vive lo mejor que puedas.

Lucy esboza una sonrisita.

—Aún no me he muerto, ¿verdad?

—Exactamente. Cada día es un regalo.

Sibella se marcha y la deja sentada en el viejo tronco. Lucy, sin ganas aún de moverse, se queda mirándola. Poco a poco, en su quietud, van desfilando otros recuerdos más felices de la víspera: sus amigos y ella girando bajo las luces intermitentes; Chloe y May riéndose con su padre; Eve sentada sobre una bala de paja, con la cabeza apoyada en el hombro de Margot; Tom agarrándola y susurrándole lo orgulloso que está de ser su marido; Andrew tendiéndole la mano a Eve para sacarla a bailar; Ted y Kit echados en un par de tumbonas bajo las estrellas, conversando en voz baja.

Al mirar en derredor, sus ojos se posan de nuevo sobre las cinco iniciales grabadas en el viejo manzano. Esta vez, verlas le consuela. El amor permanecerá. El amor que se tienen los unos a los otros seguirá aquí, incluso cuando ella ya no esté.

La brisa mueve las copas de los árboles y suelta una ráfaga de hojas cobrizas que caen al suelo arremolinadas. Lucy ladea la cara en busca del sol, y deja que le caliente la mejilla. Sabe que ese día marca el inicio del equinoccio, cuando el hemisferio norte empezará a alejarse del sol. Hoy, el día está en equilibrio, pero pronto las noches serán cada vez más largas que los días. El verano está dando paso al otoño. Lucy ve que una hoja marrón cae en el riachuelo y se aleja rumbo al río flotando sobre la corriente, parte de un flujo sin fin. La luz, asentándose sobre la niebla del valle, es casi demasiado hermosa. Siente que se rinde: a la belleza, al amor, al dolor, a la tristeza, al gozo de vivir.

¿Qué necesita en estos momentos? Necesita volver con su familia. Necesita abrazar a su marido y darles las gracias a todos por el maravilloso día que han pasado. Pero antes, piensa contemplando el valle, quiere hacer otra cosa.

Envuelta en un fino velo de niebla blanca, baja por el huerto, cruza la puerta de madera y se encamina hacia la orilla del río. Todo está amortiguado, enfundado en un extraño silencio. Es un sentimiento de separación, una sensación peculiar, como si estuviese entrando en otro mundo. Al fondo del valle, la lisa extensión grisácea del río se funde en el horizonte con la niebla para crear un perfecto lienzo en blanco, inquietantemente bonito y quieto. Camina hasta el embarcadero y se quita la ropa. El aire, más fresco aquí, le pone la piel de gallina. Se acerca al borde de la plataforma de madera y echa un vistazo a la mansa superficie. El agua se extiende como una hoja de cristal para encontrarse con el blanco horizonte, que, entre la niebla, carece de forma. Los árboles de la orilla están desvaídos y emborronados, como si un artista hubiese cogido una goma de borrar y hubiese difuminado sus contornos, fundiéndolos con el blanco. El río silencioso la espera para abrazarla.

Respira hondo y se zambulle hacia el centro.

El agua fría la reclama. El impacto es electrizante. Envuelve su cuerpo traicionero. Al impulsarse hacia la superficie, siente los latidos desbocados de su corazón, el aliento que le sube cálido y urgente por la garganta, el hecho indiscutible y maravilloso de que está viva. Se queda flotando en la superficie del río y experimenta cierta paz. Se siente conectada con el flujo de la vida que la rodea. «Aquí estoy», piensa. «Aquí estoy».

35

Margot está sentada junto a la ventana con la mirada perdida en las negras siluetas de los árboles que se yerguen en la ladera, en cuyas ramas desnudas los nidos de las aves se enganchan como nudosas marañas. Lucy está acostada en su cama de toda la vida con los ojos cerrados, y Tom está a su lado, despatarrado en la silla. Los tres llevan un buen rato sin moverse, aunque de vez en cuando Tom extiende el brazo para acariciar la mano de Lucy, para dar vueltas a la alianza de oro que le baila en el anular.

La enfermera que ha venido del hospital de cuidados paliativos, una mujer de mediana edad llamada Pam, entra a ver cómo está Lucy. Ajusta el gotero que hay junto a la cama antes de volverse hacia Margot y Tom:

—Una noche muy larga. ¿Qué tal están?

Margot hace un gesto de afirmación con la cabeza. No encuentra palabras para responder.

Lucy abre los ojos.

—La ventana —dice, señalándola con un gesto.

Margot mira el paisaje invernal. A la luz del día que despunta, todo es marrón y gris, un mundo desprovisto de color.

—No sé yo, Luce… Hace frío fuera.

—¿Te preocupa que me muera de frío? —pregunta Lucy con

voz ronca. Tom apoya la cabeza en las manos, y Lucy le acaricia el brazo con un dedo—. Necesito sentir el aire en la cara.

Margot mira a Lucy, sus frágiles extremidades, el rostro flaco, gris y chupado, las oscuras ojeras. ¿Quién es ella para negarle esto a su hermana?

Se vuelve y forcejea con el cierre de la ventana, la abre con un golpetazo, siente cómo se cuela en la habitación una ráfaga de aire fresco. Echa otra manta sobre el magro cuerpo de su hermana antes de arrebujarse en su cárdigan. Sí, hace frío, pero da gusto que entre un cachito del exterior. Un recordatorio del mundo que está al otro lado de esta extraña y artificial existencia en la cabecera de la cama, donde cada aliento de su hermana le parece un doloroso triunfo ganado con esfuerzo.

Por la ventana abierta, el primer pájaro del día entona su canto mañanero. Lucy cierra los ojos.

—Así está mejor. Ahora ya puedo respirar.

Era Lucy la que había querido volver a Windfalls.

—Llévame a casa —le había dicho a Tom—. Por favor.

Era el único lugar en el que quería estar.

Al recibir la llamada telefónica de Ted, Margot había cogido el primer tren que salía de Edimburgo hacia Londres. En el traqueteante vagón, recordó haber viajado por las mismas vías en septiembre del año anterior, si bien aquel día la inquietud que corría por sus venas era de distinto tipo.

Esta vez, el viaje no era ninguna novedad. Había estado yendo y viniendo desde la boda para acompañar a Lucy a sus citas médicas, sentándose a su lado durante las interminables horas en las que, enganchada al suero intravenoso, se había sometido a la quimioterapia destinada a frenar el avance de los tumores. A veces habían charlado. Otras, habían visto reposiciones de sus programas favoritos o habían puesto *podcasts* en el iPad y compartido los cascos para escuchar al mismo tiempo. A veces Lucy dormía y

Margot se quedaba leyendo a su lado. A veces la había dejado sola y había salido a pasear por el pequeño patio, donde hablaba con otras personas que estaban acompañando a amigos y familiares durante el tratamiento, o se sentaba en silencio y se limitaba a contemplar el cielo y respirar, pensando en lo increíble que era su hermana y en lo absolutamente inconcebible que era que no estuviese en el mundo.

Después de aquellas agotadoras visitas a la clínica, en ocasiones, Margot dormía en el sofá de Lucy y Tom o se pasaba a ver a Eve y a las niñas, pero por regla general volvía a Windfalls. De cara a la enfermedad de Lucy, Kit y ella habían declarado una precaria tregua.

—Cuéntaselo —la había apremiado Lucy, más de una vez—. Cuéntale lo que pasó.

Y Margot asentía con un gesto y tranquilizaba a su hermana diciéndole que lo haría… más adelante. Pero no ahora; cuando Lucy se encontrase mejor. Y Lucy movía la cabeza —rapada, con el cuero cabelludo envuelto en uno de sus pañuelos de seda indios— y le decía que la sacaba de quicio que fuera tan tozuda.

Habían hablado del señor Hudson. En una de aquellas interminables tardes en la clínica, Margot le había dicho a su hermana que se había armado de valor y lo había buscado en Internet. No había sido difícil encontrarlo. Su nombre había aparecido casi inmediatamente en los resultados del buscador, vinculado a una ristra de artículos de prensa sobre un profesor de Manchester que había sido enjuiciado por abusos sexuales y en la actualidad estaba cumpliendo condena. Varios de los artículos incluían fotos del delincuente al ser escoltado desde un coche patrulla hasta el juzgado. Solo de verlo se le había cortado la respiración. El tiempo no lo había tratado bien. Tenía un aspecto tenso y abotargado, era una versión debilitada y envejecida del hombre que recordaba. Se había quedado mirando las fotos durante un buen rato, sintiendo cómo iba creciendo la ira por lo que le había hecho; por lo que le había robado. Y encima, ella no era la única. Si hubiese tenido valor para hablar alto y claro, ¿habría salvado a alguien del mismo calvario?

—Estabas aterrorizada, avergonzada. Sufriste mucho… Se entiende que no te sintieras capaz de contárselo a nadie —había dicho Lucy, agarrándole la mano—. Pero aún no es tarde. Todavía se lo puedes contar a la policía.

—¿Por qué iban a creerme, después de tanto tiempo?

Lucy la había mirado a los ojos.

—Hay pruebas, Margot. Tu bebé está allí. Lo enterraste, pero está allí.

Margot había agachado la cabeza y había cruzado los brazos, y acariciado inconscientemente el oscuro corazoncito que llevaba tatuado en el hueco del codo.

—Me he esforzado tanto por no pensar en él… Pero desde que os lo conté a ti y a Eve, no paro de decirme que… que no puedo dejarlo allí. Está mal.

Lucy asiente.

—Lo sé. Puede que haya un modo… ¿Tal vez un entierro como es debido? —había sugerido con tono vacilante—. Lo mismo te ayuda, ¿no?

Margot, incapaz de mirar a Lucy, había asentido con la cabeza mientras las lágrimas le caían sobre el regazo.

Lucy le había apretado la mano.

—Cuando te sientas preparada.

Margot estaba en Windfalls la tarde que Lucy había anunciado que quería parar, que el tratamiento ya no estaba surtiendo efecto. Lucy y Tom habían hablado con los médicos y ella había decidido que prefería concentrarse en el tiempo que le quedaba, con el apoyo del equipo de cuidados paliativos, antes que soportar más ciclos de agotadora quimioterapia.

Aunque Margot quería aceptar la decisión de Lucy, sabía que no tenía ningún derecho a cuestionarla, máxime cuando había

presenciado de primera mano los estragos causados por el tratamiento. Los últimos meses habían sido terribles y Lucy había sobrellevado la medicación con un valor estoico. Pero verla sufrir era
dolorosísimo para todos. Su hermana había sido tan fuerte que
Margot se había convencido a sí misma de que se produciría un
milagro. No sabe si se ve capaz de aguantar lo que está por venir.

Es Margot quien comunica la noticia. Deja a Tom en el dor-
mitorio y baja a la cocina, donde Eve, Kit y Ted están sentados en
silencio ante unas tazas vacías y una tetera ya fría. Se queda en el
umbral y, al verla, comprenden. Ted suelta un suave suspiro.
Margot afirma con la cabeza.
—Pam dice que deberíais subir ya.
Kit mira hacia otro lado.
—No puedo.
—Venga, mamá —dice Margot—. Hazlo por Lucy.
Eve toca a Kit en el brazo.
—Tenemos que hacerlo.
Es Ted el que ayuda a Kit a levantarse de la silla y a subir por
las escaleras al dormitorio de Lucy. Pam ajusta el gotero de la cabecera y se aparta para que la familia se coloque alrededor de la
cama. Eve abraza a Tom por la cintura. Margot se queda sola de-
lante de la ventana. El dolor que tiene en el pecho amenaza con
partirla en dos.
—He aumentado la medicación —dice Pam—. Tenía mu-
chos dolores.
Kit se acerca a Lucy y le acaricia la mejilla. Pasa los dedos por
la frente de su hija y se inclina a besarla. La respiración de Lucy es
áspera, lenta, irregular.
Margot ve a Eve besando a su hermana, a Tom cogiéndole la
mano y llevándosela a los labios.
—Te quiero, Luce. Siempre te querré.
Kit suelta un sollozo entrecortado y Ted la agarra y se queda

sosteniéndola al pie de la cama. Margot piensa que a su madre le va a estallar el corazón. Se vuelve de cara a la ventana, atenta al ritmo cada vez más lento de los estertores de Lucy. Un sol pálido empieza a salir por detrás de los montes, asoma entre las nubes y lanza destellos plateados sobre el recodo del río que corre por el valle, visible entre los árboles desnudos. Recuerda la mañana del día después de la boda. Recuerda que salió al jardín y siguió las huellas de su hermana por la hierba empapada de rocío hasta que se la encontró flotando en el río cubierto de niebla, los brazos extendidos, los ojos cerrados y una beatífica sonrisa de oreja a oreja. Recuerda que se quedó mirándola al amparo de los árboles, maravillada por la extraña paz de la escena y por la fortaleza de ánimo de su hermana, pensando en la infinidad de veces que había visto a Lucy nadar y jugar en el río, libre y despreocupada, cuando era niña.

Margot recuerda a su hermana en el lugar donde más feliz fue, y solo cuando vuelve a dirigir su atención al dormitorio se da cuenta de que el pájaro ha dejado de cantar. Al otro lado de la ventana, un fino velo de lluvia empieza a caer.

Lo sugiere Pam. La enfermera le cuenta su idea a Margot, le explica que ha comprobado que hay familiares a los que los ayuda despedirse. Después de escucharla, Margot tiene claro que le gustaría hacerlo. Mientras Ted telefonea a la funeraria, Margot sale a buscar a Sibella.

—¿Me ayudarías con una cosa? Mamá no se siente capaz, e Eve tiene que serenarse antes de volver a casa a decírselo a las niñas.

—Por supuesto que sí. Lo que necesites.

La lluvia ha cesado tan pronto como empezó. El sol invernal se filtra entre los árboles mojados y transforma el paisaje pelado en una deslumbrante masa de luz. Las gotas que chorrean de las ramas forman una oscilante cascada plateada que la deja sin palabras. No puede apartar los ojos; de alguna manera, su dolor hace que la belleza sea más intensa.

La emoción crece y se mezcla con el dolor de la pérdida, recrudece sus sentimientos hasta que le queman las lágrimas en los ojos y el reluciente paisaje se vuelve borroso. Vuelve la cara hacia el cielo y susurra palabras de agradecimiento y amor.

Agachada en la orilla del río, Margot llena un pequeño termo y lo lleva con reverencia al dormitorio de Lucy, donde Sibella la espera con paños y toallas limpias y una jofaina con agua caliente. Sibella observa en silencio mientras Margot echa el agua del río a la jofaina. No sabe por qué le ha parecido tan importante acercarle el río a Lucy, pero algo le dice que es lo que tiene que hacer. Como si el agua que tanto amaba pudiese ayudarla a continuar hasta su morada definitiva. «Un último chapuzón», dice a modo de explicación, volviéndose hacia Sibella con un nudo de amor y tristeza en la garganta.

Sibella asiente con la cabeza y le pasa un paño.

Mientras lavan el cuerpo, a Margot le impresiona el hecho de que sea Lucy y, a la vez, no lo sea. Cuanto más se vuelca en el cuerpo de su hermana, más claramente comprende que ya no está con ellos. Lo que hacía que Lucy fuera tan inimitablemente Lucy ya no está ahí, fuera lo que fuera. Es extraño y sobrecogedor, pero, aun así, a Margot le reconforta tocarla, cuidar de ella en este último acto de amor. No puede evitar mirar un par de veces por la ventana abierta. «¿Dónde estás?», se pregunta. «¿Adónde te has ido?». Su quietud, su frío, son desconcertantes.

Con cuidado, le sacan la alianza del dedo. Margot da un paso atrás y, al ver el rostro hundido de Lucy, siente un arrebato de ira. Debería haber tenido más tiempo, tiempo para quedarse embarazada y para que le salieran estrías, arrugas, manchas de la edad y pelillos blancos en la barbilla de anciana. ¡Qué terrible injusticia! Intenta recordar la belleza de su hermana. Intenta conservar para la posteridad el recuerdo de la Lucy más radiante, no esta versión desfigurada, este cuerpo devastado por la enfermedad. Algún día, Margot será una anciana, mientras que Lucy no será ni un día más vieja. Es difícil no sentirse robada. Suspira.

—Parece que está en paz, ¿verdad?

Sibella mueve la cabeza.

—Sí.

Margot abre el puño de Lucy y le mete un suave guijarro del río antes de volver a cerrárselo. Satisfechas de haber hecho todo lo que estaba en sus manos, salen de la habitación.

Encuentra a Tom y a Eve sentados en el patio, tiritando bajo el frío sol de la mañana y soltando el aliento en forma de espectrales volutas; parece como si hubieran huido por acuerdo tácito de la opresora atmósfera de la casa. «Abre la ventana». Recuerda la última petición de Lucy y mira el cielo vacío, pestañeando para contener las lágrimas. Apenas ha pasado tiempo y ya siente la injusticia: son tres sentados a una mesa en la que deberían estar cuatro. Alarga el brazo y da un apretoncito a Tom en el hombro. Le nota rígido, y Margot intuye el esfuerzo sobrehumano que está haciendo para no derrumbarse. Toma asiento a su lado.

—Pensaba que te habías ido ya —dice Margot, dirigiéndose a Eve.

—Me estoy armando de valor. —Se muerde el labio—. No soporto la idea de decírselo a las niñas.

—¿Estará Andrew?

—Sí. —Eve levanta la cabeza y la mira a los ojos—. Volvió la semana pasada.

Margot la mira detenidamente.

—Estupendo. ¿Va todo… bien?

—Se ha portado de maravilla estas últimas semanas. Ha sido un gran apoyo. Hemos hablado. Los dos queremos que la cosa funcione, y no solo por el bien de las niñas. Creo que los dos nos hemos dado cuenta… de lo que merece la pena. La enfermedad de Lucy ha arrojado luz sobre lo que realmente importa. El resto… —Se encoge de hombros.

Tom carraspea.

—A Lucy le habría hecho muy feliz saberlo.

Eve asiente.

—Se lo dije ayer.

Margot observa que Eve y Tom intercambian una mirada. Ayer. La palabra se queda flotando en el aire, recordándoles a los tres que, a partir de ahora, «ayer» siempre será un recuerdo, y que sus días jamás volverán a ser como antes.

Eve suelta un largo suspiro.

—Habrá que empezar a organizar el funeral.

—Lucy dejó una lista. Tenía muy claro lo que quería. —Los ojos de Tom se llenan de lágrimas, pero consigue esbozar una sonrisa burlona—. Y también lo que no quería bajo ningún concepto.

Margot recuerda las broncas y las tensiones de los días previos a la boda.

—Eso seguro.

Un petirrojo brinca entre los arbustos y hace susurrar el follaje. Margot se gira y repara en el destello rojo del pecho. El color le recuerda el vestido de bodas de Lucy —¡qué hermosa estaba!— y su corazón dolorido late con fuerza.

Tom apoya la cabeza en las manos. Se queda unos instantes en silencio y después, tirando de sí mismo, se frota la cara.

—Qué cansado estoy. Casi se me olvida: Lucy os escribió una carta a cada una. Me pidió que os las diera… después. —Se le quiebra la voz. Mete la mano en la chaqueta y saca un sobre en el que, escrito con la letra redonda de Lucy, pone: *Margot*. Hay otro para Eve. Margot coge el que lleva su nombre y lo agarra con fuerza mientras Tom se encamina hacia la casa.

Por la ventana, ve a Tom entrar en la cocina. Kit, Ted y Sibella están sentados a la mesa. Ted se levanta a saludarlo. Le estrecha la mano y a continuación le acerca hacia sí, abrazándolo a la vez que le da unas palmaditas en el hombro, como hacen algunos hombres en momentos de gran emoción. Tom hace ademán de apartarse, pero se derrumba y se apoya con los hombros temblorosos sobre su suegro. Ted vacila tan solo un segundo, le abraza más fuerte y, al cabo de un rato, Margot piensa que ya no está claro cuál de los dos está sosteniendo al otro.

Con los ojos llenos de lágrimas, se vuelve hacia Kit, que está sentada con la cabeza gacha. Como si notara el peso de la mirada de Margot, Kit se remueve en la silla y alza la vista hacia la ventana, saludándola con una pequeña inclinación de la cabeza. Margot ve que en sus labios se dibuja la más triste de las sonrisas, y devuelve el saludo a su madre. Lucy les había dicho que quería que su boda volviese a unirlos a todos. Si la boda no lo consiguió, puede que su muerte lo haga, puesto que aquí están todos de nuevo en Windfalls, conectados a través del amor y de la pena.

—No sé si voy a ser capaz de leerla todavía —dice Eve, cogiendo su sobre de la mesa y guardándolo con cuidado en el bolsillo de su abrigo—. Igual la reservo para otro momento. Cuando tenga la sensación de que Lucy ya está… ya está demasiado lejos. —Se estremece—. Me meto. ¿Vienes?

El petirrojo brinca entre las ramas de los arbustos y las hojas susurran de nuevo antes de que despegue rumbo al valle con un súbito aleteo. Margot echa un vistazo a su sobre.

—Aún no —dice, clavando la mirada en la distancia, más allá del huerto de frutales, donde el agua centellea entre los árboles.

36

Todo está en calma a la orilla del río. El silencio flota en el aire. Margot mete cuidadosamente la carta en su sobre y se sienta en el embarcadero, con la mirada perdida en los reflejos del agua.

Leer la carta de Lucy, oír su voz, le produce una dolorosa añoranza. La pena le atenaza el corazón como un puño. Ya siente el carácter definitivo de la ausencia de su hermana. Las bromas, las historias y las experiencias que compartieron antaño solo ella las atesora ahora. El idioma fraternal que había pertenecido a ambas es, ahora, suyo solamente. Se acabó aquello de: «¿Te acuerdas de la vez que…?». La sola idea le causa un dolor intenso.

Mañana será el primer día que viva sin Lucy. Mañana se despertará y, después de medio segundo de paz —ese instante entre el sueño y la conciencia—, tendrá que recordar que Lucy ya no está en el mundo. ¿Cuántas mañanas necesitará para aceptar la imposible verdad? ¿Cuánto tiempo tendrá que pasar para que la muerte de Lucy sea parte de ella, un triste acontecimiento ensartado en la ristra de momentos que constituyen su vida?

Agarra la carta de su hermana y se queda mirando el lento discurrir de las aguas. *Para amar es necesario tener valor*, había escrito. *Pero donde hay amor, y sé que aquí hay amor, hay también esperanza. No te rindas. Cuéntaselo todo a mamá.*

Margot cierra los ojos. Sentada en el embarcadero siente que un carrusel de recuerdos gira sin parar a su alrededor. Por detrás de sus párpados cerrados, un cable con bombillas brilla y se balancea. Siente un hormigueo en la lengua al recordar el burbujeo de la sidra. Oye los ecos de las risas, recuerda la presión de los dedos en su cuello. Abre los ojos y vuelve a concentrarse en el verde intenso del agua. Respira hondo. Se lo contará a Kit. Cumplirá el último deseo de su hermana. Sacará las fuerzas necesarias para sentarse con su madre y explicarle lo que sucedió aquel verano y los meses siguientes. No sabe cómo reaccionará, pero al menos le dará la oportunidad de escucharla. Quizá, solo quizá, Lucy tenga razón. Quizá la verdad sea el puente sobre el que por fin puedan encontrarse.

Echa una mirada al río, al embarcadero y a los restos carbonizados del viejo estudio de su madre, ocultos entre las sombras de la maraña. ¡Hace tanto que este lugar la persigue…! Ha sido testigo de su vergüenza más profunda y ha albergado sus secretos más oscuros. Ha emergido en sus pesadillas y la ha mantenido atrapada en un pasado que aún no ha dejado atrás. Pero, al volver a mirar, ve el viejo bote de remos en el que Eve se sentaba a leer. Ve las rocas por las que trepaban para saltar al agua. Ve la lisa superficie del río en el que Lucy flotaba con la cara vuelta hacia el cielo. Ve todos sus recuerdos de familia anidados en este lugar único.

Resuenan las palabras de Lucy: *Donde hay amor.*

Durante demasiados años, este río ha sido un lugar de dolor. Pero también es un lugar de gozo. Quizá este lugar, este silencioso río, sea ambas cosas a la vez. O quizá no sea ninguna. Quizá, simplemente, *es.* Margot entiende ahora que a lo que temía enfrentarse no era al estudio de su madre, ni al río, ni a Windfalls, sino a ese lugar dolorido que hay en su interior; a esa oscura herida que lleva cargando desde hace tanto tiempo. Es a esto a lo que Lucy le ha pedido que haga frente.

Gozo. Dolor. Vida. Muerte. Se ponen mutuamente de relieve. Sentada en el embarcadero, pensando en la vida —y en la muerte— de Lucy, Margot tiene la sensación de que el corazón le late un poco más fieramente, de que respira con un poco más de energía. «Para amar es necesario tener valor».

Cuando el frío de la mañana de marzo se le empieza a meter en los huesos, Margot se levanta y se dirige a la verja que se abre en el huerto. Con la mano sobre el cerrojo metálico, titubea. Se vuelve y ve los maderos del viejo estudio desplomados entre las sombras. Las nubes se desplazan, dando paso a un haz de luz que recorre parpadeando el valle. Le llama la atención una cosa clara que suelta destellos entre las hierbas altas, cerca de una de las vigas caídas. Se acerca y se agacha, cierra la mano en torno a un objeto con forma de huevo. Sabe lo que es incluso antes de quitarle la capa de mugre que lo cubre. Recuerda el cristal de color rosa, el preciado trozo de cuarzo que durante tantos años había estado sobre el escritorio de su madre. Lo sopesa, y recuerda la noche del incendio y el estruendo del vidrio roto cuando lo lanzó por la ventana del estudio. ¿Lleva todo este tiempo ahí tirado, olvidado? Al dar la vuelta a la piedra, suelta destellos rosados bajo la luz de la mañana, refractando el sol como el hielo. La sostiene en la palma de la mano. Es algo importante, algo a devolver.

Los árboles del huerto se alzan como viejos amigos que le señalan el camino de vuelta a la casa. Entra por la puerta de atrás. Arriba, Jonas la está esperando. En unos instantes, Margot subirá las escaleras para irse al dormitorio. Levantará el brazo de Jonas y se acurrucará a su lado, se apretará contra su cuerpo, le cogerá la cálida mano y se la pegará al corazón. El otro brazo la envolverá y los dedos recorrerán inconscientemente la tinta del tatuaje en lo que es ya un gesto familiar, dibujando las parras y el corazoncito negro del pliegue de su codo. Con los labios pegados a su cabello, Jonas le susurrará palabras tiernas, y Margot cerrará los ojos.

Al llegar a la escalera, pisa el primer peldaño y vacila antes de subir. En su mano siente el cálido peso del cristal de cuarzo rosa. Despacio, se vuelve hacia la puerta abierta de la cocina, donde en estos momentos Kit está sentada a solas, mirando por la ventana. Margot titubea. Oye el suave suspiro de su madre. Levanta el pie del peldaño.

—Mamá —dice, acercándose a la puerta abierta, apretando con fuerza el cuarzo—. Mamá, ¿puedo hablar contigo?

Kit alza la vista. Asiente despacio con la cabeza y da una palmadita a la silla vacía que hay a su lado.

—Ven.

Margot coge aire y entra en la habitación.

AGRADECIMIENTOS

Gracias a mi agente, Sarah Lutyens, y a todo el equipo de Lutyens and Rubinstein por su incesante apoyo. Gracias a los equipos editoriales de Orion en Reino Unido, de Hachette Australia y de HarperCollins en Estados Unidos, y en especial a Clare Hey, Vanessa Radnidge y Emily Griffin por su nítida visión editorial y su atención.

Gracias infinitas a todos los libreros y bibliotecarios que acercan los libros a los lectores y mantienen vivo y coleando el amor a la palabra escrita.

Por último, pero sobre todo, gracias a mi familia y a mis amigos por su cariño y su apoyo, en especial a mis padres, John y Gill, a mi hermana (y primera lectora) Jess, a mi hermano Will y, por supuesto, a mis mejores creaciones, Jude y Gracie, por aguantarme y hacerme sonreír durante todo el proceso.

Este libro está dedicado a mi hermano Will, un hombre bueno y generoso donde los haya.

CRÉDITOS

Hannah Richell y Orion Fiction desean dar las gracias a todo el personal de Orion que ha colaborado en la publicación de *La casa del río (The River Home)* en Reino Unido.

Editorial
Clare Hey
Victoria Oundjian
Olivia Barber
Revisión de texto
Justine Taylor
Corrección de pruebas
Kati Nicholl
Audio
Paul Stark
Amber Bates
Contratos
Anne Goddard
Paul Bulos
Jake Alderson
Diseño
Debbie Holmes
Joanna Ridley
Nick May
Dirección editorial
Charlie Panayiotou
Jane Hughes
Alice Davis

Administración
Jasdip Nandra
Afeera Ahmed
Elizabeth Beaumont
Sue Baker
Producción
Ruth Sharvell
Marketing
Amy Davies
Publicidad
Alainna Hadjigeorgiou
Ventas
Jen Wilson
Esther Waters
Victoria Laws
Rachael Hum
Ellie Kyrke-Smith
Frances Doyle
Georgina Cutler
Operaciones
Jo Jacobs
Sharon Willis
Lisa Pryde
Lucy Brem

www.ingramcontent.com/pod-product-compliance
Lightning Source LLC
Chambersburg PA
CBHW020053310726
48970CB00002B/293